# ONE NIGHT MAN

원나잇맨

# 원나잇맨

초판 1쇄 찍은 날 | 2013년 4월 22일
초판 1쇄 펴낸 날 | 2013년 4월 26일

지은이 | 이혜선
펴낸이 | 예경원

편집 | 유경화

펴낸곳 | 예원북스
등록번호 | 제396-2012-000132호
등록일자 | 2012. 7. 25
YRN | 제1-0022호

주소 | 경기도 고양시 일산동구 무궁화로 8-28 삼성메르헨하우스 712호 (우) 410-837
전화 | 031-819-9431 팩스 | 031-817-9432
http://cafe.naver.com/yewonromance
E-mail | yewonbooks@naver.com

ⓒ 이혜선, 2013

ISBN  978-89-98102-26-5 03810

이혜선 장편 소설

YEWONBOOKS
ROMANCE STORY

# ONE NIGHT MAN

# 원나잇맨

YEWON BOOKS
예원북스

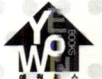

# ConTeNTs

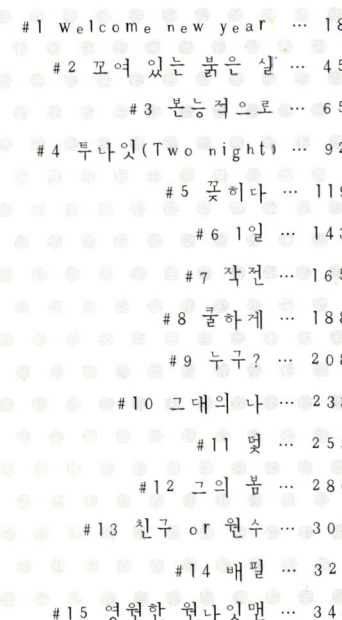

미약한 진동 소리에 번쩍 눈을 뜬 연지는 패닉에 빠졌다.

초가을부터 초여름까지 덮고 자는 익숙한 극세사 이불이 아닌 조금은 퍼석한 느낌의 이불. 섬유유연제와 섬유탈취제의 향이 섞여 지극히 여성스러운 냄새가 아니라 어디서도 맡아보지 못한 것 같은 낯선 냄새가 코를 간질였다.

열대야가 극성인 날에도 속옷에 잠옷까지 챙겨 입고 자건만 지금은 실오라기 하나 걸치지 않은 알몸이었고 허리에는 정체를 알 수 없는 두툼한 무언가가 턱하니 걸쳐져 있었다.

여긴 어디, 나는 누구?

이불의 감촉과 향, 알몸인 자신의 상태와 정체 모를 무엇에 대한 파악까지 마친 연지는 새파래진 얼굴로 눈을 질끈 감았다.

아……. 나 사고 쳤음.

사고도 그냥 사고가 아니라 대형 사고였다.

31세 서연지, 이제까지 산전수전 다 겪으며 살아왔다고 자부하지만 단언하건대 원나잇은 처음이었다. 원나잇은 나와는 다른 세상에 사는 사람들의 이야기, 가끔 내 친구들이 미쳐서 저지르는 실수라고 여겼었는데. 그렇다고 원나잇이 나쁘다는 건 아니었다. 단지 나의 라이프 스타일과는 어울리지 않는다고 확신했을 뿐.

연지는 눈을 감은 채로 고뇌에 잠겼다. 과연 이 사태를 어떻게 대처하고 해결할 것인가. 이러한 상황에서 어떤 식으로 행동하는 게 옳은 것인가에 대해서. 하지만 고뇌는 답을 알려주지 않았다.

뭐 해봤어야 알지. 젠장!

이래서 술도 마셔본 놈이 잘 마시는 거고 도둑질도 해본 놈이 잘하는 거라고 하는 모양이었다. 뇌에 정전이 일어난 걸 보면.

원나잇맨의 잠을 깨우지 않고 도망갈 수 있는 방법이 있을까? 아니면 얼굴에 철판 깔고 굿모닝 인사라도 날려줄까? 가만있어 봐. 내가 세수는 하고 잔 건가?

지이이잉. 지이이잉.

연지가 끊임없이 고뇌하는 사이에 잠시 끊겼던 진동은 다시 울리기 시작했고 결국 원나잇맨의 잠도 깨우고야 말았다. 그래서 몰래 도망가는 방법은 시도도 해보지 못한 채 실패.

"으음."

몸을 뒤척이며 귓가에 숨을 불어대는 원나잇맨 덕분에 온몸에 소름이 돋기 시작했다. 힘 좋은 뱀처럼 허리를 죄어오는 팔뚝과 귀를 타고 내려와 목덜미를 지분대는 입술. 그리고 엉덩이에 닿는…….

그마아안! 스톱! 정지! 멈추셔야 합니다!

너무 놀라서 비명도 나오지 않았다. 아직 제정신이 돌아오지 않아 원나잇맨의 생김새도 가물가물한데 그런 남자가 자신의 몸을 제 것마냥 더듬대고 있으니 환장할 노릇이었다. 저도 모르게 몸에 바짝 힘이 들어가고 숨은 어떻게 쉬는 건지 기억이 나질 않았다.

원나잇맨은 연지의 얼굴이 호흡 곤란으로 달아오르기 시작했을 때에야 몸을 일으켰다. 계속되는 휴대폰 진동에 짜증이 났는지 그의 몸짓이 제법 거칠었다.

"왜."

원나잇맨이 전화를 받자 연지는 참았던 숨을 조금씩 나눠서 뱉어내며 그의 음성에 귀를 기울였다.

"오늘 문 열지 말라고 했던 것 같은데."

고막을 후벼 파는 허스키 보이스에 연지는 마른침을 삼켰다. 그래, 저 목소리 때문이었다. 비 오는 날 머리에 꽃 달고 동네를 뛰어다니는 미친 여인처럼 들이댔던 이유가.

아, 내가 들이댔지. 맞아. 내가 먼저 들이댔…… 미쳤구만.

나이 좀 먹었다고 이제 눈에 뵈는 게 없어진 건가, 인생을 이렇게 막 살아도 되는 건가, 연지가 자책감에 시달리는 동안 남자는 통화를 끝내고 어딘가로 향하고 있었다. 그리고 얼마 안 가서 물소리가 들려왔다.

샤워로구나!

원나잇맨이 샤워를 하러 갔다는 분명한 사실에 연지는 몸을 발딱 일으키고 민첩하게 움직였다.

원나잇맨 몰래 도망가는 건 실패라고 생각했지만 도망가고자 몸을 움직이는 건 본능이었다. 도망가는 것 외에는 현재 직면한 사태를 헤쳐 나갈 수 있는 길이 보이지 않았으니까.

연지는 바닥에 널브러져 있는 옷가지들을 눈에 보이는 대로 걸쳐 입기 시작했다. 그러다 침대에서 흘러내린 이불 사이로 빠끔히 제 존재를 알리고 있는 팬티를 보고 경악했다.

찢어진 레이스와 끊어진 스트링 밴드. 친구 윤수진 양에게 선물 받은 야시시한 고급 속옷은 특별한 날에만 꺼내 입을 정도로 아끼는 것이었지만 지금은 그게 문제가 아니었다.

팬티를 보자마자 삐리리하고 삐리리했던 격정적인 몸짓들이 연지의 머릿속을 꽉 채웠다.

새벽녘, 나는 술에 취한 게 아니라 귀신에 홀렸던 것인가.

넋이 나간 얼굴로 멍하니 팬티를 쳐다보던 연지는 빠르게 고개를 털어 정신을 차리고는 다시 도망에 집중했다.

소파 등받이에 걸쳐져 있던 코트를 걸치고 구두를 신은 그녀는 문을 열기 전에 가방 속부터 살폈다. 이미 대형 사고를 친 마당에 휴대폰이나 지갑을 떨구고 가는 바보 같은 짓까지 보탤 수는 없었다.

이게 가방이야, 쓰레기통이야?

와작! 연지의 얼굴이 구겨졌다. 지갑은 찾았는데 휴대폰을 찾을 수가 없었다. 지갑에 들어 있어야 마땅할 지폐와 동전들, 사탕과 초콜릿을 먹고 난 후의 잔해들, 장갑과 핸드로션, 열쇠 꾸러미 등등이 가득 차 있는 가방 속을 짜증내며 뒤적이다가 드디어 휴대폰을 찾아낸 그때.

"뭐 찾아요?"

고막을 후벼 파다 못해 심장까지 파고들어 오는 허스키 보이스.

연지는 차마 얼굴을 들 수가 없었다. 원나잇맨이 샤워하는 틈을 타 몰래 도망가려다가 딱 걸린 상황에 누군들 얼굴을 들 수 있을까. 그래서 그녀는 본능이 시키는 대로 행동할 수밖에 없었다.

"수고하세요!"

허리를 반으로 접고 우렁찬 목소리로 인사를 한 연지는 발이 보이지 않을 정도의 속도로 도망쳤다. 엘리베이터를 향해 뛰다가 발목이 꺾였지만 아픈 줄도 몰랐다. 문이 닫히기 전, 남자가 터뜨린 웃음소리가 귓가에서 맴돌아 정말이지 딱 죽고만 싶었다.


"수고하라니, 수고하시라니……."

택시에서 내려 절뚝거리면서 걷는 연지의 영혼은 이미 오래전에 가출한 상태였다.

그녀가 하루 중 가장 많이 쓰는 말들은 감사합니다, 즐거운 하루 보내세요, 수고하세요, 이 세 가지였다. 그런데 왜 하필 그 상황에서 수고하시라는 말이 터져 나왔을까.

아니지. 감사합니다가 더 웃겼을 거야.

그나마 불행 중 다행이었다. 즐거운 하루 되라는 말이 가장 나왔겠지만 그래도 감사하다고 안 한 게 어딘가.

1년 전부터 베스트 프렌드 백민아와 함께 살고 있는 집 현관문을 바라보고 있자니 그제야 안도의 숨이 흘러나왔다. 여기까지 오는 길이 엄청나게 험난했던 터라 눈물이 앞을 가릴 지경이었다.

긴장이 풀리자 잊고 있던 생리 욕구도 고개를 내밀고 꺾였던 발목의 아픔도 진하게 밀려왔다.

현관문을 열고 집 안으로 들어간 연지는 거실에 있는 욕실로 직행했다. 누가 샤워를 하고 있는지는 모르겠지만 요란한 물소리와 수증기로 희뿌연 장막을 치고 있는 샤워부스는 그녀의 관심을 끌지 못했다. 집주인인 백민아는 제 방에 달린 욕실을 이용하니까 현재 샤워를 하고 있을 만한 인물은 어제 배신을 때린 것들 중 한 명일 게 틀림없기 때문이었다.

"안에 있는 게 누군지는 모르겠지만 어쨌든 다 너희 때문이야."

아무렇지도 않게 변기에 앉아 볼일을 보면서 연지는 하소연을 시작했다.

"너희만 아니었으면 내가 나이트를 갈 일도 없었을 거고, 너희가 날 개무시하지만 않았어도 내가 그렇게 술을 퍼마셨겠냐고."

말을 하다 보니 서러움이 복받쳤다. 아침부터 긴장의 연속이었던지라 위장까지 뒤틀린다.

"카운트다운만 같이 외치면 다냐? 싫다는 사람을 끌고 갔으면 책임을 져야 할 거 아냐, 책임을! 내가 너희 때문에 살아생전 원나잇을 다 해본다, 이년들아! 그리고 백민아는 대체 왜 전남편하고 같이 사라진 거야? 정민 씨는 거길 왜 온 거래?"

이쯤 되면 욕이든 사과든 뭐든 날아와야 정상인데 샤워부스 안에 들어가 있는 사람은 침묵을 지키고 있었다. 그렇지, 입이 열 개라도 할 말이 없겠지.

"내가 도망치려다가 걸려서 뭐라고 했는지는 아냐? 수고하세요! 수고하라고 했다고, 내가! 거기다가 팬티는 또 왜 찢어놔 가지고……."

"저기, 연지 씨."

열심히 분한 심정을 토해놓던 연지의 심장이 더는 뛰지 못하겠다며 움직임을 멈췄다. 절대로 제 친구들의 것일 수는 없는, 어딘지 모르게 굉장히 낯익은 굵직한 음성을 듣자마자.

"죄송하지만 그만하시는 게……."

이 목소리는, 그러니까, 이 낯익은 목소리는, 박정민이지? 그런데 박정민이 누구였더라? 아하! 백민아 전남…….

"꺄아아아아아아악!"

대부분의 사람들이 설레고 들떠하는 1월 1일 새해 아침. 연지는 변기 위에 앉아서도 기절할 수 있다는 깨달음을 얻었다.


"수고하세요."

쿡! 크큭!

체크커트(Check Cut)를 하고 있던 수현이 움직임을 멈추고 낮게 웃음을 터뜨렸다.

"이 원장, 오늘 좋은 일 있어요?"

거울을 통해 수현을 쳐다보던 단골 고객이 아리송한 표정으로 물었다. L&M 헤어 가든이 오픈한 지 3년 남짓 정도밖에 되지 않았지만 초창기 때부터 드나든 단골로서 이수현 원장이 실없이 웃는 걸 본 적이 없었기 때문이다. 언제나 예의 발랐고 늘 미소 띤 얼굴로 고객을 맞이하는 수현이긴 했지만 진심으로 유쾌하다는 듯 웃음을 터뜨린 적은 없었다.

"오늘따라 기분이 좋아서요."

씨익 미소를 지은 수현은 다시 손을 움직였다. 고객은 여전히 별일이 다 있다는 눈빛을 보내고 있었지만 수현은 더 이상 말을 잇지 않았다.

만족스럽게 커트를 끝낸 후에 깨끗하게 샴푸를 해드리고 젖은 모발을 드라이어로 말리는 사이사이 수현의 귀에 수고하란 인사말이 박혔다. 그 말이 들릴 때마다 웃음이 터져 나와 곤혹스러웠지만 막을 도리가 없었다. '수고'라는 단어만 들어도 황급하게 도망치던 여자가 떠올라 도무지 웃음을 참을 수가 없었다.

완벽하게 스타일링이 끝난 후에는 항상 고객들께 수고하셨다고 감사 인사를 건네는 수현이었지만 오늘은 수고의 '수' 자조차 꺼낼 수가 없었다. 오늘 아침, 웃다가 죽을 수도 있겠다는 생각이 들게 만들었던 여자는 이제 영업 방해까지 하고 있는 셈이었다.

"이 원장, 다음에도 웃는 얼굴로 봅시다. 새해 복 많이 받아요."

"감사합니다. 새해 복 많이 받으시고 손주분들하고 즐겁게 보내세요."

기대도 안 했는데 외국에서 공부하는 손주 녀석들이 온다는 연락에 급하게 숍을 찾았다는 고객을 문 앞까지 배웅한 수현은 마지막까지 미소를 잃지 않았다. 오래전, 자신의 할아버지도 방학 때마다 한국에 나왔던 저를 기다리며 저렇게 설레어하셨을 거란 생각에 유쾌한 기분이 이어졌다.

기분 좋게 숍을 나선 고객이 차에 오르는 것까지 확인한 수현은 몸을 돌렸다. 그러자 내내 수현을 지켜보던 동업자이자 친구인 혜연이 팔짱을 끼고서 그의 앞을 막아서며 퉁명하게 물었다.

"왜 그래?"

바지 주머니에 양손을 찔러 넣은 수현은 무표정한 얼굴로 혜연을 쳐다보았다.

"문 열었으니 나오라고 전화했을 때는 짜증내더니 왜 자꾸 웃느냐고, 사람 무섭게."

"웃지도 마?"

"그렇게 잘 웃는 사람 아니잖아."

"그래서, 웃지 마?"

실없는 사람처럼 웃을 때는 언제고 표정 없는 얼굴로 묻는 수현을 보면서 혜연은 눈동자만 굴렸다.

말없이 자신의 얼굴을 빤히 쳐다보는 혜연을 무시하고 지나쳐 가려던 수현은 그녀의 부름에 다시 걸음을 멈췄다.

"이수현."

"왜."

"어제 뭐 했어?"

바가지 긁는 마누라에 빙의라도 된 것인지 점점 짜증스럽게 구는 혜연 때문에 수현의 미간이 좁아졌다.

"주식으로 떼돈 벌었니?"

수현은 쯧! 혀를 찼다. 주식으로 떼돈 벌었을 때 바로 옆에서 지켜봤던 사람이 혜연이다. 그저 그러려니, 했던 자신을 보며 이해할 수 없다는 표정을 지었으면서 저렇게 물어보는 게 어이가 없었다.

"아님 꿈에 그리던 여자라도 만난 거야?"

수현의 고개가 한쪽으로 기울었다. 내가 꿈꾸던 여자가 엉뚱하거나 재미있는 스타일이었던 건가 싶어서. 아니, 무엇이 되었든 간에 꿈이라는 걸 꾸어본 적이 있나 싶었다.

"맞아? 여자 만났어?"

수현의 반응에 촉이 왔는지 혜연은 재차 질문을 던졌지만 원하는 대답을 들을 수는 없었다.

"노코멘트."

그 말을 마지막으로 혜연의 음성에 귀를 닫은 수현은 2층으로 향하는 계단을 밟으며 손목시계로 시간을 확인했다. 예약 고객이 오기까지 20분 정도 남았으니 커피 한 잔 마실 여유는 있었다.

이름만 원장실이지 대부분 사장실이나 회의실로 사용되는 공간에 들어가 따뜻한 커피 잔을 손에 쥔 수현은 푹신한 소파에 앉아 곰곰이 생각에 잠겼다.

이수현은 연애나 섹스에 열정적인 사람이 아니었다. 하나에 꽂히면 집착에 가깝게 몰두하는 스타일이기는 하지만 그 대상이 사람이었던 적은 없었다.

그도 남자인지라 섹스를 싫어하지는 않았지만 딱히 그 행위에 열광하지도 않았다. 그런데 오늘 새벽에는 달랐다. 달라도 너무 달라서 내가 아닌 다른 누군가가 내 몸속에 들어와 있었던 것 같은 기분이었다.

"서연지."

수현은 자신을 실없는 사람처럼 웃게 만든 여자의 이름을 나지막하게 중얼거려 보았다.

처음에는 쌍꺼풀 없이 큰 눈과 매일 관리를 받아도 유지하기 힘들 것 같은 뽀얀 피부가 인상적이었을 뿐이었다. 그러다 당황스러울 정도의 솔직함에 관심이 갔고 술에 취해 푸념을 늘어놓는 모습, 그러다 분에 못 이겨 허공에 삿대질을 해가면서 화를 내는 모습을 지켜보는 게 즐거웠다. 재미있는 말을 한 것도 아닌데 숨이 차도록 웃는 모습에 호감이 갔고 손잡으니 설렌다고, 뽀뽀도 한 번 하면 안 되겠냐면서 순진무구한 눈빛으로 쳐다봤을 때는 심장이 평소보다 빠르게 뛰었던 것 같기도 하다.

수현은 술 취한 여자 어떻게 한번 해보겠다고 나이트클럽을 찾는 양아치과는 아니었다. 그래서 진즉 취한 여자가 술을 요구할 때 물을 권했고 그럼에도 불구하고 계속 술을 마시고서 잔뜩 취해 버린 여자를 고이 집에 모셔다 주려고까지 했었다. 그런 그를 유혹한 건 여자였다.

비틀거리기에 손을 잡아즈었더니 뽀뽀도 한번 하면 안 되겠냐고 묻던 여자. 수현도 적지 않은 술을 마셨었기 때문에 제대로 된 판단이 어려웠고 뽀뽀 한 번에 큰일이 나겠냐 싶었다. 하지만 짧게 베이비 키스를 하고 난 후에 그녀가 했던 말은 큰일이 나게 만들기 충분했다.

'어라. 저기요. 키스도 한 번 해볼래요?'

고개를 갸웃거리면서 무언가 확인하고 싶어하는 것 같았던 여자는 간당간당하게 자리를 지키고 있던 수현의 이성을 발로 뻥 차 버렸었다. 그리고 만남의 대미를 장식했던 '수고하세요!' 까지.

짧은 시간에 참으로 여러 가지 모습을 보여주었던 여자. 하지만 어쩌다 보니 아는 거라고는 이름밖에 없는 여자가 머릿속에서 사라지질 않았다.

"원장님, 예약하신 유호석 님 오셨어요!"

노크 소리 후에 들려온 스랩의 낭랑한 음성에 수현은 커피 잔을 테이블에 내려놓고 소파에서 일어섰다. 그리고 이어가던 생각에 마침표를 찍었다. 그런 게 있었을 리 없지만 만약 자신이 꿈꾸던 이상형 같은 게 존재했다면 아마도 서연지라는 여자를 닮아 있을 것 같다고.

"쟤 많이 화났겠지?"

작게 속삭이는 나리의 말에 수진이 심각한 표정으로 고개를 끄덕였다.

"친구 전남편이 샤워하고 있는 욕실에 들어가서 쉬했는데 너 같으면 화 안 나겠냐?"

적나라한 발언에 나리가 푸욱 한숨을 쉬었다.

"그러게 쟤는 왜 확인도 안 하고 싼대, 싸기를."

"따지고 보면 백민아 저게 문제지. 정민 씨가 이 집에 와 있을 거라고 상상이나 했겠어?"

나리와 수진이 무섭게 노려보자 민아는 억울하다는 듯 크고 예쁜 눈을 깜박였다.

"너네가 거실, 연지 방 다 놔두고 내 방 들어가 자서 그런 거잖아."

"그럼 우리 탓이냐?"

"우리 모두의 탓이지."

부정할 수 없는 말에 나리와 수진은 각자 딴청을 부렸다.

"저거 발목도 부었던데 어쩌다 그렇게 됐대?"

젓가락으로 새우젓을 뒤적거리던 나리가 걱정스러운 표정으로 묻자 수진이 인상을 그었다.

"기절해 있는 것부터 봤는데 어떻게 알아?"

"물어보지도 못하나?"

수진과 나리가 금방이라도 손톱을 세울 기세로 으르렁거렸고 민아는 족발을 한 점씩 집어 그들의 입에 집어넣었다.

"연지 깬다. 족발이나 먹어."

절친한 벗이 친구 전남편이 샤워하고 있는 욕실에 들어가 쉬하다가 기절했지만 그건 그거고 배고픈 건 배고픈 거였다. 기절을 했을 뿐, 다른 문제가 없다는 걸 알게 된 세 명의 여인은 조용히 밖에 나가 족발을 사 왔고 역시 조용히 해장을 하고 있었다. 연지가 깨지 않게 속삭이면서.

세 여자는 아무리 생각해 봐도 굉장히 화가 났을 것 같은 친구의 분노를 어떻게 풀어주어야 할지 머리를 맞대고 논의하건서 족발을 먹고 있었다. 그러다 어느 순간 정수리가 따가운 느낌에 슬그머니 고개를 들었는데.

"그게, 목구멍으로, 넘어, 가냐?"

어느새 방에서 나와 서늘한 눈빛과 음산한 음성을 흘리는 연지를 보고 얼어붙은 세 명은 일시에 젓가락을 내려놓았다.

연지는 제 눈치만 살피는 친구들을 보면서 한숨을 삼키고 주방으로 들어섰다. 초등학교에 입학했을 때부터 오늘날까지 어언 20여 년. 서로의 부모님들이 징글맞다고 하실 정도로 붙어 다녔기에 미운 적도 있었고 싸울 때도 있었지만 오늘처럼 원망스러운 적은 없었다.

점점 부어오르는 발목 때문에 얼굴을 구기며 물을 꺼내 마신 연지는 주방 입구에 무릎을 꿇고 앉아 양손을 번쩍 쳐들고 있는 이들을 마주했다.

"입이 열 개라도……."

"할 말이 없겠지."

"어제 있었던 일은……."

"잊어줬으면 싶겠지."

"앞으로 다시는……."

"이런 일이 없을 거라는 말을 믿으라는 거냐, 지금?"

분노 게이지가 맥시멈으로 치달은 연지의 앞에서 친구들은 바싹 엎드렸다. 어지간하면 화를 내지 않는 서연지가 한 번 화를 내면 얼마나 독하고 오래가는지 잘 알고 있는 바라서.

연지는 나이트클럽을 싫어했다. 시끄러워서 얘기도 할 수 없고 여기저기 끌려다니느라 친구 얼굴 한 번 보는 게 하늘의 별 따기인 그런 곳을 왜 가는지 이해할 수 없다는 주의였다. 게다가 그런 곳에서 여자를 만나는 남자들의 목적은 우리의 소원이 통일이었던 것만큼이나 명확할진대 서연지는 그들의 목적에 부합하는 여인네가 아니었다. 비록 오늘 새벽엔 그 목적이라는 것에 그보다 더 알맞을 수는 없을 여인네였지만.

어찌 되었든 친구들은 가고 싶어하는데 내가 싫다고 안 가는 건

이기적인 것 같아서 가끔 나이트클럽에 따라갔었던 연지는 그때마다 처절하게 버림받았다. 하지만 날이 날이니만큼 어제는 안 그럴 줄 알았던 것이다. 12월 31일, 카운트다운을 같이 외쳐야 했고 1월 1일을 함께 하기로 약속했었으니까.

하지만 결국 그녀는 버림받았고 홧김에 술을 들이부었다가 원나잇을 경험하게 되었다. 원나잇맨에게서 도망가려다가 걸려서 수고하란 인사나 하는 또라이가 되었고 친구 전남편한테 원나잇했는데 팬티가 찢어졌다는 얘기나 떠들어댄 제대로 미친 여자가 되었으며 변기에 앉아 기절하는 모습까지 보여주었다. 그것이 1월 1일, 서연지가 31살이 되는 새해 첫날에 겪은 일들이었다.

뭐 이런 스펙터클하고 언빌리버블한 새해가 다 있나.

생각하면 할수록 어이가 없었다. 재수가 없어도 이렇게 없을 수는 없을 것 같았다. 무교 출신 늙은 양 주제에 힘들 때마다 하나님, 부처님도 모자라 성모마리아님까지 찾아대서 벌을 받는 건가? 그럼 앞으로는 일관성 있게 알라신만 찾아봐?

"진짜 미안해! 어떻게 해줄까? 뭐 해줄까?"

"정말 다시는 그런 일 없을 거야. 한 달 동안 니가 시키는 건 뭐든지 다 할게!"

나리와 수진이 울상이 된 얼굴로 외쳤지만 민아는 담담한 표정으로 연지를 올려다보았다.

"박정민이 아무것도 못 봤대. 걱정 마."

……못 봤어도 못 듣지는 않았겠지.

"내 전남편이라 믿음이 안 가겠지만 박정민이가 원래 거짓말은 안 해. 믿어도 돼."

수진과 나리가 눈치 없이 구는 민아를 향해 가자미눈을 해 보였지만 그녀는 거침없었다.

"그런데 너 팬티는 어디다 버리고 왔어?"

해맑게 웃는 얼굴로 기어이 폭탄에 불을 붙인 민아 덕분에 나리와 수진은 오랜 시간 세상에 존재하는 욕이란 욕은 전부 다 들어야만 했다. 족발이 식어 말라비틀어질 때까지.


'전생에 나라를 팔아먹어 현생에 너희의 친구가 되었으니 모든 게 내 탓이오.' 로 스펙터클한 새해 첫날을 결론지은 연지는 소파와 한 몸이 되어 있었다.

1월 1일이니만큼 나름대로 화목한 집안의 여식인 나리는 가족의 품으로 돌려보냈고 수진은 약속이 있다며 저녁도 먹지 않고 휑하니 사라졌다. 원래 계획대로였다면 연지도 경기도에서 생활하고 있는 가족과 함께였어야 했지만 전례 없는 폭설과 한파로 꼼짝없이 서울에 갇혀 버렸다.

낮에 모자란 잠을 보충하고서 민아와 둘이 간단하게 저녁을 먹고 소파에서 뒹굴던 연지는 바닥에 앉아 휴대폰을 만지작거리고 있는 친구의 얄팍한 등판을 발등으로 툭툭 쳤다.

"맥주 한 캔 할래?"

술 때문에 대형 사고를 치고도 입이 심심하면 맥주를 찾게 되고 하루 종일 변기를 잡고서 꿱꿱대도 한숨 자고 나면 어김없이 해장술을 찾게 되는 이 아이러니를 어떻게 설명할 수 있을까?

"맥주 없는데."

여전히 휴대폰에서 시선을 떼지 않은 민아의 대답에 연지는 망설임 없이 외쳤다.

"가위, 바위, 보!"

몸을 홱 돌려 게임에 참여한 민아가 낸 건 가위. 흐뭇하게 미소 짓고 있는 연지가 낸 건 주먹.

"아놔. 손가락에 저주가 걸렸나. 왜 나만 지지?"

예쁘장한 얼굴을 험하게 구긴 민아가 투덜대며 제 방으로 향하자 연지는 쯧쯧 혀를 찼다.

나도 왜 니가 만날 가위만 내는지 그게 의문이다.

백민아처럼 일관성 있게 사는 것도 재주라면 재주지 싶었다. 어떻게 초등학생 때부터 일관성 있게 가위만 낼 수가 있을까?

두툼한 패딩을 챙겨 입은 민아가 맥주를 사러 나가자 연지는 TV를 보면서 편안하게 뒹굴었다. 휴대폰이 방해하기 전까지는.

카톡왔숑!

잠옷용으로 입는 큼지막한 후드 티셔츠 주머니에서 휴대폰을 꺼낸 연지는 메시지를 확인했다.

「누나, 엄마가 찬찬히 뜯어보고 전화하래.」

쌍둥이 동생들 중에서 1분 먼저 태어나 형이 되었지만 한 번도 형 소리를 들어보지 못한 비운의 형님 서준호가 보낸 사진 한 장.

미간을 좁힌 연지는 전송된 사진을 쳐다보았다. 사진 속에서 어색하게 웃고 있는 남자는 좋게 봐줘도 30대 후반으로 보였다. 하지만 둥글둥글한 얼굴에 아래로 축 처져 있는 눈꼬리가 인상이 선하다는 소리 좀 들어봤을 것 같았고 귀도 엄마 애정 씨가 좋아하는 부처님 귀였다. 오랫동안 찬찬히 뜯어봐도 별로 특별할 게 없을 것 같은, 푸근한 쌀가게 집 주인 아저씨 스타일. 간단하게 말하자면 방애정 씨 스타일이었다.

"통화할 때는 암말도 없더니만."

손가락 두 개로 사진 크기를 늘였다, 줄였다 해가며 중얼거리는 연지의 눈매가 뾰족해져 있었다.

정신없이 새해를 맞이하기는 했지만 가족을 잊을 정도는 아니었다. 그래서 웬수 같은 친구들을 돌려보내고 난 후에 애정 씨한테 전화를 걸었었고 동생들과도 통화를 했었다. 그때까지만 해도 아무 말도 없었다. 만나는 사람은 없냐, 너희는 뭐가 문제냐, 결혼을 하겠다는 거냐 말겠다는 거냐, 그런 잔소리를 예상했었지만 애정 씨는 그저 다음 주에는 집에 올 거냐고만 물어봤었다.

Rrrr. Rrrr. Rrrr.

찬찬히 뜯어보라더니 득달같이 걸려오는 전화에 연지는 포옥 한숨을 흘렸다.

[어때? 그만하면 인물 괜찮지?]

잔뜩 기대감에 젖어 있는 엄마의 음성에 연지는 두통이 일었다.

"몇 살인데?"

[서른일곱. 궁합도 안 본다는 여섯 살 차이야, 얘. 호호호호!]

……그건 네 살이구요.

[그쪽은 어머니가 없으시단다. 어렸을 때 돌아가셨대. 탄탄한 중소기업에 다니고 누나가 한 명 있는데 결혼해서 외국서 산다더라. 그쪽 아버지가 결혼하면 분가하라고 해서 아파트도 미리 사뒀다고 하고. 성품도 그렇게 좋을 수가 없단다. 괜찮지?]

남자의 신상정보가 전혀 궁금하지 않았지만 연지는 조용히 듣고만 있었다.

[가정교육을 어찌나 잘 받았는지 예의 바르기로 둘째가라면 서럽고 그 아버지가 빌딩 부자란다. 그래서 며느리 들어오면 일 안 시키고 곱게 집에만…….]

애정 씨는 남자의 이력서라도 가지고 있는 건지 끊임없이 서른일곱 먹은 남자의 장점을 늘어놓았다. 그 사이에 궁합도 안 본다는 여섯 살 차이라는 말을 적어도 세 번은 들은 것 같았다.

1월 1일부터 맞선을 볼 날을 정해야 할 정도로 내가 그렇게 늙은 건가 싶은 생각이 들어 연지는 잠시 울적해졌다. 이제는 맞선 상대의 나이가 서른일곱이어도 머리숱 많고 능력 있는 사람이면 감지덕지해야 하는 신세가 된 것 같아 서글프기도 하고.

[언제 볼래?]

이 남자는 당연히 만나야 한다는 듯 날을 잡자고 재촉하는 애정 씨 때문에 연지는 다시 한 번 길게 한숨을 흘렸다.

"애정 씨, 애정 씨가 들은 것처럼 탄탄한 중소기업에 다니고 시아버지 모시고 살 일도 없고 시누이 눈치 볼 일도 없는 집안의 남자가 가정교육을 잘 받아서 예의 바르고 성품도 좋아. 게다가 이미 집도 있고 시아버지는 빌딩 부자래. 그런 남자가 왜 서른일곱이 될 때까지 결혼을 못했을까?"

[이 계집애가 왜 또 딴죽을 걸어? 남자가 일하고 자리 잡다 보면 바빠서 그럴 수도 있는 거지!]

곧바로 날카롭게 반응하는 엄마였지만 연지는 고개를 저었다. 그녀 주변에 일하고 자리 잡느라 서른일곱이 될 때까지 장가 못 간 남자들은 없었다. 어떻게든 여자 만나서 결혼하고 애 낳고 잘들 살더라.

서른일곱 살인데 싱글이라면 돌아온 싱글이거나 독신주의자거나 하자가 있는 거다. 정신적으로든 신체적으로든. 게다가 애정 씨 말대로라면 끝내주는 조건을 갖춘 남자라는 건데 그런 남자들은 최소 열 살은 어린 애들하고 결혼하거나 대단한 집안의 여식인데 결혼 시기를 놓친 여자들하고 결혼하는 게 일반적이었다.

　[우리 집 형편도 다 알고 그쪽이 상관없다고 했다니까 문제 될 거 없어.]

　아이 어르듯이 설득을 보태는 애정 씨 덕분에 연지는 굳건한 믿음을 가지게 되었다.

　이 남자, 진짜 하자가 있나 본데?

　그런 최상의 조건을 가진 남자가 서연지의 형편을 눈감아준다고 했을 리가 없었다. 떨떠름해했으면 했지.

　우리 순진한 애정 씨를 어쩌면 좋을까.

　어찌할 수 없이 한숨만 나왔다. 살면서 뒤통수 맞은 게 몇 번이고 감언이설에 속아 넘어가 땅을 친 게 몇 번인데 아직도 소녀마냥 순수하고 순진하기만 하신 건지. 일관성 있기로는 백민아도 애정 씨를 따라갈 수가 없었다.

　"그 남자, 뭔가 문제가 있어. 그러니까 아직까지 장가를 못 갔지."

　자세한 속내는 숨기고 남자의 흠을 잡자 이내 애정 씨의 거친 숨소리가 고막을 때렸다.

　[문제는 너한테 있다! 그러니까 아직까지 시집을 못 갔지!]

　문제가 없다고도 못하겠고 시집을 못 간 게 아니라 안 간 거라고도 못하겠어서 연지는 따가워진 귓구멍만 후벼 팠다.

[도대체 너희는 뭐가 문제냐? 눈이 없어, 코가 없어, 입이 없어? 팔다리가 없게 낳아주기를 했어, 그렇다고 못 배우기를 했어? 대체 왜들 그러는 거야?]

여기서 '너희'는 서연지를 포함한 네 명의 여자들이었다. 서연지, 백민아, 박나리, 윤수진. 눈, 코, 입은 물론이고 팔다리도 멀쩡하고 배우기도 많이 배운 처자들. 그녀들 중에 한 명은 돌싱이, 나머지 세 명은 서른한 살 미혼녀가 될 수밖에 없는 이유가 분명히 존재했지만 안타깝게도 부모님들께 말할 수 있을 만한 것들은 아니었다. 비록 이유를 말하지 못해서 절연을 당하고 빙충이 취급을 받는다고 해도.

[몰라! 날 잡을 테니까 잔말 말고 시간 맞춰 나가!]

뚝! 전화가 끊긴 휴대폰을 멍하니 쳐다보고 있던 연지는 현관문이 열리는 소리에 몸을 일으켰다.

"야, 밖에 더럽게 추워."

오들오들 떨면서 들어온 민아의 코가 새빨갰다. 그러게 코 수술은 하지 말라니까, 쯧쯧.

주방 입구에 떨궈진 편의점 봉지 안에서 맥주와 음료수, 갖가지 과자와 아이스크림을 꺼내 냉장고에 넣어두자 잠옷으로 갈아입은 민아가 방에서 나왔다.

"냉동실에도 몇 병 넣어두지."

냉장고 문을 열어보는 민아를 보면서 연지는 피식 웃었다.

"넣어놨다."

"뭐 만들어서 먹기 귀찮지?"

"가볍게 한잔하는 건데 뭐. 어쩐 일로 아이스크림을 사왔대?"

"추우니까 땡겨서."

담담하게 대꾸한 민아가 맥주 병 두 개와 아이스크림을 품에 안고 거실로 향했다.

"성북동 엘리자베스 안 하냐?"

바닥에 자리를 잡은 민아가 리모컨으로 채널을 바꿨다. 바뀐 화면에는 아직 광고만 나오고 있었다.

"넌 그게 재밌냐?"

민아의 옆에 앉은 연지가 아이스크림을 스푼으로 뜨면서 물었다. 살면서 드라마를 볼 시간이 없기도 했고 본다고 해도 사극처럼 무거운 분위기의 드라마를 좋아하는 연지로서는 감정이입이 전혀 되지 않는 사랑 이야기에, 그것도 백민아와는 전혀 상관없는 신데렐라 스토리에 열광하는 친구를 이해하기가 어려웠다.

"박지후 때문에 보는 거야. 살 떨리게 매력적이잖아."

더럽게 춥다고 오들오들 떨던 게 방금 전인데도 입안이 미어터지게 아이스크림을 넣고 우물거리는 민아를 연지는 빤히 쳐다보았다.

개인의 취향이라는 게 있겠지만 연지가 보기에는 박지후보다 박정민이 더 매력적이었다. 왜 저 얼굴로 연예인을 안 했을까 싶을 만큼 훈훈한 외모에 여자들이 이상적으로 여기는 신체 사이즈. 민아가 처음 박정민을 소개시켜 줬을 때 정민의 미소에 녹아내린 사람이 비단 연지만은 아닐 것이다.

박지후가 살 떨리게 매력적이라면 박정민은 사지가 떨리게 매력적인 남자였다. 민아는 그런 남자와 뜨겁게 사랑하다가 만난 지석 달 만에 결혼식을 올렸고 부부가 된 지 1년 만에 이혼 서류에

도장을 찍었다. 그리고 6년째 전남편과 연락도 하고 만나기도 하면서 지낸다. 그러면서도 재결합은 안 한단다.

연지가 백민아와 박정민의 재결합 가능성을 타진해 보는 사이 드라마가 시작되었다. 본방을 사수하고도 재방까지 챙겨 볼 정도로 성북동 엘리자베스에 빠져 있는 민아라 연지도 몇 번 따라서 본 적이 있었지만 당최 재미를 느낄 수가 없었다.

별로 매력적으로 느껴지지 않는 박지후를 무심한 얼굴로 쳐다보던 연지가 툭, 말을 던졌다.

"엄마가 나 맞선 보래."

그 말에 맥주를 홀짝이던 민아가 담백하게 물었다.

"잘생겼대?"

이게 백민아다. 민아는 자고로 남자는 얼굴 뜯어먹고 살아야 할 정도로 잘생겨야 한다는 믿음을 가지고 있었고 나리와 수진은 손이 크고 허벅지가 튼실해야 남자 대우를 해주었다.

"쌀집 아저씨 같아."

"쌀집 한대? 굶을 일은 없겠네."

"넌 애가 왜 그렇게 일차원적이냐?"

"복잡하게 살면 머리 빠져. 안 그래도 요즘 털갈이 하는지 자꾸 머리가 빠진다."

"늙어서 그래."

당연한 말을 했을 뿐인데 민아는 충격받은 얼굴로 연지를 쳐다보았다.

"나 늙어 보여? 보톡스 좀 맞을까? 박정민이는 그런 말 없었는데."

"늙는 건 자연스러운 거야. 현실을 받아들여."

연지는 안쓰러운 얼굴로 민아의 머리를 쓰다듬어 주었다. 요즘 털갈이 한다더니 정말 머리숱이 줄어들기는 했다. 내일은 검은콩 넣고 밥 지어 먹여야지.

"그래서 몇 살이라는데?"

현실을 받아들이지는 못했겠지만 박지후의 미소에 금세 기분이 풀린 민아가 묻자 연지는 애정 씨가 해주었던 말들을 고스란히 전해주었다.

잠자코 맞선남의 신상 정보를 듣고 있던 민아가 내린 결론은 이랬다.

"하자 있네."

역시 내 친구.

"사진 있다고 했지? 봐봐."

연지가 남자의 사진을 보여주자 잠시 쳐다본 민아는 씨익 미소를 지었다.

"내 말이 맞잖아. 얼굴이 하자다, 야."

물론 이건 어디까지나 백민아의 기준이다. 객관적으로 보자면 남자는 그냥 평범했다.

"니가 아까워. 이 남자를 만날 바엔 차라리 미스터 능글을 만나지. 결혼 상대로 말고, 연애 상대로."

민아의 입에서 동료 약사의 얘기가 나오자 연지는 혀를 찼다.

"이 남자보다 애 있는 돌싱이 낫다는 거야? 외모 하나 때문에?"

"애 있어도 그 애는 엄마가 키운다며? 능글맞게 생기긴 했지만 그 정도면 같이 다니기 창피하지도 않고. 그리고 내가 누누이 말하지만 미스터 능글, 너한테 관심 있다니까?"

"됐네요."

가볍게 웃어넘기려는 연지에게 민아는 쐐기를 박았다.

"너한테 관심 있는 거 확실해. 나리하고 수진이도 그랬어. 너는 우리 촉 못 따라가. 뭐, 그쪽한테도 니가 아깝기는 하지만."

어깨를 으쓱거린 민아는 다시 박지후앓이 상태에 들어갔고 연지는 조용히 맥주를 마셨다.

유호태. 일명 미스터 능글은 동료 약사이자 연지의 직장인 여름 약국의 주인이었다. 알고 보니 대학 선배이기도 했고 첫 직장을 어이없게 그만둔 후 실의에 빠져 있던 연지에게 먼저 연락을 해와 일자리를 제공해 준 고마운 사람이었다. 그리고 그가 서연지에게 관심이 있다는 건 이성 간의 관계에 있어서는 촉이 약한 연지도 알고 있는 바였다.

서른여섯의 나이에 대형 약국을 운영하고 주변 평판도 좋은 남자. 짙은 쌍꺼풀과 웃을 때마다 양 볼에 패는 보조개, 남자치고는 가늘다 싶은 음성에 연지의 친구들이 능글거린다며 미스터 능글이란 별명을 붙이긴 했지만 썩 나쁘지 않은 외모의 소유자이긴 했다.

들기로는 아버지가 어디 병원의 병원장이라고 했던 것 같고 위로 형이 두 명 있는데 둘 다 의사라고 했던 것도 같다. 한마디로 대단한 집안의 막내 아드님이라는 소리. 굳이 흠을 잡자면 이혼 경력이 있고 열 살 된 딸이 있다는 것 정도?

연지는 그런 호태의 관심이 부담스러웠다. 이혼남에다 딸이 있는 남자라서가 아니라 서연지 정도면 접근해도 될 것 같다는 생각을 가지고 있는 것 같아서. 그래서 일자리를 옮겨볼까 고민해 보지 않은 건 아니었지만 그러기엔 여름약국의 대우와 보수가 너무 좋았다. 민아네 집에서 출퇴근하기가 편하기도 했고 함께 일하는 사람들도 그보다 좋을 수는 없을 만큼 성격이 잘 맞았다. 호태가 관심만 끊어준다면 신의 직장이라 불러도 모자람이 없었다.

은근슬쩍 찔러보는 데이트 신청을 거절하는 것도 한두 번이지. 최근 반년 사이 쉬는 날만 되면 밥 먹자는 둥, 영화를 보러 가자는 둥 작업을 걸어오는 호태 때문에 연지는 머리가 아팠다.

"연애라도 해야 되나."

호태 생각에 눈살을 찌푸린 연지가 혼잣말을 중얼거리자 민아가 댕그래진 눈으로 그녀를 쳐다보았다.

"미스터 능글 만나게?"

"미쳤냐."

"그럼 쌀집 아저씨? 야, 그건 아니지!"

"맞선 본 사람하고 어떻게 연애만 하냐? 결혼을 전제로 만나는 건데."

맞선남의 외모가 어지간히도 마음에 안 든 모양인지 학을 떼는 민아를 안심시킨 연지는 머리를 굴렸다. 주변에 연애 걸 만한 남자가 있던가?

……남자 자체가 없네.

연지는 쓰게 입맛을 다셨다. 이제 연애만 하기에는 불가능한 나이가 된 것 같았다.

쌍둥이들 군대 보내고 대학 졸업까지 시키고 나면 어림잡아 마흔 살쯤 되려나? 그때쯤 운 좋게 친구처럼 지낼 수 있는 남자를 만나게 되면 서로 의지하며 살아볼까 생각하고 있는 연지로서는 아무나 함부로 만날 수가 없었다. 혹시 모르니까 나 마흔 될 때까지 기다려 보세요, 할 수는 없는 노릇 아닌가.

그렇다고 애정 씨의 바람처럼 결혼을 할 수도 없었다. 약사라는 직업으로 번듯한 직장에서 다달이 적지 않은 월급을 받고는 있지만 아직 중학교도 졸업하지 못한 남동생이 둘이나 있었다. 애정 씨의 재혼으로 인해 새아버지가 되었지만 연지에게는 유일한 아버지였던, 천사 같은 쌍둥이의 친부이신 서태석 씨가 돌아가시기 전에 서셨던 빚보증이 잘못되는 바람에 재작년까지는 빚 갚느라 정신없었다. 그리고 현재 그녀의 가족이 살고 있는 경기도 변두리의 임대 아파트를 얻는 데도 큰돈이 들어갔다.

준호는 야구 선수가 꿈이라고 하니 그거 뒷바라지도 해줘야 하고 준수는 어렸을 때부터 영재 소리를 들었을 만큼 머리가 좋으니 좋은 대학 보내서 저 하고 싶은 만큼 편하게 공부할 수 있게 해주고 싶었다.

결혼 자금 같은 게 있을 리 없고 수중에 목돈이 있다고 해도 결혼 자금으로는 안 쓸 것이다. 그게 현재 연지의 형편이었고 말해 버리면 애정 씨 속이 문드러질 것 같아서 말하지 못하는 결혼을 미루고 있는 이유였다.

"있잖아. 나 너무 궁금해서 잠도 못 잘 것 같아서 그러는데."

이런저런 생각을 하고 있는 중에 드라마가 끝났는지 민아가 연지의 발가락을 손톱으로 꾹꾹 누르면서 몸을 배배 꼬아댔다.

"뭐."

콩알만큼 남은 맥주를 입안에 털어 넣은 연지가 쳐다보자 민아가 배시시 웃어 보였다.

"너 어디다 버리고 왔냐구, 팬티."

"에이씨, 진짜!"

제 친구가 방금 전까지 무슨 생각을 했는지 관심도 없는 백민아 때문에 울화통이 터진다. 하지만 연지의 짜증에도 개의치 않은 민아는 징그럽게 아양을 떨었다.

"아이잉. 나 진짜 궁금해서 그래, 응? 아무한테도 얘기 안 할게. 나한테만 말해봐. 응응?"

"서연지 원나잇 했다고 소문 다 났는데 그걸 몰라서 묻냐? 호텔에 버리고 왔겠지!"

"응? 너 원나잇 했어?"

민아는 꿈에도 몰랐다는 듯 큰 눈을 끔벅대고 있었다.

잠깐. 내가 얘네한테 말을 안 했나?

잠시 짜증을 가라앉힌 연지가 기억을 더듬었다. 원나잇맨에게서 도망쳐 나온 후, 집에 도착하자마자 욕실에 들어갔고 거기서 기절을 한 뒤…….

아, 말 안 했구나.

정확하게 따지자면 안 한 게 아니라 말할 새가 없었다. 기절했다가 깨어났을 때는 족발을 먹고 있는 웬수들을 보고서 분통이 터져서 욕을 퍼붓느라 다른 생각을 할 새가 없었다. 백민아가 팬티 어디에 버리고 왔냐고 묻기는 했어도 그 후에는 누구도 서연지가 어째서 아침에 들어왔는지 묻지 않았다. 그러니까 서연지가 원나잇을 경험했다는 사실은 친구의 전남편인 박정민만 알고 있었다는 것이다. 이 무슨 웃기지도 않는 시추에이션인지.

"서연지가 원나잇을 했어? 내일 해가 동쪽에서 뜨겠네?"

……민아야, 해는 원래 동쪽에서 떠.

"좋았어? 어땠어? 너 원나잇 처음 아니야? 몇 번 했어? 두 번? 세 번? 남자는 어땠는데? 너무 오랜만이라 아프지는 않았어? 난 오랜만에 하면 아프던데."

두서없이 질문을 던지다가 저 혼자 부끄럽다고 난리를 치는 민아를 연지는 넋을 잃고 쳐다보았다. 원맨쇼가 아주 절정으로 치닫는다.

"말 좀 해봐. 부끄러워서 그래? 그럴 거 뭐 있어, 우리 사이에."

진심으로 너와의 사이를 재정립하고 싶어진다.

"그럼 팬티는 선물로 주고 온 거야?"

얘, 미친 거 아니야?

"민아야, 나는 정상이야."

연지는 민아의 어깨를 붙잡고 진지하게 말했다.

"응?"

"미치지 않고서야 같이 잔 남자한테 팬티를 선물로 주고 오지는 않는다고."

"그래? 난 줘봤는데?"

……원래 미쳐 있었던 거구나.

민아가 누구한테 팬티를 선물로 줬는지 궁금하지도 않았다. 제발 박정민이 아니길 바랄 뿐.

할 말을 잃은 연지가 고개를 저으며 자리에서 일어서자 민아가 따라 일어서며 끝까지 대답을 요구했다.

"좋았냐니까? 아프지는 않았냐니까? 몇 번이나 했냐고!"

도대체 얘는 그게 왜 궁금한 걸까?

"서연지! 치사하게 이럴래?"

방문 앞까지 졸졸 쫓아오며 웃기지도 않게 성을 내는 민아를 쳐다본 연지가 꽥 소리를 질렀다.

"좋았다! 좋아서 아주 그냥 미쳐 버릴 뻔했다! 됐냐?"

방으로 들어가 방문을 쾅 닫아버린 연지는 문밖에서 들려오는 새된 비명 소리와 부끄럽다며 발광하는 소리를 애써 무시했다.

기절을 하지 말았어야 했다. 아니, 원나잇을 하지 말았어야 했다. 아니아니, 술을 마시지…… 않을 수는 없으니까 앞으로는 적당히 마셔야겠다.

털썩, 침대에 대자로 뻗은 연지는 눈을 깜박거렸다.

오늘 새벽, 좌뇌 우뇌 할 것 없이 술에 절어 있기는 했어도 그녀는 모든 일들을 선명하게 기억하고 있었다. 저주받은 기억력이 그녀에게 필름 끊김 현상 같은 축복을 안겨줄 리 없으니까.

민아 때문에 원나잇맨이 떠오른 연지는 머릿속으로 친구의 질문에 대답을 해주었다.

남자가 어땠냐고? 이런 남자도 나이트클럽에 오는구나 싶을 만큼 끝내줬지.

그 남자하고 자서 좋았냐고? 짤막한 말 한마디 던져 줄 때마다 온몸에 소름이 돋을 지경이었는데 좋지 않고 배겼겠어?

아프지는 않았냐고? 아픈 것도 못 느낄 정도로 좋았다고 하면 설명이 되나?

몇 번 했냐고? 다섯 번 같은 한 번? 힘이 오죽 좋았어야지. 난 침대 부서지는 줄 알았네.

낯부끄러워서 민아에게는 해줄 수 없었던 말들이었다. 그리고 그런 남자의 이름조차 모른다고 하면 민아가 어떤 반응을 보일지도 알 수가 없었다. 아마 등짝이 남아나지 않게 맞지 않았을까?

이름은 왜 안 물어봤냐, 연락처를 따는 게 예의 아니냐, 너는 애가 왜 그러냐. 민아가 할 만한 말은 뻔했다. 하지만 연지는 자신의 침대에 누워 있는 지금까지도 원나잇맨의 이름을 알고 싶거나 그의 연락처가 궁금하거나 하지는 않았다. 오히려 몰라서 속 편했다. 어차피 다시는 안 볼 사람이고 절대로 보고 싶지 않은 사람인데 이름을 알면 뭐할 거고 연락처를 알면 또 뭐할 건가.

"미쳤어, 미쳤어. 미쳐도 제대로 미쳤어."

원나잇맨과 잔 것도 미친 짓이었지만 그전에 했던 행동들도 만만치 않게 미친 짓이라 연지는 몸을 돌려 엎드리고서 베개에 얼굴을 묻었다.

뽀뽀하자고 한 것도 모자라 키스해 달라고 들이댔지, 술에 취해 할 말 못할 말 못 가리고 지껄였지, 허파에 바람 든 년처럼 낄낄대면서 웃어댔지. 그러니 얼마나 이상하고 쉬운 여자로 봤을까. 실성한 여자로 안 봤으면 다행이다.

"괜찮아. 괜찮아, 서연지. 다시는 안 볼 사람이잖아. 괜찮아."

베개에 얼굴을 묻은 채로 웅얼거리면서 스스로를 위로해 보는 연지였지만 전혀 위로가 되지 않는다는 게 문제였다.

오후 다섯 시. 새해 첫날이라서인지 숍은 한산했고 더 이상의 예약 고객도 없었다. 마지막 예약 고객이 숍을 나서는 모습을 보고 기지개를 켠 수현은 원장실에 들어가 코트와 가방을 챙겼다.

"가게?"

내내 저만 지켜보고 있는 건지 금세 원장실로 따라 들어온 혜연이 크지도 않은 눈을 깜박이며 물었다.

"예약 고객 없잖아."

심드렁한 대꾸에 혜연의 눈이 세모꼴로 변했다.

"예약 고객 아닌 고객은 고객도 아니야?"

"나 오늘 안 나오는 날이었다. 그건 너도 마찬가지였을 텐데."

정색을 하고 노려보는 수현의 말에 혜연은 아무것도 묻어 있지 않은 새하얀 원피스를 손으로 툭툭 털어댔다.

"어지간하면 직원들도 집에 보내고 너도 가라. 모르는 것 같은데 오늘 1월 1일이다."

평소 말이 길지 않은 수현이었지만 오늘은 어쩔 수가 없었다. 이렇게라도 못을 박아놔야 내년에는 사고 치기 전에 짧게나마 고민이라도 해볼 테니까.

"1월 1일이라고 다 노는 거 아니거든?"

"나는 대부분 다 노는 날에 우리 직원들도 놀게 하고 싶거든."

"그래 가지고 어떻게 장사를 해?"

절대 질 수 없다는 듯 턱을 추켜올린 혜연을 쳐다보며 수현은 한숨을 내쉬었다.

"민혜연, 연애 좀 해라."

"……뭐?"

"다른 사람 괴롭히지 말고 연애 좀 하라고. 취미 생활을 가지던가."

"나 취미 생활 있거든!"

"직원들 괴롭히기?"

약이 올랐는지 혜연의 왜소한 몸이 바르르 떨렸다. 수현은 가끔 생각했다. 작은 고추가 맵다는 말은 민혜연을 보고 만든 말이 아닐까, 하고.

"부모님하고 저녁 먹기로 했어. 먼저 간다."

부모님과의 약속이라는 말에 더는 꼬투리를 잡지 않는 혜연을 뒤로하고 수현은 숍을 빠져나왔다.

차를 세워둔 곳이 멀지도 않은데 몇 발자국 걷는 사이에 날 선 칼바람이 피부를 찔러왔다. 출퇴근 러시아워를 감당할 수가 없어서 일부러 숍과 가까운 곳에 집을 얻었지만 한파의 기세가 누그러지기 전까지는 오늘처럼 차를 가지고 다녀야 할 듯싶었다.

본가로 가는 거라 내비게이션을 끈 수현은 천천히 핸들을 움직였다. 운전하는 걸 좋아하지도 않았고 눈 때문에 미끄러워진 도로를 달리는 것도 마뜩치 않은 이런 날엔 집에 콕 박혀 있는 게 제일이었지만 부모님과의 약속을 취소할 수는 없었다. 오늘은 1월 1일이니까.

그렇지 않아도 어제 점심때부터 뭐가 먹고 싶냐면서 몇 번이나 전화를 거신 어머니셨다. 신경 쓰실 것 없다는 말에 어떻게 신경을 안 쓰냐고 서운해하시기도 하셨다.

미국에서 영국으로, 그리고 또다시 미국으로 옮겨가 지내다가 한국에 돌아온 아들이 따로 집을 얻어 나가겠다고 했을 때도 어머니는 서운한 마음을 숨기지 못하셨었다. 하지만 끝내 붙잡지는 못한 마음 약한 분이 수현의 어머니 정고운 여사였다.

어머니의 서운함을 알면서도 독립을 한 탓에 일주일에 한 번쯤은 본가에 들러 식사라도 하려고 노력하지만 마음먹은 것처럼 되지 않았다.

수현은 적어도 일주일에 나흘 정도는 숍에 나가 수석 디자이너 노릇을 하고, 남는 시간에는 디자인 연구나 새로운 스타일링 방법을 찾고 주식도 했다. 그렇게 하고도 시간이 남으면 책을 읽거나 혼자 영화나 공연을 보러 다녀서 얼마 안 되는 여유 시간조차 허투루 보내는 법이 없는 그였다. 명색이 숍의 원장직을 맡고 있어서 예전만큼 편하게 여행을 다니지는 못하지만 종종 가방 하나 둘러메고 훌쩍 떠나 버려서 혜연이 발을 동동 구르게 만든 적도 있었다.

신호에 걸려 차를 세운 수현은 하루 종일 자신을 관찰하던 혜연이 떠올라 손끝으로 핸들을 두드리며 한숨을 흘렸다.

혜연은 욕심이 너무 많았다. 살면서 욕심이라는 걸 부려본 적이 없는 수현으로서는 이해할 수도, 이해하고 싶지도 않은 부분이었다. 한때는 민혜연과 연인이라는 이름으로 묶여 있던 적도 있었지만 그때에도 이해할 수 없었다.

동업자로서의 혜연은 훌륭한 파트너였지만 오늘처럼 종종 동업을 후회하게 만드는 일들을 저지르곤 했다. 재작년에는 분점을 내자고 해서 수현을 기막히게 만들었고 작년에는 헤어 제품을 런칭하자는 아이디어로 식겁하게 만들었다. 숍을 오픈하고 성공가도를 달리자 쉴 없이 TV출연이나 인터뷰를 하자고 생떼를 부리다시피 고집을 피워서 난감했던 적이 한두 번이 아니었다.

확 잠수나 타버릴까.

책임감 없는 유혹이 다가와 수현의 마음을 두드렸다. 설사 잠수를 탄다고 해도 맡은 바 소임을 다 하고 저질러 놓은 일들을 깔끔하게 정리한 후가 되겠지만 혜연이 욕심을 부릴수록 유혹의 크기도 점점 부피를 늘려가고 있었다.

유혹을 물리치고 마음을 다잡은 수현은 담이 높은 2층 집 앞에 차를 세웠다. 가방을 열어 부모님께 드릴 상품권이 들어 있는 봉투를 확인한 그는 차에서 내려 초인종을 눌렀다.

[춥지? 얼른 들어와!]

다정한 어머니의 음성에 수현의 얼굴에 판에 박힌, 그린 듯한 미소가 떠올랐다.


부모님과 저녁 식사를 하고 시간을 보내다가 청담동에 위치한 제 집으로 돌아온 수현은 현관문을 열자마자 인상을 썼다.

슬리퍼를 신고 거실로 걸어간 그는 제 소파에 주인처럼 늘어져 있는 친구 지설을 노려보았다.

"뭐냐, 너."

"술 한잔하자. 주인 없는 집에서 아무거나 꺼내 마시기는 뭐해서."

주인 없는 집에 연락도 없이 쳐들어와 있는 건 괜찮고?

"오늘 미림이 만난다며."

네가 온 게 전혀 반갑지 않다는 내색을 고스란히 드러내는 수현이었지만 지설은 개의치 않았다.

"싸웠어."

"또?"

아직까지도 그렇게 싸워댈 수 있는 에너지가 넘쳐 난다는 게 수현은 마냥 놀랍기만 했다. 연애를 이어온 7년의 시간 동안 싸운 기간이 6년은 되는 것 같으니.

"걸렸어."

시큰둥하게 대꾸하는 지설을 향해 수현이 눈썹을 추켜세웠다.

"나이트클럽 갔던 거. 완전 귀신이야."

매번 걸리면서 매번 안 걸릴 거라고 자신하는 지설이었다. 집에 갈 생각은 안 하고 나이트클럽에서 뭉개고 있을 때부터 불안하더라니.

갓 스무 살이 되었을 때 지설의 레이더에 걸려 꽃다운 청춘을 바친 미림이 수현은 무척이나 안쓰러웠다.

미국에 있을 때 잘나가는 변호사였던 지설은 재작년, 급작스럽게 귀국했다. 이유를 물어보니 '이수현과 민혜연 없이 미림이하고만 놀려니 심심해서.' 라고 대답했던 신지설. 그리고 미림은 그렇게 철없는 지설 하나만 보고 같이 한국으로 들어왔다. 정작 그녀의 가족은 전부 미국에 있는데도.

미림도 이제 결혼 적령기에 들어섰고 지설은 매년 집에서 결혼하라는 압박을 받고 있었지만 멍청한 친구 녀석은 결혼 생각 같은 건 개나 줘버린 듯싶었다.

"가서 무릎 꿇고 빌어."

쯧쯧 혀를 차며 하는 말에 지설은 새끼손가락으로 제 귀를 후비적거렸다.

"술 마시자. 너 좋은 술 있던데?"

"좋은 말로 할 때 가라."

"서럽다. 그러지 마라."

제 잘못을 뉘우칠 생각은 전혀 안 하고 뻔뻔하게 구는 지설 때문에 수현이 얼굴을 굳혔다.

"안 꺼질래? 민혜연한테 미림이 남자 소개시켜 주라고 해?"

혜연의 이름이 튀어나오자 지설이 인상을 북북 그으며 소파에서 일어섰다. 휴대폰을 두 개나 들고 다닐 정도로 인맥이 넓고 한다면 하는 성격의 혜연이 무섭긴 한 모양이었다. 아니면 이제는 지칠 대로 지쳐 버린 미림이 정말 저를 떠나 버릴까 봐 무서운 건지도.

"치사한 새끼."

"어. 가라."

"붙잡아도 간다, 새끼야."

"다른 데로 새지 말고 곧장 미림이한테 가서 손이 발이 되도록 빌어."

수현을 죽일 듯이 노려보던 지설이 욕설을 내뱉으며 사라졌다.

방으로 들어가 옷을 갈아입은 수현은 손으로 얼굴을 쓸어내렸다. 돌려보내는 게 옳은 일이라 지설을 쫓아내기는 했지만 마음이 편치는 않았다.

"마음이 떴으면 놔주기라도 하던가."

욕조에 물을 받으며 지설에게 하지 못한 말을 중얼거리던 수현의 표정이 무거워졌다.

미림은 한 남자만 바라보고 한 남자만 뜨겁게 사랑할 줄 아는 여자였다. 그래서 지설과 지지고 볶고 싸워대면서도 결국에는 이해하고 용서하는 입장을 고수하는 미림이 미련해 보이다가도 그런 사랑을 받는 지설이 부럽기도 했었다.

그런 여자의 마음을 가졌으면, 그 여자를 제 마음에 담았다면 지설처럼 굴면 안 되는 거였다. 적어도 미림의 마음을 책임져야 한다는 생각 정도는 해야 하는 거다. 그것이 저에게 마음을 내어 준 사람에 대한 예의다.

빠르게 몰려오는 피곤에 뒷목을 주무르던 수현은 뜨거운 물을 받아놓은 욕조에 몸을 담갔다.

수증기가 피어오르는 욕실에서 눈을 감고 머리를 비워보려 애 썼지만 수포로 돌아갔다. 자꾸만 욕심을 부리는 혜연, 자주 얼굴 을 비치지 않는 것에 서운해하시는 부모님과 무슨 이유에서인지 엇나가기만 하는 지설. 그리고…….

'좋다. 누가 나 업어준 거 처음인데, 모르죠?'

다리에 힘이 풀린다며 주저앉아 버린 여자를 업었을 때 귓가에 속삭여지던 말이 떠올랐다.

'서태석 씨가 쌍둥이 업어줄 때 되게 부러웠었는데 나는 한 번 도 업어달라고 못했어요. 업히기에는 내가 너무 무거웠거든.'

잠꼬대처럼 중얼거리던 말 속에서 서글픔이 느껴진 건 착각이 었을까? 전혀 무겁지 않은데 업어달라고 하지 그랬냐고 묻고 싶 지만 수현은 말을 삼켰었다. 시종일관 엉뚱하고 유쾌하기만 했던 여자의 젖어 있는 음성이 마음을 묵직하게 내리눌러서.

눈을 뜬 수현은 욕조에서 몸을 일으켜 샤워기 아래에 섰다. 노 곤하게 풀려 있던 근육들을 강하게 조여주는 차가운 물줄기 아래 에 서서 그는 조금쯤 후회했다. 믿을 수 없게도 여자의 연락처를 알아뒀으면 좋았을 것 같다는 아쉬움이 수현을 찾아왔다.

연지는 하루 종일 심기가 불편했다. 그래서 약국을 찾은 손님들께 평소처럼 환하게 웃어주거나 진심으로 걱정하는 표정을 지어 보이지 못했다. 프로답지 못한 모습이었지만 어쩔 수 없었다. 그녀는 약사이기 이전에 사람이었으니까.

'오늘 그 사람이 전화할 거야. 군소리 말고 일단 한 번 만나 봐.'

겨울이라 감기 환자가 많아 제대로 점심도 못 먹고 빵 조각으로 주린 배를 채우고 있을 때였다. 전화를 받자마자 다짜고짜 할 말만 던져 놓고 뚝 끊어버린 애정 씨 때문에 연지는 소화제를 먹어야 했었다.

추운 날씨 탓인지 몸이 아파서인지 하루 종일 울고불고 난리를 치면서 짜증을 내는 어린아이들이 많아서 정신이 하나도 없었다. 전산직원과 조제보조원까지 감기에 걸려 약국 안에는 기침 소리와 훌쩍거리는 소리가 끊이질 않았고 왜 이렇게 오래 걸리냐며 성을 내는 손님들도 있었다. 그 와중에 맞선 통보를 받았으니 연지의 기분이 바닥을 치는 건 당연한 일이었다.

야간 진료를 하는 병원들 덕분에 저녁 시간에도 약국을 찾는 사람들이 많았고 일반 감기약도 불티나게 팔려서 몸이 열 개라면 좋을 것 같다는 생각이 들 정도였다.

처방전에 따라 약을 조제하고 직접 투약도 할 수 있는 약사가 두 명. 일반 약을 상담하고 판매하는 신참 약사 한 명. 전산직원과 조제보조원까지 총 다섯 명이 일하고 있는 여름약국이었지만 당황스러울 정도로 바쁜 날이었다.

"서 약사, 식사하고 와요."

서둘러 저녁을 먹고 들어온 호태가 연지의 어깨를 두드리며 말했지만 그녀는 고개를 저었다.

"은 약사님 드시고 오라고 하세요. 전 괜찮아요."

짬밥으로 보나 경력으로 보나 연지가 먼저 식사를 해야 했지만 그녀는 순순히 신참에게 식사 시간을 양보했다. 아까부터 몰래 코를 훌쩍이는 모양새를 보아하니 상태가 심상찮았다. 당분간은 오늘만큼은 아니더라도 꽤나 바쁠 텐데 신참 약사까지 아파 버리면 고달파지는 사람은 연지였다.

감기 기운 뚝 떨어지게 뜨끈한 국물로 먹고 오라고 신참의 등을 밀어 내보낸 연지는 벽에 걸려 있는 시계를 흘깃거렸다.

오후 6시 25분. 애정 씨의 말씀처럼 맞선남이 전화를 건 지 두 시간이 지나가 있었다.

'죄송하지만 오늘은 도저히 중간에 시간을 뺄 수가 없네요. 다

음으로 미루면…….'

'괜찮으니까 신경 쓰지 마세요. 9시 전에 끝나신다고 알고 있는데, 맞나요?'

내가 안 괜찮으니까 신경 좀 쓰라고 소리 지르고 싶은 걸 참아내느라 얼마나 애를 먹었는지. 약국 앞까지 데리러 오겠다는 걸 말리느라 약속 장소를 잡을 수밖에 없었던 기억에 연지는 신음을 삼켰다.

처방전을 들고 조제실로 들어간 연지는 땅이 꺼지게 한숨을 쉬었다. 도대체 이 좁은 땅덩어리에 내가 괜찮으면 남도 괜찮다고 믿는 사람들이 왜 그리 많은 건지 모를 일이었다. 앉아서 쉬어본게 언제인지 까마득해서 얼른 집으로 달려가 침대에 눕고 싶은 마음밖에 없건만.

"약사님, 도지우 님 약 멸었어요?"

조제실로 고개를 내민 전산직원의 재촉에 연지는 잡다한 생각들을 머릿속에서 털어내고 눈과 손을 바쁘게 움직였다.

벌써 두 잔째의 생맥주를 벌컥벌컥 마셔대고 있는 남자를 보면서 연지는 생각이라는 걸 집어던졌다.

약속 장소까지 태워다 주겠다고 고집을 부리는 호태를 물리치고 버스를 탄 그녀는 도착한 곳에서 맞선남을 찾느라 꽤 고생했었다. 사진 속에서 웃고 있던 남자가 도무지 보이질 않아서.

서른일곱? 마흔일곱 아니고?

남자를 처음 봤을 때 들었던 생각이었다.

잘사는 집 자식이라면서 무슨 고생을 그리 심하게 하셨기에 얼굴에 주름이 자글자글하신지. 사진에서는 볼 수 없었던 두툼한 턱살과 별자리마냥 얼굴 전체에 흩뿌려져 있는 점들은 차라리 애교였다. 맞선 사진에 포샵질 좀 했다고 욕할 수는 없는 거니까. 하지만 쇠를 갈아 드셨는지 목소리에서 쉑쉑 소리가 나는데도 줄담배를 피우고 있는 남자를 보고 있자니 욕이 목 끝까지 치밀었다.

"젊은 사람들끼리 알아서 만나라고 하셔서 처음엔 당황했는데 막상 나와보니 괜찮네요. 연지 씨도 괜찮으시죠?"

젊은? 여기 젊은 사람이 있었어? 어디?

"아, 네."

억지로 미소를 짓느라 연지의 입술이 바르르 떨렸다.

"피곤하신데 무리하신 건 아니신지 모르겠습니다. 댁까지 모셔다 드릴 테니 걱정하지 마세요."

걱정이 돼! 너무 돼! 그리고 말 좀 하지 마! 얼굴에 비 내려!

연지는 땀이 나는 척 냅킨으로 얼굴을 꾹꾹 눌렀다. 가방 속에 손수건이 들어 있었지만 어여쁜 꽃 분홍 손수건에 남자의 침을 묻히고 싶지는 않았다.

"술 드셨으니까 운전 못하시잖아요. 전 괜찮……."

"하하! 저 면허도 없습니다. 차가 워낙에 위험한 물건이잖아요. 버스도 있고 전철도 있는데 서울에서 굳이 차 끌고 다닐 필요 있나요? 고유가 시대에."

위험한 건 당신이야! 이런 댄저러스한 인간 같으니라고!

딱 맥주 한 모금 마셨을 뿐인데 골이 빠개질 것 같았다. 엄마를 향해 초스피드로 달리는 원망과 분노를 막을 길이 없었다.

아무리 시집을 보내고 싶었어도 이건 아니지!

애정 씨도 이 남자를 사진으로만 봤을 테니 만나보라고 한 거겠지만 해도 해도 너무했다. 그리고 남자를 만난 후에야 알았다. 애정 씨가 줄줄이 읊어대셨던 남자의 장점 중에 키에 대한 정보는 없었다는 것을. 자신이 여자치고는 큰 키이기도 하고 요즘은 약국에서 앉아 있을 시간이 좀처럼 나질 않아 단화를 신고 왔는데도 불구하고 남자는 그녀보다 작았다. 그러니 키가 170도 안 된다는 거였다.

사람을 외모로만 판단하는 건 옳지 않은 일이라 연지는 남자의 작은 키에도 불만을 가지지 않았었다. 자글자글한 주름이야 어렸을 때 약을 잘못 먹었다고 치면 되는 일이고 점이야 빼면 되는 거였다. 키 작은 건 유전이니 어쩔 수 없고 불어터진 면발마냥 퉁퉁한 몸은 먹는 걸 좋아하는 사람이라고 여기면 되는 거지만…….

"사진보다 실물이 훨씬 예쁘십니다."

하지 마! 하지 마아! 제발 속삭이지 마!

남자의 목소리만큼은 참아줄 수가 없었다. 평범하게 말할 때도 쉑쉑거리는 소리가 속삭일 때면 그 정도가 심해져 손톱으로 칠판을 긁는 소리를 듣는 것과 같은 효과를 내고 있었다.

맞선을 보러 나온 사람이 치맥을 하러 가자고 했을 때 알아봤어야 하는 거였다. 말이 좋아 치맥이지 남자의 침이 튀어버린 치킨은 손도 댈 수가 없었고 참으로 오랜만에 술이 술처럼 보이질 않았다.

그런 연지의 마음을 전혀 모르는 남자는 벌컥벌컥 김칫국을 마셔댔다.

"연지 씨, 전 요즘 남자들처럼 꼭 맞벌이를 해야 한다는 주의는 아닙니다."

얼씨구?

"하지만 이제까지 공부하신 것도 있고 어렵게 약사가 되셨을 테니 계속 일을 하시겠다고 하면 말릴 생각은 없어요."

헐!

"그래도 아이는 셋 이상 낳았으면 합니다. 넷이 딱 좋기는 한데 너무 힘들까요?"

진상 포텐 터지네. 아주 착각이 쩌시는구만.

마음속에서 맴도는 말을 입 밖으로 꺼내놓을 수 있다면 얼마나 좋을까. 하지만 연지는 참았다. 참고 또 참았다. 딸 하나 열 아들 부럽지 않게 잘 키웠다는 소리를 이 세상에 존재하는 최고의 칭찬으로 여기는 애정 씨였다. 그런 애정 씨 얼굴에 먹칠을 해댈 수는 없으니 참을 수밖에. 하지만 참는데도 한계가 있었고 지금 연지는 한계의 정점에 다다라 있었다.

"저기, 제가 속이 안 좋아서 그러는데 먼저 일어나도 괜찮으시죠?"

미안하다는 듯 어색하게 미소를 지은 연지는 네가 안 괜찮아도 나는 일어서겠다는 다짐을 전했다.

"그러셨어요? 진즉 말씀을 하시죠. 가시죠. 모셔다 드리겠습니다."

"아니요. 실은 같이 사는 친구가 근처에 있다고 데리러 오겠다고 해서요."

새빨간 거짓말이었다. 30분 전, 남자가 화장실에 간 사이 민아에게 전화를 걸어 당장 튀어오지 않으면 노숙을 하는 한이 있더라도 집에서 나가 버리겠다는 협박을 해뒀더랬다.

협박이 먹혔는지 민아는 조금 전에 도착했다는 메시지를 보내왔고 이제 호프집 밖으로 나가기만 하면 평온을 되찾을 수 있었다.

"제가 모셔다 드려야 하는데."

계산을 마치고 밖으로 나온 남자의 말에 연지는 살며시 고개를 저었다. 그리고 잘 가라는 인사를 하려는데…….

"아! 저도 같이 타고 가면 되겠네요. 그렇게 하시죠."

뭐야, 당신. 나한테 왜 이래. 어흑!

사색이 된 연지는 할 말을 잃어 입술만 뻐끔거렸다. 남자는 자신이 찾아낸 방법이 만족스러운지 뿌듯한 미소를 짓고 있었지만 연지의 영혼은 병들어가고 있었다.

첫 스타트를 잘못 끊었다. 1월 1일부터 시작된 불운이 오늘날까지 이어져 온 게 틀림없었다. 내가 이번에 삼재였나? 들삼재였나, 날삼재였나.

등줄기를 타고 흐르는 식은땀에 진저리를 치고 있던 연지에게 구원의 음성이 들려왔다.

"서연지, 안 오고 뭐 해! 추워 뒈져!"

차 안에서 기다리다가 답답했는지 운전석의 문을 열고 나온 민아가 한껏 인상을 구기고 소리를 질러댔다.

"아, 저기 친구……."

친구가 왔으니 가보겠다고 하려는데 남자는 그녀보다 앞서 걷기 시작했다. 뒤에서 지켜보고 있자니 썩 좋은 얼굴을 하고 있지도 않은 민아에게 꾸벅 인사를 하고 있는 남자의 모습이 보였다.

발을 질질 끌며 민아가 서 있는 곳으로 걸어간 연지는 친구의 앙칼진 음성을 들을 수 있었다.

"여기 타시겠다구요? 전 제 차에 모르는 사람 안 태우는데요."

"예?"

무안한지 얼굴이 벌게진 남자. 그리고 연지의 얼굴도 붉게 달아올랐다. 그녀는 진실을 알고 있으니까.

사실 백민아는 제 차에 아무나 잘 태운다. 차는 타라고 만들어진 건데 사람을 안태우면 무슨 소용이냐고 말하는 애였다. 그러니까 그냥 맞선남을 제 차에 태우기 싫은 거고 연지는 그 마음을 충분히 이해했다.

"그렇게 걱정되셨으면 날 밝을 때 만나지 그러셨어요."

"아, 그게……."

"걱정 마시고 가보세요. 서연지, 뭐 해? 타."

짜증난다는 기색을 숨기지 않는 민아 때문에 어쩔 줄 몰라 하는 남자를 향해서 연지는 까딱 고개를 숙였다. 그리고 남자가 붙잡을세라 얼른 조수석에 올라탔다.

차가 떠난 뒤 얼떨떨한 표정으로 서 있는 맞선남. 그리고 연지가 탄 차가 사라진 방향에서 시선을 떼지 못하는 남자가 한 명 더 있었다.

"오빠, 왜 그래?"

미림이 팔을 잡아 흔들자 수현은 도로에 붙박여 있던 시선을 겨우 떼어냈다.

분명히 서연지라는 이름을 들었다. 그날로부터 얼마간의 시간이 흘렀지만 지금도 종종 머릿속으로 침투하는 이름이라 잘못 들었을 리 없었다. 동명이인일 수도 있겠지만 실루엣이 그날의 그녀와 무척이나 닮아 있었다.

"아는 사람이라도 본 거야?"

미림이 재차 물어와 수현은 가벼운 미소로 대답을 대신했다. 굳이 따지자면 그녀는 아는 사람이 아니라 안은 사람일 테니까.

"오랜만에 오빠하고 데이트하니까 좋다. 혜연 언니도 같이 왔으면 좋았을 텐데."

"가자."

지설 때문에 마음고생이 심했었는지 얼굴이 수척해진 미림의 등을 살짝 두드리고서 걸음을 옮겼지만 눈길은 자꾸 도로를 향했다.

숍에서 수고하라는 말이 들려올 때마다, 그리고 잊을 만하면 한 번씩 떠오르던 여자. 이렇게까지 생각이 나는 걸 보면 인연이었나 싶다가도 고작 하룻밤을 함께 보낸 여자에게 의미를 부여하려는 스스로가 한심스럽기도 했었다.

인연이 아닌 거겠지.

어이없을 정도로 아쉬운 감정이 가슴을 처대는 바람에 수현은 고개를 저으며 웃어버렸다.

"서 약사님, 정말 괜찮으세요?"

몇 번이나 되풀이되는 질문과 신참 약사의 걱정스러운 표정에 연지는 미소를 쥐어짜 내고는 조제실로 들어갔다.

"어제 과하게 달리셨나 봐요?"

조제실로 따라 들어온 조제보조원의 웃음기 어린 질문에 연지는 고개를 푹 숙였다. 새벽까지 정신줄을 놔버리고 부어라 마셔라 했던 덕분에 두 눈은 퀭했고 위장은 괴롭다며 꿈틀거리고 있었지만 출근은 해야 했다. 이래서 어지간하면 평일에는 술을 입에 대지 않는 건데 어제는 어지간한 날이 아니었다.

"저도 이제 다 됐나 봐요. 술이 안 깨네요."

"서 약사님도 참. 내일모레 마흔인 애 엄마 앞에서 그러고 싶으세요? 그나저나 정말 안 좋아 보이시는데 쉬셔야 하는 거 아닌가?"

장난을 걸면서도 걱정을 해주는 조제원에게 살포시 웃어준 연지는 한숨을 삼켰다.

어제보다는 낫지만 바쁘지 않다고 말할 수는 없는 날, 호태가 약국으로 찾아온 제약회사 사람들과 나가 버리는 바람에 조제에 능숙한 사람은 연지와 조제원밖에 없었다. 신참 약사에게 맡겨도 되는 일이지만 전부 다 맡기기에는 불안해서 마음 놓고 쉴 수도 없는 상황이었다.

몇 년 전까지만 하더라도 이틀 밤을 새면서 술을 마셔도 조금만 쉬어주면 말짱해졌었건만. 언젠가부터 하루하루가 다르다는 말을 뼈저리게 실감하고 있는 연지였다.

어젯밤, 민아는 아무것도 묻지 않았고 빈정거리거나 놀리지도 않았다. 네 맘 다 안다는 듯 맥주병을 손에 쥐어주었을 뿐.

맥주 한 병만 마시고 자려고 했던 게 어쩌다 보니 두 병이 되었고 맞선남에 대해 이야기하다 보니 폭탄주를 말아 마시는 지경에 이르렀었다.

애정 씨, 가만두지 않겠쒐!

아드득 이를 갈던 연지는 민아의 배려로 약국까지 편하게 차를 타고 출근하는 길에 걸려온 애정 씨의 전화를 떠올렸다.

'만났지? 어땠어, 괜찮았지? 맛있는 거 먹었어? 뭐라고 하디? 또 만나자고 안 해?'

출근길이라 길게 말할 수가 없어서 짧게 간추려 맞선남의 행패 아닌 행패에 대해 설명했더니 가만히 듣고만 있던 애정 씨는 연지를 기함하게 만들었다.

'가식 없고 호탕하고 좋기만 하구만, 뭘. 이것저것 따지다 보면 금세 서른둘 되고 셋 되는 거야, 이것아.'

한 번 더 만나보라는 말이 끝나기도 전에 전화를 끊어버린 연지는 화를 삭이느라 안간힘을 써야 했다.

서른한 살이 뭐! 서른한 살이 어때서! 서른한 살 먹은 여자가 결혼 안하고 있는 게 그렇게 이상해? 그게 왜!

"에이씨!"

저도 모르게 거친 말을 뱉어버린 연지는 깜짝 놀란 표정을 짓고 있는 조제원을 향해 어색하게 웃어 보였다.

"아하하, 소, 속이 뒤집어져서."

조제원은 이해한다는 듯 고개를 끄덕였지만 연지는 깊은 한숨을 흘렸다.

애정 씨가 걱정하는 게 무엇인지 모르는 건 아니었다. 지금부터 이 사람 저 사람 만나보다가 빨리 결혼을 한다고 해도 서른둘. 바로 아이가 들어선다는 보장이 없을뿐더러 지금 아이를 가져도 노산이라고 우기는 애정 씨였다. 정작 연지 본인은 결혼 생각도 없고 임신은 다른 나라 일이라고 여기고 있는데.

제발 엄마 팔자 닮지 말고 생명력 끈질긴 남자 만나 평범하고 평탄하게 살아달라는 바람을 들어드리고 싶은 마음이 아예 없는 건 아니었지만 그래도 어제의 맞선남은 아니었다. 주말에는 시간이 안 난다며 기어코 평일에 약속을 잡은 것도 마음에 안 들고 맞선 장소를 호프집으로 정한 것도 마음에 안 들었다. 외모, 성격, 센스 등등 마음에 안 드는 점을 꼽으라면 하룻밤을 새도 모자랐다.

내가 말이야. 원나잇맨 같은 우월함은 바라지도 않는다고. 그런 남자는 평생에 한 번 만날까 말까 한 희귀 생명체니까.

남자 보는 눈이 높아서 맞선남이 싫었던 건 절대 아니라고 주장하던 연지의 눈앞에 희미하게나마 원나잇맨의 생김새가 그려졌다.

살다 살다 뿔테 안경이 그렇게 잘 어울리는 남자는 처음이었다. 쌍꺼풀 없는 서늘한 눈매가 매력적이었고 부드럽고 촉촉했던 입술은 어지간한 여자보다 색이 붉어서 지독하게 섹시했었다. 그리고 부끄러움 따위 지하 세계에 던져 버리고 과감하게 더듬거렸을 만큼 조각 같았던 근육들. 손톱의 모양마저 단정하고 깔끔해서 저절로 눈길이 갔던 남자였다.

하이라이트는 목소리지.

모든 것이 우월한 남자였지만 그중 단연 돋보였던 건 목소리였다. 녹음을 했어야 했던 거라고 땅을 치게 만들었던 허스키 보이스.

"비교할 데다 해야지. 나도 참."

"네?"

혼잣말을 중얼거린 연지는 저를 쳐다보는 조제원의 눈빛에 얼굴을 붉혔다. 정말 술이 덜 깨긴 했나 보다. 직장에서 엄한 생각을 하고 있는 걸 보니.

머릿속에서 원나잇맨의 잔상을 털어버린 연지는 일에 집중했다. 원나잇은 미치지 않은 이상 다시 할 일 없고 맞선은 독에 칼이 들어와도 안 보면 되는 거니까 잡생각은 이제 끝이다.

점심시간이 지난 후에도 조제실에 묶여 있던 연지는 자신을 찾는 목소리에 귀를 기울였다.

"서 약사님! 편도선 부었을 때 좋은 약이 뭐였죠?"

신참 약사의 질문에 큰 소리로 대답해 준 그녀는 다시 손에 들고 있던 처방전으로 시선을 옮겼다.

"아침, 점심, 저녁으로 한 알씩 드시면 됩니다. 약간 졸리실 수도 있는데 심하지는 않을 거구요."

앳돼 보이는 남자 약사가 약을 꺼내와 친절하게 설명해 주고 있었지만 수현은 거의 듣고 있지 않았다. 불투명한 유리 칸막이 너머에서 너울거리는 실루엣에 신경이 쏠려 남자 약사는 보이지도 않았다.

"오천 원입니다."

서 약사님이라고 불렀었다. 흐릿한 실루엣으로 제대로 된 모습을 분간할 수는 없었지만 목소리는 귀에 익었다.

"손님?"

칸막이만 뚫어져라 쳐다보고 있다가 정신을 차린 수현은 검지를 세워 진열되어 있는 것들 중에서 아무거나 성의 없이 가리켰다.

"이건 뭐죠?"

"편도선이 부었을 때 입안에 뿌리시는 겁니다. 혓바늘이 돋았을 때나 구내염이 생겼을 때도 효과가 있구요. 프로폴리스가 함유되어 있어서……."

역시 친절한 설명이 이어졌지만 수현은 듣지 않았다. 어쩐지 서 약사님이라는 사람을 봐야만 할 것 같아서 시간을 끌었을 뿐, 이미 본래의 목적이었던 약에 대한 관심은 사라진 지 오래였다.

"이것도 같이 구매하시겠습니까?"

설명을 끝낸 약사가 쳐다보자 수현은 고개를 끄덕였다.

"만 오천 원입니다."

느릿하게 지갑을 꺼내 카드를 내민 수현의 시선은 여전히 칸막이를 향해 있었지만 서 약사님이라는 사람의 머리카락 한 올 볼수가 없었다.

"감사합니다. 즐거운 하루 보내세요."

끝내 서 약사님을 보지 못하고 약국에서 나온 수현은 갓길에 잠시 세워둔 차에 올라 헛웃음을 터뜨렸다.

"중증이다, 이수현."

설레설레 고개를 저은 그는 부드럽게 액셀을 밟았다.

점심식사나 같이 하자는 어머니의 전화에 숍에서 멀지 않은 곳에서 늦은 식사를 하고 들어가던 참이었다.

어젯밤, 미림과 지설을 한자리에 앉혀놓는 것까지가 자신의 역할이라고 여겼었던 수현은 기어이 그 자리에 끼어든 혜연 때문에 새벽까지 찬바람을 쐬어야 했었다. 그래서인지 아침부터 목이 따끔거렸다.

약을 먹어두는 게 좋을 것 같아 숍에 가는 길에 눈에 띈 약국으로 들어갔을 뿐이었다. 그런데 같은 서씨에 목소리가 귀에 익다는 이유만으로 서 약사님이라는 존재에 집착했던 자신의 모습이 기가 막혔다.

생각했던 것보다 훨씬 더 강하게 뇌리에 박혀 있었나 보다, 그 여자가.

하긴 쉽게 잊힐 만큼 평범한 여자는 아니었다.

힐을 신고 있었다고 해도 180cm를 훌쩍 넘는 자신과 눈높이를 맞출 수 있었을 정도로 늘씬했던 몸매, 쌍꺼풀은 없었지만 길고 풍성했던 속눈썹, 허리까지 내려와 찰랑이던 결 좋은 머리카락까지. 그래서 모델일 수도 있겠다고 지레짐작해 보기도 했었다.

살면서 그녀처럼 재미있는 여자는 만나본 적이 없었다. 무얼 해도 재미를 느끼지 못하고 누굴 만나도 즐겁다는 느낌을 가져보지 못한 수현이었다. 지금 하고 있는 일도 '하고 싶어서' 하게 된 것이지 '재미있어서' 하는 일이 아니었으니까. 그런데 그녀는 그런 수현에게 재미있다는 생각을 하게 만들었다.

그날 새벽, 수줍어하면서도 원하는 걸 당당히 요구했던 여자의 모습이 떠올라 수현의 광대가 슬그머니 붉어졌다.

"정신 나간 놈. 쯧!"

인연이 아니라고 결론지었음에도 서연지라는 여자에 대한 생각을 멈추지 못하는 어리석음에 수현은 미간을 좁혔다.

인연이 아니었으니 그날로 끝이 난 거다. 이름만 알고 있는 여자를 찾아다닐 수도 없고 그럴 만큼 한가하지도 않았다. 이제 정말 서연지라는 여자를 머릿속에서 몰아낼 때였다.


숍에 들어서자마자 스탭 하나가 달려와 수현의 앞에 섰다.

"원장님, 박나단 님이 아까부터 기다리고 계세요."

짙은 보랏빛의 벨벳 소파에 앉아 잡지책을 들여다보고 있는 나단에게로 다가간 수현이 살짝 허리를 숙였다.

"오셨어요?"

수현의 음성에 고개를 든 나단이 씨익 웃어 보였다.

"식사가 늦으시네요."

"시간 날 때 먹는 거죠. 오늘은 염색? 커트?"

"커트만요."

스탭에게서 예약 고객이 오기까지 충분히 여유가 있다는 말을 들은 수현은 나단을 샴푸실로 데리고 갔다.

보통 헤어숍에서 샴푸는 스탭들이 하기 마련이지만 수현에게는 있을 수 없는 일이었다. 이수현에게 머리카락을 맡긴 고객은 처음부터 끝까지 이수현 손으로. 그것이 수현의 법칙이었다. 다른 숍보다 더 비싼 값을 치르면서도 고객들이 만족스러워하는 이유 중 하나이기도 했고.

나단은 재작년부터 L&M 헤어 가든의 단골이 된 고객이었다. 무조건 수현만 찾는 나단은 적어도 석 달에 한 번씩은 스타일을 바꾸는 고객이라 혜연도 신경을 쓰고 있는 대상이었다.

"지금 헤어스타일이 마음에 드시나 봅니다."

샴푸를 끝내고 자리를 이동한 나단에게 묻자 그가 입매를 늘였다.

"아무래도 나이가 있어서 전처럼 화려한 건 못하겠더라구요."

"화려한 것도 잘 어울리세요."

"제가 좀 그렇죠? 하하하!"

시원하게 웃음을 터뜨리는 나단을 보면서 수현도 빙긋이 미소를 지었다.

나단은 홍대에서 알아주는 인디 밴드의 드러머였고 처음 숍에 왔을 때 콘로우 브레이드를·하고 있는 상태였다. 땋은 머리를 풀고 길이를 확 줄여달라는 요청에 수현은 모히칸 스타일을 권했고 스타일링이 끝난 후에 나단은 매우 만족해했었다. 그 후로 나단은 계속 헤어스타일을 바꿨고 가끔은 수현이 그의 요구를 거절하기도 했었다. 돈을 버는 것도 좋지만 반복되는 염색과 펌이 모발과 두피에 좋은 영향을 끼칠 리 없으니까.

볼륨매직을 한 후에 어시메트릭 커트를 한 스타일을 유지하고 있는 나단은 요즘엔 가끔씩 들러 커트만 하고 돌아갔다.

"혹시 내일도 나오세요?"

검지와 중지 사이에 머리카락을 끼우고 길이를 재던 수현이 거울 속의 나단과 눈을 맞췄다.

"네. 내일 오시지요?"

"아니요. 동생이 머리 할 때가 됐다고 여기 알려달라고 했었거든요. 온 김에 예약이나 잡아줄까 하구요."

수현이 옆에 서 있던 스탭에게 눈짓을 하자 눈치 빠른 스탭은 곧장 혜연에게로 향했다. 혜연에게서 대답을 듣고 온 스탭이 전해준 말에 수현은 고개를 끄덕였다.

"내일 3시부터 5시 사이가 비었네요. 예약 잡아드릴까요?"

잠깐 기다려 보라던 나단이 어딘가로 전화를 걸어 짧게 통화를 하고서 수현을 쳐다보았다.

"예약해 주세요. 친구하고 같이 오겠다네요."

"알겠습니다. 동생분은 저희 숍에 오신 적이 없는 걸로 기억하는데, 친구분까지 함께 오신다니 부담되는데요?"

편하게 웃으며 말하는 수현에게 걱정 말라고 대답한 나단은 조금씩 짧아지는 머리카락에만 관심을 쏟았다.

"아, 참. 내일 오는 녀석 중에 한 명이 몇 년째 긴 머리만 고수하고 있으니까 잘 설득해서 스타일 좀 바꿔주세요."

숍을 나서기 전에 던져진 나단의 말에 수현은 쿡쿡거리며 웃었다. 석 달에 한 번씩 헤어스타일을 바꾸는 나단이니 몇 년째 똑같은 스타일만 유지하는 사람이 눈에 밟힐 만도 했을 것이다.

대기하고 있는 고객들에게 불편하거나 필요한 것은 없는지 묻고, 다른 디자이너들에게 스타일링을 맡긴 고객들과도 눈을 맞추며 인사를 한 수현이 2층으로 오를 때 혜연이 그의 뒤를 쫓았다.

"이 원장."

수현은 혜연의 부름을 무시했다. 혜연 때문에 새벽바람 쐬면서 고생한 걸 생각하니 목소리만 들어도 짜증이 치밀었다.

원장실로 들어가 약을 하나 꺼내 먹으려는데 혜연이 다가가 그의 이마에 손등을 댔다.

"아파?"

무심하게 혜연의 손을 쳐낸 수현이 물과 함께 약을 삼켰다.

"넌 어째 나한테만 차갑냐? 고객들한테는 살갑게 굴면서."

저걸 말이라고 하고 있다. 그럼 명색이 헤어숍 원장이 고객들한테 찬바람 날리면서 부르면 무시하고 그래야 하나? 장사 참 잘도 되겠다.

"어제 이 원장이 나 데려다 줬어?"

눈치를 보며 묻는 혜연 때문에 새벽에 난리를 쳤던 게 떠오른 수현이 관자놀이를 꾹꾹 눌렀다.

"미림이 잘 들어갔다고 연락 왔던데 미림이도 이 원장이 데려다 준 거야?"

그럴 리가. 지설은 술 취한 애인을 길바닥에서 재웠으면 재웠지 절대로 남의 손에 맡기지는 않는 놈이다. 그러니 제 집으로 잘 데려갔겠지.

"저기 있잖아……."

"피곤해."

혜연의 말을 딱 자른 수현이 소파에 몸을 묻고 눈을 감았다. 입술을 씰룩대던 혜연이 인상을 구기며 원장실을 나갔고 쾅, 하고 문이 세게 닫히는 소리에 수현이 피식 웃음을 흘렸다.

말이 씨가 된 건지, 벌써 약기운이 도는 건지 정말 피곤해지는 것 같았다.

일에 치이며 살지는 않았지만 작정하고 쉰 적도 없었다. 헤어디자이너가 되겠다고 결정한 이후에는 눈코 뜰 새 없이 바빴다는 표현이 딱 적당했다. 그때는 일을 한 게 아니라 일을 배우는 시기였으니까.

수현은 부모님의 권유로 어렸을 때부터 미국에서 공부를 하다가 스무 살이 되자마자 한국으로 들어와 군복무를 했었다. 제대를 한 후에는 다시 미국으로 돌아갔고 대학을 졸업한 후에는 미리 정해두었던 목표에 따라 살았다. 미국과 영국을 오가며 바쁘게 살았던 시간. 그러다 보니 연애라고 부를 만한 걸 했던 사람이 혜연밖에 없다.

'결혼은 영 생각이 없어? 엄마는 혜연이도 괜찮을 것 같은데. 친구처럼 사는 것도 나쁘지 않아.'

새해 첫날, 디저트를 먹으며 은근하게 결혼 얘기를 꺼내 셨던 어머니의 음성이 귓가를 맴돌았다.

너무 어렸을 때 외국에 내보냈던 게 잘못이었던 것 같다고 하셨다. 군복무를 하기 전까지는 수현의 곁을 지키며 가족과 가정의 의미를 알려주었어야 하는데 그러지 못해서 결혼에 관심이 없는 것 같아 걱정이라는 말씀을 입에 달고 사시는 정 여사였다. 그래서 수현이 최근 3년간 한국에 머무르고 있는 걸 흡족해하셨다. 그리고 아예 정착하게 만들려면 결혼을 시키는 게 최상의 방법이라고 믿고 계시는 것 같기도 했다. 어머니의 바람을 모른 척할 수만은 없는 걸 알지만…… 혜연은 아니었다. 더 솔직하자면 혜연 아닌 누구와도 연애나 결혼을 하고 싶은 마음 자체가 없었다.

수현은 혜연과 했던 연애도 진짜 연애였다고 인정하지 않았다. 어렸기 때문에 할 수 있었던 실수라고 여겼고 짧은 기간에 이렇다 할 추억 없이 끝나 버린 게 당연하게 느껴졌다. 다른 사람은 몰라도 이수현은 자신에게 다가오는 이성의 마음을 받아들이고 믿을 수 있는 사람이 못 되니까.

만약 누군가와 결혼이라는 걸 하게 된다면 옆에 없으면 못 살 것 같은 여자와 해야 하는 거라고 믿었다. 결혼이라는 건 가족 없이는 나도 없다는 생각을 가지고 있는 그런 여자와 해야 하는 거라고. 그런 여자를 만나지 못한다면 안 하는 게 나았다. 할 때가 되었다는 이유로, 미적지근한 감정만으로 결혼했다가 실패하고 싶지는 않았다. 나 아닌 다른 사람들까지 실패의 희생양으로 만들 수 있는 일을 저지를 수는 없었다.

"나 하나로 충분해."

눈을 감은 채로 한숨처럼 흘려진 말속에 수현 본인은 아픔이라는 걸 느끼지 못하는, 그러나 숨겨지지 않는 아픔이 배어 나왔다.

연지는 이번 주말을 고대했었다. 모처럼만에 연속 이틀을, 그것도 주말에 쉴 수 있게 되어서. 그래서 경기도 집에 내려가 말도 안 되는 맞선 때문에 애정 씨와 다투거나 쌍둥이에게 채찍을 휘두르고 당근을 주는 대신 늘어지게 잠이나 자리라, 소박한 바람을 가졌었다. 하지만 별로 원대하지도 않았던 그 바람은 아침부터 산산조각이 나버렸다.

"넌 얼굴이 작아서 베이비 펌도 잘 어울릴 것 같은데. 짧게 쳐서 몽글몽글하게 파마하면 어려 보이지 않을까? 어때?"

나리는 부루퉁한 얼굴로 자신을 쳐다보고 있는 연지에게 태블릿PC를 들이밀었다.

침대에 앉아 베개를 껴안고 있던 연지는 얼굴이 콩알만 한 여자 연예인의 사진으로는 시선조차 주지 않았다. 하지만 딱히 대답을 원했던 건 아니었는지 나리는 다시 검색질에 열중했다.

아침부터 찾아와서 내내 저 짓거리다, 저 물건은.

콧노래까지 흥얼거려 가며 헤어스타일이 예쁜 여자 연예인들의 사진만 찾아대는 나리를 바라보면서 연지는 푹푹 한숨을 쉬었다.

새해 첫날을 어메이징하게 보내게 한 게 미안하다며 헤어스타일을 바꿔주겠단다. 머리카락 무게가 많이 나가면 탈모가 심각해질 수 있으니 너는 머리를 잘라야 한다며 나리는 벌써 몇 시간째 태블릿PC를 들이밀고 있었다.

"이것도 괜찮다. 완전 시크한데? 봐봐."

또다시 코앞으로 태블릿PC가 들이밀어졌다. 눈두덩을 시꺼멓게 칠해놓은 연예인의 얼굴에 연지는 눈살을 찌푸렸다.

"이게 연예인이 해서 예뻐 보이는 거지. 내가 이러고 나다니면 119에 신고 전화 폭주한다. 미친 여자가 돌아다닌다고."

좋은 의도였지만 타이밍을 잘못 맞춘 탓에 구박만 받고 있는 나리가 입술을 삐죽거렸다.

"넌 애가 참 부정적이야."

"현실적인 거겠지."

"여자는 머리하면 예뻐진다니까?"

"미인은 잠꾸러기라는 말이 괜히 생긴 게 아니야."

"노인네처럼 자꾸 그럴래?"

"내 신체 나이는 한참 전에 칠순잔치 했다."

연지는 베개를 끌어안은 채로 스르르 쓰러졌다. 목요일에는 욕만 나왔던 맞선을 보고서 새벽까지 술 퍼마셨고 금요일에는 전날의 후유증으로 좀비가 되어 돌아다녔었다. 그래서 주말엔 잠만 퍼

질러 잘 계획이었는데.

"아 좀 일어나 봐! 요즘엔 스타일을 확실히 정해놓고 가야 한다니까? 예전처럼 펌이 한 종류만 있는 게 아니라고!"

바락바락 소리를 지르는 나리였지만 연지의 귀에는 아무것도 들리지 않았다. 아니, 들렸지만 안 들린다고 우겼다.

나는 아무것도 안 보이고 아무것도 안 들려. 안 들린다, 안 들린다. 잠이 온다. 잠이…….

눈꺼풀에 묵직한 쇳덩어리가 매달려 있는 것 같았다. 점점 몸에 힘이 빠져갔다. 지금 같아서는 내일 아침까지 스트레이트로 잠만 잘 수도 있을 것 같았다.

"일어나! 예약해 놨다니까!"

철썩!

엉덩이를 때리는 찰진 소리와 따끔함에 연지는 핏발 선 눈을 부릅떴다.

"너 그냥 미안해하지 마! 안 미안해도 돼! 다 잊었으니까 잠 좀 자자!"

참고 참다 빽 소리를 내지른 연지는 이불을 머리끝까지 덮어썼다. 쿨하게 버리고 갈 때는 언제고 좀 내버려 두라는데 왜 이제 와서 이 난린지 모를 일이다.

"정말…… 잘 거야? 우리 오라버니가 신경 써서 예약해 준 건데? 거기 예약 잡는 게 그렇게 힘들다던데? 연지 감기 걸리면 안 된다고 차까지 내줬는데?"

연지는 끝까지 못 들은 척했다. 오라버니가 신경 써서 예약해 줬다는 대목에서 살짝 마음이 약해질 뻔했으나 잘 참아냈다.

"그래, 뭐. 니가 그렇게까지 싫다면 할 수 없지. 우리 막내 오라버니한테 미안해서 어쩌나아."

푹푹 한숨을 쉬어대다가 기운 빠진 목소리로 중얼거리는 나리 때문에 연지는 이불 속에서 이를 갈았다.

누가 막내 아니랄까 봐 제 맘대로 안 되면 막내 티를 줄줄 흘리는 나리였다. 하기야 막내도 보통 막내여야 말이지. 딸 하나 보시겠다고 아들만 셋을 두신 집안의 귀한 막내 따님이시니 더 말해 뭐할까.

"가. 가자고. 간다, 가."

힘없이 이불을 끌어내린 연지가 느릿하게 몸을 일으켰다. 그래, 잠이야 머리 자르고 와서 자면 되지. 서연지 기분 전환 시켜주겠다고 친구와 그 오라버니까지 합세해서 대단하신 헤어숍에 예약까지 해놨다는데 더 거절하는 것도 예의가 아니다.

"그럴래? 그래, 잘 생각했어. 아유, 우리 예쁜 연지. 우쭈쭈쭈!"

연지의 턱 밑을 손끝으로 긁어대면서 샐샐 눈웃음을 치던 나리는 험악한 눈빛에 황급히 손을 거뒀다. 그리고 침대에서 벗어나 욕실로 향하는 연지의 뒤를 졸졸 쫓아갔다.

"우리 오라버니가 그러는데 거기 원장 실력이 끝내준대. 연예인들도 많이 가고 한국 오기 전에는 할리우드 스타들 머리도 만졌다더라. 생긴 것도 끝내줘서 그 원장 얼굴 보려고 가는 여자들도 많대."

"나는?"

양치를 하고 있던 연지와 방언 터진 사람마냥 입을 다물 줄 모르던 나리가 동시에 고개를 돌렸다.

"그렇게 잘생긴 원장 있는 데를 왜 나는 안 데리고 가?"

분명히 자고 있었던 것 같은데 언제 깼는지 심하게 부은 얼굴을 한 민아가 욕실 앞에서 가자미눈을 하고 있었다.

"넌 머리 한 지 얼마 안 됐잖아."

나리의 쿨한 대꾸에 민아가 볼을 부풀렸다.

"나 머리 할 때 말 좀 해주지."

"머리 하러 갈 거라고 먼저 말을 하던가."

"너 왜 서연지만 편애해."

"너만 하겠냐?"

딱히 반박할 만한 말이 떠오르질 않는지 입을 꾹 다문 민아가 찬바람을 날리며 돌아섰고 이내 쾅! 하고 문 부서지는 소리가 들려왔다.

"난 괜찮으니까 민아 데리고 가지?"

입안을 헹군 연지의 말에 나리가 도리질을 쳤다.

"안 돼. 우리 오라버니가 꼭 너 데리고 가랬어."

단호한 눈빛과 음성에 연지는 피식 웃어버렸다. 가끔 마주치는 일이 생길 때마다 안부를 묻는 대신 그 머리 좀 어떻게 하면 안 되겠냐고 묻던 나단이 떠올라서.

나리의 막내 오라버니인 나단은 그루밍 족(패션과 미용에 아낌없이 투자하는 남자)이었다. 웬만한 여자들보다 패션과 유행에 민감했고 나리는 그런 막내 오라버니의 영향을 참 많이도 받았다.

숍에 가서 샴푸할 거니까 세수만 하라는 나리의 말에 연지는 금세 욕실에서 나왔다. 머리만 하고 들어오려고 작정한 터라 트레이닝복을 집어 들던 연지에게서 나리가 옷을 빼앗아갔다.

"얘는, 얘는! 우리 지금 청담동에 있는 숍에 갈 거거든?"

헐. 우리 약국도 청담동 언저리에 있거든? 그래도 난 멋 내고 다닌 적 없거든?

나리의 행동이 황당하긴 했지만 연지는 자신의 옷장을 파헤치는 친구를 가만히 내버려 두었다. 기를 쓰고 뒤진대도 큰 수확을 얻지 못할 거라는 걸 아니까.

서연지의 옷장에 들어 있는 것들은 면접용 정장 한 벌, 첫 직장에서 단정한 옷차림을 요구해서 눈물을 머금고 샀었던 평범한 원피스 두 벌, 그 외에는 편하게 입을 수 있는 옷 몇 벌이 전부였다. 그러니 나리 눈에 차는 옷이 있을 리 없었다.

호태는 직원의 옷차림에 예민하게 굴지 않았다. 그가 요구했던 건 모자는 쓰지 말 것, 노출은 자제해 줄 것, 그 두 가지뿐이었다. 어차피 일하는 동안에는 가운을 입어야 해서 옷에 신경 쓸 일도 없었고 예쁜 옷 입고 놀러 다닐 일이 많은 것도 아니었다.

연지가 제일 아까워하는 게 옷과 머리에 돈 쓰는 거였다. 옷은 정말 못 입겠다 싶을 때까지 입고 신발도 마찬가지였다. 머리카락은 풀었을 때 허리 라인을 넘으면 한 번씩 단발로 커트하는 게 전부였다.

예전에 집이 심각한 수준으로 어려웠을 때에는 샴푸 살 돈이 없어서 비누로 머리를 감은 적도 있었다. 민아하고 같이 살기로 했을 때는 샴푸 떨어진 걸 보고 샴푸와 린스가 믹스되어 있는 저렴한 제품을 사왔다가 지지리 궁상이라며 한소리 들은 적도 있었다.

'요즘은 여관에서도 이런 거 안 쓰겠다.'

여관을 가본 적이 없어서 모르겠지만 그렇다면 그런 거겠지 싶었다. 그래도 이왕 사온 거니까 혼자서라도 쓰려고 했었지만 다음 날 아침, 그 제품은 자취를 감춘 후였다.

친구들은 이제 좀 즐기면서 살아도 되지 않느냐고 묻지만 연지는 그럴 때마다 약간 당황스러웠다. 그녀는 자신만의 방식으로 즐기면서 살고 있었다. 옷이나 화장품을 사지 않고 꾸미는 데 관심이 없다고 해서 인생이 재미없어지는 건 아니지 않나? 그리고 1월 1일에 일어난 일 같은 걸 인생의 즐거움이라고 한다면 차라리 재미없게 사는 게 낫다.

"내가…… 요즘 너한테 너무 무심했다."

뒤질 것도 없고만 한참을 옷장 속에 머리를 쑤셔 박고 있던 나리는 침통한 표정으로 뇌까렸다.

"응?"

"이 코트, 5년은 입지 않았어?"

"그거 너희 때문에 거금 주고 산 거잖아. 뽕 뽑아야지."

"이 니트에 보풀 일어난 건?"

"아, 그건 안 그래도 한 해만 더 입고 버리려고."

"……한 해, 더 입어? 그럼 내년 겨울에도 입겠다고?"

"응. 내년까지는 끄떡없어."

뿌듯한 얼굴로 고개를 끄덕이는 연지를 보면서 민아는 길게 숨을 내쉬었다.

"기다려."

옷장 문을 닫고 방에서 나간 나리가 민아와 함께 투덜대는 소리를 듣고 있던 연지는 제 옷장 문을 열어보고는 고개를 갸웃거렸다. 이상하네. 다 멀쩡한 옷들인데. 하다못해 나리가 지적한 니트의 보풀도 자세히 살펴봐야 보일 정도지 심하지는 않았다.

"어? 이거 언제 구멍 났지?"

민아가 아무렇게나 뒤섞어놓은 옷들을 정리하다가 소매 쪽에 구멍이 난 티셔츠를 발견한 연지는 곧장 수선에 들어갔다. 이렇게 꿰매서 입으면 앞으로 2년은 거뜬할 것이다.

❖

민아와 나리가 고심해서 골라준, 밑단이 특이한 스키니진과 가슴과 등이 훅 파인 브이넥 니트를 입은 연지는 불편해서 미칠 것만 같았다.

"똥 마려운 강아지처럼 그러지 좀 마."

운전대를 잡고 있던 나리가 쯧쯧 혀를 찼지만 연지는 계속 꼼지락거렸다.

백민아 이거, 나 모르는 사이에 다이어트했나? 아님 내가 살이 찐 건가?

몇 달 전까지만 해도 같은 사이즈였는데 민아의 바지가 너무 작게 느껴졌다. 게다가 니트는 또 왜 이렇게 야한 건지 쇄골과 어깨가 휑해서 코트를 입고 있는데도 추위가 가시질 않는다.

고작 미장원 가는데 왜 이렇게 신경을 써야 하는 거야?

"찾았다!"

복잡하지 않은 길에서 내비게이션을 켜고도 한참이나 헤매던 나리가 조심스럽게 차를 주차시켰다. 이래서 나리네 부모님이나 오라버니들이 그녀에게 차를 사주지 않는 것이다. 가만히 내버려

두면 서울에서 부산을 가진 않더라도 10분 거리를 1시간 동안 헤맬 수 있는 재주를 가진 애라.

일찍 출발한 덕분인지 용케 시간 맞춰 도착한 곳에는 어디에서나 볼 수 있는 평범한 건물이 아닌, 미국식 가정집 같은 2층 건물이 서 있었다. 하얀 나무문 앞에 서 있는 빨간 우체통과 진입로를 따라 줄지어 서 있는 작은 화분들을 보고 있자니 안으로 들어서면 그랜드 피아노가 놓여 있고 뒤편 정원에는 작은 수영장이 있을 것 같다는 생각이 들었다.

숍의 내부도 이제껏 연지가 다녔던 미장원들과는 조금 다른 느낌이었다. 나지막하게 흐르는 오래된 팝송과 코를 간질이는 커피 향에 마치 카페에 와 있는 것 같은 기분이 들었다.

"죄송하지만 10분 정도만 기다려 주시겠어요? 원장님 곧 내려오실 거예요."

연지 일행을 소파로 안내한 실장이라는 여자가 미안한 표정을 지었다.

"따듯한 차 한 잔 드릴게요. 오늘은 홍차 찾는 분들이 많으시던데, 홍차로 드릴까요? 커피나 다른 차도 있구요."

친절이 몸에 배인 듯 미소를 잃지 않는 실장에게 커피를 달라고 했더니 순식간에 향 좋은 아메리카노와 따끈한 쿠키가 테이블에 놓여졌다.

세상 참 많이 좋아졌다. 이제껏 다니던 미장원에서는 잘 얻어 마셔봤자 믹스 커피가 고작이었는데.

숍에 도착해서도 태블릿PC에서 눈을 떼지 못하는 나리에게서 관심을 거둔 연지는 숍 내부를 찬찬히 둘러보았다.

어수선함이라고는 느껴지지 않는 차분한 분위기. 편의를 위해 가져다 놓은 것 같은 잡지책들 사이에서 눈에 띄는 일반 소설들. 그리고 편하게 사용하시라는 문구가 적힌 팻말 아래 놓인 태블릿 PC들과 군데군데 배치되어 있는 앙증맞은 화분들.

와, 저 사람 머리 봐.

숍 구경에 정신이 팔려 있던 연지는 어디선가 갑자기 나타난 남자 디자이너의 헤어스타일을 보고 눈을 깜박거렸다.

저런 걸 레게머리라고 하나?

홍대 같은 곳에나 가야 볼 수 있을 법한 헤어스타일을 한 남자의 머리카락은 선명한 주홍빛으로 물들어 있었다. 그런데 희한하게도 그게 이상해 보이질 않았다. 오히려 너무 잘 어울려서 신기했다.

비단 그 남자뿐만이 아니라 직원으로 보이는 모든 사람들의 스타일이 전부 다 개성이 넘쳤다. 눈에 띄게 예쁘거나 잘생긴 사람은 없었지만 다들 세련미가 철철 흘러넘친다고나 해야 할까? 머리를 길게 길러 포니테일 스타일로 묶은 아저씨나 정수리에 심하게 뽕을 넣은 아주머니들이 계신 미장원과는 뭔가 달랐다. 숍의 분위기와 세련된 직원들의 모습에 이래서 여자들이 비싼 돈 주고라도 이런 데서 머리를 하는 거구나, 잠시 그런 생각이 들었다.

"안녕하세요, 너무 오래 기다리시게 해서 어쩌죠?"

벌써 10분이 지났던가? 시간 가는 줄도 모르고 있었던 연지는 허리를 숙이고 상큼하게 웃고 있는 여자를 쳐다보았다. 아까 봤던 실장과는 다른 사람. 남다른 포스와 연령대를 보아하니 실장보다는 직급이 높은 사람 같았다.

"두 분 모두 이수현 원장님 기다리고 계신 건가요? 저희 숍은 다른 디자이너 분들도 실력이 좋으신데."

여자의 말에 연지는 손목시계로 시선을 돌렸다. 3시 15분. 늦으면 늦을수록 잠 잘 수 있는 시간이 줄어드는 셈이니 굳이 이수현 원장이라는 사람을 기다리고 싶지가 않았다.

"저는 다른 분도 괜찮아요."

냉큼 말을 꺼내자 나리가 팔꿈치로 옆구리를 쿡 찔렀다. 조금만 기다리면 되는데 왜 그새를 못 참느냐고 힐난하는 눈빛에 얼굴이 따가웠다. 하지만 여자는 연지의 대답이 무척이나 만족스러웠던지 얼굴 가득 환한 미소를 지으며 누군가를 향해 손을 흔들었다.

"유 선생님!"

여자의 부름에 아까 그 신기한 머리를 하고 있던 남자가 다가왔고 연지는 기다린 시간이 어이없을 만큼 순식간에 커트 보를 두르고서 큼지막한 거울 앞에 앉게 되었다.

"짧게 자르고 싶으시다구요?"

머리를 감지 못하고 나와 하나로 묶어놨던 머리카락에서 고무줄을 풀어낸 디자이너가 연지의 의사를 확인했다.

"네. 귀밑까지 짧게 잘라 버리고 싶은데요."

"귀밑까지요?"

"네."

연지는 씨익 웃었다. 나리가 추천했던 펌을 할 생각은 없지만 당분간 쉬는 날 이런 숍에 끌려오지 않도록 아예 확 쳐버릴 생각이었다.

"숏 커트도 어울리실 것 같지만 일단 자르고 나면 후회하실 수도 있어요. 계속 기르시다가 갑자기 짧게 자르신 분들은 종종 그러시거든요. 오늘은 어깨보다 살짝 위로 올라오는 길이 정도로 자르시는 게 나을 것 같은데요."

이보시오, 청년. 자네 탓 하지 않을 테니 얼른 잘라보시게나.

해탈한 표정을 지은 연지는 고개를 저으며 자신의 생각을 확고하게 전했다.

"아니요. 확 쳐주세요. 귀밑까지 아주 짧게."

그렇게까지 말하자 디자이너는 더는 말리지 않고 태블릿PC를 가져와 잠시 살펴보더니 여러 장의 사진을 보여주었다.

"커트에도 여러 종류가 있어요. 이렇게 앞머리를 내려서 보브 컷을 하셔도 괜찮을 것 같고 레이어드 컷도 나쁘지 않구요. 너무 큰 변화를 주는 게 싫으시면……."

사진 하나하나마다 친절하게 설명을 덧붙이는 디자이너 덕분에 연지는 짧은 머리로 할 수 있는 스타일이 무궁무진하다는 걸 처음 알았다.

"박나리 님?"

디자이너의 설명을 듣는 척만 하고 있던 연지의 고막이 한 남자의 음성에 예민하게 반응했다.

대단하신 그 원장님인가? 요즘 목소리 좋은 사람이 왜 이리 많아?

오매불망 기다리던 이수현 원장이라는 사람이 나타났는지 나리가 웬 남자와 이야기를 하고 있었다. 그 원장 얼굴 보겠다고 이 숍을 찾는 여자들도 있다더니 뒷모습은 일단 합격점을 줄 만했다. 검은색 정장바지에 감싸인 길게 뻗은 다리와 넓고 각진 어깨. 바지와 마찬가지로 검은색인 셔츠 소매가 팔꿈치까지 둘둘 말아 올라져 있었는데 거울로도 나리의 시선이 남자의 남성미 넘치는 팔뚝에 꽂혀 있는 게 보였다.

"어떤 스타일이 마음에 드세요?"

오케이할 때까지 끝없이 사진을 보여줄 것 같았던 디자이너의 목소리에 연지는 어설프게 미소를 지었다.

"그냥 제일 잘 어울리겠다 싶게 잘라주……."

그 순간, 연지의 눈에 소파에서 일어서는 나리와 내내 뒷모습만 보이던 남자가 돌아서는 모습이 보였다.

……응? 왜 이렇게 낯익지?

천천히, 슬로우 모션처럼 느릿하게 가까워지고 있는 남자. 남자의 얼굴이 조금씩 선명해질수록 연지의 얼굴은 하얗게 질려갔다.

"고객님? 괜찮으세요?"

걱정하는 디자이너의 말에 연지는 본능적으로 고개를 푹 숙여버렸다. 길고 숱 많은 머리카락들이 커튼처럼 내려와 그녀의 얼굴을 가렸다.

"아, 그게, 그러니까……."

선풍기 앞에서 말하고 있는 사람마냥 목소리가 덜덜덜 떨렸다. 갈 곳을 잃은 이성은 정처 없이 헤매고 있었고 손끝은 차가워졌다.

"제가, 마음이 바뀌어서……. 죄송해요."

미용 의자에서 벌떡 일어선 연지는 서둘러 실장을 찾았다. 아니, 이수현 원장이라는 남자만 아니라면 누구라도 눈앞에 나타나주길 바랐다. 맡아두겠다고 가져간 코트와 가방을 받아야 하니까.

길게 풀어헤친 머리카락과 커트 보를 휘날리며 걷고 있는 연지
는 무아지경 상태였다.

"연지야! 서연지! 너 어디 가는데!"

힘겹게 찾아낸 실장에게 보관함의 열쇠를 내밀던 연지는 나리
의 목소리도 들리지 않았다. 그저 이곳에서 빨리 벗어나야 한다
는, 이수현 원장이라는 남자에게서 도망쳐야 한다는 생각만이 머
릿속을 잠식하고 있었다.

"고객님, 저희가 불쾌하게……."

"아니요, 아니에요. 아닙니다."

근심 어린 표정으로 코트와 가방을 내어주는 실장의 얼굴을 쳐
다보지도 못하고 연지는 빠르게 고개를 저었다. 그리고 커트 보를
벗고 코트를 팔에 꿰려는 그때.

턱.

왼쪽 어깨를 힘주어 잡는 누군가의 손. 묵직하게 어깨 위로 내
려앉은 커다란 손은 따스한 온기를 퍼트리고 있었지만 연지는 꽝
꽝 얼어버렸다.

"서연지 씨?"

그래, 이유 없이 귀가 간지럽다 했다. 국가에서 보호해야 함이
마땅할 정도로 매력적인 허스키 보이스를 서연지의 고막이 잊어
버렸을 리 없었다. 아니, 잊으려야 잊을 수 없는 목소리였다.

아…… 울고 싶다.


언제 다시 커트 보를 두르고 의자에 앉게 되었는지, 무슨 이유
로 나리가 이수현 원장을 서연지에게 양보했는지, 그런 것 따위는

하나도 기억나지 않았다. 연지는 눈 뜨고 기절한 상태였으니까.

"숏 커트를 원하신다고 말씀하셨다는데."

심장이 부르르 떨릴 정도로 깊은 울림을 전하는 음성에 연지는 커트 보 아래 감춰진 손가락을 꼼지락거렸다.

"……네."

연지는 자신의 머리카락을 매만지고 있는 남자의 손을 쳐내고 귀를 박박 긁어대고 싶었다. 하지만 미친 여인의 모습을 보여주는 건 지금까지 만으로도 충분했기에 이를 악물고 참았다.

"흐음. 그다지 좋은 생각 같지는 않은데요."

애써 웃음을 삼킨 수현이 여자의 매끄러운 머리카락을 손가락으로 빗어 내렸다. 헤어 제품 광고에 나가도 손색없을 정도로 훌륭한 머리카락을 짧게 친다니. 있을 수도 없는 일이다.

물론 헤어 디자이너 입장에서 본다면야 여자는 숏 커트도 잘 어울릴 얼굴형과 두상을 가지고 있었다. 하지만 수현은 그녀의 머리카락을 잘라내고 싶지가 않았다. 그날, 실크처럼 자신의 얼굴과 가슴을 간질이던 그 머리카락을 제 손으로 잘라낼 수는 없었다.

"길이만 조금 줄이시죠."

연지는 빠르게 고개를 끄덕였다. 커트든 파마든 뭐든, 얼른 끝내고 사라지고 싶었다. 아마 남자가 삭발을 하라고 권했어도 고개를 끄덕였을 것이다.

자신의 머리카락에서 손을 떼지 않는 남자가 원망스러운 연지였지만 그게 또 웃기는 일이었다. 그럼 헤어 디자이너가 머리카락을 안 만지면 어떻게 할 건데? 염력이라도 쓰라고?

스스로에게 비웃음을 던진 연지는 포옥 한숨을 쉬었다. 아무튼 빌어먹을 본능이 문제다. 본능이 발동되는 건 좋은데 꼭 이렇게 한 박자씩 느려서 사람을 환장하게 만들었다. 그날도, 오늘도.

"어, 걔 베이비 펌 해야 하는데요? 서연지, 너 정말 그냥 길이만 줄일 거야? 펌 하면 어려 보일 텐데? 쟤는 인상이 사나워서 헤어스타일이라도 귀여워야 하는데."

눈치 없는 나리가 옆, 옆자리에서 큰 소리로 말했고 연지는 아드득 이를 갈았다.

넌 좀 닥쳐. 닥치라고! 너 때문에 이게 웬 개망신이야!

정말이지 눈물이 앞을 가렸다. 박나리답지 않게 버리고 간 것에 대한 보상을 하겠다고 나설 때부터 심상치 않은 조짐을 느꼈어야 했다. 아니, 아니다. 이번 해는 불운의 해라는 걸 일찌감치 받아들였어야 했다. 내년까지 집과 직장만을 오가며 살았어야 했는데. 망했다. 다 망해 버렸다.

이제껏 긍정의 힘으로 살아왔고 남들이 큰일이라고 하는 것들도 별것 아닌 일이라고 믿으면서 꿋꿋하게 지내왔지만 이번에 닥친 악재는 긍정의 힘을 가뿐하게 물리쳐 버렸다.

"사나운 건 모르겠고……."

굿이라도 할까? 그럴 돈이 어디 있어. 그럼 앞으로 일요일마다 교회든 성당이든 나가서 꾸준히 고해성사를 하면 내 죄가 사해지나? 무슨 죄를 지었는지도 모르겠는데 고해성사를 어떻게 하지?

눈을 내리깔고서 나름대로 심각한 고민을 하고 있던 연지는 고막을 후려갈기는 음성에 번쩍 정신을 차렸다.

"서연지 씨가 상당히 매력적이라는 건 알겠네요."

웃음기가 묻어나는 수현의 말에 반경 50M 이내에 있던 사람들의 시선이 연지에게로 날아들었다.

"어머, 어머! 원장님 우리 연지한테 꽂히신 거예요? 깔깔깔!"

……주여!

경박스럽게 웃고 있는 나리는 꿈에도 모를 것이다. 지금 이곳에서 나이트클럽에서 버리고 간 건 비교도 안 될 정도로 끔찍한 짓을 저지르고 있다는 사실을.

"어머, 정말 꽂히셨나 보네?"

이렇다 저렇다 대꾸 없이 스윽 미소만 짓는 수현을 지켜보던 나리의 말에 연지는 참지 못하고 고개를 홱 돌렸다.

"너, 좀, 다물어, 입."

딱딱 끊어지는 말과 분노 게이지를 짐작할 수 있는 뜨거운 눈빛에 헛기침을 한 나리는 고맙게도 입을 다물어주었다.

"샴푸부터 하시죠."

연지는 순순히 의자에서 일어나 수현을 뒤따라 샴푸실로 자리를 옮겼다. 그리고 자포자기한 듯한 표정으로 바람 빠진 웃음소리를 흘렸다.

샴푸실에, 아무도 없다. 손님이 그렇게나 많은데, 여기에는 단한 명도 없다.

이건 뭐 거의 불운의 절정이다. 행운 따위 바라지 말라는 신의계시인 것 같기도 했다. 연지는 무념무상이라는 말을 되뇌며 대기실에 있던 소파와 같은 색인 일체형 샴푸대에 앉았다.

"뒤로 조금만 더 오시고, 편안하게 고개 젖히세요."

사람을 긴장하게 만들기도 하고 나른하게 만들기도 하는 목소리에 심장이 쿵쾅쿵쾅 뛰어댔다. 뭐 하나 제 맘대로 돌아가는 게 없었다.

물의 온도를 맞추고 수압을 조절한 수현은 두 눈을 질끈 감고 있는 여자의 얼굴을 가만히 쳐다보았다. 눈을 얼마나 힘껏 감고 있는지 미간에 선명한 주름이 생겨 버렸다. 그 주름을 손끝으로 살살 문질러 펴주고 싶다는 생각이 들었지만 고개를 저은 그는 풍성한 머리카락에 물을 적셨다.

조심스럽게 머리카락에 거품을 내고 두피를 마사지하면서도 수현은 여자의 얼굴에서 눈을 떼지 못했다.

인연이 아닌 거라고 여겼다. 아는 거라고는 이름밖에 없으니 찾아야겠다는 생각조차 하지 않았었다. 꿈속에까지 찾아와 괴롭히는 여자 때문에 스스로에게 짜증이 날 지경이었다. 그 여자가 뭐라고, 고작 하룻밤 같이 보낸 여자가 대체 뭐라고 틈날 때마다 그녀를 떠올리고 있는 자신에게 욕도 숱하게 내뱉었었다.

그런데…… 인연이었나 보다, 이 여자가. 그래서 자꾸만 생각이 났던 건가 보다.

"트리트먼트 하겠습니다."

별것 아닌 말 한마디에 여자가 움찔하는 게 느껴졌다. 새까만 속눈썹이 파르르 떨리는 게 보였다. 그 반응이 재미있어서 수현은 다시 말을 건넸다.

"그날은, 수고했습니다."

이번에는 조금 더 크게 움찔.

"딱히 일하면서 수고한다는 생각은 해본 적이 없는데, 어쩐지 수고해야 할 것 같아서."

여자의 미간에 주름이 하나 더 생겨 버렸다. 덕분에 수현의 입매가 길게 늘어졌다.

어릴 적에도 느껴보지 못했던 유치한 감정이 수현을 찾아왔다. 누군가를 놀린 후에 돌아오는 반응을 지켜보는 게 재미있어서 계속 머리카락을 잡아당기고 고무줄을 끊어내고 싶은 기분.

"혹시 직업이 약사?"

어제 약국에 들렀었던 일이 떠올라 무심코 던진 말에 여자가 번쩍 눈을 떴다. 언제 떴었냐 싶게 다시 눈을 감아버린 여자였지만 수현은 볼 수 있었다. 허공을 향했던 놀란 눈빛을.

"내가……."

말 한마디 없던 여자가 흘리는 작은 음성에 수현은 귀를 쫑긋 세웠다.

"약사라는, 말도, 했었나요?"

그녀가 어디서부터 어디까지를, 무엇을 기억하고 있는지는 알 수 없었지만 거짓말을 하고 싶지는 않았다. 그날, 자신에게 무척이나 솔직했던 그녀였으니까.

"아니요. 어제 근처 약국에 들렀었는데 누가 서 약사님, 하고 부르기에."

그 서 약사님 얼굴 한 번 보려고 시간 끌면서 필요 없는 것까지 샀다는 말은 뺐다. 저번에도, 그리고 오늘도 자신에게서 도망치려고 했던 그녀에게 나는 너를 찾고 있었다는 뉘앙스를 풍기긴 싫어서.

"아…… 네."

그 볼품없는 단서 하나로 약사인 걸 알아낸 게 의심스러울 만도 할 텐데 여자는 다시 입을 다물었다.

술에 취해야만 말이 많아지는 스타일인 건가, 생각하던 수현은 자신의 형편없는 추리력에 혀를 찼다. 이런 상황에서 어떤 여자가 방긋방긋 웃어가며 아무 일도 없었다는 듯 굴 수 있을까? 정작 정말 아무 일도 없었다는 듯 방긋방긋 웃어댔다면 실망했을 거면서. 그런데도 불구하고 여자가 웃는 모습을 보고 싶었다.

자신의 이중적인 모습에 실소하던 수현의 표정이 딱딱해졌다. 유치한 감정도 모자라 다시 술에 취한 모습을 보고 싶다는 못된 마음까지 꿈틀거리고 있었다. 지설이 알게 된다면 그 무슨 초딩적 발상이냐며 두고두고 놀려먹을 일이었다.

절대 눈을 뜨지 않겠다는 듯 힘주어 눈을 감고 있는 작은 얼굴을 빤히 쳐다보던 수현은 저도 모르게 말을 건넸다.

"나한테 받아갈 거 있지 않아요?"

"무슨······."

불행인지 다행인지 때마침 샴푸실 안으로 사람들이 들어왔다. 정작 필요할 때는 한 명도 없더니 샴푸를 끝내고 나갈 때가 되니까 기다렸다는 듯 들어오는 사람들 때문에 연지는 어이가 없었다.

타월로 머리를 감싸고 나온 연지는 뭐가 그렇게 좋은지 디자이너와 대화를 나누면서 깔깔 웃어대고 있는 나리를 흘겨보았다. 친구는 지옥불로 집어던져 놓고서 아주 좋아 죽겠단다.

"앞머리는 안 자를 겁니다."

레게머리 디자이너와 했었던 대화를 고스란히 전해 들었는지 가위를 잡은 수현의 말에 연지는 눈살을 찌푸렸다.

사내가 그리 입이 가벼워서 어디다 쓰겠습니까!

애꿎은 레게머리 디자이너에게도 강력한 레이저 빔을 쏴준 그녀는 이어지는 수현의 말에 숨을 멈췄다.

"이렇게 예쁜 이마는 가리고 다니면 손해니까."

남자의 얼굴도, 벌겋게 달아올랐을 자신의 얼굴도 볼 자신이 없어서 연지는 눈을 내리깔았다. 말짱한 정신으로 그런 오글거리는 말을 아무렇지도 않게 하다니. 정작 그 말을 들은 사람은 눈 둘 곳을 못 찾겠구만.

잠시 후, 수현의 손에 머리카락을 맡기고 천천히 심호흡을 하면서 마음의 안정을 찾아가던 연지가 조심스럽게 거울을 쳐다보았다.

진지한 얼굴로 자신의 머리카락을 만지고 있는 수현이 보였다. 그날처럼 단정한 헤어스타일과 태어날 때부터 쓰고 있었던 건 아닐까 싶을 만큼 그에게 잘 어울리는 검은 뿔테 안경.

머리끝부터 발끝까지 올 블랙인 수현이었지만 이상하게도 그것이 촌스럽다거나 심심해 보이지가 않았다. 하긴 그날도 청바지에 무난한 셔츠를 입은 평범한 모습이었지만 많은 사람들 중에서도 유독 눈에 띄는 남자이기는 했다.

역시 여자든 남자든 외모와 기럭지가 되면 뭘 입어도 멋있다는 생각을 하던 연지는 거울 속에서 수현이 아닌 제 모습을 보고 쓴웃음을 지었다.

이 남자하고는 뭔가 안 맞았다. 이 남자 앞에서는 절대로 정상적인 모습을 보일 수 없는 저주에 걸려 있는 것 같았다.

여자는 미장원과 목욕탕을 다녀오면 예뻐진다는 어르신들의 말씀이 틀린 건 아니지만 그건 다녀온 후의 일이다. 목욕탕을 가기 전의 꾀죄죄한 모습과 머리카락을 손질하고 있는 도중의 모습은 전혀 아름답지 않았다.

목이 보이지 않게 커트 보를 둘러매고 있는 탓에 얼굴만 둥둥 떠 있고, 젖어서 축 처져 있는 머리카락은 올백으로도 넘겨졌다가 5:5 가르마가 타지기도 했다. 여자는 조명발, 화장발, 머리발이라는데 이곳에서는 그중에 단 하나의 도움도 받을 수가 없었다.

괜히 부끄럽고 창피했다. 저만 그런 게 아니라 모든 여자들이 예뻐 보일 수 없는 장소인데도 불구하고 상대가 원나잇맨이다 보니 왜 자꾸 이런 모습만 보이게 되나 싶어 짜증이 났다.

안 맞아. 안 맞아도 너무 안 맞아.

샴푸실에서 단둘이 있을 때는 굳이 안 해도 되는 말들을 하면서 사람 식겁하게 만들더니 이젠 그런 적 없다는 듯 섹시한 입술을 꼭 다물고 있는 수현을 보면서 연지는 그렇게 결론을 내렸다. 나와는 참 안 맞는 남자라고.

그런데, 내가 받을 게 있었나? 뭐지?


언젠가는 지나가리라.

그 짧디짧은 문장 하나가 어렵고 힘든 일이 닥쳤을 때마다 힘을 내게 해주었고 오늘도 마찬가지였다.

영원히 멈춰 있을 것만 같았던 시간이 지나갔다. 마침내 몸에서 커트 보를 분리해 낸 연지의 표정이 조금은 밝아져 있었다.

"짧게 자른 것보다 이게 더 나은 것 같죠?"

만족스러운 감정이 얼굴에 드러났던지 그가 입꼬리를 말아 올리며 물었다.

"……예, 뭐."

떨떠름하게 대답하긴 했지만 사실 그의 말이 맞았다. 펌을 한 게 아니라서 내일 아침에 머리를 감으면 지금의 모습이 사라지겠지만 굵게 웨이브가 들어가 여성스러워 보이는 모습에 기분이 좋아졌다. 머리카락에 공을 들여놓으니 화장을 하지 않았는데도 상태가 꽤 괜찮아 보였다.

"기분 전환 하고 싶을 때 와요. 언제든 시간 비워놓고 있을 테니까."

속삭이듯 작은 음성이었지만 분명히 들었다. 거울에 비친 그가 미소를 베어 물고 있는 걸 보니 잘못 들은 것도 아닌 것 같았다.

뭐지, 이 특별대우 받는 것 같은 느낌은?

얼굴이 홧홧해졌다. 거울 속의 자신을 뚫어지게 바라보며 웃고 있는 남자의 눈매가 부드럽게 휘어 있어서 괜스레 입이 말랐다.

서연지, 깊게 파고들지 말자. 접대 멘트야, 접대 멘트.

크게 숨을 들이마시고 의자에서 일어선 연지는 제 앞을 가로막는 남자를 바라보다가 그가 하는 말에 도로 푹 고개를 숙였다.

"수고, 하셨습니다."

뭘 또 그렇게 '수고'에 강세를 주실 것까지야. 사람 민망하게.

"친구분 기다리셔야 할 것 같은데. 뭐 마실 거라도?"

시종일관 여유 있는 모습의 수현이 얄미웠지만 뭐라고 할 말도 없어서 연지는 악재의 근원인 나리에게 짜증을 부렸다.

"박나리, 너 멀었어?"

"응, 나 멀었어."

저 해맑은 뻔뻔스러움이라니.

"그럼 나 먼저 간다?"

머리에 열처리를 하고 있어서 움직일 수 없는 나리가 울상을 지었다.

"기다려어! 저녁도 먹고 쇼핑도 하기로 했잖아!"

"내가?"

턱도 없다는 듯 비웃었지만 나리는 포기하지 않았다.

"그렇게 예쁘게 하고서 그냥 집에 들어가겠다고?"

"응. 그냥. 곧장."

"오늘 토요일이잖아. 불토 몰라, 불토? 애들 불러서 놀자. 응? 응응?"

요즘 주변 사람들이 이상한 증상에 시달리고 있는 것 같았다. 애정 씨는 궁합도 안 보는 네 살 차이를 여섯 살 차이라고 우기더니 박나리는 불타는 금요일이 토요일에도 불탄다고 우기고 있었다. 이래서 원조가 중요한 거다.

"오늘은 나이트 가자고 안 할게. 이제 절대 안 끌고 가. 나 믿지?"

저만 믿으라며 척하니 엄지를 세워 보이는 나리였지만 연지는 나이트라는 단어를 듣자마자 흠칫했다. 그녀의 옆에는 나이트클럽에서 만나 원나잇까지 해버린 관계인 이수현 원장이 서 있었으니까.

"머리 예쁘게 하고 좋.은. 데. 가실 건가 봅니다."

귀 기울여 듣지 않아도 어디에 악센트가 들어가 있는지 확실하게 알 수 있었다.

박나리, 원하는 만큼 기다려 주마. 오늘 너랑 나랑 좋.은. 야산 한 번 찾아보자.

뻣뻣하게 몸을 돌려 수현을 마주한 연지가 더없이 어색한 미소를 지었다.

"지, 집에요! 집만큼 좋은 곳이 없죠. 하하!"

자신을 지그시 바라보고 있는 수현은 웃고 있었지만 어쩐지 웃는 것처럼 보이지가 않았다.

서둘러 대기실 소파로 피신한 연지는 허공을 향해 긴 숨을 뱉어 냈다. 지은 죄라면 먼저 들이대서 뼈와 살이 활활 불타는 새벽을 보내놓고도 인사도 없이 도망치려다 걸린 것, 숍에서 그를 보고 또 도망치려다 또 걸린 것밖에 없는데 왜 이렇게 주눅이 들까.

소파에 앉아서 그냥 집으로 가버릴까, 박나리를 데리고 야산을 찾아볼까 고민하고 있던 연지에게 수현이 다가갔다.

"커피는 아까 마셨다고 들어서."

나무 그대로의 느낌을 살린 테이블에 홍차가 담긴 하얀 찻잔을 내려놓은 수현은 작게 감사하다고 말하는 연지를 쳐다봤다.

웨이브를 넣으니 한결 여성스러워 보이는 모습이 그를 흡족하게 했다. 화장을 하지 않은 것은 확실한데 그날과 다름없이 깨끗한 피부, 자신이 칭찬했던 예쁜 이마와 잘근잘근 씹어대서 붉어진 도톰한 입술이 시선을 잡아끌었다.

상의가 너무 파여 있어서 신경이 쓰이기는 했지만 옅은 핑크빛이 감도는 니트가 그녀와 잘 어울렸다. 단지, 그날 자신이 탐했던 목덜미와 쇄골에서 눈을 뗄 수가 없어서 곤란할 뿐.

"하실…… 말씀이라도……."

자신의 시선에 불편했는지 그녀가 슬며시 고개를 들어 눈을 맞춰왔다. 빠르게 깜박이는 눈에서 당황스러워하는 기색이 읽혀졌다.

"원장님! 2층에 올라가 보셔야 할 것 같은데요."

어느새 곁으로 다가온 스탭의 말에 수현의 눈썹이 뾰족해졌다. 아직 예약 고객이 도착하려면 시간이 남았을 텐데.

손목을 들어 시간을 확인하는 수현의 생각이 읽혔는지 스탭이 설명을 덧붙였다.

"실은 예약하신 고객님이 일찍 오셔서 기다리고 계셨거든요. 예약 시간까지 기다리시라고 전할까요?"

수현은 대답을 망설였다. 재미난 만화 영화를 보고 있는데 엄마가 학원가라고 TV를 꺼버린 것 같은 기분이랄까? 학원에 가야 한다는 걸 알고 있으면서도 괜히 심통을 부려보고 싶었다. 더군다나 이미 두 번이나 도망치려고 했다가 잡힌 여자였다. 이번에도 도망치면 또다시 잡을 수 있을까?

두 번 도망치려다 두 번 다 잡혔으니 세 번째가 없으리란 법은 없지. 줄 것도 있고.

순식간에 머릿속으로 착착 계획을 세운 수현이 스탭에게 알았다고 고개를 끄덕였다.

"서연지 씨."

구멍이라도 낼 기세로 찻잔만 쳐다보고 있던 그녀가 곧바로 움찔하는 게 느껴졌다. 반응이 참 빠른 여자다. 그래서 못된 짓이라는 걸 알지만 자꾸 건드려 보고 싶어지는.

"조심해서 가요. 다음에 봅시다."

돌아오는 말은 없었지만 수현은 지체 없이 걸음을 놀렸다. 그리고 2층으로 오르는 계단에서 혜연과 마주치자 그녀의 팔뚝을 강하게 휘어잡았다.

"왜 이래?"

"서연지 씨. 고객 카드 만들어 드려."

"……뭐?"

갑작스러운 행동에 놀랐는지 눈을 껌벅거리는 혜연에게 수현은 재차 당부했다.

"당연한 거잖아. 당연한 일을 하라고."

"난데없이 뭐라는 거니?"

"확실하게 말했다. 카드 만들어 드려, 서연지 씨."

얼떨떨한 표정으로 서 있는 혜연을 버려두고 수현은 기다리고 있다는 성미 급한 고객에게로 향했다.

1층에 두고 온 서연지 씨가 카드도 만들지 않고 또 도망가 버릴지 모른다는 불안함 같은 건 수현에게서 찾아볼 수 없었다. 민혜연은 어떻게 해서든, 지구가 두 쪽이 난데도 고객 카드를 만들게 할 수 있는 사람이니까.

쇼핑은 내가 가야 할 것 같은데.

계단을 오르던 수현이 낮은 웃음을 터뜨렸다.

## #4 투나잇(two night)

"뭐지? 뭘까?"

퇴근 후에 집에 와서 옷만 갈아입은 연지는 소파에 앉아 맥주를 마시고 있었다. 두 병의 맥주를 해치우는 동안 한 가지 의문에만 몰두해 있었지만 시간이 갈수록 뭐가 뭔지 알 수가 없어졌다.

백지장도 맞들면 낫다고 백민아라도 있으면 길이 좀 보이지 않을까 싶은데 금요일 밤을 불태워 보자던 친구 녀석은 볼일이 생겼다며 없어져 버렸다. 출근하기 전에 머리 만져 주고 화장해 주고 별짓을 다 하기에 어디 좋은 데 가려고 그러나 했더니만.

퇴근하고 집에 오면 샤워부터 하는 연지였지만 오늘은 그럴 수가 없었다. 아침에는 힘이 들어가 있던 웨이브가 살짝 풀려 훨씬 자연스러워졌고 화장도 잘 먹어서 제가 보기에도 꽤 예쁜 모습이었다. 오랜만에 셀카를 찍었을 정도로. 그런데 그러면 뭐 하나. 친구라는 것들은 하나같이 연락이 안 되고 만날 사람도 없는데.

잠시 삼천포로 빠졌던 생각을 제자리로 돌려놓은 연지는 이제까지 골몰해 있던 의문점에 집중했다.

'나한테 받아갈 거 있지 않아요?'

그녀에게만큼은 치명적으로 작용하는 허스키 보이스가 귓가를 맴돌았다.

받아갈 거. 그에게서 받아야 할 거. 그게 과연 무엇일까? 헤어숍에 갔었던 날부터 오늘까지 연지는 그것에 대한 생각을 멈출 수가 없었다.

민아는 그렇게 다시 만난 건 운명적인 거라고, 고객 카드도 만들고 왔으니 분명히 그 남자가 연락을 해올 거라고 호언장담했었다. 하지만 그는 연락이 없었고 민아는 운명적인 만남에 대한 관심을 빠르게 거둬갔다.

이수현 원장이 서연지한테 꽂혀서 난리도 아니었다고 호들갑을 떨던 나리도 그 일을 잊은 듯했고 당사자인 원나잇맨도 서연지를 잊은 것 같았지만 연지만은 잊을 수가 없었다. 그가 던졌던 질문, 받아갈 게 있지 않냐는 그 말 한마디 때문에.

수현에게서 연락이 오길 바란 적은 없었다. 그가 아무렇지도 않게 여인네 가슴 떨리는 말들을 하긴 했지만 접대성 멘트였을 게 뻔하니까 웃기는 남자라고 생각할 것도 없었다. 오히려 연락을 하지 않아 주어서 고마운데, 그렇기는 한데, 도대체 자신이 그에게서 받아야 할 것이 무엇인지에 대한 궁금함은 쉽게 사라지질 않았다.

"에이, 그냥 실없는 소리 한 거겠지."

이제 그만 생각하자고 결정한 연지는 고개를 저으며 피식 웃어
버렸다. 지금까지 생각해 왔는데도 알 수 없었던 것을 더 생각해
본다고 해서 알 수 있게 될 리가 없다. 그리고 그에게 받을 물건이
실제로 존재한다고 해도 자신에게 있어서 중요하거나 소중한 물
건일 리는 없었다. 그랬다면 진즉 알아챘을 테니까.

맥주병 바닥에 고여 있던 맥주를 한입에 털어 넣은 그녀는 소파
에서 일어나 주방으로 걸어갔다. 오늘따라 맥주가 입에 쫙쫙 붙는
다. 안주 하나 없이 마시는데도 달기만 한 걸 보면 술이 받는 날인
모양이었다.

냉장고에서 차가운 맥주병을 꺼내 든 연지는 휴대폰 벨소리에
아무 생각 없이 전화를 받았다.

"여보세요?"

[서연지 씨?]

어깨와 볼 사이에 휴대폰을 끼고 병뚜껑을 따던 그녀는 그대로
얼어붙었다.

[여보세요? 서연지 씨?]

숨도 멈추고 얼어 있던 연지는 우선 식탁 위에 맥주병을 내려놓
았다. 그리고 천천히 호흡을 골랐다.

진정해, 서연지. 죄지었어? 왜 이렇게 놀라?

물론 저쪽이 죄지은 거 맞다고 주장한다면 지은 죄가 없다고 말
하기엔 조금 애매한 행동들을 하긴 했지만 연지는 당당해지기로
했다. 도망 좀 쳐보려고 했기로서니 그게 뭐 그렇게 큰 죄라고.

[이수현입니다. 듣고 있어요?]

그쪽이 이름을 밝히지 않아도 목소리를 듣는 순간 누구인지 알

았다고 말할 마음은 눈곱만큼도 없었다. 하지만 전화를 받은 이상 무슨 말이라도 해야겠기에 연지는 꽉 다물려 있던 입술을 억지로 떼어냈다.

"듣고, 있어요."

[혹시 자고 있었어요?]

"아니요."

[다행이네요.]

얼굴이 보이지 않는데도 그가 웃고 있는 것 같다는 생각이 드는 건 왜지?

[밖인 것 같지는 않은데.]

"집이에요."

넙죽 대답을 해놓고서 연지는 머리를 쥐어뜯었다. 집이라고 말할 게 아니라 왜 전화했냐고 물어봤어야 하는 건데!

[금요일인데 약속 없어요?]

"내일 출근해야 해서요."

또다시 당연하다는 듯 대답을 하고서 연지는 절망했다.

아, 나는 왜 전화했냐는 말 한마디를 못하는 바보 멍충이였던 거구나.

[아아. 약국은 토요일에도 문 열죠.]

"그……."

그렇죠, 라고 대답할 뻔했던 연지는 가까스로 말을 멈췄다. 그리고 세차게 도리질을 친 다음 호흡을 가다듬고 눈을 부릅떴다. 마치 그가 눈앞에 있는 것마냥.

"그런데 무슨 일로."

그녀는 일부러 짧게 말을 끊었다. 말을 길게 하면 좋지 않은 일이 생길거란 예감이 들어서. 게다가 상당히 적절한 말이기도 했다. 헤어숍에 다녀온 지 일주일이 다 되어가도록 아무 연락 없더니 이제 와 무슨 일로 전화를 했는지 궁금해졌으니까.

[나한테 받을 거 있잖아요.]

"그래요, 그거! 내가 그거 때문에 얼마나 머리를 굴렸……."

머릿속으로만 해야 했던 생각이 입 밖으로 튀어나가 버렸다. 휴대폰을 통해 들려오는 수현의 웃음소리에 얼굴이 벌게진 연지는 힘없이 다리를 놀려 거실 소파에 쓰러지듯 주저앉았다.

왜 쓸데없는 말을 해가지고 사람 신경 쓰게 만드냐는 원망 반, 드디어 받을 게 뭔지 알게 될 것 같아서 반가운 마음 반. 반쪽짜리 감정이 합쳐져 너무 큰 시너지 효과를 내버렸다.

[많이 신경 쓰였나 보네요. 미안해요, 그러려던 건 아니었는데.]

"……."

[내일도 출근이라고 했죠. 몇 시쯤 끝나요?]

"왜요."

삐뚤어진 마음을 숨기지 못한 연지는 입술을 삐죽거렸다.

[받아야죠, 나한테 주고 간 거.]

다시 웃음기 섞인 목소리가 들려와 연지는 한숨을 뱉었다. 역시 이 남자하고는 뭔가 안 맞았다. 어떻게 통화할 때마저도 바보 같은 면만 보이게 되는 걸까.

[어디가 편해요?]

"제가 두고 온 게 뭔데요?"

질문을 질문으로 받아친 연지는 처음으로 정상적인 모습을 보인 것에 대해 희열을 느꼈다. 진즉 이랬어야 했다. 무슨 일로 전화했냐, 내가 두고 온 게 뭐냐, 나는 그거 필요 없다. 이 세 마디만 했으면 원나잇맨과의 관계는 깨끗하게 정리되는 거였는데 그 간단한 걸 못하고 바보 인증을 해버린 스스로가 한심하기 짝이 없었다.

[기억 안 나요?]

"네."

매우 안타깝게도 그것만 기억이 안 났다. 기억하고 싶지 않은 낯부끄러운 장면도 선명한 고화질 영상으로 저장되어 있는 뇌 속에 딱 그거 하나, 두고 온 물건만 기억이 안 났다.

[전화로 말하기는 좀 그렇고, 만나서 전해줄게요. 약국이 우리 숍 근처였던 걸로 기억하는데. 그쪽에 가서 전화할 테니까 나와요.]

"아니, 그렇게 하실 것까지는……."

[몇 시쯤 갈까요?]

연지는 죄없는 입술만 잘근잘근 씹어댔다. 다시는 만나고 싶지 않은 사람이었고 안 볼 사람이라고 믿었었는데 일이 왜 이렇게 되어버렸는지 알 수가 없었다.

박나리, 그걸 묻어버렸어야 하는 건데.

20년 우정을 들먹거리는 나리 때문에 마음이 약해져 야산을 찾지 않은 것이 급 후회되는 순간이었다.

[서연지 씨?]

소파에서 일어나 거실을 뱅뱅 돌던 연지는 걸음을 멈췄다. 그리고 단호한 표정으로 물었다.

"혹시, 지금 시간 괜찮으세요?"

[…….]

"괜찮으시면 지금 만났으면 하는데요."

오늘 할 일을 내일로 미루지 마라! 연지네 가훈이자 어렸을 때부터 귀가 닳도록 들어왔던 말이기도 했다. 그래서 그녀는 용기를 냈다. 받아야 할 물건이 있고 받고자 하는 마음이 있다면 내일로 미루지 말고 오늘 받아버리면 되는 거다. 백지장을 같이 맞들 사람은 없어도 쇠뿔을 단김에 빼는 건 혼자서도 잘할 수 있는 일이니까.

[그러죠. 어디로 갈까요?]

승낙의 말이 떨어지자마자 일사천리로 만날 장소와 시간이 정해졌다.

전화를 끊고 방으로 들어간 연지는 옷을 갈아입으면서 스스로를 세뇌시켰다.

"물건만 받고 들어오는 거야. 내가 해야 할 말은 안녕하세요, 감사합니다, 들어가세요, 그것밖에 없어. 다른 말은 하지 마. 다른 말은 안 하는 거야, 서연지."

안녕하세요, 감사합니다, 들어가세요. 연지는 약속 장소에 도착해서 그를 만나기 전까지 그 말들만 곱씹었다.

확실히 재미있어. 이러니 자꾸 놀리고 싶어지지.

사람들로 북적북적한 카페에서 연지와 마주 앉아 있는 수현은 억지로 웃음을 참고 있었다. 참지 못하고 웃어버린다면 그녀가 자리를 박차고 일어나 세 번째 도망을 감행할 것 같았다.

"이게…… 그러니까, 이게……."

시뻘게진 얼굴로 말을 더듬거리는 그녀는 굉장히 귀여웠다. 왜 저렇게 부끄러워하는지는 모르겠지만.

솔직히 받아갈 게 있지 않냐고 물었던 건 무심결에 던진 미끼였다. 그녀는 그것을 두고 갔다거나 주고 갔다고 생각하지 않았을 테니까. 하지만 다시 만날 계기를 최대한 자연스럽게 만들 만한 장치로 그것만 한 게 없었다. 따지고 보면 자신으로 인해서 버릴 수밖에 없게 된 물건이었고 그래서 보상해야 할 의무가 있다고 음흉한 마음을 순수하게 포장시켜 버린 수현이었다.

"마음에 들어요?"

미소를 머금은 그의 말에 수현을 노려보고 있던 연지의 시선이 고급스러운 상자로 향했다. 그리고 그걸 빤히 쳐다보았다.

수현은 그것을 사기 위해 백화점을 두 군데나 돌아야 했다. 혼자 매장에 들어가 사기엔 민망함이 없잖아 있어서 인터넷으로 구매를 할까 했지만 아무래도 직접 눈으로 보고 사는 게 나을 것 같았다.

수현은 그녀의 취향이 굉장히 섹시했었다는 걸 기억하고 있었다. 색감과 디자인이 결코 평범하다고 할 수는 없었고 소재도 실크와 레이스가 주를 이뤘었으니까.

겉으로 보기에는 무척 여유로워 보이는 수현이었지만 사실 조금 걱정이 되기는 했다. 그녀의 취향에 맞춰 고른다고 고르기는 했는데 혹시나 변태 취급을 당하는 건 아닐까 해서.

"두고 갔던 거하고 똑같은 건 못 찾았어요."

상자만 응시하고 있는 연지는 꿋꿋하게 입을 다물고 있었다. 실은 무슨 말을 어떻게 해야 할지 알 수가 없었다.

수현에게서 받아야 할 물건이 그것이라고는 상상도 하지 못했던 연지였다. 그래서 고개를 갸웃거리며 상자를 개봉할 때까지만 해도 아무 생각이 없었다. 그런데…….

팬티라니! 내가 이걸 두고 왔다고? 미치지 않고서야!

정확하게 하자면 수현이 준 건 속옷 세트였다. 그것도 굉장히 야스러운. 이런 속옷을 매장에서 버젓이 판매한다는 것 자체가 믿기지 않을 정도였다.

그래, 내가 미쳐서 팬티를 두고 왔다고 치자. 그럼 이 위에 건 뭐야? 보는 것만으로도 코피가 쾅쾅 터질 것 같은 이건 뭐냐구우!

친구들이 사준 거라면야 미친 거 아니냐고 등짝스매싱을 날린 후에 방에 들어가서 혼자 슬쩍 몸에 대어보고 몸을 배배 꼬며 별 짓을 다 했겠지만 이걸 준 사람이 수현이라는 게 문제였다.

"마음에 안 들어요? 바꿔다 줘요?"

"아니요!"

고개를 바짝 쳐든 연지가 단호하게 고개를 저었다. 바꿔도 자신이 직접 바꾸지 수현보고 바꿔 오라고 할 생각은 없었다. 그가 또 얼마나 어마어마한 속옷을 가져올지 예상조차 되질 않아서 무섭다.

"혹시 몰라서 영수증도 챙겨왔는데. 사이즈가 안 맞……."

"맞아요! 맞습니다!"

고개까지 끄덕여 가며 무조건 맞다고 말하는 연지 때문에 수현은 결국 쿡쿡, 낮은 웃음을 터뜨렸다. 속옷을 처음 보았을 때보다는 낮지만 여전히 시뻘건 얼굴로 당황한 기색을 감추지 못하는 그녀가 귀여워서 미칠 것 같았다. 순간, 순간이 재미있고 즐겁다.

쇼핑백에 상자를 집어넣어 비어 있는 옆자리 의자에 내려놓은 연지는 한숨을 흘렸다. 원나잇맨은 웃음소리마저도 지독하게 섹시했다. 사람 무안하게 해놓고서 웃고 있는 게 전혀 얄밉지 않을 만큼.

원나잇으로 만나지 않았다면 참 좋았겠다.

웃음을 멈추고 커피 잔을 들어 입가로 가져가는 수현을 보면서 연지는 문득 그런 생각이 들었다. 그냥 평범한 상황에서 평범하게 만났으면 어땠을까 하고.

에이, 그런 곳이 아니었으면 내가 이런 남자를 어떻게 만났겠어.

쓸데없는 생각에 혀를 차던 연지는 뜨거움이 가신 커피를 물마냥 들이켰다.

"물 가져다줄까요?"

"……네?"

"목말라 하는 것 같아서."

살짝 고개를 젓는 것으로 대답을 대신한 연지의 얼굴이 발그레해졌다. 그의 말처럼 목이 마르기는 했다. 수현이 말을 할 때마다 그 섹시한 목소리 때문에 입안이 바짝바짝 말라서 아주 그냥 쩍쩍 갈라지기 일보 직전이었다.

"사실 걱정했어요."

가만히 자신을 쳐다보던 수현의 말에 연지가 무슨 뜻이냐는 듯 눈을 깜박였다.

"부담스러워하지는 않을까 해서."

부담스러울 정도로 야하긴 합니다.

"나 때문에 그렇게 된 거니까 당연히 내가 보상해야 하는 거라고 생각했어요."

연지의 뇌 속으로 그날의 기억이 스멀스멀 침입했다. 야스러운 속옷보다 훨씬 더 야스러웠던 행위들이 뇌를 찬란하게 채워가기 시작했다.

"그러니까 부담 가지지 않았으면 좋겠어요."

그쪽 자체가 부담스럽습니다, 나는!

하고 싶은 말은 단 한 마디도 입 밖으로 꺼내지 못한 채 연지는 붉어진 얼굴로 울상을 지었다.

이수현이라는 남자는 서연지와 너무 안 맞아서 저주에 걸렸을지도 모른다는 생각을 하게 만들었고 그의 목소리는 고막에 심각한 무리를 주었으며 이제는 심장에까지 그 여파가 미치고 있었다.

생애 처음으로 해본 원나잇의 상대가 믿기지 않을 정도로 훌륭했지만 그 이상의 무언가를 바라지는 않았다. 바보 같은 짓을 너무 많이 저질러서 자신은 물론이고 그도 그날의 기억을 깨끗하게 리셋해 주길 바랐다. 하지만 세상이 내 마음같이 돌아가 주질 않아 뜻대로 되지 않았고 어쩌다 보니 속옷을 선물 받는 지경에 이르러 있었다. 하지만 더는 아니었다. 그가 무엇을 바라고 원하는지는 모르겠지만 연지는 이수현이라는 남자와 어떤 관계에 묶이게 되길 원치 않았다. 원나잇으로 시작된 관계의 끝이 좋을 리 없으니까.

원나잇은 원나잇으로 끝났어야 했다. 그래서 원나잇이라고 부르는 거니까.

"이건, 감사하게 받을게요."

어렵게 입을 연 연지를 수현이 미소 띤 얼굴로 바라보았다.

"하지만 여기서 끝이었으면 좋겠어요."

결연한 의지가 서린 연지의 눈빛에 수현의 미소가 조금 어색해졌다.

"무슨 뜻이에요?"

"오늘 이후로, 그쪽과 내가 만나는 일은 없었으면 좋겠다는 뜻이에요."

잘했어, 서연지. 처음부터 이렇게 똑똑하게 굴었으면 얼마나 좋아?

담담하게 자신의 생각을 전한 연지는 수현의 눈을 피하지 않았다. 그런데 뭔가 이상했다. 바보처럼 굴지도 않았고 해야 할 말을 제대로 전달하는데 성공했건만 마음속 가득 채워져야 하는 뿌듯함이 없었다. 오히려 생각지도 못했던 허무함과 상실감이 그녀의 가슴을 콕콕 찔러댔다.

"흐음."

생각에 잠긴 듯 수현의 고개가 한쪽으로 기울어졌지만 그의 시선만은 여전히 연지에게 꽂혀 있었다. 하지만 연지는 자신이 느끼는 감정이 당황스럽고 수현의 시선이 부담스러워 고개를 모로 틀었다.

"왜요?"

한참 후에야 들려온 그의 음성에 연지의 고개도 제자리를 찾았다.

"네?"

"왜 그랬으면 좋겠는데요?"

"그야……."

낯부끄럽게 내가 먼저 들이대서 화끈한 밤을 보냈고 어떻게 봐도 미친 여자처럼 굴었으니까?

"난 안 그랬으면 좋겠는데요."

연지의 눈꺼풀이 느릿하게 아래로 향했다가 다시 위로 들어 올려졌다.

"더 솔직하게 말하면 나는 그러고 싶은 생각이 없어요. 전혀."

진지하게 말을 잇던 수현이 입을 헤벌리고 있는 연지를 보며 씨익 웃었다.

"우리의 생각이 상충되네요. 이 문제에 대해서 깊게 대화를 나눠볼 필요가 있겠어요."

"아니, 뭐, 꼭 그럴……."

"사케, 좋아해요?"

자리에서 일어서 손을 내미는 수현을 멍하니 쳐다보던 연지는 그가 제 손을 잡아 일으키자 순순히 따라 일어섰다.

홀린 것 같았다. 이수현이라는 남자에게.

옅은 조명이 어둠에 잠긴 공간을 힘겹게 밝히고 있었다. 퀸 사이즈의 침대 하나, 작은 테이블과 거기에 딸린 의자 두 개가 전부인 곳에서 연지는 허벅지를 가리고도 남는 길이의 커다란 남자 셔츠만 입고 의자에 앉아 미간을 좁히고 있었다.

연지는 의자 등받이를 벽에 붙여놓고 잠들어 있는 남자를 쳐다보았다.

엎드려 있는 남자의 허리께에 걸쳐져 있는 이불 덕분에 매끈하게 빠진 등 라인과 넓은 어깨가 그대로 드러나 있었다. 깔끔하게 스타일링되어 있던 머리카락은 헝클어져 있었고 쉼 없이 움직이던 부드럽던 입술은 꾹 다물려 있었다.

남자를 지켜보던 연지의 미간이 힘 있게 좁혀지면서 굵은 주름이 생겼다.

이건 뭐…… 변명의 여지가 없구만. 돌아버리겠네.

원나잇맨과 투나잇을 해버린 연지는 이 상황이 그저 기가 막혔다. 이번에는 술에 취해 저지른 일이라고 변명할 수도 없었다. 취하지 않았었으니까.

연지는 대화를 나눠보자던 그를 따라 사케를 파는 일본식 주점으로 갔었다. 집에서 이미 맥주를 마시고 나왔었기에 수현이 사케를 주문할 때 그녀는 맥주를 시켰었다. 그리고 맥주 한 병을 비운 후부터는 수현과 함께 사케를 마셨다.

주종을 가리지는 않지만 평소에 사케는 소주에 물 탄 것 같은 맛이라고 여겼었는데 그가 주문한 사케가 뭐였든 기똥차게 맛있었다. 하지만 결코 취하지는 않았었다. 맥주 한 병에 사케 두 병을 시켜 나눠 마셨는데 취했을 리가.

아니…… 취했다. 취했던 게 맞는 것 같다. 수현의 웃음, 수현의 목소리, 수현의 말에.

'좋아한다, 사랑한다, 그런 게 뭔지는 몰라요. 그냥 떠올리려고 하지 않았는데도 자꾸 생각이 나고 서연지 씨하고 비슷한 여자를 보면 나도 모르게 쳐다보게 되고 서연지 씨가 생각나면 웃음이 나는데, 그거 일반적인 감정은 아니지 않나?'

그 말에 주책없이 설레었다. 남자한테 그런 말을 들어본 지가 너무 오래된 탓에 막을 새도 없이 설레 버렸다.

'서연지 씨 말처럼 시작이 평범하지 않았다는 건 인정해요. 하지만 시작이 평범하지 않아서 끝이 좋지 않을 거란 말에는 동의 못하겠는데. 평범하지 않은 게 나쁜 건가?'

평범하지 않은 게 나쁜 건 아니었다. 평범하지 않음이 곧 원나잇으로 귀결된다는 게 문제였지. 하지만 연지는 이렇다 할 반박의 말을 찾아내지 못했다. 어쩌면 정말 나쁘지 않을지도 모른다고 믿고 싶었을지도 모르겠다.

'나는 원래 그래요. 하나에 꽂히면 다른 건 생각 안 해요. 그래서 서연지 씨도 나한테 꽂혀주면 좋겠는데.'

다른 건 생각 말고 이수현이라는 사람에게 꽂혀달라는 그 말에 어찌나 가슴이 떨리던지.

쉬는 날 잠만 잘 게 아니라 연애를 했어야 했어.

뒤늦게 쓰나미 급 후회가 몰려왔다. 연애란 걸 해본 게 언젠지 가물가물해서 수현의 말들에 홀딱 넘어가 버린 것만 같았다. 괜찮은 남자의 오글거리는 말들에 대한 면역력이 너무 약해져 있었다. 이수현은 괜찮다는 말로 평가하기가 죄송스러울 만큼 멋진 남자이기는 하지만.

이제…… 어쩐다.

수현이 아닌 그 누구와도 연애를 할 생각은 눈곱만큼도 없었다. 딱히 외롭지도 않았고 연애의 필요성을 느끼지도 못했다. 먼 훗날이 되겠지만 개국 약사를 목표로 삼고 있는 터라 열심히 돈만 벌 작정이었다. 사이사이 애정 씨와 쌍둥이도 챙겨야 했다. 어디 괜찮은 부업이 없을까, 있으면 스케줄을 어떻게 맞추어야 하나 고민하던 중이었는데 판타스틱한 애물단지가 굴러들어 와버렸다.

그날은 술에 떡이 되어 미쳤었다고만 생각했었는데 아니었다. 상대가 수현이었기에 그랬었던 것 같았다. 오늘도 어김없이 스파크가 튀어버렸으니까.

집에 데려다 주겠다고 했을 때 분명히 거절을 했었던 것 같은데 정신을 차려보니 어느새 그의 차 뒷좌석에 나란히 앉아 있었다. 대리 기사가 오길 기다리는 도중에 어떡하다 보니 서로 손끝이 닿았고 눈빛이 마주치는 순간 수현이 큰 손으로 목을 감싸 끌어당겨 키스했다.

왜 이러냐고 밀쳐 내고 내가 그렇게 쉬워 보이냐고 따구라도 올려붙였어야 했는데 연지는 속수무책으로 그의 키스에 빨려 들어갔었다. 그러다 투나잇까지 하게 된 거고.

"후우우우우."

연지의 고개가 푹 꺾였다. 요즘 들어 한숨만 는다. 이렇게까지 밝히는 여자는 아니었던 것 같은데 어쩌다 이 지경이 된 건지 모를 일이었다.

"언제 일어났어요?"

스스로가 저질러 놓은 일들을 반성하던 연지는 갑자기 들려오는 수현의 음성에 깜짝 놀라 고개를 쳐들었다.

언제부터 지켜보고 있던 건지 침대 헤드에 기대 앉아 있던 그가 비어 있는 옆자리를 손으로 툭툭 두드렸지만 연지는 고개를 저었다. 숨김없이 드러나 있는 그의 남성적인 팔뚝과 완벽에 가까운 복근에 유혹당하고 싶지 않았다.

더는 유혹당하지 않겠다는 각오로 똘똘 뭉쳐 있던 연지는 수현의 행동에 입이 떡 벌어졌다. 자신감은 당연하고 자만해도 마땅할 훌륭한 몸을 소유하고 있는 수현이긴 했지만 그래도 알몸인데, 완벽하게 알몸인 수현이 침대에서 벗어나 자신을 끌고 이불 속으로 들어가 버렸기 때문이다.

어버버 할 시간도 없었다. 거부해야 한다는 의지도 잃었다. 자신의 의사와는 전혀 상관없이 반항 한 번 못해보고 수현의 품에 갇혀 버린 연지는 평범치 않은 상황에 당황하는 것만으로도 바빴다.

강하게 연지의 허리를 끌어안은 수현이 그녀의 목덜미에 입술을 묻고 중얼거렸다.

"셔츠, 잘 어울리네."

맨살에 닿는 더운 숨결과 기분 좋은 고양이처럼 가르랑거리는 수현의 음성에 소름이 돋았다. 처음부터 지금까지 수현의 목소리는 연지에게 치명적이었다. 이제는 목소리가 치명적인 건지 이수현이라는 남자가 치명적인 건지 분간이 안 될 정도였지만.

"저기…… 얘기 좀, 해요."

애꿎은 셔츠 소매만 만지작거리던 연지는 마른침을 삼키고서 자신의 허리를 감싸고 있는 수현의 팔을 슬쩍 밀었다. 하지만 수현이 놔주려 하지 않아 세게 힘을 주어 몇 번을 밀어내고 나서야 겨우 그의 품에서 빠져나올 수 있었다.

수현과 마주 보고 앉은 연지는 호흡을 골랐다. 투나잇까지 해버린 마당에 자신이 하고자 하는 말들이 어불성설로 들릴 거라는 걸 알고 있지만 그렇다고 해서 이대로 가만히 있을 수는 없는 일이었다. 모르긴 몰라도 이수현이라는 남자가 투나잇을 투나잇으로 끝내 버릴 것 같지는 않았으니까. 그리고 여기서 멈추지 않는다면 쓰리나잇까지 경험하는 최악의 상황을 맞이할 확률이 높아 보였다.

머릿속으로 해야 할 말들을 정리하던 연지는 자신의 볼을 간질이는, 몇 가닥 흘러내린 머리카락을 다정하게 귀 뒤로 넘겨주는 수현의 손길에 흠칫했다.

수현의 그런 행동 하나하나가 연지를 설레게 했다. 마치 사랑과 관심을 갈구하던 여자처럼 민감하고 예민하게 반응하고 있었다.

……마음에 안 들어.

꾸욱 다물린 연지의 입술에 힘이 실렸다.

쌍둥이가 태어나기 전부터, 서태석 씨가 자신을 보며 스스럼없이 '우리 딸'이라고 불렀을 때부터 연지는 갑자기 생긴 아버지라는 존재를 향해 사랑과 관심을 갈구했었다. 단 한 번도 내색하지 않았었지만.

애정 씨한테는 그런 적이 없었다. 엄마는 당연하다는 듯 사랑과 관심을 주던 존재였으니까. 하지만 친부의 얼굴도 모른 채로 지냈던 연지에게 하늘이 준 선물마냥 나타난 서태석 씨는 달랐다. 아버지 없이 자란 서연지는 아버지가 생기자 그에게 인정받기를, 사랑해 주기를, 진심으로 딸이라 여겨주기를 바라고 욕심냈다. 그래서 쌍둥이가 태어났을 때 기뻐했지만 속으로는 불안에 시달렸었다. 자신에게 쏟아지던 서태석 씨의 애정이 사라질까 봐.

돌이켜 보면 어리석고 한심한 감정들이었다. 성숙하지 못했기에 가질 수 있었던 마음들이었다. 그러니까 성숙한 서연지는 그러면 안 되는 거다. 나이가 몇인데 애정결핍이 있는 사람인 것마냥 군단 말인가. 애정 씨와 서태석 씨는 물론이고 쌍둥이한테 받은 마음이 얼만데.

"이제 그만해요."

마음을 굳힌 연지의 말에 침대 헤드에 기대어 있던 수현의 눈썹이 뾰족해졌다. 그리고 계속 해보라는 듯 입을 다문 채로 연지와 시선을 맞췄다.

"안 믿을 수도 있겠지만 이건 정말 나답지 않은 일이에요. 나는 이런 일들이 익숙하지 않고 적응할 수 있을 것 같지도 않아요."

어렵게 내뱉는 말들이었지만 듣고 있는 수현의 입가에는 어느새 미소가 걸려 있었다. 그것이 비웃음이라 여긴 연지는 화가 나기보다는 부끄러워졌지만 말을 멈추진 않았다.

"평범하지 않은 시작이지만 그게 꼭 나쁜 것만은 아니라는 말, 나도 동의해요. 하지만 그쪽과 나는 그만해야 할 것 같아요. 이런 식으로 누군가를 만나는 거, 나는 못하겠어요."

"이런 식이라. 어떤 식?"

가만히 듣고만 있던 수현의 물음에 연지가 입술을 씹었다. 자신이 무엇을 말하고자 하는지 알면서도 되묻는 저의를 알 수가 없었다. 슬며시 지어졌던 미소를 거두어들인 수현의 무표정한 얼굴에서는 아무것도 읽어낼 수가 없었다.

"이런 식이 아니면 괜찮다는 건가? 그런데 나는 이런 식이 어떤 건지 모르겠는데."

비꼬는 것도, 짜증을 내는 것도, 화를 내는 것도 아니었다. 수현의 앞에서 바보짓을 일삼았던 연지였지만 그가 정말 몰라서 묻고 있는 거라는 것쯤은 알 수 있었다. 그래서 연지는 정공법을 택했다. 어차피 이제껏 쪽팔린 일들은 수없이 했으니 한번쯤 더 한다고 해서 뭐가 달라질까.

"만날 때마다 자고, 그러다가 자려고 만나게 되는 식을 말하는 거예요."

처음으로 수현의 얼굴에서 짜증스러워하는 기색이 읽혔다. 어쩌면 화가 났을지도 모르겠다. 바닥에 떨어져 있던 드로즈와 바지를 입은 그가 테이블에 올려둔 안경을 쓰는 모습에 연지는 꼴깍꼴깍 침만 삼켰다.

내가 말이 너무 심했나? 설마 때리지는 않겠지?

등줄기를 타고 식은땀이 흘러내렸다. 수현이 여자를 때리거나 그럴 사람이 아닐 거라고 믿지만…….

왜 믿어? 뭘 보고 믿는데? 얼마나 안다고 믿어? 간도 크다, 서연지.

얼굴 본 거라고는 단 세 번뿐이고 말 섞은 시간보다 몸 섞은 시간이 더 길 것이 확실한 남자를 무턱대고 믿다니. 그것도 그 남자의 홈그라운드에서 화를 돋울 만한 말을 꺼내고 난 후에. 이보다 한심할 수가 있을까 싶은 마음에 한숨을 쉬던 연지는 코앞으로 다가온 수현의 얼굴에 숨을 멈췄다.

빤히 쳐다보는 수현 때문에 숨이 막히기 시작한 연지가 고개를 돌리려 했지만 수현의 움직임이 더 빨랐다.

볼에 닿는 따스한 온기를 감지하기도 전에 입술에 느껴지는 촉촉하고 부드러운 감촉에 연지가 눈을 깜박였다.

수현의 입술은 따뜻했고 다정했다. 모난 마음을 둥글게 만들어 주려는 사람처럼 느릿하고 섬세하게 자신의 입술을 그의 입술로 부비고 윗입술과 아랫입술을 조심스럽게 빨아들였다.

욕정을 부추기는 키스가 아닌 마음을 달래는 키스에 온몸을 조이고 있던 긴장이 풀려 버린 연지가 뜨거운 숨을 내뱉자 수현이 입술을 떼지 않은 채로 속삭였다.

"안 믿을 수도 있겠지만, 나는 서연지이기 때문에 서연지하고 자고 싶은 거예요."

연지는 안간힘을 써서 입 밖으로 튀어나올 뻔한 신음을 삼켰다. 믿을 수 없는 건 자신의 몸과 마음이었다. 믿을 수 없게도 그의 말을 믿고 싶고, 믿을 수 없게도 그의 입술이 주는 간지러움에 몸이 달아오르고 있었다.

"자려고 만나는 여자를 집에 데려올 정도로 그렇게까지 청결하지 못한 사람은 아니에요, 나."

연지는 어느새 진심으로 그의 말을 믿고 싶어졌다. 수현의 말처럼 나이기 때문에, 서연지이기 때문에 그에게 안길 수 있는 것이기를. 서연지이기 때문에 지극히 개인적인 이수현만의 공간에 머물 수 있는 것이기를.

"그리고, 안고 싶은 여자를 안는 게 왜 나쁘지?"

입술에서 느껴지던 간지러움이 사라지자 연지는 눈을 뜨고 수현을 쳐다보았다. 그는 정말 모르겠다는 듯 미간을 좁히고 있었다.

천재는 아니어도 나름 똑똑하다고 인정받으면서 살았던 연지였지만 이상하게 수현이 하는 말들에는 똑 떨어지는 답을 할 수가 없었다. 아마도 그가 묻는 것들이 정해져 있는 해답 같은 게 없는 문제여서일 것이다. 아니면 이미 답을 알고 있지만 이수현에게만큼은 그 답들을 대입하고 싶지 않은 것일지도.

"일단 만나봅시다."

죄없는 입술만 씹어대던 연지의 입술을 엄지로 가볍게 쓸어내린 수현이 미소를 지었다.

"만나보다 보면 익숙해지겠지. 나라고 서연지 씨를 안을 때마다 저렇게 속옷을 못 쓰게 만들어 버리는 일이 익숙한 건 아니니까. 혼자 적응해야 하는 것보다는 같이 익숙해지는 게 낫지 않겠어요?"

수현이 눈짓으로 가리키는 곳으로 따라간 연지의 시선이 또다시 찢어져 버린 속옷에서 멈췄다.

얼굴이 확 달아오른 연지가 바로 저런 게 절대로 익숙해지지 않을 것 같은 점이라고 말하려 했지만 그녀의 휴대폰에서 흐르기 시작한 벨소리가 말을 막았다.

"전화 받아요."

더 이상 어떤 말도 중요치 않다는 듯 수현이 방에서 나가 버리자 연지는 포옥 한숨을 내수고서 가방에서 휴대폰을 꺼내 들었다.

"여보세요?"

살짝 열려져 있는 문틈으로 연지가 전화를 받는 소리가 새어 나올 때 수현의 얼굴에서는 다시 표정이 사라져 있었다.

욕실에 들어가 얼음장 같은 세찬 물줄기를 맞으며 서 있던 수현이 피식, 쓴웃음을 흘렸다.

　하마터면 화를 낼 뻔했다. 결혼은커녕 연애도 할 생각이 없다고 지껄이고 다녔으면서 이제 그만하자는 연지의 말에 울컥 화가 나버렸다.

　그녀의 말처럼 안고 싶다는 이유만으로 서연지를 원하는 건 아니었다. 좋아하는 게, 사랑하는 게 뭔지는 모르지만 그녀를 떠올리는 것만으로도 유쾌한 기분이 드는 게 마음에 들었다. 그녀를 보고 있으면 재미있었다. 즐거웠다. 그냥 자고 싶어서라면 굳이 서연지일 이유가 없었다.

　자꾸 밀어내려고만 하는 연지 때문에 수현은 심술이 났다. 그녀를 온 마음 가득 받아들일 자신도 없는 주제에.

　서연지와 무엇을 하고 싶은 건지 아직 정확하게 알 수는 없었다. 뱉어놓은 말처럼 그냥 일단 만나보고 싶은 건지, 아니면 연애라는 걸 해보고 싶은 건지. 하지만 한 가지 확실한 건 그녀가 원하는 것처럼 순순히 놔줄 수는 없다는 거였다. 뭘 하고 싶은 건지는 몰라도 이수현이 서연지라는 여자를 원한다는 건 분명했다.


　[운명이야! 운명이라니까?]

　벌써 몇 번째 같은 말을 반복하고 있는 흥분의 달인 자극 백민아 선생 때문에 연지는 두통이 일었다.

　"알았으니까 끊어."

　[잠깐!]

　"또 왜!"

소리를 죽여 이를 가는 연지에게 민아는 밝은 음성으로 물었다.

[너 출근해야 하잖아. 옷은 어떡할 거야? 그대로 입고 갈 거야? 아님 챙겨서 가져다줘? 니가 사 입을 애는 아니잖아. 아, 그 운명남이 사주려나?]

참 별게 다 궁금하다. 하기야 원나잇 했다는 말에 몇 번 했냐고 캐물었던 애니까.

"그대로 입고 갈 거야. 이제 끊어."

[잠까안!]

이미 휴대폰을 귀에서 멀찌감치 떼어낸 연지였지만 민아는 끝까지 소리를 질렀다.

[초 치지 말고 여지를 줘! 너 다른 사람들한테 했던 것처럼 튕기면 나중에 혼자 벽에 똥칠……!]

조금 더 일찍 끊었어야 했다. 아침부터 나중에 늙어서 혼자 외롭게 벽에 똥칠할 거란 얘기나 듣다니. 역시 자극 백민아 선생이다.

연지는 옷가지를 챙겨 방에서 나가 수현을 찾았다. 어디서 고소하고 짭조름한 냄새가 난다 싶었더니 그가 주방에서 손을 놀리고 있었다. 금방이라도 날개가 펼쳐져 나올 것 같은 등 근육을 보고 서 있자니 절로 마른침이 삼켜졌다.

"저……."

주방 입구에 선 연지가 즈심스럽게 말을 붙이자 수현이 뒤를 돌아보며 나른한 미소를 지었다.

"통화했어요?"

"네."

"씻고 나와요. 아침 먹게."

씻어도 되냐고 물으러 나왔는데 묻기도 전에 대답을 해준 수현에게 연지는 엉뚱한 질문이 하고 싶어졌다. 혹시 그렇게 버젓이 상의를 벗어젖힌 채로 아침을 먹을 생각인 거냐고.

끝도 없이 한심해지는 스스로의 모습에 고개를 흔들던 연지는 수현이 내미는 쇼핑백을 받아 들었다. 쇼핑백의 끈을 손에 쥐고도 이게 뭐지, 생각하던 연지는 머리를 벽에 박고 싶어졌다. 이게 뭔 뭐겠는가. 쳐다보는 것만으로도 후끈 달아오르는 요사스러운 속옷이지.

"욕실은 저쪽."

수현의 턱짓에 고개를 끄덕인 연지는 한껏 붉어진 얼굴로 빠르게 걸음을 옮겼다.

수현의 집에서 아침을 맞이하고, 수현의 욕실에서 샤워를 하고, 수현이 선물한 야스러운 속옷을 입고 욕실에서 나와 식탁 위에 차려진 음식을 발견한 연지의 눈이 휘둥그레졌다.

"앉아요. 난 아침에는 커피 안 마시는데, 괜찮죠?"

뻣뻣하게 고개를 끄덕인 연지가 식탁 의자에 앉았다.

"이걸, 언제 다 만들었어요?"

대답 없이 가볍게 미소만 짓는 수현 때문에 연지는 마음이 따끔거렸다.

엄마가 새벽에 일을 나가시는 경우가 많아 항상 쌍둥이들 밥을 챙겼던 연지였지만 정작 본인은 아침을 거르기가 일쑤였다. 그리고 언제나 그녀가 학교 가기 전에 일을 나가셨던 애정 씨라 제대로 아침밥을 얻어먹어 본 적이 없었다. 그런데 자신과는 참 안 맞는다고 믿었던 남자가 아침을 차려주었다. 노릇하게 구워진 토스트와 크림치즈, 꺼멓게 탄 자국이라고는 찾아볼 수 없는 스크램블과 베이컨, 우유와 주스까지 꺼내놓고 그녀를 기다리고 있었다.

"먹어요. 다음에는 더 근사하게 차려줄 테니까."

무심하게 말을 흘리는 수현을 보면서 연지의 심장은 탱탱볼마냥 사방팔방으로 튕겨져 나갔다.

또 설레지, 또!

이보다 더 근사한 게 있단다. 그녀로서는 상상도 안 되는데. 지금도 말로는 표현이 불가능한 감정에 목이 메건만 더 근사하게라니.

"잘…… 먹을게요."

아침을 먹는 습관이 들여져 있지 않아서 수현이 차려준 음식들을 먹고 난 후에 분명히 속이 더부룩해질 테지만 연지는 꾸역꾸역 아침을 먹었다. 먹지 않거나 남기게 되면 그의 진심과 정성을 무시하는 게 되어버릴 것 같아서 최선을 다해 열심히 먹었다.

식사가 끝난 후에 설거지를 하려던 연지였지만 수현의 단호한 거부에 결국 손을 놓을 수박에 없었다. 완벽하게 손님 대접을 받는 것 같아서 정체를 알 수 없는 서운함이 밀려들었지만 그녀는 내색하지 않고 코트를 찾아 팔을 꿰었다. 그런데 식기 세척기에 그릇들을 넣어놓은 수현이 그녀의 팔을 붙들었다.

가만. 이런 상황이 있었던 것 같은데?

코트에 한쪽 팔만 넣은 상태로 멈춤 상태가 되어버린 연지가 설명을 요구하는 눈빛으로 수현을 쳐다보았다.

"출근 시간이?"

"아홉 시까지 가면 되는데 왜……."

말이 끝나기도 전에 연지는 코트를 입기 전으로 돌아가 수현에게 이끌려 욕실로 들어갔다. 그리고 말 잘 듣는 아이처럼 그의 앞에 서서 드라이어에서 나오는 더운 바람을 맞았다.

그의 손가락이 부드럽게 두피를 쓸고 머리카락을 빗어 내릴 때마다 연지는 어금니를 악 물어야 했다. 안 그러면 입에서 이상한 소리가 새어 나올 것 같았다.

이 남자 꾼인가 봐. 무슨 남자가 여자들의 로망을 놓치는 법이 없어?

"머리카락, 자르지 말아요. 다른 디자이너한테 맡기는 일도 없었으면 좋겠고."

드라이어 소음이 작은 편이 아니었는데도 연지의 귀에는 수현의 목소리만 들렸다. 그쪽한테 머리카락을 맡긴 것도 한 5년 만의 일이라고 말하고 싶었지만 마침 그때 수현의 손끝이 귓불을 스치는 바람에 연지는 침묵을 지킬 수밖에 없었다.

"서연지 씨는 머리카락도 참 예뻐요."

머리카락도. 머리카락도? 머리카락도!

아…… 이 남자가 날 감동의 늪에 빠트려 죽이려는 모양이다.

말렸다.

하루 종일 그 생각밖에 들지 않았다. 그래서 연지는 백만 스물 두 번째로 흘러나오려는 한숨을 애써 막지 않았다. 어차피 손님도 없었으니까.

출근을 했을 때부터 자신에게서 떨어질 생각을 않는 세 쌍의 눈 동자에 얼굴이 닳을 지경이었다. 화장기 없는 맨 얼굴, 용감무쌍 하게 생얼로 출근을 한 게 처음인 것도 아닌데 뭐 그리 색다른 일 이라고 저렇게들 쳐다보는지 모를 일이었다. 어젯밤, 수현을 만나 러 가기 전에 옷을 갈아입지 않았더라면 어딘가에 갇혀 취조를 당 했을지도 모르겠다.

"서 약사님, 선보신 분하고 잘돼가시나 봐요."

집요하게 연지를 쳐다보던 인물 중에서 그나마 가장 참을성이 없는 전산직원이 야릇한 미소를 보냈다.

항상 웃는 낯으로 동료들을 대했던 연지였지만 오늘만큼은 참을 수가 없어 눈에 힘을 주고 직원을 노려보았다. 너는 지금 내 얼굴이 좋아 죽겠는 사람으로 보이느냐!

"아, 아닌가? 하하!"

무안해하는 전산직원에게 조제보조원이 왜 쓸데없는 말을 하냐며 핀잔을 던지자 다음 타자로 나선 호태가 방망이를 휘둘러 댔다.

"서 약사처럼 능력 있는 사람이 결혼 같은 거에 목매달 필요 있나. 그렇지, 서 약사?"

은근하게 물어오는 폼이 '나, 잘했지?' 라고 묻는 것 같았으나 연지는 썩은 미소를 지을 수밖에 없었다. 서연지 능력 있는 걸 그렇게 잘 아시는 분이 아까 점심 먹을 때 영화 보러 가잔 소리는 왜 하셨나 싶다.

"아니, 저는 서 약사님이 오늘따라 예뻐 보이셔서 좋은 일 있으신가 보다 한 거죠."

그동안 내가 참 많이도 안 예뻐 보였나 보다. 그리고 그 뒤에 드는 생각은 서른한 살 먹은 여자가 예뻐 보일 때는 선본 남자와 잘되었을 때뿐인가, 하는 거였다.

연지가 약국이 무너지게 깊은 한숨을 뱉어내자 조제보조원이 간식을 사오겠다며 전산직원을 끌고 나갔다.

간간이 약국을 방문하는 손님들한테는 애써 미소를 짓는 연지였지만 손님이 없을 때 나오는 한숨은 어쩌지 못했다.

약국 근처까지 데려다 준 수현의 연락하겠다는 말에 어떤 답도 내어놓지 못했던 자신의 한심함. 눈치는 누구한테 팔아먹었는지 저녁이나 같이 먹자며 전화를 걸어왔던 맞선남. 뭔가 이상한 감을 잡았는지 오늘따라 대놓고 들이대 주시는 사장님. 소머즈가 되셨는지 어떻게 알고서 맞선남과 언제 또 만나기로 했냐고 물어보시던 애정 씨. 그나마 맞선남과 1, 2위를 다툴 만큼 눈치가 없는 은 약사가 없다는 것이 유일하게 다행인 점이랄까.

"신경 쓰지 마."

영혼 없는 얼굴로 허공을 응시하던 연지는 난데없는 호태의 말에 눈을 깜박였다.

"서 약사는 항상 예뻤어."

생뚱맞게 그런 말을 해놓고 마치 부끄럽다는 듯 흠흠 헛기침을 하는 호태 때문에 연지는 비명이라도 지르고 싶은 기분이었다.

"서 약사는 무슨 영화 좋아해? 액션 같은 건 별로지? 요즘 공포물이 괜찮다던데."

이제껏 일관성 있는 사람들과 함께했던 연지로서는 일관성과는 거리가 먼 호태가 불편했다. 방금 전까지 부끄러운 척을 했으면 계속 부끄러워하던가, 아니면 처음부터 부끄러워하지를 말던가. 속이 니글거릴 만큼 능글맞은 미소를 지으면서 좋아하는 영화 장르에 대해 묻는 호태 때문에 억지로 미소를 짓는 연지의 입가에 경련이 일었다.

"제가 영화 자체를 별로 안 좋아해요."

되도록 사장님 기분이 나빠지지 않게 배려심을 있는 대로 끌어올려 한 말이건만 호태는 맞선남과 은 약사와 경쟁이라도 하고 싶은 건지 한결 진해진 미소를 보내왔다.

"그래? 그럼 뮤지컬이나 오페라 같은 거 보러 갈까?"

굳이 싫다는 말을 들어야 하겠다는 걸까? 아예 끝까지 가보자는 게 아니면 사람을 이렇게까지 벼랑으로 내몰 수가 있는 건가?

연지는 힘 빠진 눈빛으로 호태를 쳐다보았다. 여름약국에서 일한 지 1년이 넘어가고 있었고 호태의 들이댐은 반년이 넘도록 지속되고 있었다.

여지를 남기지 않고 거절해 왔다고 생각했었다. 언젠가 회식을 했을 때, 결혼 생각 없다는 말도 했었다. 연애도 지금은 힘에 부친다고. 분명히 그렇게 말했었는데 이런 식으로 나온다는 건 부담 없이 가볍게 놀아보자는 뜻으로밖에 해석이 안 된다.

아니야. 내가 지금 너무 예민한 거야. 뾰족하게 굴지 말자, 서연지.

입 밖으로 탈출하려는 한숨을 삼킨 연지는 참으로 오랜만에 비굴함이라는 카드를 꺼내 들었다.

"저 말고 영화 좋아하는 여자분하고 보세요. 전 아마 극장에서 코 골고 잘걸요?"

감정이 들어 있지 않은 공허한 웃음을 내뱉은 연지가 잠깐 바람을 쐬겠다고 말하고서 약국에서 빠져나왔다.

"하아."

시린 바람이 뼛속까지 침투해 절로 어깨가 움츠러들었지만 차라리 따뜻한 약국 안보다 칼바람이 불어대는 바깥이 마음은 편했다.

유행에 민감해서 신년 운세를 보러 가는 점집도 매년 바뀌는 나리가 입에 침이 마르게 칭찬했던 아기보살이라도 찾아가 봐야 할 것 같았다. 틀림없는 삼재 같으니까. 삼재가 잘못 들어오면 급사하는 경우도 있다고 했었다.

급사는 아니어도 서른한 살이 되자마자 줄줄이 따라붙는 남자들 덕분에 수명이 반은 줄어든 것 같았다. 한 명은 사장의 직위를 이용해 들이대고, 한 명은 말할 가치도 없고, 멀쩡하다 못해 완벽에 가까워서 엄지를 추켜올리게 되는 마지막 한 명은……

"어렵다, 어려워."

푸욱 한숨을 쉰 연지의 고개가 꺾였다. 누군가는 호강에 겨워 요강에 똥 떠내려가는 소리 하고 있다며 구박하겠지만 서연지한테는 이수현이라는 존재가 어렵기만 했다.

첫 단추를 잘못 꿰면 결국 꿰었던 단추를 다 풀어내고 다시 채워야 하는 일이 생긴다. 연지는 그렇게 될까 봐 겁이 났다.

객관적으로 보자면 이수현은 연애 한 번 해봄직한, 다르게 만났더라면 꼭 한 번 연애를 해보고 싶을 만한 남자였지만 단추가 잘못 꿰어졌다는 게 함정이었다.

술에 취해 할 말 못할 말 다 해버렸고 같이 술을 마신 두 번의 만남 모두 잠자리를 가졌다. 그러니 서연지는 쉬운 여자라고 생각한다 해도 할 말은 없지만 세상 어떤 여자가 쉬운 여자로 비춰지길 바랄까. 게다가 수현은 어떤 사람인지 짐작하기가 어려운 인물이었다. 세상에 저런 남자는 또 없겠다 싶을 정도로 달콤하게 구는가 하면 한순간 시니컬한 모습을 보이기도 한다. 웃는 게 정말 즐거워서 웃는 걸까, 싶은 생각이 들기도 하고 화나 난 건지 아닌 건지 분간하는 것도 어려웠다.

이수현은 가벼운 것 같지만 가볍지 않고 무거운 것 같지만 무겁지도 않았다. 당최 읽어낼 수가 없는 사람이었다. 그래서 선뜻 다가가기가 꺼려지는.

연지는 아르바이트를 할 수 있는 나이가 되었을 때부터 대학을 졸업할 때까지 안 해본 일이 없을 만큼 많은 일들을 해왔다. 그리고 그만큼 많은 사람들을 만나왔다. 경계심과 의심이라는 게 결여되어 있는 애정 씨 덕분에 늘 긴장하며 사람을 대했던지라 나름대로 사람 보는 눈이 정확하다고 자부했었는데 수현만큼은 아무리 보고 생각해도 어떤 사람인지 알 수가 없었다.

　"어머, 추운데 왜 나와 계세요?"

　양손 가득 간식거리를 들고 나타난 조제보조원이 연지의 손목을 잡아끌었다.

　"세상에. 꽝꽝 어셨네, 어셨어. 얼른 들어가요."

　순순히 약국 안으로 끌려 들어간 연지는 간식 타임이 시작되자마자 얼굴이 새하얗게 질렸다. 호태가 트레이드마크인 능글맞은 미소를 지으면서 떡볶이를 그녀의 입가에 들이밀었기 때문이었다.

　"서 약사. 자, 아."

　"제, 제가 먹을게요."

　얼른 손으로 떡볶이를 받아 든 연지에게 호태가 서운하다는 듯 입술을 삐죽였다.

　아, 나 토할 것 같아.

　연지는 그날 결국, 퇴근길에 소화제를 집어 삼켰다.

　소화제가 위장에 가까이 가지도 못한 것 같다는 생각을 하며 집에 도착한 연지는 그녀를 기다리고 있던 중심 타선들과 대면해야 했다.

"오올! 외박한 서연지다!"

"어제도 찢었어? 이 원장 그렇게 안 생겨가지고 완전 대박이다, 야!"

떡볶이가 꾸역꾸역 식도를 타고 올라온다. 깜박했다. 백민아의 입술 무게가 초경량이라는 걸.

"앉아봐, 앉아봐 봐. 궁금해서 돌아가시겠다. 어제도 좋았어? 어제도 미쳐 버릴 뻔했어? 응?"

너희 때문에 미쳐 버리겠다!

요즘에는 왜 주변에 도움 되는 인간들이 하나도 없는 걸까? 내가 인생을 잘못 산 건가?

좌절하는 연지였지만 친구들은 개의치 않고 저들끼리 상상의 나래를 펼치며 깔깔거렸다.

"얌전한 고양이가 뒷간어 먼저 간다더니 서연지가 딱 그래, 맞지?"

생글생글 웃고 있던 백민아의 말에 순간 분위기가 싸해졌다.

"너는 어떻게……. 너 백 원짜리에 새겨져 있는 분이 누구신지는 아냐?"

한껏 인상을 구긴 수진의 말에 민아가 버럭 짜증을 냈다.

"내가 바보냐? 강감찬 아냐, 강감찬!"

당당하게 턱 끝을 들어 올리는 민아에게 누구도 너 바보 맞다고 말하지 못했다. 바보한테 바보라고 하는 건 진짜 욕이니까.

연지는 민아가 강감찬이라도 알고 있는 게 다행이라는 생각이 들면서도 이순신이 더 기억하기 쉽지 않았을까 하는 생각도 들었다. 그러다 결국에는 모두가 항상 하는 생각, 신은 공평하다는 결론으로 생각에 종지부를 찍었다.

지금이야 백민아를 스쳐 지나가는 남자들이 한 번씩은 뒤돌아보게 만들만큼 예쁜 외모를 자랑하지만 그녀가 처음부터 예뻤던 건 아니었다. 못생겼다는 표현은 좀 그렇고, 개성 있는 외모였다고나 할까? 그랬던 애가 대학에 입학하기 전, 성형 수술을 하더니 페이스오프 수준으로 변신했다. 본인 입으로 뼈를 깎는 고통이었다고 하는데 제대로 자리를 잡은 백민아의 얼굴을 보고 있으면 뼈를 깎는 고통도 감수할 만하다 싶었다. 지금은 남자들이 그녀를 베이글녀라고 부르니까.

이혼을 한 것 때문에 부모님께 절연당하다시피 내쳐진 민아였지만 원체 돈 많은 집안의 외동딸인데다가 위자료도 어마어마하게 받았고 상식이 조금…… 조금 많이 부족하기는 하지만 누구보다 긍정적이고 해맑으니 살아가는 데 문제 될 건 없었다. 그나저나, 쟤는 대체 어떻게 대학을 간 걸까.

"민아야, 그냥 들어. 강감찬이 아니고 이순신이야."

틀리게 알고 있는 걸 놔둘 수는 없어서 연지가 알려주자 민아는 어깨를 으쓱해 보였다.

"그래? 이순신이야? 이순신이나 강감찬이나 둘 다 장군 아니야?"

그 두 분이 장군이라는 걸 알고 있다는 게 기특해서 머리라도 쓰다듬어 주고 싶지만 연지는 씻고 옷부터 갈아입기로 했다. 방으로 들어가는 연지의 귀에 수진이 기를 써가며 천 원에는 누구, 만 원에는 누구라며 민아가 기억하게 만들려 악을 쓰는 소리가 들려왔다.

"쯧쯧. 쟤도 변하지를 않아. 한 귀로 듣고 흘릴 게 빤하구만."

옷장에서 갈아입을 옷을 꺼내던 연지가 아스라이 떠오르는 기억에 살며시 미소를 지었다. 같은 교복을 입고 학교에 다니던 시절, 시험 기간에 요점 정리를 해서 귀가 따갑게 들려주어도 민아는 맞히는 문제가 없었다. 시험 결과를 보고 대체 왜 틀린 거냐고, 지겨울 만큼 말해주지 않았냐고 물으면 '어? 그랬어?' 하면서 배시시 웃어버리던 민아였다.

저마다 품고 있는 아픔과 상처가 있었지만 친구들과 함께 있을 때면 배가 아프도록 웃을 수 있었던 시간.

한 살씩 나이를 먹는 만큼 욕심도 늘어난다는 걸 연지는 최근에야 실감하고 있었다.

학교 다닐 때는 머리가 예쁘게 묶이면, 체육 시간에 맞춰서 비가 오면, 친구하고 팔짱 끼고서 귀여운 노트나 펜을 사러 가면, 같이 공부한다고 모여서 떠들면, 좋아하는 남학생과 놀이터에서 어색하게 그네 타면. 그런 것들만으로도 세상에 부러울 것 없는 행복을 느꼈었다. 하지만 지금은 그런 사소한 건 자각조차 되지 않았다. 나이를 먹은 만큼 복잡해지고 조심스러워지고 불안해지고, 그럴수록 상처받는 일들도 더 많아졌다.

"어이! 한잔해!"

순수하고 순진했던 시절을 회상하며 샤워를 하고 나온 연지는 웃으면서 와인 잔을 들어 올리는 친구들을 보며 피식, 같이 웃어버렸다.

복잡해지고 조심스러워지고 불안해지면 뭐 어떤가. 그럴 때마다 쓰러지지 않게 붙잡아주고 힘내라며 등판을 두드려 줄 친구들이 있는데.

"느낌이 쎄한데? 픽업 아티스트, 뭐 그런 쪽에 있는 거 아니야?"

쓰러지지 않게 붙잡아주고…….

"그 얼굴에, 그 기럭지에, 다정하기까지 하다는 건 말이 안 되지. 내가 봤잖아. 여자들한테 눈웃음 뿌리는 거."

힘내라며 등판을 두드려 주…….

"야, 너 낚인 거 같다. 완전 선수네. 어지간한 픽업 아티스트들이 형님! 하면서 쫓아다니겠는데?"

아름다운 우정? 개뿔이나!

거르고 걸러서 말해도 될 것을 꼭 사람 속 뒤틀리게 지껄이는 것들을 노려보던 연지는 비어 있는 잔에 와인을 맥주처럼 따라서 쭈욱 들이켰다.

"선수가 아니면 말이 안 되잖아. 너 그 속옷이 얼마짜린 줄 알아? 눈 돌아가게 비싼 속옷을 척하니 가져다 안기고 말도 겁나게 잘하는데다가 힘도 더럽게 좋다며. 그런데 아침 차려 줘, 머리 말려 줘, 출근시켜 줘. 완전 잡아먹으려고 작정을 했네, 작정을 했어."

너 정말 겁나게 사람 속 뒤집고 더럽게 막말을 해대는구나, 친구야.

수진의 직설적인 말들에 심사가 뒤틀릴 대로 뒤틀린 연지는 또다시 와인을 잔에 따랐다.

"야아, 원래 매너가 몸에 밴 남자일 수도 있지이."

웬일로 폭음을 자제하고 있는 나리가 팔꿈치를 세워 수진의 옆구리를 강하게 찔렀지만 소용없었다.

"그러니까 내 말이! 그렇게 매너가 몸에 밴 남잔데 여자가 얼마나 많겠냐고. 아주 저기 광화문 사거리까지 줄을 섰것다."

허! 왜? 너 좋아하는 라스베가스까지 섰을 거라고 하지?

"그런 남자는 애초에 만나는 게 아니야. 저게 혼자 똑똑한 척은 다 하고 다니지만 얼마나 맹하냐? 순진하게 걸려들어 가지고 마음 고생, 몸 고생 하는 꼴! 나는 못 본다!"

저건 드라마를 못 보게 해야 해.

윤수진은 독신주의자였다. 그런데 훗날 자식이 결혼 상대자를 데려오면 '나는 반댈세!' 라는 말을 꼭 해볼 거라고 하더니만 아무리 생각해 봐도 그럴 일이 없을 것 같았는지 그 욕망을 연지를 통해 해소하고 있었다.

끊임없이 이수현의 정체에 대해 토론하는 웬수들을 보면서 연지는 노래 하나를 떠올렸다. 몰래 사랑하라고 경고했던 그 유명한 노래를.

이수현과 사랑을 하고 있는 건 아니었지만 무얼 하든 몰래 해야 하는 건 맞는 것 같았다. 어쩌자고 저 웬수들에게 떡밥을 투척해 버렸을까? 무슨 영화를 누리자고. 항상 술이 문제다. 그걸 알면서도 술을 끊지 못하는 서연지가 가장 큰 문제인 것은 말할 것도 없다.

"그런데 그 남자, 소문은 깨끗하다던데?"

처음으로 이수현에 대해 긍정적인 말을 꺼내는 나리 때문에 연지는 밸도 없이 귀를 쫑긋 세웠다.

"우리 막내 오라버니가 거기 단골이잖아. 그 남자 노리는 여자들이 엄청나게 많은 건 보이는데 그 남자가 관심 보이는 건 한 번도 못 봤다더라고."

그으래에? 그렇단 말이지이?

이수현과 연애를 하는 것도 아니면서 괜스레 기분이 좋아졌다. 슬쩍 어깨에 힘이 들어가는 것 같기도 했다.

"아! 거기 사장하고 예전에 잠깐 사겼었다는 소문은 있다더라. 그런데 지금은 그냥 친구? 동업자? 뭐 그렇다던데?"

"남녀 사이에 친구가 어디 있어? 그쪽 사람들은 얼마나 쿨하기에 사겼다 헤어지고서 다시 만나서 동업까지 하는 거냐? 그게 그냥 친구고 동업자야?"

윤수진 저게 오늘 작정하고 사람 속을 뒤집네.

잠시 기분이 좋아졌다가 다시 급 우울해진 연지가 눈을 가늘게 뜨고 수진을 노려보았다. 와인을 홀짝이던 수진이 연지의 다크한 눈빛에 시선을 맞추더니 세 배는 더 다크한 눈빛을 되돌려 주었다. 저런 난 년.

"만나지 마, 만나지 마. 우리가 돌아가면서 한 명씩만 소개해 줘도 너 일 년간은 남자 걱정 없이 살 수 있어."

남자를 고파하며 살았던 여자가 되는 건 한순간이었다. 걱정 말라는 듯 힘차게 고개를 끄덕이고 있는 민아를 보면서 연지는 한숨을 내쉬는 것과 동시에 앉은 자리에서 일어섰다.

"어디 가?"

"서연지, 삐쳤냐?"

"야아! 너 걱정되니까 그런 거 알면서 왜 그래에!"

연지는 귀찮다는 뜻으로 팔을 휘휘 내젓고 방으로 들어갔다. 이럴 때는 건드리면 좋지 않은 결과가 생긴다는 것을 익히 알고 있는 웬수들은 저들끼리 술판을 이어갔고 연지는 베개를 끌어안고

서 침대 위에 모로 누웠다.

깜박, 깜박. 술도 마시다 말았고 딱히 자야겠다는 생각도 없어서 멍하니 눈만 깜박이고 있는 연지의 머릿속으로 수많은 문장들이 슝슝, 바쁘게 날아다니기 시작했다.

'기분 전환 하고 싶을 때 와요. 언제든 시간 비워놓고 있을 테니까.'

모든 고객들한테 의례적으로 내뱉는 접대 멘트라고 쳐도 선수 스멜이 나는 것 같기는 하고.

'좋아한다, 사랑한다, 그런 게 뭔지는 몰라요. 그냥 떠올리려고 하지 않았는데도 자꾸 생각이 나고 서연지 씨하고 비슷한 여자를 보면 나도 모르게 쳐다보게 되고 서연지 씨가 생각나면 웃음이 나는데, 그거 일반적인 감정은 아니지 않나?'

아무 생각 없이 들었을 때는 마냥 설레기만 했던 말들이 이제 와 떠올려 보니 확실히 일반적인 남자가 할 수 있는 일반적인 말은 아닌…… 것 같지?

'나는 서연지이기 때문에 서연지하고 자고 싶은 거예요.'

진짜…… 픽업 아티스트, 그런 건가?

'내가 봤잖아. 여자들한테 눈웃음 뿌리는 거.'

헤어 디자이너가 손님들 앞에서 인상 벅벅 긁어대고 있으면 장사가 되나?

은근히 수현의 편을 들고 있던 연지는 확 얼굴을 구겼다.

눈웃음은 왜 뿌려, 왜! 그러니까 픽업 아티스트 같은 소리를 듣지!

짜증이 솟구쳤다. 예전에 사귀었던 여자하고 동업까지 한다면서 일단 만나보자는 소리 같은 건 왜 했는지 모르겠다.

"같이 익숙해지기는 뭘 익숙해져. 그 여자, 아담하니 인형 같더구만."

베개를 힘주어 껴안은 연지가 조그맣게 중얼거렸다. 실장이라는 여자는 자신과 키도 비슷하고 늘씬했지만 포스가 남달랐던, 아마도 나리가 말했던 사장일 게 분명한 여자는 자그마하니 퍽 귀여웠다. 어려 보이지 않는데도 불구하고.

자신과 나이 차가 많이 나지도 않는 것 같은데 그 나이에 벌써 성황리에 운영되고 있는 헤어숍의 사장인데다가 머리끝부터 발끝까지 귀티가 폴폴 풍겼었던 여자. 꼭 고객 카드를 만들어주셔야 한다며 곱게 눈을 접어 웃어 보이던 여자가 숍을 나서는 자신에게 정중하게 허리를 숙여 인사하던 모습까지 생생하게 기억이 났다. 저와는 다르게 사근사근하고 애교가 철철 넘치던 여자가 눈웃음을 짓고 있던 모습이 눈에 선했다.

"기가 막혀서. 뭐 하는 짓이야? 그 남자하고 뭐 할 건데 비교를 하고 있어?"

발딱 몸을 일으켜 앉은 연지가 혼잣말을 흘리며 짜증을 냈다.

흔들리지 않았다면 거짓말이다. 쉬운 여자라고 생각하든 말든 그의 말마따나 일단 만나보기나 할까, 하는 마음이 들지 않았던 것도 아니다. 그 정도 되는 남자니 주변에 여자가 넘쳐 나겠다는 생각이 들기는 했지만 어쩌면 그건 당연한 거라고, 하지만 그런 남자가 선택한 여자가 바로 나라면서 아주 약간은 뿌듯해하기도 했었다.

"자자, 자. 잠이 보약이다."

복잡한 심경을 털어내려는 듯 좌우로 고개를 흔들어 대던 연지는 다시 모로 누워 눈을 감았다.

친구들의 말처럼 그가 픽업 아티스트 같은 남자라면 다시 연락이 오지 않을 수도 있었다. 연락하겠다는 말 같은 건 예의상 했던 것일 수도. 그러니 연락이 오지 않는다면 이대로 끝날 일이었다. 이수현에 대해 고민하는 일은 아무짝에도 쓸모없는 감정 소비를 하는 것일 수도 있었다. 그러니까 생각하지 않으면 그만인데, 무시하면 그만인데, 그런데 왜 이렇게 가슴이 쿡쿡 쑤실까.

눈을 감은 연지는 한참 동안 잠들지 못했다.

늦은 오후, 본가에서 머물던 수현이 숍에 가봐야겠다고 일어서자 정 여사는 저녁까지 먹고 가라고 말씀하셨다. 하지만 그는 조만간 시간 내서 들르겠다는 말만 남기고 서둘러 걸음을 옮겼다.

아버지께서 친구분들과 골프를 치시다가 갑자기 쓰러지셨다는 연락을 받았던 날로부터 적지 않은 시간이 지나가 있었지만 그때 느낀 두려움은 바로 어제 일어났던 일처럼 생생하기만 했다. 다행스럽게도 스트레스로 인한 피로 누적이라는, 신경 써서 관리해 주면 별 탈 없을 거라는 말을 듣기는 했지만 그래도 걱정은 사그라지지 않았다.

병원에서 기운 없이 누워 계시던 아버지와 자신과 마찬가지로 놀란 마음을 감추지 못하시던 어머니를 지켜보는 내내 묵직한 죄책감이 수현의 마음을 짓눌렀다. 언제 이렇게 흰머리가 많아지셨나, 아버지 어깨가 이렇게 좁았었나, 왜 이렇게 수척해지신 건가. 부모님께 찾아온 변화를 눈치채지 못할 정도로 소홀했었다는 생각에 차마 고개를 들 수조차 없었다.

아버지는 여러 가지 검사를 받는 게 몸을 더 지치고 힘들게 한다며 퇴원을 고집하셨다. 그래서 내내 본가에서 지내며 아버지 곁에 머물렀던 수현이지만 오랜만에 숍으로 향하는 그의 발걸음은 무겁기만 했다.

잠깐씩 숍에 얼굴을 비치기는 했지만 고객을 받지는 못했으니 사실상 오랜 시간 숍을 비운 것이나 마찬가지였다. 혜연이 재량껏 별 탈 없이 숍을 끌어가고 있겠지만 아예 신경을 끊을 수는 없었다.

당분간은 본가에서 지내는 게 낫지 않을까? 아, 그 사람한테도 연락을……

아버지께만 집중해 있는 사이, 잠시 그의 머릿속에서 한쪽으로 밀어내졌었던 연지를 떠올리며 대문 밖으로 나선 수현은 반갑지 않은 얼굴과 마주쳤다.

"오랜만이네?"

입꼬리를 끌어 올리며 인사를 건네는 젊은 남자는 머리끝부터 발끝까지 명품으로 도배를 한 상태였다. 그래서 수현은 저도 모르게 헛웃음을 흘리고 말았다. 건너 건너 전해 듣기로는 세 번째인가 네 번째로 시작한 장사도 말아먹었다던데 어디서 저런 걸 살 돈이 생기는 건지. 아니, 돈을 길바닥에 버리는 일들을 아무 죄책감 없이 해놓고도 어떻게 저런 물건들에 욕심이 생길 수 있는 건지 이해가 가질 않았다.

"엄마가 저런 거하고 말 섞지 말라고 했잖아. 들어가자."

남자의 옆에 서 있던 중년의 여인이 수현을 향해 보내는 시선은 차가웠다. 자세히 살피지 않아도 이수현을 향한 경멸과 분노가 느껴졌다.

여인이 자신의 인사를 원하지 않는다는 것을 잘 알지만 수현은 허리를 숙여 인사했다. 그래야 부모님이 들으셔야 할 불쾌한 말들 중에서 하나쯤은 제외될 수 있을 테니까.

분명 수현이 인사하는 걸 봤음에도 여인은 그가 투명인간으로 되는 것마냥 모른 척 스쳐 지나갔다. 그리고 젊은 남자는 제 어머니의 예의 없는 행동을 아주 당연하게 받아들이고 있었다.

자신을 무시하고 초인종을 누르는 이들을 수현은 굳이 쳐다보지 않았다. 하루, 이틀 일어났던 일이 아니다. 이수현을 향한 여인의 경멸과 분노는 오래도록 지속되어 왔다. 그러니 원래부터 그래왔던 사람에게 쓸데없이 감정을 낭비하는 일은 하고 싶지 않았다.

"머리 검은 짐승은 함부로 거두는 게 아닌데 어디서 저런 더러운 게 굴러들어 와서는. 노인네가 망령이 났던 거야. 쯧!"

혼잣말이었다고 하기엔 소리가 컸고 들으라고 한 말이라기에는 너무나 잔인했다.

감정 변화 없이 차 문을 열던 수현의 손에 힘이 들어갔다. 시간이 갈수록 핏기가 사라져 새하얗게 탈색되어 버린 손과는 달리 그의 표정은 놀라우리만큼 담담했다.

17년. 장장 17년간이나 벗지 않았던 견고한 가면에 미세하게 금이 갔다. 하지만 절대로 깨어지지는 않았다. 그 가면이 평생 그를 지켜줄 수 있을지는 확신할 수 없지만 아직까지는 괜찮았다.

"아버님은 어떠셔? 괜찮으신 거야?"

숍에 들어서자마자 오매불망 이수현만 기다리고 있었던 사람마냥 달려나온 혜연이 급하게 물었다.

"너는 어떻게 전화 한 통을 안 해주니? 어머님도 괜찮으니까 병문안 올 필요 없다고 하시고. 이제 괜찮으셔? 그래서 온 거야?"

다른 디자이너들과 스탭들의 인사를 받으며 2층으로 오르는 수현의 뒤를 혜연이 뒤따랐다.

"어떠신 건데. 왜 쓰러지셨던 건데. 답답해 돌겠네, 진짜. 묵언수행하니?"

정 여사에게는 궁금한 것들을 하나도 물어보지 못한 혜연이었다. 혹시나 큰 병이신 거면 어쩌나 덜컥 겁이 나기도 했고 안 그래도 마음이 안 좋을 정 여사에게 꼬치꼬치 캐물을 수도 없었기 때문이었다.

열흘 전쯤 정 여사의 전화를 받은 수현은 정신 놓은 사람마냥 뛰쳐나가 버렸었다. 그사이에 전화라도 한 번 해줬으면 좋았으련만 이수현은 전화를 받지도, 하지도 않았다.

"대체 사람이 왜 그래? 걱정하는 사람은 생각도 안⋯⋯."

수현을 알아온 시간만큼 그의 부모님과도 가까운 혜연이었다. 더군다나 수현에게 부모님이 어떤 존재이고 의미인지를 혜연은 지나치게 잘 알고 있었다. 그래서 애가 닳을 대로 닳아 있었는데 수현이 입을 꾹 다물고만 있으니 성질이 나서 쏘아붙이다가 그만 입을 다물어 버렸다.

수현이 입안에 약을 털어 넣고 있었다. 비상용으로 구비해 둔 두통약을 찾아내 적정량을 무시하고 약을 삼키는 수현에게 혜연은 더는 말을 붙이지 못했다.

우리 수현이⋯⋯ 그 여자 만났나 보다.

혜연이 주먹을 말아 쥐었다. 아주 가끔씩 수현이 제 손으로 약을 찾아 먹게 만드는 여자. 가족이라는 관계로 묶여 있으면서 수현에게만 잔인한 여자. 누구든 그를 부러워할 만큼 완벽한 남자 이수현을 상처 입고 어쩔 줄 몰라 하는 어린 아이로 만들어 버리는 여자가 떠오르자 혜연의 눈에 독기가 들어찼다.

수현은 어떨지 모르겠지만 혜연에게 이수현은 '우리 수현이'였다. 비단 수현뿐만이 아니었다. 이제는 입 밖으로 꺼내놓지는 않지만 지설도 '우리 지설이'였고 뒤늦게 그들 사이에 합류한 미림까지도 '우리 미림이'가 된 지 오래였다. 그중에서도 가장 소중한 사람은 수현일 수밖에 없긴 하지만.

"그동안 예약했던 고객들은 어떻게 했어?"

"알아서 처리했으니까 걱정 마."

"오늘 예약 고객은? 있어?"

소파에 몸을 묻고 힘없이 얼굴을 쓸어내린 수현이 눈을 감고 흘리는 말에 혜연은 치밀어 오르는 화를 애써 가라앉혔다. 자신이 보태지 않아도 지금 이수현의 컨디션은 최악일 테니까.

혜연은 한숨을 쉬었다. 어쩐지 오늘 예약은 취소하고 싶지 않더라니 이러려고 그랬던 것 같았다.

수현은 머릿속이 복잡하거나 마음이 힘들 때면 정신없이 움직이고 일하는 것으로 그것들을 털어내고는 했다. 아니, 잊는다는 게 맞는 말이었다.

"4시에 한 분, 5시에 커트만 하실 거라고 하신 분 한 분, 그리고 6시 30분에 한 분. 사라 씨가 새벽 촬영 있다고 5시쯤 들르겠다고 하셨는데 그건 안 선생님이나 도 선생님한테……."

"됐어. 알았어."

겉으론 그저 약간 피곤해하는 것처럼 보이는 수현을 혜연이 빤히 쳐다보았다. 바쁘게 움직이는 것으로 복잡한 머릿속을 비워내는 수현이라지만 이제껏 아버지 때문에 안달복달했을 게 빤했다. 그래서 혜연은 수현에게 휴식을 주고 싶었다.

"수현아, 스케줄 다 뺄 수 있어. 집에 가서 쉬어도 돼."

피식, 수현이 웃음을 흘렸다.

"진짜야. 휴가 줄 테니까 부모님 모시고 공기 좋은 데 가서 며칠 쉬어."

"그래 가지고 장사하겠어?"

눈을 감은 채로 묻는 수현을 보면서 혜연은 한숨을 삼켰다.

"너 며칠 더 논다고 안 망해. 우리 숍에 디자이너가 이수현 하나니?"

"됐으니까 나가봐. 머리 울려."

두통 때문에 두통약을 먹은 것도 아니면서 수현은 정말 머리가 아픈 사람처럼 인상을 찡그렸다. 두통약이 플라세보효과를 가져다주는 것도 아닌데 미련하게 늘 두통약만 찾아먹는 수현이 혜연은 안쓰럽고 화가 난다.

"약…… 아니다. 잠깐 눈이라도 붙여."

약 그만 먹으라고, 소용없는 거 알지 않느냐고, 너는 머리가 아니라 마음이 아픈 거라고 말하고 싶었지만 혜연은 조용히 원장실에서 나와 문을 닫았다.

"속상해 미치겠네."

벽에 기대어 참고 있었던 한숨을 내쉰 혜연이 이를 갈았다. 아직까지도 오래전 그날, 수현의 고모라고 소개받은 여자가 했던 말이 잊히지가 않았다.

'저런 거하고 어울려 다니면 너희도 더러워진다.'

수현 부모님의 초대를 받아 갔었던 집에서 마주친 여자가 비웃음을 날리며 했던 말. 그때 정 여사는 주방에서 상을 차리느라 거실의 동태를 살필 겨를이 없었고 수현의 아버지는 잠시 자리를 비웠었다.

아무 일도 없었다는 듯 저녁 식사가 시작되자 혜연과 지설은 알아챌 수밖에 없었다. 그 여자가 교묘한 방법으로 그를 오랜 시간 괴롭혀 댔음을. 부모 자식 간의 관계를 끊어낼 수는 없었겠지만 수현의 주변인들에게 악담을 퍼부어 그를 고립되게 만들고 싶어 하는 여자의 마음을.

수현의 부모님은 등 뒤에서 무슨 일이 일어나고 있는지 전혀 모르시는 것 같았다. 그건 수현이 고모라는 여자가 자신을 괴롭힌다는 사실을 밝히지 않았기 때문이었다.

지설과 혜연은 그 여자의 말보다 그 말을 듣고도 담담했던 수현 때문에 더 큰 충격을 받았었다.

어째서 고모라는 사람이 그토록 잔인한 말들을 서슴없이 내뱉을 수 있는 건지, 무엇 때문에 이수현은 스스로를 방어하려는 노력도 하지 않은 채 말도 안 되는 일들을 받아들이고 있는 건지 혜연은 알 수 없었다. 지설은 알고 있는 것 같았지만 그녀에게 말해주려 하지는 않았다. 어릴 때는 그게 얼마나 서운하고 속상하던지.

"그때도, 지금도…… 나는 너한테 위로가 안 되는 거지?"

스스로 닫아준 하얀 문을 응시하는 혜연의 눈가가 슬며시 젖어 들었다.

정신없이 손을 놀리고 가식적으로 미소를 지으면서 일하는 사이 시간은 훌쩍 지나가 있었다. 밤 아홉 시를 넘겨 버린 시간. 수현은 혜연에게 시간 맞춰 돌아오겠다는 말을 남기고 무작정 숍에서 나와 차에 올랐다.

정신을 차린 수현의 눈앞에 깔끔한 문체가 돋보이는 여름약국 간판과 코트 깃을 여미며 밖으로 나오는 연지가 나타났다.

왜 이곳으로 왔는지 모르겠다. 연락하겠다고 해놓고 마음에도 없는 말을 해버린 사람이 되어버렸으니 그녀가 반겨주지 않을 수도 있었다. 아니, 마지막으로 보았을 때 그만하자던 그녀였으니 반기지 않을 것이다. 그런데 왜 왔을까. 왜 서연지한테 왔을까. 뭘 어쩌자고.

"데려다 준다니까 그러네."

수현이 지켜보고 있다는 사실을 알 길 없는 연지는 호태의 끈질김에 겨우 겨우 이성의 끈을 잡고 있었다.

"요즘 세상이 얼마나 위험한데 버스를 타고 가겠다고 그래? 이 시간에 서 약사를 버스 태워 보내놓고 내가 마음이 편하겠어?"

……내 마음도 좀 생각해 주면 안 되겠니?

"저번에 한 번 타봐서 알잖아. 나 운전 위험하게 하는 사람 아니야."

이제껏 호태의 차를 딱 한 번 탔었는데 그때는 조제보조원과 함께였다. 그리고 자신이 먼저 내리고 나중에 조제보조원이 내려야 해서 호태와 둘이 남지 않아도 된다는 걸 알고 있었기에 마음 편히 탔었던 것이다.

연지는 포옥 한숨을 쉬었다. 직장을 옮겨야 하는 사태가 일어난다고 해도 더는 호태의 들이댐을 참아낼 수가 없었다. 그저 눈치가 없는 것이려니 했었지만 이제는 무시당하고 있다는 생각까지 들었다.

"제 착각일 수도 있겠지만……."

혹시라도 제게 흐감이 있으시다면, 그 마음 고이 접어주세요. 라고 말하려고 했다. 하지만 연지는 말할 수 없었다.

"서 약사, 아니, 연지야."

호태가 붉게 상기된 얼굴을 하고서 양손으로 연지의 얼굴을 감 쌌다. 연지는 전혀 예상치 못했던 당황스러운 전개와 땀에 젖어 축축한 호태의 손바닥 때문에 불쾌해져 인상을 구겼다.

"유 약사님, 왜 이러세요!"

연지는 호태의 손목을 잡아 끌어내리려고 했지만 마음먹은 것 처럼 되지가 않았다.

"연지야! 너한테는 약사가 아니라 남자이고 싶다."

약국을 운영하고 있지만 자신도 약사니 복잡하게 호칭 구별 할 것 없이 유 약사라고 부르라 했던 게 유호태 본인이었다. 그런데 남자가 되고 싶단다. 커밍아웃을 참 웃기게도 한다.

아, 놔. 이 씨밤타를 어떡하지?

날 얼마나 쉽게 봤으면 이런 짓거리를 할 수 있을까. 머리끝까지 화가 치밀어 오른 연지는 입술을 쭈욱 내민 채로 다가오는 호태의 얼 굴을 노려보면서 갈등했다. 지금 이 심정을 고스란히 담아 킥을 날리 면 고자가 되려나? 어차피 딸 하나 낳아두셨으니 괜찮지 않을까?

연지의 머릿속에 장착되어 있는 계산기가 빠르게 숫자들을 토 해냈다. 통장 잔고, 적금 만기일, 다시 직장을 구하고 첫 월급을 받을 때까지 얼마나 허리띠를 졸라매야 할지, 등등.

죽기야 하겠어?

계산이 똑 떨어지지는 않았지만 연지는 마음을 굳혔다. 오늘 이 자리에서 누군가 생을 마감한다면 그건 서연지가 아니라 유호태가 될 것이었다.

코로 숨을 들이 마신 연지가 무릎을 세워 킥을 날리려는 순간, 축축했던 얼굴에 찬 공기가 닿는가 싶더니 그녀의 몸이 뒤로 휙 밀려났다. 그리고 이어진 퍽! 하는 소리가 귀를 울렸다.

정체 모를 이에게 얻어맞고 비틀대던 호태의 몸이 약국에 내려진 셔터에 부딪쳤다. 제대로 맞았는지 주저앉아 버린 호태를 멍하니 쳐다보던 연지는 자신의 손목을 죄어오는 또 다른 힘에 고개를 들었다.

"걱정되나?"

짧게 끊어진 말로 시니컬하게 묻고 있는 남자는 수현이었다.

이제 맞선남만 나타나 주면 트리플 크라운 완성인 건가.

연지는 호태의 만행과 수현의 갑작스러운 등장에 정신이 하나도 없었다. 그 와중에 몸을 일으킨 호태는 욕설을 내뱉으며 고래고래 소리를 질러대고 있었다.

잠시 호태를 쳐다본 연지가 수현에게로 시선을 옮기자 그가 눈썹을 세웠다. 어떡하겠냐고 묻는 듯이.

다시 시선을 돌린 연지는 수현에게 삿대질을 하면서도 섣불리 덤비지 못하는 찌질한 유호태를 향해 나지막이 말했다.

"유 약사님, 그동안 감사했습니다. 하루빨리 좋은 직원 구하시길 바랄게요."

연지의 말이 끝나자마자 수현이 기다렸다는 듯 그녀의 손목을 잡아끌었다.

　수현에 의해 차에 태워져 도착한 곳은 한강이었다. 차를 세운 수현은 말이 없었고 연지도 혼자만의 생각에 잠겨 차 안에는 침묵이 내려앉았다.

　어쩌다 보니 졸지에 실업자 신세가 되어버린 연지는 느릿하게 눈을 깜박였다.

　내가 왜 그랬을까. 그런 직장이 쉽게 구해지는 게 아닌데. 가끔 호태의 능글맞은 미소에 속이 니글거리고, 종종 호태의 데이트 신청에 난감하긴 했지만 성추행을 당한 것도 아니고 오늘도 미수에 그쳤는데 한 번쯤 더 참아도 되지 않았을까? 서연지 옆에 이수현 같은 멋있는 남자가 있다는 걸 알게 되었으니 다시는 그런 짓을 하지 않았을 수도 있는데.

　후회로 범벅이 되어 있는 연지의 머릿속에 호태가 쭈욱 내밀던 주름진 입술이 선명하게 그려졌다.

아니야! 잘했어! 굶어 죽기야 하겠어? 직장이야 또 구하면 되는 거지! 결혼할 때, 애기 돌잔치 때만 연락하는 선배들도 있는데 어디 자리 없냐고 전화 몇 통 돌리는 게 대수야?

가만, 오늘이 며칠이더라?

매월 1일이 되면 엄마 통장으로 이체해야 할 생활비를 생각하니 눈앞이 깜깜해졌다. 몇 달 정도는 어떻게든 버틸 수 있을 것 같은데 그 후에는 어찌해야 할지 대책이 서질 않았다. 아르바이트라도 해야 하나? 빚지는 건 딱 질색인데.

어지간해서는 신용카드도 쓰지 않는 연지였다. 비상용으로 발급받아 놓은 카드가 있었지만 매달 결제해야 카드 대금은 만 원 단위를 넘기지 못했다. 서태석 씨 덕분에 빚이라면 치를 떠는데 신용카드를 사용하는 것도 어쨌든 빚을 지는 거니까.

애정 씨도 계속 일을 하고 있긴 했지만 수입이 일정하지 않기 때문에 걱정부터 앞섰다. 그러니 잘했다, 괜찮다 하면서도 밀려드는 후회를 막을 재간이 없는 것이다.

연지가 미처 삼키지 못한 한숨이 새어 나와 창문에 부딪혔다. 우습지도 않은 자존심 때문에 사고를 쳐버린 게 어이가 없었다.

호태를 떼어내 준 사람이 수현이 아니었다면, 그가 지켜보고 있지 않았더라면 호기롭게 사직을 해버리는 일 같은 건 없었을 것이다.

연지는 수현의 앞에서 비굴하거나 초라한 모습을 보이고 싶지 않았다. 생계를 위해서라면 비굴해지는 일도 서슴지 않았고 그걸 부끄러워해 본 적이 없는데 오늘은 달랐다.

수현에게 가지는 감정이 정확히 어떤 것인지는 알 수 없지만 적어도 그에게 비굴한 모습을 보이고 싶지 않다는 건 확실했다. 예전에 연인이었다는 그 사장 여자보다, 그 사장 여자처럼 것있어 보일 수는 없겠지만 초라해지고 싶지는 않았다.

주먹은 왜 휘둘러서는! 때리지만 않았어도 어떻게 사바사바 해볼 수도 있었을 텐데!

꼭 그 순간에 호태를 때려야만 했을까? 물론 그랬기 때문에 수현이 더더욱 멋있어 보였다는 건 부정할 수 없지만.

슬쩍 고개를 돌린 연지는 핸들에 자연스럽게 걸쳐져 있는 수현의 손을 힐끗 쳐다보았다.

좀 부었나? 부은 것 같기도 하고, 아닌 것 같기도 하고. 헤어 디자이너가 손 중한 것도 모르고 말이야. 프로페셔널하지 못한 상남자 같으니라고.

"손, 괜찮아요?"

퉁명스럽게 묻고서 시선이 마주치기 전에 창 쪽으로 고개를 돌려 버리는 연지를 수현은 지그시 바라보았다.

얼마 만인지 모르겠다. 사람을 향해 주먹을 휘두른 게.

머리로든 가슴으로든 받아들이고 정리하기 힘든 일이 닥쳤을 때에도 수현은 폭력적인 성향을 드러낸 적이 없었다. 제대를 하고 다시 미국으로 들어가기 전, 자신이 아닌 할아버지와 부모님을 욕보이는 말들을 지껄이던 사촌에게 손을 댔었던 단 한 번의 일을 제외하고.

연지가 괜찮으냐고 물었던 손을 쥐었다, 폈다 해보던 수현이 쓴웃음을 머금었다. 다른 곳은 몰라도 손을 함부로 한 적은 없었는데 정말 왜 그랬을까.

화가 났다. 참을 수 없을 만큼 솟구친 화가 이성을 날려 버렸다. 감히 서연지의 얼굴에 손을 대는 것도 모자라 거부하는 그녀를 억지로 범하려 했던 남자를 죽여 버리고 싶었다. 그 순간, 우습게도 서연지는 이수현의 여자라는 생각을 했던 것 같다.

"아프네."

수현의 한마디에 창밖에 재미난 구경거리라도 있는 것마냥 한곳만 응시하고 있었던 연지의 고개가 홱 돌아갔다. 순식간에 수현의 손을 낚아챈 연지는 정신없이 말을 흘렸다.

"아파요? 어디가 어떻게 아파요? 이렇게 누르면 아파요? 얼마나 아픈데요? 그렇게 때리기는 왜 때려요?"

짜증스러운 얼굴로 따져 묻는 연지 때문에 수현의 미간이 좁아졌다. 그럼 그 상황에서 가만있으란 말인가? 다른 사람도 아니고 서연지를 건드리는데?

수현은 자신이 아닌 다른 남자를 걱정하는 듯한 연지의 말에 불쾌해졌다. 하지만 이어지는 말들에 사르르 풀려 버렸다.

"그 사람 상처는 아물면 그만이라지만 이수현 씨는 이게 밥줄인데! 조금만 늦게 나타났어도 내가 먼저 킥을 날렸을 거라구요! 막 급소를 차기 직전이었는데! 나 혼자서도 얼마든지 때려눕힐 수 있었는데 뭐 하러 끼어들어요! 병원 갈래요? 일단 병원 가서 엑스레이부터……."

줄줄이 말을 늘어놓던 연지는 수현이 제 손을 가만히 감싸 쥐자 얼떨떨한 얼굴로 그를 쳐다보았다.

"나, 걱정해 주는 건가?"

수현이 짓고 있는 미소가 자신을 놀리는 것처럼 느껴졌다. 그래서 연지는 수현의 손을 뿌리쳤다.

"이 사람이 진짜! 지금 장난해요? 나 놀리는 게 재미있어요?"

수현은 조용히 연지를 쳐다보았다. 맞다, 서연지를 놀리는 건 재미있었다. 하지만 결코 그녀에게 해서는 안 될 장난을 친 적은 없었다.

"안 아프면서 왜 아프다고 거짓말……."

"아픈데."

화도 나고 자존심도 상해서 다다다 쏘아붙이던 연지의 말문이 막혔다.

"아파, 머리가."

이건 또 뭔 소리야? 박치기를 했던 기억은 없는데. 내가 못 본 건가?

영문 모를 소리에 이맛살을 찌푸리는 연지를 응시하던 수현이 운전석에 몸을 묻고 눈을 감았다.

"서연지 때문에 머리가 아프다."

마치 한숨처럼 흘려진 말에 연지는 억울해서 미쳐 버리기 일보 직전이었다.

머리가 아파? ㄴ 때문에? 허허, 허허허! 정작 머리가 아픈 게 누군데!

수현과 원나잇을 한 이후로 지금까지 계속 머리가 아파왔던 연지였다. 솔직히 이제는 그걸 원나잇이라고 불러도 되는지 헷갈려서 그것마저 머리를 아프게 했다.

너무 완벽해서 진정성을 의심케 만드는 남자. 드라마나 영화에서나 볼 법한 일들을 눈앞에서 시전해 주시는 덕분에 그의 사소한 행동 하나에도 온갖 의미를 부여하고 그것들을 다시 회수하고, 그 짓을 해대느라 연지의 머리는 곧 터져 버린대도 이상하지 않을 지경이었다.

"식사는?"

청년 실업의 산증인이 되어버릴지도 모르는 내가 지금 밥이 목구멍으로 넘어가겠냐고 성질을 내려 했던 연지는 가까스로 벌어졌던 입을 다물었다.

이제 와 찬찬히 살펴보니 피죽 한 그릇 못 얻어먹은 사람처럼 수현의 얼굴에 핏기가 하나도 없었다. 호태를 때려눕힐 때는 힘이 넘쳐 나서 그 힘을 쓸데가 없는 사람처럼 보였었는데.

무슨 일이 있었나?

저도 모르게 걱정이 밀려들자 연지는 머리를 붕붕 휘저었다. 무슨 일이 있건 말건 무슨 상관이람.

"배고프네."

무슨 일이 있건 말건 상관은 없지만, 사람이 원래 먹자고 사는 건데.

"오늘 먹은 게 없어서."

연지의 시선이 자연스럽게 손목에 찬 시계로 향했다.

아니, 지금이 몇 신데 아직 한 끼도 못 먹었어? 서서 일하는 사람이! 그러니까 얼굴이 귀신마냥 허옇게 뜬 거 아냐!

무슨 일이 있건 말건 상관없다. 상관은 없는데! 그래도 하루 종일 굶은 사람이 배고프다는데 못 본 척하는 건 사람으로서의 도리가 아니라고, 연지는 스스로를 그렇게 세뇌시켰다.

"나 택시 잡을 수 있는 곳에 내려주고 이수현 씨는 식사하러 가세요."

차가 움직이기 시작한 게 수현의 대답이었다.

부드럽게 움직이는 차 속에서 연지는 한숨을 삼켰다. 손해 보면서 사는 성격은 아닌데 수현에 관한 일에서만큼은 감정적인 손해를 보고 있는 것 같았다. 실직자가 된 것보다 수현의 배고픔이 더 신경 쓰이고 앞으로 생활비를 어떻게 보내야 하나 걱정되는 것보다 수현에게 무슨 일이 있는 건 아닐지가 더 걱정된다.

내가 정상이 아닌 건 알고 있었지만 생각했던 것보다 훨씬 더 비정상인 모양이야.

수현이 옆에 없었다면 끄응, 앓는 신음 소리를 천 번은 넘게 흘렸을 거라고 생각하던 찰나.

"내리지."

그 말에 연지는 가방을 들고 차에서 내렸다. 차가 어디에 세워졌는지, 언제부터 이 남자가 말을 잘라 먹기 시작했는지 기억을 더듬는 일 따위는 하고 싶지 않았다. 이미 그녀의 머릿속은 과부하 상태였으니까.

"어…… 라?"

택시나 빨리 잡혔으면 좋겠다고, 그러다 실직자 주제에 택시가 가당키나 하냐며 버스를 타야겠다고 마음먹고 주위를 둘러본 연지는 굉장히 당황스러워졌다.

도로의 갓길이 아닌 몇 대의 차가 세워져 있는 주차장. 어딘지 모르게 눈에 익은 깔끔한 외관의 건물. 안 따라오고 뭐 하고 섰냐는 듯한 눈빛을 보내고 있는 이수현.

"저기요, 여기 버스 정류장이 어디에 있어요?"

택시 잡을 수 있는 데다가 내려달라니까 그게 그렇게나 귀찮아서 자기 집으로 와버린 건가 싶었다. 눈에 익은 건물과 그 건물을 향해 걷고 있던 수현을 합쳐 봤을 때 나오는 결론은 이곳이 그의 집이라는 거였으니까.

기가 막히고 짜증도 나지만 연지는 꾹욱 참았다. 원하지는 않았지만 슈퍼맨처럼 나타나 호태를 물리쳐 준 데다가 오늘 한 끼도 먹지 못한 사람이니까 그럴 수도 있겠다고 이해를…….

"버스 정류장?"

이해할 수 없다는 표정을 짓는 수현 덕분에 연지의 이해심이 슬그머니 사라지고 있었다.

"버스를 타야 집에 가죠."

연지는 이를 악문 채로 대답했고 수현은 미간을 좁혔다.

"밥 먹으러 가라며."

"드세요. 난 집에 갈 테니까."

"밥보다 잠이 더 급한데."

"그럼 주무세요. 난 집에 간다니까요."

"잠보다 서연지가 더 필요한데."

"그러니까 서연지를……! 뭐요?"

말귀 못 알아듣는 사람처럼 구는 수현이 답답해서 점점 목소리가 커지던 연지가 꿀 먹은 벙어리가 되어 멍하니 그를 쳐다보았다.

"필요하다고, 서연지가."

거짓 따위는 한 톨도 없는 것 같은 진지한 표정과 음성에 연지는 할 말을 잃었다. 그러니까 밥 먹으라고 했더니 잠이 더 급하다고 했고 자야 하는데 서연지가 필요하다고? 그 말인즉슨, 같이 자자는 거지?

'잠보다' 라는 부분은 쏙 빼놓고 정리를 해버린 연지의 얼굴이 시뻘겋게 달아올랐다. 이수현이라는 남자를 알게 된 이후에 부끄럽거나 묘하게 아랫배가 간지러워서가 아닌, 화가 나서 얼굴이 달아오른 건 이번이 처음이었다.

이럴 줄 알았다. 친구들의 말에 마음이 안 좋았었는데 결국 그녀들이 맞았던 거다. 이수현은 픽업 아티스트 같은 거고 결국 서연지의 몸만 원했던 거였다.

눈물이 핑 돌았다. 화가 나서 그런 것만은 아니었지만 연지는 우겼다. 지금 눈가가 시큰해지는 건 화가 나서라고, 그것뿐이라고.

"이수현 씨는 내가 쉬워 보이죠?"

그러고 싶지 않은데 목소리가 덜덜 떨려 나왔다. 쉬운 여자처럼 굴어놓고 따져 묻는 게 창피했지만 지금은 눈에 뵈는 게 없었다.

"이래서 그만하자고 했던 거예요. 이수현 씨가 원하는 건 결국 엔조이 상대, 그런 거잖아요. 듣기 좋은 말들로 예쁘게 포장을 해놔서 헷갈렸었는데 이제 확실하게 알겠네요."

연지는 이제야 확실하게 알게 된 게 분했다. 그의 의도는 이렇게나 확실했는데 혼자 북 치고 장구 치고, 그에 대해 나쁜 말을 듣게 되면 눈매가 뾰족해지고 좋은 말을 듣게 되면 빙충이처럼 실실 쪼갰던 자신이 한심해서 미칠 것 같았다.

"이제 진짜 그만하죠. 다시는 보는 일 없었으면 좋겠네요."

수현에게서 돌아선 연지가 빠르게 다리를 움직였다. 얼마나 더 우스워지려고 눈물을 흘리는 건지 알 수가 없었다.

설레었었다. 수현이 백마를 타고 달려온 동화 속 왕자님 같았다.

1일  151

내 인생에도 아주 잠시나마 저런 멋진 남자를 만날 운이 깃들어 있었구나, 키득거리며 좋아했었더랬다. 원나잇일 뿐이었을지라도 이수현 같은 남자가 원나잇의 상대라서 다행이라고 여겼었다.

"바보, 멍충이, 빙충이 같은 게 31년 동안 아무도 안 믿다가 왜 하필이면! 어후, 빙신! 어후, 어후!"

눈두덩이 새빨갛게 부어오를 정도로 거칠게 눈물을 닦아낸 연지가 자괴감에 휩싸여 있을 때, 수현은 점점 멀어져 가는 그녀의 뒷모습을 지켜보며 주먹을 말아 쥐었다.

쉬워 보여? 엔조이 상대? 누가, 서연지가? 그보다, 다시는 보지 말자고?

쉽게 본 적도 없을뿐더러 엔조이라는 단어는 그녀의 입에서 나오기 전까지 떠올려 본 적도 없었다. 수고하시라는 인사를 마지막으로 바람처럼 사라졌을 때부터 잊을 수가 없었던 여자였다. 우연이라도 다시 만나게 되었으면 좋겠다고 생각했었고 다시 만나게 되었을 때는 놓치고 싶지 않은 여자라는 생각을 했었다.

수현은 연지를 향해 걸어갔다. 그녀보다 빠르게 걸음을 놀려 쉽게 따라잡았지만 몇 발자국만 더 걸으면 어깨를 잡을 수 있을 만큼 좁혀진 거리에서 그는 멈출 수밖에 없었다.

네 마음을, 서연지의 마음을 책임질 수 있겠어?

마음속에서 나약한 이수현을 비웃는 음성이 들려왔다. 또 다른 이수현이 묻고 있었다. 다른 사람의 마음을 책임질 자신이 있냐고. 가족이라는 끈으로 묶여 있는 사람들에게조차 더러운 짐승 취급을 받는 너 따위가 저 여자 마음을 가질 자격이 있느냐고.

용케 버스 정류장을 찾아 서 있는 연지의 어깨가 축 늘어져 있었다. 어두운 밤, 가깝지 않은 거리에서도 젖어 있는 얼굴이 보인다.

이제야 알았다. 그녀와 함께 하면서 자신이 웃을 수 있는 만큼 그녀 또한 웃을 수 있게 만들어주고 싶었다는 것을. 감히 다른 남자 따위가 넘보지 못하도록 제 옆에 꽁꽁 묶어두고 싶었던 마음을. 눈을 마주하며 솔직한 마음을 드러냈던 그녀가 미치도록 예뻐 보였던 이유를.

책임? 그런 거, 지금은 모르겠다. 확실한 건 그녀가 싫다고 밀어낼 때까지는 죽는 일이 있어도 놔주지 않겠다는 것. 그녀가 거부하기 전까지 이수현의 마음은 서연지 소유라는 것. 그녀가 거부하더라도, 이수현의 심장은 서연지 손에 쥐어져 있을 거라는 것 정도였다.

정류장에 도착한 버스가 멈춰 서 있었다. 버스에 타기 위해 줄을 서는 사람들이 보였고 그 사람들 사이에 연지가 있었다.

수현이 달리기 시작했다.


연지는 수현의 품에 답삭 안긴 상태로 눈을 끔벅거렸다.

뭐니, 이건.

버스에 막 오르려던 참이었다. 생각했던 것보다 버스가 빨리 온 게 오늘 있었던 일 중에서 가장 좋은 일이었다. 그런데 이수현이 유일하게 좋았을 뻔했던 일조차 무의미하게 만들어 버렸다.

전생에 슈퍼맨이었는지 예상치 못했던 순간에 나타나 1차로 유호태를 무찌르고 2차로 버스를 타지 못하게 훼방을 놓은 수현의 품에서 연지는 오만상을 구겼다.

이 상황에서도 이 남자는 향마저 섹시하다고 느끼는 나를 어쩌면 좋으니!

똑똑한 척은 혼자 다 하고 다니는 서연지지만 실상은 맹하다고 했던 수진의 말이 떠올랐다. 이 순간, 연지는 수진의 말을 강력하게 부정할 수 있는 자신감이 생겼다.

나는 맹한 게 아니라 미친 거다!

아마 서른한 살이 되는 시점부터 완벽하게 미쳐 버렸던 것 같다고 생각하던 연지의 표정이 한겨울에 베란다에 내놓은 찬밥처럼 단단하게 얼어붙었다.

"말로 할 때 놓으시죠."

"안 놔."

수현은 당당했다. 그래서 연지의 화는 정점을 향해 뻗어가고 있었다.

"내가 너를 때리면 아플 텐데요."

"서연지를 놓치는 것만큼이나 아플까."

31년산 웬수들이 했던 말들이 점점 더 신빙성 있게 다가오기 시작했다. 대체 어떤 남자가 이토록 간지러운 말을 아무렇지도 않게 할 수 있는 걸까?

"말했잖아. 서연지가 필요하다고."

그의 품에 갇혀 버린 연지의 정수리에서 허연 김이 모락모락 피어올랐다. 뻔뻔한 것도 정도가 있지, 버스 타려는 여자를 잡아채서까지 엔조이 상대로는 네가 딱이라는 말을 할 필요가 있냐는 말이다.

일찍이 사회생활을 시작해야 하긴 했지만 집에서는 더할 나위 없이 귀한 대접 받으며 자란 서연지다. 쌍둥이 아들보다는 큰딸이 우선인 애정 씨였고 서태석 씨도 본인의 피가 흐르고 있는 친자식들만큼이나 연지를 사랑해 줬었다. 그러니까 서연지는 쉬워서는 안 되는 여자였다. 어떤 사람도 쉽게 보고 쉽게 대해서는 안 되는 귀한 사람이었다.

잠시 잠깐 애정결핍에 골골거리는 여자에 빙의되어 뇌가 청순해질 뻔했지만 다행스럽게도 오늘 정신을 차린 참이었다. 그러니 결코 픽업 아티스트의 사탕발림에 녹아내리지 않으리라!

연지는 자신이 서 있는 곳이 공공장소라는 것도, 버스 정류장에 하나둘씩 사람들이 모여들고 지나가던 이들까지 멈춰 서서 자신을 구경하고 있다는 것도 잊은 채 소리를 질렀다.

"나는 니가 필요 없어요! 내가 그쪽 엔조이 상대나 하고 있을 만큼 한가해 보여요?"

연지는 양손으로 수현의 가슴을 밀어냈다. 단단하고 뜨거운 남자의 가슴에 전기가 통해 버린 손바닥이 찌릿찌릿했지만 피가 맺히도록 입술을 씹어대며 그 느낌을 물리쳤다.

"원나잇 했던 여자라고 마음대로 해도 된다고 생각하나 본데……!"

밀려지지 않는 수현을 계속 밀어대면서 씩씩거리던 연지의 몸이 휘청거렸다. 그녀를 품에서 떼어낸 수현이 동그란 어깨를 힘주어 잡고서 무척 짜증이 난다는 듯 얼굴을 구기고 있었다.

"어디서부터 어떻게 오해를 한 거야?"

"오해? 오해에? 자야 하는데 내가 필요하다며!"

눈에서 불을 내뿜고 있는 연지를 보며 길게 한숨을 쉰 수현은 얼굴에 날아와 박히는 따가운 시선을 느끼고 주위를 둘러보았다.

쯧쯧, 혀를 차는 사람들과 재미난 구경거리를 발견한 듯 팔짱을 끼고 서 있는 사람들을 확인한 수현은 연지의 손목을 잡아끌었다.

자신은 어떤 취급을 당하던 상관없었지만 쥐뿔도 모르는 낯선 타인이 서연지를 그렇고 그런 여자로 눈에 담는 건 용납할 수가 없었다.

"놔! 놓으라고!"

끌려가지 않으려 몸에 힘을 주는 연지에게 수현이 음산하게 뇌까렸다.

"구경거리가 되고 싶어?"

"그러니까 놔주면!"

"난 당신 놔줄 생각 없고, 여기서 밤을 샐 수도 있어."

그제야 오밤중에 사랑싸움 비슷한 걸 하고 있는 자신을 지켜보는 시선들과 목에 칼이 들어와도 놔줄 생각이 없어 보이는 수현의 상태를 확인한 연지가 입술을 앙다물었다.

"알았으니까 놔요."

순순히 항복을 선언하면 믿고 놔줄 줄 알았지만 오산이었다. 수현은 손목을 놓아주지 않고서 다시 앞장서서 걷기 시작했고 연지는 입술을 비틀었다.

사람이 말을 하면 듣는 척이라도 하라고! 이, 이…… 아우, 속 터져!

서연지 인생에 속에서 천불이 일게 만드는 웬수가 한 명 더 추가되는 순간이었다.

수현이 고심 끝에 선택한 장소는 24시간 영업을 하는 카페였다. 그가 원했던 장소는 집이었고 차선으로 여긴 곳은 사방이 막힌 아늑한 공간에서 누구의 방해도 없이 대화를 나눌 수 있는 주점이었다. 하지만 지금 그의 눈앞에서 활활 불타오르고 있는 여자가 또 다른 오해를 하지 않게 하려면 카페로 올 수밖에 없었다. 집으로 데려가면 엔조이 운운할 게 빤하고 주점으로 데려가면 무슨 짓을 하려고 술을 마시게 하냐고 할 것 같았으니까.

수현이 지설 일행과 몇 번 와본 적이 있었던 카페는 전과 달리 조용했다. 그것이 자정을 향해 달리는 시간 때문인지 평일이어서인지는 알 수 없지만 알고 싶지도 않았다.

자리만 차지하고 있기는 뭐해서 따듯한 아메리카노 두 잔을 주문해 받아 온 수현은 한 번 싸워보자는 듯 팔짱을 끼고서 저를 노려보고 있는 연지의 시선을 피하지 않았다.

"자야 하는데 서연지가 필요하다, 그렇게 들었다는 거지."

안경을 벗어 테이블에 던지듯 올려놓은 수현이 손으로 얼굴을 쓸어내렸다. 정말이지 말도 못하게 피곤한 하루였다. 당장 길거리에 쓰러져 잠들어도 이상하지 않을 만큼 피곤했다. 엎친 데 덮친 격으로 연지가 자신의 손을 걱정해 주었을 때 거짓말처럼 사라졌었던 두통이 희미하게나마 제 존재를 알려와 수현은 관자놀이를 꾹꾹 눌렀다.

"밥보다 잠, 잠보다 서연지가 그렇게 해석이 되나?"

수현의 말을 듣고 있자니 뭔가 일이 이상하게 꼬여가는 것 같아 흠칫한 연지였지만 내색하지는 않았다.

꼿꼿하게 얼굴을 굳히고 입을 다물고 있는 연지를 보면서 수현은 깍지 낀 손 위에 턱을 올렸다.

"보통 일주일 넘게 하루에 세 시간도 못 잔 남자가, 새벽에 해야 할 일이 있는데도 불구하고, 아무 생각 없이 달려가 만나는 사람이, 엔조이 상대인가?"

수현이 묻고 있었지만 연지는 대답할 수 없었다. 어쩐지 수현의 눈을 피하고 싶고 왜인지 간이 쪼그라들었다.

"자고 싶은데 잘 수가 없었어. 새벽에 예약한 고객을 맞으려면 조금이라도 자야 하는데 서연지를 찾아갔어. 왜일까 생각해 봤는데."

꿀꺽! 연지는 자신이 침을 삼키는 소리에 놀라 움찔했다.

"서연지가 내 옆에 있으면 잘 수 있을 것 같아서. 옆에 앉아서 손만 잡아줘도 잘 수 있을 것 같다, 그런 생각이 들어서였어."

연지는 슬그머니 눈동자를 굴리는 것으로 수현의 시선을 피했다.

"엔조이 상대한테 잘 수 있게 손만 잡아달란 남자는 흔치 않을 것 같은데."

연지는 잘근잘근 입술을 씹어댔다. 맹하다, 맹하다 이렇게까지 맹할 수가 있을까. 어떻게 '잠보다 서연지'를 '자야 하니까 서연지'로 들을 수가 있단 말인가!

마음속에 살고 있는 천사가 끌끌 혀를 차면서 고개를 저어댔다. 왜 애꿎은 남자를 천하의 나쁜 놈으로 만들어서 스스로 무덤을 파느냐며 꾸짖는 천사에게 잘못했다고 용서를 구하려던 그때, 시커먼 악마 놈이 나타나 속살거렸다. 연지야, 잘 생각해 봐. 저놈이 진정한 픽업 아티스트라면 듣기 좋게 말 바꾸는 건 일도 아닐걸?

그러하다! 수현의 연락이 없던 시간 동안 연지의 알흠다운 웬수들은 그를 진정한 픽업 아티스트로 탈바꿈시켜 놓았다. 그래서 연지는 웬수들의 말에 세뇌당해 버렸던 것이다.

'남자가 관심 있는 여자한테 삼 일 이상 연락을 안 한다는 건 밀

당이 아니야. 더는 관심 없다는 거지.'

'그는 당신에게 반하지 않았다, 그런 말도 몰라? 잊어. 그놈은 필시 픽업 아티스트일 거야.'

'나도 동감. 아무리 바빠도 밥 안 먹어? 화장실 안 가? 톡 하나 보내는 데 한 시간이 걸려, 두 시간이 걸려? 이건 기본적인 예의와 개념을 밥 말아 먹은 거지. 그런 남자를 왜 만나?

짠! 하고 나타나 호태를 멋지게 물리치는 모습에 눈이 멀어 잠시 잊고 있었던 교훈들이 새록새록 떠올랐다.

다른 건 몰라도 밥 안 먹고 화장실 안 가냐는 나리의 말에는 매우 깊게 공감이 되는 바였다. 그래서 연지는 기세등등해진 얼굴로 수현을 마주 보았다. 하루에 세 시간도 잠들지 못했다는 그의 말은 까맣게 잊은 채로.

"그동안 연락 없었잖아요. 보통 관심 있는 여자한테 그렇게 오래 연락 안 하는 남자가."

"아버지가 편찮으셨어."

말을 잘리고 멍해진 연지가 빠르게 눈을 깜박이자 수현이 한숨을 쉬었다.

"갑자기 쓰러지셔서 국딘대학 부속 병원에 입원해 계셨어. 그래서 아버지 곁에 있어드려야 했고."

연지는 마른침이라도 삼켜보려 애썼지만 무리수였다. 얼마나 당황스러웠는지 침샘마저 막혀 버렸다.

"오해하게 만든 건 미안한데, 그런 거 일일이 말하고 다니는 성격 아니야. 만나보자고 했으니 다른 생각 안 할 줄 알았고. 내가 너무 단순하게 생각했던 것 같으니까 사과하지."

수현은 뻑뻑하다 못해 찌르는 것 같은 통증이 느껴지는 눈을 감고 눈두덩을 손바닥으로 눌렀다. 태어나서 여자한테 이렇게 많은 말을 한 적이 있었나 싶었다. 구구절절 설명하는 것도, 오해를 풀려 노력하는 것도 그에게는 처음 있는, 굉장히 생소한 일이었다. 그런 일을 자처하게 만든 서연지가 대단한 건지, 서연지를 향한 마음이 이 정도로 대단했던 건지, 제대로 된 판단을 내리기가 어려울 만큼 생소한 일.

"내가 어떻게 하면 엔조이 같은 말도 안 되는 의심을 뿌리째 뽑아낼 수 있을까."

겨우겨우 눈꺼풀을 들어 올린 수현이 가늘어진 눈으로 연지를 쳐다보았다. 조금 전까지 당당하게 그를 마주했던 연지는 고개를 숙인 채로 입술을 삐죽이면서 손가락을 꼼지락대고 있었다. 저런 여자가 서른하나라니. 이걸 귀엽다고 해야 할지 너무 순진해서 걱정된다고 해야 할지.

피식 웃어버린 수현이 한 손으로 턱을 받치고 물었다.

"지겹다고 할 만큼 연락하면 되는 건가?"

연지의 고개가 조금 더 숙여졌다.

"당분간 머리카락 한 올 건드리지 않으면 믿을까?"

저러다 연지의 목이 꺾여 버리지 않을까 싶었지만 수현은 멈추지 않았다. 이번 기회에 원나잇, 엔조이, 그런 단어들을 싸그리 없애 버릴 작정이었다.

"아예 우리 부모님을 만나서 이수현이 어떤 사람인지 들어보는 건……."

"그만!"

수현이 부모님 카드까지 꺼내들자 식겁해진 연지가 고개를 쳐들었다.

"알았으니까 그만해요! 미안해서 죽을 것 같으니까."

미안해서, 부터 작아진 목소리가 끝에 가서는 잘 들리지 않을 만큼 흐려졌다. 불그스름해진 얼굴로 울상을 짓는 연지였지만 수현은 단호했다.

"그 편이 가장 확실하잖아. 설마 우리 부모님이 당신을 속일까."

"이수현 씨!"

진솔하기 짝이 없는 수현의 눈빛에 연지는 겁이 났다. 계속 그를 의심하다가는 정말 이수현의 부모님을 만나게 될 것 같았다. 완전체로 키워놓은 아드님을 픽업 아티스트로 의심하는 여자를 보시면 억장이 무너지실 텐데. 편찮으셔서 병원에 입원까지 하셨었다는 분께 그 무슨 당치도 않은 짓거린가.

아아, 경솔하기 짝이 없는 나란 여자를 어쩌면 좋을까.

"미안하다잖아요. 내가 요즘 가는귀가 먹었는지 사람 말을 띄엄띄엄 들어요. 잘못 듣고 오해한 거 사과할게요. 그러니까 엄한 생각은 넣어둬요."

실수의 크기가 클수록 빠르게 인정하는 게 좋다. 현재의 상황을 모면하려 미꾸라지처럼 요리조리 빠져나가려고 머리 굴리다가는 평생 진흙탕 구경만 해야 할지도 모른다.

"아직도 원나잇이라고 생각하는 건가?"

수현은 진짜 작정한 사람처럼 굴었다. 그래서 연지는 내 죄지, 내 쥡니다, 그 말만 상기하며 고개를 저었다.

"아니에요."

"엔조이는?"

"그것도 아니에요."

"만나보는 건?"

"그건 더더욱 아니……."

그저 나 죽었소, 하려던 연지는 섬뜩한 기운에 수현을 쳐다보았다. 아니나 다를까, 수현이 난 년 윤수진은 명함도 못 내밀 만큼 다크해진 눈빛으로 그녀를 응시하고 있었다.

"아니다?"

"아니, 그게 아니라요. 그러니까 내 말은요."

어째 일이 꼬이기만 하는지 모를 일이었다. 큰마음 먹고 가느다란 금 목걸이를 샀는데 보관을 잘못해서 도저히 풀 수 없게 줄이 꼬여 있을 때보다 더 짜증이 났다.

차라리 입을 다무는 게 나을 것 같아서 말없이 한숨만 푹푹 쉬어대던 연지를 지켜보던 수현이 자신의 옆자리를 툭툭 쳐 보였다.

연지가 눈짓으로 물었다. '그쪽으로 가라고?' 그리고 수현도 눈짓으로 답했다. '오라고.'

잠시 망설이던 연지는 고개를 저었다. 이제껏 수현에게 숱한 잘못과 실수를 해왔다고는 하나, 여자 자존심이 있지.

"안 만날 거라 안 오는 건가? 아니면 날 엔조이라고 여겨서."

"그럴 리가요!"

자존심은 무슨!

수현의 말이 끝나기도 전에 벌떡 일어선 연지는 얌전히 그의 옆자리로 안착했다. 백민아 조동아리가 초경량이라고 뭐라 할 게 아니었다. 서연지 조동아리는 개념이 없으니까. 그러니 이 사단을 내놨겠지.

나도 참 가지가지 한다. 경솔한 뇌에 개념 없는 조동아리에, 첩첩산중이구만.

순순히 수현의 옆에 앉자 그가 연지의 손을 잡아 깍지를 끼었다. 그리고 그녀의 어깨에 머리를 기댔다. 연지가 피해야 한다는 생각을 할 수 없었을 만큼 그의 행동은 자연스러웠다.

"5시에 예약 고객 있어. 미안한데 딱 두 시간만 자자."

연지가 힐끗 그의 얼굴을 훔쳐보았다. 그러다 눈이 감겨 있는 걸 확인하곤 대놓고 수현의 안색을 살폈다. 조금 수척해 보였을 뿐이었는데 아니었다. 이 남자, 피곤에 절어 있었다. 파리해진 수현의 안색에 연지의 가슴이 따끔거렸다.

"밥…… 안 먹었다면서요."

속삭이듯 중얼거리자 수훈이 깍지가 껴져 있는 손에 힘을 주었다.

"다시는 원나잇, 엔조이, 그런 말 꺼낼 생각도 하지 마."

동문서답이었지만 연지는 차마 따질 수가 없었다.

"대답."

집요한 상남자 같으니.

"안 해요."

만족스러웠는지 수현의 눈매가 나른하게 휘었다.

"그 능글맞은 자식이 있는 약국에 출근할 생각도 말고."

세상에. 호태가 능글맞은 건 어떻게 알았을까? 이래서 여자는 여자가, 남자는 남자가 봐야 제대로 알 수 있다는 말이 생긴 건가?

"안 한다구요. 잠이나 자요."

"확실하게 만나는 거다."

두 시간만 자겠다더니, 두 시간이 아니라 이틀 내리 잠만 자도
모자랄 것처럼 보이는 사람이 웬 말이 이렇게 많은지.

"대답."

어우, 집요해. 어우, 어우!

이수현이라는 남자가 한 집요 한다는 건 확실하게 알았다는 생
각과 함께 연지는 떠올리지 말아야 할 것을 떠올려 버렸다. 호랑이
가 담배 피던 시절만큼이나 오래전에 순정 만화에서 보았던, 언젠
가는 꼭 해봐야지 싶었지만 할 상대가 없어서 하지 못했던 그 말을.

"그럼, 우리 오늘부터 1일이에요?"

연지는 말을 뱉자마자 후회했다. 순정 만화에서 그 말을 했던
여자는 고등학생이었다는 걸 간과해 버렸다.

서른한 살에 하니…… 토할 것 같구만.

뭐든지 때가 있다는 말은 이럴 때 쓰는 거다.

어느새 기댔던 몸을 일으킨 수현이 읽어낼 수 없는 표정으로 연
지를 쳐다보았다. 차라리 비웃기라도 하면 같이 웃으면서 장난이
었다고 오리발이라도 내밀어볼 수 있으련만.

"잠깐 실성했……."

쿨하게 미친 걸 인정하자고 결심한 연지의 고개가 홱 돌아갔다.
그녀의 턱을 잡아 돌린 수현이 부드럽게 입술을 머금었다가 놔주
었다. 그리고 다시 어깨에 기대어 눈을 감았다.

"1일."

수현의 입가와 눈가에 미소가 번지고 간지러운 발끝을 오므린
연지는 발끝보다 훨씬 더 간지러운 아랫배를 힘껏 꼬집었다.

 아기처럼 새근새근 잘도 자는 사람을 어떻게 깨워야 할지 고민한 시간은 길지 않았다. 수현은 잠든 지 두 시간이 조금 넘어 알아서 눈을 떴고 손목시계로 시간을 확인하고서 몸을 일으켰다. 그리고 기어이 연지를 집에 바라다주는 신사도까지 발휘했다.

 "정말 밥 안 먹어도 되겠어요?"

 5시까지는 여유가 있으니 간단히 뭐라도 먹으라고 같은 말을 반복한 연지였지만 수현은 고개를 저을 뿐이었다.

 "알았어요. 그럼 운전 조심해서 가요."

 똥고집도 저런 똥고집이 없다며 조용히 혀를 찬 연지가 차에서 내리려 하자 수현이 그녀의 손목을 잡았다.

 할 말이 남았나 싶어 수현을 쳐다보았지만 그는 말이 없었다. 그저 가만히 바라보기만 할 뿐.

그렇게 얼마나 지났을까. 숨 막히는 정적과 읽어낼 수 없는 수현의 눈빛에 답답해진 연지가 입술을 움직였다.

"할 말 있는 거 아니에요?"

시간이 지날수록 수현에게 잡힌 손목이 후끈후끈해졌다. 체온이 더해져서 그런 건지, 수현의 손이 뜨거워서 그런 건지는 알 수 없었지만 분명한 건 그 후끈거림이 팔을 타고 올라와 심장까지 넘보고 있다는 것이었다.

설명할 길 없는 묘한 감각에 연지의 속눈썹이 파르르 떨리기 시작하자 수현은 뜨거운 한숨을 내쉬었다.

"키스하고 싶은데, 가."

말문이 막혀 숨까지 턱턱 막힐 정도로 말을 잘하는 사람이 만들어낸 요상한 문장에 연지는 눈을 껌벅였다.

가라면서 잡고 있는 손목은 놔주지 않는다. 차 안을 부유하는 공기가 덥혀져 연지의 얼굴이 달아올랐다. 밖에는 칼바람이 몰아치고 있을 텐데 그녀는 지금 한여름에 겨울옷을 입고 히터 바람을 쐬고 있는 기분이었다.

이 남자, 내 말을 신경 쓰고 있는 거 맞지?

키스는 하고 싶고, 그렇다고 키스를 해버리면 서연지가 엄한 의심을 할 것 같고, 그런데도 키스는 하고 싶고. 아마 지금 수현의 마음이 그렇지 않을까?

식신이 밥 한 공기를 뚝딱 해치우고도 남을 시간만큼 수현은 연지의 손목을 붙잡고 있었다. 그리고 그 시간만큼 연지의 심장 박동은 속도를 올렸다.

연지는 수현이 자신의 말에 신경 써주는 게 기분 좋으면서도 박력 있게 밀어붙여 주지 않는 게 서운했다. 이래서 여자의 마음은 갈대…… 가 아니라 이건 정신 분열 수준이지.

지금 이 순간 이수현이 원하는 걸 서연지도 원했다. 그리고 앞으로도 대부분 지금과 같을 거라는 예감이 들었다. 그래서 수현을 똑바로 쳐다보며 사뭇 냉정하게 말했다.

"놔줘야 가죠."

한참이나 연지를 바라만 보던 수현이 아쉬움이 뚝뚝 떨어지는 표정으로 그녀의 손목을 풀어주었다.

손목에 닿는 서늘한 기운에 수현과 같은 아쉬움을 느낀 연지가 재빠르게 그의 얼굴을 감싸고 쪽! 소리 나게 입술을 부딪쳤다. 그리고 붉어진 얼굴르 중얼거렸다.

"1일이라면서요. 이제 엉뚱한 생각 안 할 거…… 읍!"

연지의 목덜미를 잡아 끌어당긴 수현이 그녀의 입술을 삼켰다. 손목에 느껴지던 열기와는 차원이 다른 뜨거움에 연지는 정신이 몽롱해졌다.

당연하다는 듯 벌어진 연지의 입술 틈으로 파고들어 간 수현의 혀가 거침없이 그녀를 탐했다. 여린 속살을 샅샅이 훑고 드망가려는 작은 혀를 옭아매 강하지 빨아들였다.

몸을 섞을 때보다 더 적나라하게 파헤쳐지는 느낌에 연지의 몸이 가늘게 떨렸다. 그의 눈빛을 닮은 새까만 셔츠를 움켜쥐는 것밖에는 달리 할 수 있는 게 없었다.

수현의 손에 매여 버린 목덜미가 불타는 것처럼 뜨거웠다. 그의 손아귀에 잡혀 버린 어깨에서 아릿한 통증이 느껴졌다.

"훗!"

입술을 물어버린 수현 때문에 연지는 참지 못하고 신음을 흘렸다. 그러자 수현의 움직임이 더욱 거칠어졌다. 자신의 신음 소리에 이수현이 어떻게 반응하는지 잊어버린 연지의 실수였다.

동그란 어깨를 잡고 있던 손을 떼어내 가느다란 허리를 휘감고 목덜미를 감싸고 있던 손으로 연지의 턱을 잡은 수현은 불에 달구어진 것마냥 뜨거워진 귀여운 혀를 자신의 입안으로 끌고 들어갔다.

거부 없이 끌고 가면 끌려와 주는 그녀의 순종적인 혀가, 바들바들 떨면서도 자신을 밀어낼 생각 없이 제 셔츠만 움켜쥐고 있는 연지가 수현을 끝없이 흥분시켰다.

"날 봐."

혀가 아리도록 휘감고 옭아맸던, 입술이 퉁퉁 부풀어 오르도록 깨물고 빨아댔던 수현이 지독하게 갈라진 섹시한 음성으로 연지의 혼을 강탈해 갔다.

수현은 연지의 눈에 비친 자신의 모습을 보고 싶었다. 아니, 그녀와 이런 키스를 나눌 수 있는 남자는 이수현뿐이라는 걸 각인시키고 싶었다. 이제껏 모르고 살았던 자신의 소유욕에 당황스러웠지만 그 감정이 결코 불편하지는 않았다.

촉촉하게 젖은 연지의 입술을 자신의 입술로 부드럽게 쓰다듬던 수현은 그녀가 눈을 뜨자 싱긋 미소를 지었다. 서연지의 눈동자에 비친 사람이 자신이라는 걸 확인한 그는 그녀가 미처 삼키지 못해 턱으로 흘러내린 투명한 타액을 혀끝으로 핥았다.

눈을 마주치고 있는 상태로 거리낌 없이 야한 행위를 하고 있는 수현 때문에 연지는 온몸이 저릿저릿했다. 그리고 자신의 쇄골에서부터 귓불에 이르기까지 수현이 뜨거운 숨결을 퍼붓자 저도 모르게 신음을 흘려 버렸다.

"하아."

"다른 짓은 안 해. 의심하면 안 되니까."

입술조차 스치지 않았다. 그저 입술이 닿을락 말락 한 거리를 유지하면서 말하고 있을 뿐이었다. 하지만 그래서 더 짜릿했다. 키스 한 번에, 살결에 닿는 숨결에, 밤새워 몸을 섞은 것마냥 다리가 후들거리고 숨이 가빠왔다.

"잊지 마. 날 이렇게 미치게 만드는 여자는 서연지야."

귓가에 속삭여지는 수현의 말에 연지는 정신을 놔버렸다. 몸 어딘가가 고통스럽게 조여지고 있었다.

수현이 연지의 부풀어 오른 발간 입술을 엄지로 쓸었다. 열에 들떠 붉어진 얼굴이 미치도록 사랑스러웠다. 이러다 정말 미쳐 버리는 건 아닐지 걱정될 만큼.

"일 끝나면 많이 늦을 거야. 집에 도착하면 메시지 보낼게."

연지는 말 잘 듣는 아이처럼 고개를 끄덕였다. 그러자 수현이 상이라도 주듯 그녀의 입술을 살짝 머금었다가 놔주었다.

"들어가."

수현의 손과 입술이 자신의 얼굴에서 떨어져 나가는 게 무척이나 아쉬웠지만 연지는 차에서 내렸다. 그리고 그의 차가 아파트 단지를 벗어나 더는 보이지 않을 때까지 같은 자리에 서 있었다.

시린 바람이 얼굴을 강타하자 제 발로 기어나갔던 정신을 끌고 온 연지는 기운 없이 중얼거렸다.

"와…… 나 왜 그랬지?"

다른 짓은 안 한다고 했다. 의심할까 봐. 그리고 연지는 그의 말이 진심임을 알 수 있었다. 어깨가 부서질 수도 있겠다고 여겨질 만큼 강하게 움켜쥐고 있던 힘. 얼굴과 목, 허리를 제외하고는 어떤 곳으로도 옮겨지지 않던 손길에서 수현의 진심이 읽혀졌다.

다른 짓을 하라고! 이렇게 불태워 놓고 그냥 가버리면 어쩌라는 건데!

아쉽기 짝이 없다. 달궈져 버린 몸은 더 많은 걸 요구하고 있는데 그 요구를 충족시켜 줄 사람이 가버렸다.

"아무튼 이 망할 조동아리는 개념이 없어. 왜 쓸데없는 말을 지껄여가지고! 에잇!"

백민아가 했던 말처럼 얌전한 고양이가 뒷간에 먼저 간다더니…… 가 아니고 이래서 늦게 배운 도둑질이 무섭다고들 하는 모양이었다.

뜨뜻하게 데워진 몸을 어찌할 도리가 없어 괜히 손부채질을 해대며 집으로 들어간 연지는 거실로 들어서려다 움찔했다.

소파에 앉아 우아하게 다리를 꼬고 있는, 핏빛 와인이 찰랑이는 잔을 돌리며 느릿하게 원을 그리고 있던 민아가 요살스럽게 미소를 지으며 연지를 쳐다보았다.

"나, 다 봤어."

입술 끝을 말아 올리며 와인을 홀짝이는 민아 덕분에 연지의 뜨거움은 소리 없이 증발했다.

❖

새벽에 찾아오는 예약 고객을 위해 환하게 불을 밝히고 있는 숍에는 혜연이 남아 있었다. 그래서 수현은 눈썹을 세운 채 주변을 살폈다. 오늘은 실장과 스탭들만 남아 있는 걸로 알고 있었으니까. 그리고 수현이 그렇게 하라고 혜연에게 당부했었다. 그가 자리를 비웠던 탓에 그동안 숍은 온전히 혜연의 몫이었으니 내색은 하지 않아도 많이 피곤할 거라는 걸 알기 때문이었다.

"팔팔한 청춘이신 스탭님들과 오 실장은 야식 드시러 나가셨어."

묻지도 않았는데 표정만 보고도 알아서 궁금증을 풀어주는 혜연에게 고개를 끄덕인 수현은 곧장 2층으로 향했다. 혜연이 남아 있으면 오 실장이라도 들어가 쉬었으면 될 일인데 희한하게도 그의 직원들은 꾀를 부릴 줄을 몰랐다. 부릴 줄 알고도 안 부린다는 게 맞는 말이겠지만.

"집에 갔다 왔어? 잠은 좀 잤니? 두통은 어때?"

쪼르르 제 뒤를 쫓아온 혜연이 질문을 퍼부어대자 수현이 피식 웃음을 흘렸다.

"어? 정말 잔 거야? 기분 좀 나아 보이는데?"

눈을 빛내며 자신의 안색을 살피는 혜연을 쳐다본 수현이 어느새 웃음기를 지운 얼굴로 팔짱을 꼈다.

"민 사장, 나하고 동갑인 거 맞나?"

"응?"

"나보다 몇 살은 어린 거 아닌가 싶어서."

어깨를 으쓱해 보인 수현은 그런 말 같은 거 한 적 없다는 얼굴로 자신의 텀블러 가득 커피를 따랐지만 혜연은 달랐다. 그녀의 뇌는 쉭쉭 소리를 내가며 회전하고 있었다.

재가 지금 무슨 말을 한 거지? 저보다 몇 살은 어려 보인다고? 가만있어 봐. 자, 축, 인, 묘, 진, 사……

혜연이 머리를 굴리는 사이 수현은 노트북으로 일정을 확인하며 여유롭게 커피를 마셨다. 그리고 잠시 후.

"야! 너 나보고 개라고 한 거지!"

머리도 좋고 눈치도 빠른 민혜연은 얼마 지나지도 않아 수현의 말뜻을 해석해 냈고 그는 어금니를 악물고 웃음을 참았다. 여기서 웃어버렸다가는 혜연이 더 방방 뛸 걸 익히 알고 있으니까. 그래서 지설은 항상 혜연과 머리채 붙잡고 싸우기 직전까지 가곤 했다. 어리석게도 웃음을 참는 그 쉬운 걸 못내서.

"너 어디 가서 그런 짓 하지 마! 나니까 이해하고 넘어가지, 다른 사람 같았으면 어려 보인다는 말인 줄 알고 좋아했다가 혈압 올라 쓰러져!"

지금 민혜연이 딱 그랬다. 혈압 올라 쓰러질 것처럼 콧김을 내뿜고 있었다.

항상 자신의 뒤만 졸졸 쫓아다니기에 던진 말이었다. 종종 정말 개띠가 아닐까, 의심하기도 했었고.

밥 챙겨주는 주인도 아닌데 언제나 자신의 뒤를 쫓으며 안색을 살피는 혜연이 수현은 안쓰러웠다.

혜연은 예전에 잠시 가졌었던 감정을 깨끗하게 잊은 것처럼 굴다가도 아주 가끔씩 미련이 남은 건가 싶게 행동했다. 똑같은 친구인데 혜연이 이수현과 신지설을 대하는 말투나 태도는 누가 봐도 비교가 될 만큼 달랐다. 그래서 더 모질게 잘라내야 하는 건가 싶다가도 자신의 치부를 봐버렸기에 동정하는 건가, 그런 생각도 들었다.

몇 번인가 아직 감정이 남아 있냐고 물으려 했었지만 결국 하지 못했다. 섣불리 판단해서 혜연의 자존심에 상처를 입히고 싶지 않았다. 누가 뭐래도 민혜연은 이수현의 몇 안 되는 친구 중 한 명이니까.

"이 원장, 잔 게 아니라 어디서 싸웠니?"

노트북 화면에 시선을 고정하고 있던 수현이 무슨 말이냐는 듯 혜연을 쳐다보았다.

"셔츠, 우는데? 멱살잡이라도 한 것처럼."

수현은 혜연이 턱짓으로 가리키는 방향을 확인하기 위해 고개를 숙였다.

"이제 보니 입술도 부은 것 같은데? 진짜 싸움이라도 한 거야?"

연지가 틀어쥐고 있던 흔적이 남은 셔츠와 도발이라도 할 셈이었는지 살짝살짝 깨물어댔던 입술. 도발이었든 반항이었든 살짝 깨물고 난 뒤에 본전도 못 찾고 끙끙거리던 연지가 떠올라 수현은 입안이 말랐다.

"사장님! 사장니임! 부탁하신 커피 사왔어요오!"

수현이 연지로 인한 갈증을 커피로 달래고 있을 때, 아래층에서 야식을 즐기고 돌아온 이들이 혜연을 찾는 목소리가 들려왔다.

"민 사장 찾네."

노트북 화면을 보는 척하며 던진 말에도 혜연은 움직일 기미를 보이지 않았다. 또 촉이 오는 모양이었다.

무언가 말하려 벙긋대던 혜연의 입술이 다물어졌다. 애타게 사장님을 찾아대는 사람들로 인해서.

"나중에 다시 얘기해."

그럴 생각이 없는 수현은 혜연을 쳐다보지도 않았다. 그리고 혜연이 원장실에서 나가자 오 실장과 스탭들에게 보너스를 줘야 할지도 모르겠다고 생각했다. 연지와의 시간을 민혜연과 공유할 마음은 추호도 없지만 집요한 친구 녀석이 따져 묻기 시작하면 다시 피곤해졌을 테니까.

노트북에서 시선을 떼어낸 수현은 손끝으로 입술을 쓸었다. 가랑비에 옷이 젖듯 수현의 얼굴에도 천천히 미소가 번져 갔다.

연지의 손을 잡고 제 어깨의 반도 안 되는 동그란 어깨에 기대어 두 시간 남짓 잤을 뿐인데 피곤이 뭔지 알 수 없게 되어버렸다. 키스 한 번으로 육체에 산재하고 있는 수많은 감각들이 미쳐 날뛰며 잠을 몰아냈다.

연지의 곁에서 더없이 편하게 잠들 수 있었다는 점이 수현의 미소에 힘을 실었다.

부모님이 계시는 본가는 물론이고 자신의 집에서조차 편히 잠을 이루지 못하는 수현이었다.

육체적, 정신적으로 별다른 문제가 없었던 날이라면 하루에 많게는 다섯 시간, 적게는 세 시간 정도를 자는 수현이었지만 이번처럼 잠을 못 자서 힘들었던 적은 없었다. 아버지가 쓰러지신 것에 대한 충격도 있었고 신경이 예민해져 있어 그러려니 했는데 연지의 손을 잡고 눈을 감자 거짓말처럼 잠이 쏟아졌었다.

과하게 뜨겁지도, 그렇다고 거슬리게 차갑지도 않은 적절한 체온. 보들보들한 살결과 서연지의 향기에 취해 저도 모르게 수마의 손을 잡아버렸었다.

'그럼, 우리 오늘부터 1일이에요?'

수줍었던 음성이 귓가를 간질이는 느낌에 수현의 미소가 갓 내린 커피처럼 진해졌다. 실은 그렇게 물어봤을 때부터 그녀를 안고 싶었다. 여자한테 한 번도 들어보지 못한, 들어보리라고 예상조차하지 못했던 그 말이 얼마나 사랑스러웠는지는 세상에 존재하는 어떤 말로도 표현이 불가능했다.

시간과 장소를 불문하고 그녀를 안고 싶게 만들었던 그 말. 하지만 참아야 한다는 경각심을 가지게 만들기도 했던 말.

"참지. 원하는 게 그거라면, 얼마든지."

혼잣말을 흘린 수현의 입꼬리가 사악하게 말려 올라갔다.

좋으니까 안고 싶었다. 서연지니까 안고 싶었다. 그런데 그런 감정을 몸으로 표현하는 것이 말도 안 되는 오해와 의심을 산다면 참을 것이다. 수현에게는 서연지 자체가 뿌리칠 수 없는 유혹이었지만 그는 참는 데 이골이 나 있는 사람이었다. 그렇게 참다가 정 못 견디겠으면······.

다시 만날 계획을 세웠을 때처럼 괜찮은 아이디어가 떠오른 수현의 눈빛이 위험하게 빛나고 있었다.

수절하는 과부마냥 허벅지를 손가락으로 찔러가며 수현의 연락을 기다렸던 연지는 일을 끝내고 집에 도착했다는 메시지를 받자마자 뻗어버렸다. 그리고 막 정오를 넘긴 시간, 연지의 방에서 찢어질 듯한 비명 소리가 터져 나왔다.

"꺄아아아악! 우어어어어! 미쳤어, 미쳤어! 어쩌자고 이 시간까지 자버린 거냐!"

미친 듯이 방 밖으로 달려나온 연지는 욕실로 들어가 폭풍 양치를 시작했다.

"너…… 뭐 하냐?"

연지의 비명 소리에 놀라 잠이 깬 민아가 아침이면 늘 그렇듯 퉁퉁 부은 얼굴로 못마땅하다는 듯 인상을 쓰고서 욕실 앞에 섰다.

"마시키지 마! 느어떠!"

눈에 핏발을 세우고서 손이 보이지 않을 정도로 빠르게 칫솔을 움직이는 연지를 보며 민아는 깊고도 깊은 한숨을 흘렸다.

"어디 갈 건데."

"주그하아지!"

서당 개 삼 년이면 풍월을 읊고 서연지 친구 생활 20년이면 옹알이도 알아듣는다.

"그 변태가 출근하래? 그만뒀다며."

짝 다리를 짚은 불량한 자세로 서서 턱하니 팔짱을 끼고 말을 내뱉는 민아의 얼굴에는 '너 정말 왜 그러냐. 돌았냐.' 라고 쓰여 있었다.

민아의 도움을 받아 가까스로 미쳐 돌아가는 뇌에 정지 버튼을 누른 연지는 넋이 나간 얼굴이었다.

"이왕 씻은 거 세수까지 하고 나와. 커피 줄 테니까."

쯧쯧쯧, 길게 혀를 차고 사라지는 민아의 뒷모습을 지켜보던 연지는 입을 헹구고 세수를 한 뒤 거울을 쳐다보았다.

습관 한 번, 참 더럽게 무섭네.

당당하게 사직을 고한 다음날 아침, 출근을 해야 한다며 실성한 사람처럼 비명을 지른 실직자가 거울 속에서 연지를 비웃고 있었다.

"쳐 마시세요."

바람 빠진 풍선처럼 소파에 늘어져 있는 연지의 손에 머그잔을 쥐어준 민아는 연신 혀를 차댔다.

"너 어디 가서 윤수진 다음으로 똑똑하다는 말 하고 다니지 마. 나 창피할 것 같아."

창피하대. 백민아가 내가 창피하대. 백민아한테 저런 말을 듣다니. 백민아한테…… 백민아한테……!

저승길의 문턱을 밟아버린 것 같은 기분에 연지의 낯빛이 어두워졌다.

일을 쉬어본 경험이 적은 연지였다. 학생 때든 성인이 되어서든 그녀는 항상 일찍 일어났고 항상 아르바이트를 뛰었다. 게다가 1년 이상 늘 같은 시간에 잠에서 깨고 같은 시간 출근길에 나섰다. 전날 술을 들이부어 딱따구리 천 마리가 머릿속에서 잔치를 벌이고 위장까지 토해낼 것 같았던 날도 예외는 없었다. 그러니 하루 아침에 '아, 나 실직했지. 이제 늦잠 자도 뭐라 그럴 사람이 없구나. 그러니 더 자도 되는 거구나.' 하기란 백민아가 상식왕이 되는 것만큼이나 어려운 일인 것이다.

"어차피 깬 거 쇼핑이나 가자."

소파에 다리를 꼬고 앉아서 철없는 소리나 해대는 민아 때문에 연지의 눈이 쭉 찢어졌다.

"왜 그렇게 봐?"

영문을 모르겠다는 무구한 눈빛을 보내는 민아에게 연지는 눈살을 찌푸렸다.

"내가 지금 쇼핑 가게 생겼냐?"

"아니, 넌 지금 못생겼어."

얘 뭐야, 무서워.

"인상 쓰지 마. 웃는 것도 신경 써야 할 나이에."

그걸 아는 사람이 그래!

"너 실업자 된 기념으로 언니가 봄 코트 쏜다."

거실 바닥에 머리가 닿을 만큼 넙죽 엎드리고 싶어질 정도로 자애로운 미소를 짓고 있는 민아였지만 연지는 울화통이 터졌다.

실직자나 실업자나 뜻은 같을진대 실업자라는 말은 어감이 안 좋다. 게다가 실업자가 된 걸 기념하는 게 말이 되는 소린가? 아직 2월도 안 된 마당에 봄 코트 입고 싸돌아다녔다가는 얼어 죽기 십상이라는 걸 몰라서 저러는 건지, 약을 올리는 건지.

"한 달쯤 푹 쉬어. 그 정도는 쉬어도 돼."

속 편한 소리만 해대는 민아를 째려봤지만 그녀는 끄떡도 하지 않았다.

"외삼촌 병원에 자리 있을 거야. 자리 없어도 구하기 어렵지 않을 거고. 안 그래도 전부터 너 욕심내시던데 잘됐네."

"너 지금, 너희 가족한테 도움을 받으라는 거야? 나한테?"

한껏 얼굴을 구기는 연지를 보면서 민아는 한숨을 삼켰다.

이혼만 해보라고, 자식 없는 셈치고 살겠다고 단단히 경고했던 민아의 부모님은 본인들이 뱉어낸 말에 책임을 지고 있었다. 민아가 이혼 서류에 도장을 찍은 날로부터 장장 6년간이나.

결혼도 이혼도, 부모님의 뜻에 반해 고집부려 강행했던 민아였다. 애초에 화목한 가정과는 거리가 멀었고 그래서인지 부모님과의 사이도 소원했던 민아라 절연당했다고 해서 그분들이 원망스럽지는 않았다. 하지만 연지는 달랐다.

'가족이잖아! 부모잖아! 어떻게 너한테 그래! 어떻게!'

대신 화를 내고 대신 울어주는 연지를 달래느라 진땀 뺐던 게 엊그제 같아서 민아의 마음이 몽실거렸다.

부모님은 그럴지라도 외가나 친가 쪽 분들은 민아를 안쓰럽게 여겼다. 특히 외삼촌이 민아에게 보내는 애정은 각별했다. 연지도 그걸 알고 있기에 외삼촌에 대한 말을 꺼내도 괜찮을 거라 생각했었는데 아직은 일렀던 모양이었다. 백민아의 부모님뿐만이 아니라 그 부모님을 옳은 길로 인도하지 못하는 주변 친인척들을 향한 미움도 여전한 듯했다.

저러다 부러진다니까. 쯧!

서연지는 인생을 너무 어렵게 살려하는 경향이 있었다. 받을 수 있는 도움은 받아가며 사는 게 몸과 마음이 편해지는 길일 텐데 그렇게 사는 걸 보질 못했다. 서연지를 친구로 둔 20년간이나. 그래서 더 마음이 쓰이고, 그래서 존경하는 마음을 가지게 만드는 친구였지만 때때로 속이 상하는 건 어쩔 수가 없었다.

꽤 큰 규모를 자랑하는 병원을 운영하고 있는 민아의 외삼촌은 매번 서연지의 성실함과 구김 없는 성격을 칭찬하곤 했었다. 그래서 친구의 외삼촌이 운영하는 병원이라 싫은 거면 대우 좋은 제약

회사를 소개시켜 주겠다고 했었다. 연지가 대학을 졸업하기 훨씬 이전부터 계속되었던 제의였고 미련한 친구 녀석은 그 제의를 지겹도록 거절해 왔다.

오늘 할 일을 내일로 미루는 법도 없었고 열이 펄펄 끓어 손가락 하나 까딱하기가 힘들 때마저도 저한테 맡겨진 일은 어떻게든 해내는 연지였다. 31년을 그렇게 살아왔으니 한 번쯤 마음 편히 다른 사람에게 기대도 될 텐데 아직까지도 무슨 일이든 혼자 해내려는 연지 때문에 민아는 어렸을 때처럼 서운해졌다.

"아, 몰라. 너 일 그만뒀는데 말 한 번 안 꺼내보고 다른 곳으로 갔다고 하면 내가 욕먹어. 외삼촌한테 말해둘 테니까 이번에도 거절하던가."

부탁도, 도움도, 잠시 기대는 것마저도 하지 않으려는 연지에게 단단히 삐쳐 버린 민아가 제 방으로 들어가 문이 부서져라 닫아버렸다. 친구 좋은 게 뭔데, 마지막 맥주 한 명까지 나눠 마시는 친구 사이에 거리낄 게 뭐고 미안할 게 뭐란 말인가.

거실에 홀로 남은 연지는 가만히 창밖으로 시선을 던졌다. 겨울 하늘답게 시리도록 파랗다. 그래서 눈이 시려졌다.

친구들의 배려가 고맙지 않은 건 아니었다. 오히려 눈물 나게 고맙고 그런 친구들이 있어 든든했다. 연지가 유일하게 '믿는 구석'이라 말할 수 있는 존재는 친구들이었다. 하지만 도움을 받고 부탁을 하는 일이 쉽지 않아 늘 주변 사람들의 마음을 상하게 만들어 버린다.

어느새 힘들고 어려운 일들을 혼자 해결해 내는 게 익숙해져 버렸다. 엄마는 바빴고 서태석 씨한테는 부탁의 말을 꺼낼 수가 없었다. 그런 상황에 쌍둥이 동생이 태어나자 책임감만 무럭무럭 자라나 버렸다.

미동 없이 앉아 있던 연지가 몸을 일으켰다. 그리고 기운차게 민아의 방으로 걸어가 벌컥 문을 열어 젖혔다.

"코트, 비싼 거 고른다."

씨익 웃어 보이는 연지에게 민아가 입술을 삐죽였다.

"옷 한 벌 사주기 더럽게 어렵다."

미적거리며 붙박이장으로 다가가 옷을 고르기 시작한 민아를 보면서 연지는 웃음을 흘렸다.

더럽다, 정말. 더럽게 아름다운 우정이었다.


2시쯤 집에서 나가 밤 9시가 넘어서야 집에 돌아올 수 있었던 연지는 침대에 대자로 누워 있었다.

"대단해. 대단하다, 백민아."

피곤에 잠식되어 버린 얼굴로 중얼거린 연지의 눈앞에 오늘 하루 겪었던 일들이 스쳐 지나갔다.

쇼핑을 하려면 배가 든든해야 한다며 맛있는 거 먹자던 민아는 차를 양평으로 몰았다. 양평까지 가서 점심을 먹은 연지는 민아를 VIP고객으로 모시는 백화점 세 곳을 돌아야 했고 마지막으로 갔던 백화점에서 영업이 끝났다는 안내 방송이 나올 때까지 쇼핑을 해야 했다. 그래도 양심은 있던지 백화점 두 군데를 돌고 난 후에 커피를 마시게 해줘서 눈물 나게 고마웠다.

저녁 식사까지 밖에서 해치우고 난 뒤에야 집에 올 수 있었던 연지는 고개만 돌려 방문 옆에 줄 지어 서 있는 쇼핑백을 쳐다보았다.

'니 거 아니야. 같이 입으려고 사는 거야. 저게 다 내 거면 내가 된장녀 같잖아.'

백민아는 된장녀고 저것들은 확실하게 서연지 거다.

'너 연애한다며. 데이트할 때마다 구멍 난 거 꿰맨 옷, 오래 입어서 보풀이 없어지지도 않는 코트, 그런 것만 입고 나갈 거야? 너 그러다 차여.'

연애 시작 1일 만에 차인다는 경고를 듣는 건 썩 기분 좋은 일이 아니었지만 민아의 말도 일리는 있었다. 단지 너무 과했다는 게 문제다.

물론 과한 걸로 치자면 백민아가 구매한 것들을 따라갈 순 없었다. 그녀가 산 것들은 명품관 아가들이고 연지가 선물 받은 건 중저가 브랜드의 의류와 잡화들이었으니까. 그래도 저게 돈으로 환산하면 얼마가 나올지 계산기를 두드려 볼 생각만으로도 무서워졌다.

Rrrr. Rrrr. Rrrr.

오랜만에 겪어보는 쇼핑 노동에 추욱 늘어져 있던 연지는 억지로 몸을 일으켜 방바닥에 누워 있던 가방을 뒤적여 휴대폰을 꺼냈다.

발신인을 확인한 연지가 흠흠, 목소리를 가다듬었다. 그리고 소리 나지 않게 5초를 센 뒤 전화를 받았다.

"여보세요?"

[어디?]

수현의 목소리를 듣자마자 가슴이 뛰어댄다. 손바닥으로 지그시 왼쪽 가슴을 누른 연지가 짐짓 태연하게 대답했다.

"집이에요."

[오늘 집에 있었어?]

"아니요. 밖에 나갔다 왔어요."

[혼자?]

"친구하고."

[흐음.]

뭐가 마음에 안 드는 걸까? 수현의 사소한 반응 하나에 연지의
눈이 정신없이 깜박여졌다.

[피곤해?]

피곤했다. 씻고 누우면 바로 잠들 수 있을 만큼. 하지만 연지는
피곤하지 않다고 대답했다. 존재감이 희미하지만 존재하기는 하
는 촉이란 놈이 그렇게 해야 한다고 시켰다.

말이 없어진 수현 때문에 혹시 전화가 끊어졌나 싶어서 휴대폰
을 귀에서 떼어내 화면을 확인했다가 다시 귀에 댄 순간.

[보고 싶다.]

짜르르르, 온몸에 전기가 흘렀다.

수현의 음성과 진심이 남긴 여운을 즐길 새도 없이 '원장님! 원
장님!' 그를 찾는 소리가 들려왔다.

"바쁜 거……."

[30분이면 가. 근처에서 전화할게.]

뚝 끊겨 버린 휴대폰을 들고 서 있던 연지는 후다닥 화장대 거
울 앞으로 달려가 얼굴을 살폈다. 그리고 밖으로 뛰쳐나가 소파에
앉아 있는 민아의 얼굴에 다짜고짜 정수리를 들이밀었다.

"나 머리 기름져 보여? 감아야 될까?"

"말로 할 때 치워."

똥 씹은 표정의 민아가 검지를 세워 정수리를 밀어냈다.

"30분이면 온 댔는데, 샤워할까?"

안절부절못하는 연지를 민아는 아니꼽다는 듯 흘겨보았다.

"만나서 뭐 할 건데 샤워를 해?"

"너 때문에 백화점을 세 군데나 도느라 땀 흘렸단 말이야! 땀 냄새 나면 어떡해!"

"땀 냄새 난다 그러면 만나지 말자 그래."

어이없어하는 연지 때문에 민아는 눈살을 찌푸렸다. 똑똑한 척은 혼자 다 하고 다니는 빙충이.

"연애 초기면 땀 냄새도 향기로워야지. 땀 냄새가 나도 안 나는 척해줘야 하는 거고. 그런 것도 모르면서 무슨 연애를 하겠다고. 쯧쯧."

"그렇다고 그만두자고 하란 말이야?"

"그러고 있을 시간에 씻겠다."

벽걸이 시계를 쳐다본 연지는 항의할 게 많지만 시간이 없으니 참겠다는 눈빛을 보내고 번개처럼 욕실로 들어갔다. 그리고 민아의 도움을 받아 안 꾸민 듯 자연스럽게 풀 메이크업을 하고 신경 쓰지 않은 것 같지만 신경 쓴 옷을 입고서 수현을 만나러 나갔다.

현관문이 닫히자 민아는 베란다로 향했다. 고개를 숙여 지상 주차장을 내려다본 민아의 눈에 빙충이 친구 녀석을 모시러 온 기사가 들어왔다.

"흐응. 취향도 나쁘지 않고."

어둠 속에서 빛을 밝히고 서 있는 차 한 대. 독일에서 만든 그 차는 민아도 좋아하는 거였다. 박정민이 차를 바꾸겠다고 했을 때 적극 추천했던 모델이기도 하고.

연지는 금방 모습을 나타냈다. 그래도 여자로서의 본능은 있는지 집에서 허둥대던 모습은 찾아볼 수가 없었다.

눈을 가늘게 만들어 차에서 내려 조수석의 문을 열어주는 남자를 지켜보던 민아는 그 차가 시야에서 사라질 때까지 베란다에 머물렀다.

어젯밤, 다 봤다는 말 한마디로 서연지가 어떻게 낚였는지 알아낸 민아였다. 사실 늦은 시간까지 연락도 없이 귀가하지 않는 친구가 걱정되어 베란다에 나가 고개를 빼고 있다가 낯선 차에서 내리는 걸 봤을 뿐인데. 아, 안젤리나 졸리에게서 빼앗아온 것마냥 빵빵해진 친구의 입술이 추리를 도와주기도 했었다.

고등학생 때도 아르바이트를 했지만 전교 1등은 놓쳐도 반에서의 1등은 놓친 적이 없는 연지였다. 치맛바람 좋아하시는 사모님들이 1순위로 꼽는 명문대에 척하니 수석으로 붙더니만 장학금 받아가며 공부하고 훌륭한 성적으로 졸업한 서연지다. 그렇게 똑똑한 서연지가 남자라는 생명체와 관련된 일에는 원래 빙충이였던 것처럼 맹하게만 굴어대니 민아를 포함한 친구들은 걱정이 이만저만이 아니었다.

유도신문으로 서연지의 연애 상대에 대한 정보를 캐낸 민아는 실로 적잖이 걱정이 되었다. 그전에 들었던 얘기들만으로도 만만하지는 않은 남자겠구나 했었는데 어젯밤 캐낸 정보들과 합쳐 놓으니 이건 뭐 작업의 신이라 해도 무방할 것 같았다.

코끝이 빨개질 때까지 베란다에서 생각에 잠겨 있던 민아는 거실로 돌아가 소파에 놔둔 휴대폰을 집어 들었다. 최근 통화 목록에서 가장 많이 눈에 띄는 이름은 단연 박정민이었지만 오늘은 패스. 나리의 이름을 찾아낸 민아가 망설임 없이 전화를 걸었다.

[왜.]

목소리만 들어도 뭐 하고 있었는지 알겠다. 막내 오라버니 나단과 함께 나란히 침대에 누워 팩을 하고 있을 나리의 모습이 눈에 선했다.

"옆에 나단 오빠 있지?"

[어.]

"듣기만 해. 전화 끊고 나서 연지 데리고 갔었던 그 숍 이름 톡으로 보내."

[왜.]

"우리 빙충이가 연애를 시작했어."

[뭐!]

"니 말만 듣고서는 어떤 놈인지 감이 안 잡혀. 조사 들어가야겠다."

민아는 확신했다. 현재 나리가 자신과 같은 마음으로 같은 걱정을 하고 있을 거라는 걸.

[콜.]

그렇게 통화가 끝이 났고 민아는 소파에 다리를 꼬고 앉아 휴대폰 모서리로 턱 끝을 톡톡 쳤다.

모르는 사람이 보면 유난 떤다고 할 것이다. 고작 연애인데 뭘 그리 예민하게 반응하느냐고. 하지만 서연지이기 때문에, 서연지가 그들의 친구이기 때문에 어쩔 수가 없었다.

서른한 살. 충분히 즐기면서 살 수 있는, 그렇게 살아도 되는 나이다. 여자라고 혼전 순결을 지켜야 하는 시대는 진즉 끝났다. 그러니 연지가 가볍게 즐기겠다고 했다면 걱정은 해도 심각하게 받아들이지는 않았을 텐데 연애를 하기로 했단다. 남자 보는 눈이 발바닥에 달린 게.

서연지의 연애는 31년 간 단 두 번. 그 두 번 모두 발바닥에 달린 눈으로 연애 상대를 선택했던 덕분에 헤어지고 난 이후에는 얼마간 패닉 상태에 빠져 있었던 연지였다. 물론 다행스럽게도 서연지가 사랑에 미쳐 버리지는 않았기에 피눈물 흘리며 곪은 상처 쥐어뜯는 일은 일어나지 않았지만.

사랑이 사람을 얼마나 고통스럽게 만들 수 있는지, 네 명의 여자들 중에서 서연지만 모른다. 그리고 서연지의 친구들은 이왕 모른 거 끝까지 모르길 바랐다. 인생을 살면서 어떻게 행복하기만 할 수 있겠냐마는 그렇다 할지라도 남자 때문에 상처받고 고통스러워하는 꼴은 못 보겠다.

"될 성 부른 나무는…… 뭐랬더라."

기억나지 않는 속담을 굳이 기억해 내려는 노력조차 하지 않은 민아가 혼잣말을 이어갔다.

"예감이 좋지 않아. 느낌이 싸— 해. 불길하단 말이지."

심각한 표정으로 중얼거리던 그때는 알지 못했다. 훗날, 불길하고 싸한 느낌이 맞아떨어지지만 그것이 그녀가 예상했던 것과는 사뭇 다른 종류가 될 거라는 사실을.

어마어마하다, 대단하다 대단해.

지하 주차장에 차를 모셔놓고 엘리베이터를 이용해 지상 층으로 올라간 연지는 정신이 하나도 없었다.

친구들과 와본 적이 있었기에 대형 멀티플렉스 영화관이 낯설지는 않았다. 하지만 주로 평일에 심야 영화를 봤었기 때문에 주말 낮 시간대에 펼쳐진 장면은 연지를 어지럽게 만들었다.

끼리끼리 어울린다는 말을 증명이라도 하듯 연지와 그녀의 친구들은 비슷한 점이 많았고 그중에 하나가 사람들한테 치이는 걸 싫어한다는 것이었다. 특히 커플들한테 치이는 걸 극도로 싫어해서 주말에 이런 영화관을 찾는 일 같은 건 곧 죽어도 안 한다.

극장에서 영화를 보고 싶으면 조조나 심야로, 쇼핑을 원하면 백화점으로. 집을 나섰는데 사람이 바글거리면 뭐가 됐든 다음 기회로 미루는 게 여자 넷의 특징이었다. 더군다나 연지는 영화관이나 쇼핑몰을 찾는 횟수가 극도로 적었다. 세상이 좋아져서 영화든 쇼핑이든 집에서 해결할 수 있으니까.

"정신없네."

무표정한 얼굴의 수현이 덤덤하게 말하며 연지의 손을 잡아 깍지를 꼈다. 아주 당연하다는 듯이.

수현의 말에 전적으로 동의하며 그가 이끄는 대로 걷던 연지는 새삼 감탄했다. 대한민국 국민들은 주말엔 목에 칼이 들어와도 영화를 봐야 한다고 믿는 것 같았다. 스쳐 지나가듯 훔쳐 본 서점에도 사람들이 바글대는 걸 보니 아무래도 주말은 감수성이 터지는 날인가 보다.

"티켓 필요해?"

어렵게 목적지 근처에 도착하자 수현이 물었고 연지는 고개를 저었다. 먼 훗날 추억의 증거를 손에 쥐고 감상에 젖어드는 일에 집착하는 성격이 아닐뿐더러 수현이 며칠 전에 예매해 놓은 티켓을 발권받으려면 꽤 오랜 시간이 걸릴 것 같았다.

입장 가능한 시간까지 여유가 생겨 카페로 들어간 연지는 다시 한 번 놀랐다. 한국 사람들은 영화만큼이나 커피도 좋아한다는 깨달음에.

용케도 비어 있는 테이블을 찾아낸 수현이 연지를 자리에 앉혔다.

"앉아 있어. 뭐 마실래?"

"음. 차갑고 단 거요."

데이트는 이제 시작인데 벌써부터 피곤한 기색을 보이는 연지에게 고개를 끄덕인 수현이 그녀의 볼을 살짝 꼬집고 난 후 성큼 성큼 걸음을 옮겼다.

순식간에 볼을 꼬집혔던 연지는 화르륵 열꽃이 움트는 볼을 손 등으로 눌렀다.

수현은 말수가 적은 대신 감정을 행동으로 보여주는 남자였다. 예쁘다, 귀엽다, 그런 말 대신 다정한 눈빛으로 오랫동안 쳐다봐 주고 조금 전처럼 볼을 꼬집거나 잡은 손에 힘을 주거나 가볍게 입맞춤을 해주었다.

그것…… 뿐이지.

볼을 누르고 있던 손을 내려 턱을 괸 연지가 길어 보이는 줄에 합류해 있는 수현을 바라보았다.

사귀기로 한 이후에 수현과의 만남은 잦은 편이었다. 정해져 있 는 휴일은 일요일, 단 하루뿐인 그였지만 예약 고객이 적거나 없 는 날은 나름대로 자유롭게 시간을 쓸 수 있는 것 같았다. 뭐, 예 약 고객이 적거나 없는 날이 거의 없기는 했지만.

퇴근 후에 집 앞으로 찾아와 맥주 한 캔, 커피 한 잔 정도 마시 고 가는 일은 빈번했고 때로는 점심이나 저녁 식사를 함께 하기도 했다. 처음에는 미리 약속을 정해두지 않고 예고 없이 찾아오는 수현 때문에 허둥댔던 연지였지만 이제는 그마저 익숙해지려는 참이었다.

사실 같이 영화를 보는 것도 오늘이 처음은 아니었다. 두어 번 자동차 극장을 찾아가긴 했는데 그때마다 영화보다는 키스에 심 취했었다.

영화를 광적으로 좋아하진 않는 연지라 자동차 극장이든 멀티플렉스 영화관이든 상관은 없는데 수현은 은근히 신경이 쓰인 모양이었다. 불륜도 아닌데 시간에 쫓기는 사람들처럼 밤에만, 사람이 별로 없거나 밀폐된 공간에서만 만나면 연지의 오해를 살지도 모른단 생각을 가지고 있는 것 같기드 했다. 정작 연지는 자신이 오해할 만한 행동을 해주었으면, 하고 바라게 되었다는 것도 모르고.

서른네 살의 남자와 서른한 살의 여자가 하고 있는 연애는 참으로 건전했다.

손은 잡는다. 어깨를 감싸 안기도 하고 포옹도 한다. 뽀뽀는 물론이고 정신이 혼미해질 만큼 황홀한 키스도 꾸준하게 하고 있었다. 그런데 그게 다. 황홀한 키스, 거기가 종착역이었다.

'하아. 미치겠다.'

키스를 하고 난 후에 귓가에 뜨거운 숨을 불어 넣은 수현이 항상 하는 말이었다. 그때마다 연지는 지구가 반으로 쪼개질 정도로 크게 외치고 싶었다.

내가 미치겠다, 내가! 차라리 아예 미쳐 버리던가! 우리 한 번 미쳐 봅시다! 제발! 제에바알!

한 번도 입 밖으로 꺼내보지 못한 서글픈 마음. 은근슬쩍 옆구리 한 번 찔러볼까 싶으면 어느새 조수석의 문을 열어주고 차에서 내리게 만드는 수현이었다. 품 안에 꼬옥 안아주었다가 이마에 입맞춤을 해주고 집으로 들여보내는 그가 원망스럽고 야속한데 뭐라 할 말은 없었다. 그를 그렇게 만든 건 서연지니까.

카페 직원에게 카드를 건네는 수현에게 시선을 고정시킨 채, 연지는 나리의 조언을 떠올렸다.

'유혹을 해. 니가 먼저 대놓고 덮치면 자존심 상하니까 그쪽에

서 널 덮치지 않고서는 참을 수 없게 만들란 말이야.'

말은 쉽다. 하지만 서연지가 그 말의 포인트를 집어낼 수 없다는 게 함정.

'어디가 약한지 몰라? 키스는 한다며. 키스할 때 슬쩍슬쩍, 어쩌다 보니 스치게 된 것처럼 약한 부분을 공격하면 되잖아.'

원나잇, 투나잇 포함해서 작정하고 정신을 놔버린 서연지가 이수현의 약한 부분을 알고 있을 리 없다.

'그럼 옷이라도 야하게 입던가!'

답답하다며 제 가슴을 쳐대던 나리의 말에 그 방법은 좀 천박해 보일 것 같다고 했다가 띨띨이 취급을 받은 연지였다.

'누가 헐벗고 만나래? 자고로 남자들은 은근한 노출에 약한 법이야. 보일 듯, 안 보일 듯한 거 말이야. 아직까지도 시스루가 유행하고 있는 이유를 모른단 말이야?'

너는 머리가 그렇게 안 돌아가냐? 약사는 어떻게 된 거냐? 나리의 표정이 그렇게 묻는 것 같았지만 연지는 딴죽을 걸지 않았다.

'됐어, 됐어! 넌 그냥 가만히 골라주는 거 입고 나가기만 해.'

그렇게 말한 나리는 연지의 옷장을 열려다 멈칫했었고 다음날, 제 옷을 싸들고 왔었다.

나리의 도움을 받은 연지는 드디어 오늘! 보일 듯 말 듯한 의상을 챙겨 입고 수현을 만났다. 한쪽 어깨가 드러나는 새빨간 오프숄더 니트에 다리 라인이 드러나는 스키니진을 입고 무려 12cm의 굽을 자랑하는 스틸레토 힐까지 신었다.

물론, 불편하기 짝이 없는 의상이고 신발이었다. 발가락들은 집에서 나올 때부터 고통을 호소했고 니트는 검은색 속옷이 보일 듯

말 듯하게 얇아서 무지하게 신경이 쓰였다. 그나마 피부는 편하게 숨을 쉬고 있다는 게 다행이었다. 화장이 진하면 역효과가 난다기에 포인트 메이크업은 하지 않았지만 입술은 촉촉해야 한다기에 무색에 가까운 립밤만 발랐다.

하아아아. 이렇게까지 해야 하는 건가.

어쩌다 보니 굉장히 밝히는 여자가 되어버린 것 같아서 연지의 귓불이 붉게 물들었다.

사귀는 사이니까 당연히 사랑을 나눠야 한다거나 미치도록 안기고 싶은, 그런 건 아니었다. 연지는 수현의 손만 잡아도 가슴이 콩닥거렸고 짧은 입맞춤만으로도 충분히 만족스러웠다. 문제는, 황홀한 키스였다. 무언가 더 있을 것 같은데. 더 있어야 할 것 같은데. 그러다 종국에는 더 있었으면 좋겠는데, 그런 생각까지 하게 만드는 키스.

나아쁜 사람! 불을 붙여놨으면 꺼주려는 척이라도 하던가! 당신이 방화범하고 다를 게 뭐야!

수현을 바라보는 연지의 눈매가 가늘어졌다. 불만 질러놓고 도망가 버리는 방화의 달인 황홀 이수현 선생. 원망스럽기도 하고 야속하기도 하지만 어쨌든 연지의 방화범은 오늘도 역시 눈 돌아가게 멋있었다.

수현의 트레이드마크인 검은색 뿔테 안경과 근사한 조화를 이루는 아이보리색 니트. 다른 남자들보다 한 뼘은 더 길어 보이는 다리를 감싸고 있는 블랙 진. 그의 남성미를 부각시키는, 유일한 액세서리로 차고 있는 은빛의 손목시계와 날렵해 보이는 디자인이 눈에 띄는 스니커즈까지 뭐 하나 트집 잡을 게 없었다. 아니,

옷걸이가 좋아도 너무 좋다.

방바닥에 던져 놓은 옷들을 건성으로 주워 입어도 멋있어 보일 것 같은 남자가 서연지의 애인이었다. 비록 요즘엔 무책임한 방화범 놀이에 푹 빠져 계시긴 했지만 멋지다는 것에는 이의를 둘 수가 없었다.

주문한 커피가 나오길 기다리던 중에 걸려온 전화를 받은 수현이 벽에 기대어 통화를 하고 있었다. 그리고 연지는 그제야 보았다. 그녀만의 방화범에게 꽂히고 있는 시선들을.

커플이 80%, 솔로족이 20% 가량. 그중에 반 이상이 여자 사람이었는데 그들의 시선이 수현을 향하고 있었다.

처음부터 대놓고 수현을 쳐다보는 사람들은 없었다. 처음엔 그냥 힐끗, 그다음엔 조금 더 길게 힐끗, 그리고 나서야 저들끼리 뭐라뭐라 속닥이며 수현에게 지대한 관심을 보였다.

목소리까지 들으면 뒤로 넘어가겠구만. 흥!

당사자인 수현은 여자들의 시선에 아무런 반응이 없건만 연지는 신경질이 났다. 쳐다본다고 닳는 것도 아닌데 닳을 것 같은 기분에 짜증이 밀려왔다.

"다음에는 평일에 오자."

언제 왔는지 수현이 커피에 스트로를 꽂아 연지의 앞에 놔주었다.

"주말 기분도 나고 좋은데요, 뭐."

쿨한 척 미소를 지어보는 연지였지만 머리 위로 뾰족하게 솟은 뿔이 감춰지지는 않았다. 그래도 수현이 다시 한 번 그녀의 볼을 살짝 꼬집자 기분이 나아지기는 했다. 그에게 관심을 보이는 여자들에게 이 방화범이 불을 지르고 싶은 장소는 이미 정해졌다는 걸 보여준 셈이니까.

연지가 몸이 부르르 떨릴 만큼 달고 차가운 커피를 마시고 있을 때 수현이 주머니에서 휴대폰을 꺼냈다.

"어."

전화를 받은 그의 표정이 심각해 보여서 무슨 일이 있는 건 아닐까, 걱정하던 그때.

"김미림, 바보처럼 굴지 마."

김…… 미림?

통화하는 대상이 남자라면 꽤나 놀림 좀 받았겠다 싶은 이름. 그리고 연지는 미림이라는 사람이 남자일 거란 생각 자체가 없었다. 당연히 여자겠지. 미림이라는데.

"그냥 내버려 둬. 너 그러는 거, 악수(惡手)야."

뭘 내버려 두라는 걸까. 뭘 어떻게 했기에 악수라는 말을 하는 걸까. 그리고 미림이라는 여자와 어떤 사이일까?

통화를 이어가고 있는 수현은 한숨을 쉬었다가 이내 부드러운 미소를 지었다. 그러다 아이를 달래는 듯한 다정한 어조로 밥 챙겨먹으라는 당부까지 하고 있다.

일부러 엿들으려는 건 아니었다. 코앞에서 통화를 하고 있으니 들린 것뿐이지. 그리고 크게 신경 쓰이지도 않았다. 서른네 살 먹은 남자 사람한테 친근하게 통화할 수 있는 여자 사람 한 명 없다는 것도 말이 안 돼…… 긴 왜 안 돼!

크게 신경이 쓰였다. 무지하게 신경 쓰이고 머리가 홱홱 돌아갔다. 이제야 민아가 박정민과 연애할 때 밤을 새면서 그의 휴대폰 비밀번호를 알아내려고 발악하던 게 이해가 된다. 가지가지 한다

고, 의부증 걸렸냐고, 니가 그러는 거 알면 박정민이 무서워서 도
망갈 거라고, 그렇게 막말을 퍼부었던 게 미안하고 또 미안하다.

"왜?"

저도 모르게 인상을 찡그리고 수현을 쳐다보고 있었던 모양이
었다. 연지는 애써 얼굴에 잡힌 주름을 펴고 고개를 저었다.

"궁금해?"

가지가지 하는 의부증 걸린 여자가 되지 않기 위해서 수현의 커
피 컵만 응시하고 있던 연지가 그를 쳐다보았다. 반짝반짝 빛나는
눈망울과 입가에 걸린 미소가 눈에 들어왔다. 미림이라는 여자도
저런 눈빛, 저런 미소에 반했을까?

"친한 동생이야."

"아아, 네에."

전혀 신경 쓰지 않았다는 듯, 궁금하기는 개코가 궁금하냐는 듯
연지는 시선을 딴 곳으로 돌렸다.

수현은 의자 등받이에 팔을 걸치고 연지를 바라보았다. 거짓말
은 못하는 여자. 지금도 그녀는 바쁘게 눈을 깜박이고 있었다. 당
황스럽거나 속이 시끄러울 때 나오는 반응이라는 걸 진즉 알아낸
수현은 기분 좋게 연지의 반응을 즐겼다.

미림은 말 그대로 친한 동생이었다. 미국에서 같은 고등학교를
다녔고 공교롭게도 수현과 전공이 같아 대학도 함께 다녔었다. 살
갑고 애교가 많은 미림은 외동인 수현에게 막내 여동생 같은 아이
였다. 절친의 연인이기도 하고.

목숨을 내어달라고 하면 고심해 볼 만한, 그만큼 친한 친구 녀
석의 애인이 미림이라고 수현은 굳이 말해주지 않았다. 아주 조금

쯤 더 연지의 질투를 즐기는 것도 나쁘지 않을 것 같다.

손목시계로 시간을 확인한 수현이 자리에서 일어섰다.

"가자."

연지가 코트와 가방을 챙겨 일어섰고 그녀의 옆으로 다가간 수현은 가는 허리를 팔로 감아 자신에게로 끌어당겼다.

"저녁, 뭐 먹을까?"

놀란 눈으로 쳐다보는 연지의 얼굴이 달아오르는 게 보였다. 고개를 푹 숙이고서 '맛있는 거…….' 라고 작게 속삭이는 음성마저 귀엽다.

수현은 진심으로 즐거웠다. 서연지가 주는 즐거움에 중독되어 버릴까 봐 겁이 날 정도로.

점심을 과하게 먹은 탓에 저녁 식사는 가볍게 해결하고 수현의 단골집이라는 칵테일 바(BAR)를 찾았다. 연지가 자주 가는 단골 포장마차에 갔을 때, 자기도 즐겨 찾는 곳이 있다며 다음에 같이 가자는 말을 잊지 않은 수현 때문에 '김미림' 이름 석 자에 다운되었던 기분이 금세 업되어 버린 그녀였다. 서로가 좋아하는 장소를 공유하는 것. 이런 것들이 하나하나 더해질 때마다 연애를 하고 있다는 실감이 났다.

손을 잡아 깍지를 껴오는 수현의 따스한 체온에 빙긋이 미소 짓던 연지는 몇 걸음 가지도 못하고 깜짝 놀라 버렸다.

"이수현!"

연지는 그의 이름을 외친 사람을 쳐다보았다. 왼쪽 눈을 거의 가리다 시피 하고 있는 세련된 숏커트에 어둠 속에서도 눈에 띄는 붉은 입술, 목을 감싸는 하프 코트를 입고 서 있는 여자가 낯이 익었다.

"뭐야, 뭐야? 할 일 없으면 숍에 좀 나와 있으랬더니 바쁘다고 딱 잘라낸 게 데이트하려고 그런 거였어?"

생글생글 웃으면서 수현에게 말을 붙이는 여자의 시선이 연지를 훑었다. 왜인지 마트 계산대에서 스캔 당하는 물건이 된 듯한 기분에 살짝 불쾌해진 연지였지만 애써 희미하게 미소를 지었다.

"누구? 여자친구? 친구의 청을 거절할 만큼 대단하신 분이 이분이야?"

이거, 비꼬는 것처럼 들리는 건 착각일까?

"가라."

여자를 차갑게 일별한 수현이 한껏 미간을 구긴 채 연지를 잡아 끌었다. 그게 기분 나쁠 일은 아닌데 기분이 나빠진 연지는 당황스러웠다.

여자친구냐고 물었다. 하지만 수현은 대답하지 않았다. 맞다고 하면 되는 건데. 그게 그렇게 어려운 말은 아닐 텐데.

"야아! 나 저녁도 안 먹었는데 바람맞았단 말이야! 같이 놀자, 응? 그래도 되죠?"

빠르게 뒤쫓아온 여자가 수현이 아닌 연지의 팔짱을 끼고서 눈웃음을 지었다. 미운 행동을 밉지 않게 할 줄 아는 재주를 가진 여자. 가게 입구의 불빛 덕분에 여자가 수현이 원장으로 몸담고 있는 숍의 사장이라는 걸 알아챈 연지는 인내심을 긁어모아 미소를 유지했다. 불쾌한 건 불쾌한 거고 여자가 수현의 직장 동료이자 동업자라는 사실은 변함이 없으니까. 이럴 때 불쾌한 감정을 드러내면 안 된다는 것 정도는 알고 있었다.

"네 말대로 데이트야. 방해하지 말고 가."

수현의 서늘한 눈빛에 연지가 눈을 깜박였다. 여자친구라고 밝혀주지 않은 게 기분 상하면서도 데이트라고 인정해 주니 또 사르르 풀리는 것도 같다. 머리에 꽃 달고 전력질주 할 날이 머지않은 건가.

"아이, 그러지 말고 밥 좀 사주라. 대신 술은 내가 살게. 여기까지 곱게 화장하고 나왔는데 그냥 집에 가라고? 너 사람이 그러면 안 돼, 그렇죠?"

그때까지도 연지의 팔을 잡고 있던 혜연이 앙큼하게도 불쌍한 표정을 지어 보였다. 하긴 불쌍해 보일 만한 일이기는 했다. 같은 여자로서 안타깝게 여겨질 만한 일이기도 했고.

"수현 씨, 같이 가요."

한 손은 저에게 잡히고 한 팔은 혜연에게 내어준 꼴이 되어버린 연지가 어색하게 미소를 짓고 있는 모습에 수현은 인상을 그었다.

말로 꺼내는 게 거북스러우면 표정이나 눈빛으로 말해줘도 알아들었을 텐데. 다른 사람이 끼는 거 싫다고, 둘만 있고 싶다고.

연지가 차마 혜연의 청을 거절할 만한 입장이 아니라는 것을 알면서도 수현은 기분이 썩 좋지 않았다. 이런 식으로 착한 서연지는 즐겁지 않다. 차라리 나만 보라고, 다른 여자 따위는 신경도 쓰지 말라고 악을 쓰는 나쁜 여자가 되어주었으면 좋겠다.

철없는 아이 같은 못된 심보를 내보이게 될까 봐 수현은 말없이

지하로 향하는 계단을 밟았다.

"됐다. 저건 알았다는 뜻이에요. 그쪽 덕분에 주말 밤을 쓸쓸하게 보내지 않아도 되겠네요. 그런데 이름이?"

귓가에 대고 속삭이는 애교 있는 음성에 연지는 자신의 이름을 말해주었다.

"아아."

알 수 없는 눈빛으로 연지를 응시하던 혜연이 이내 활짝 웃었다.

"난 민혜연이에요. 우리 만난 적 있죠?"

연지가 가볍게 고개를 끄덕였다.

"아무리 시대가 달라져도 남자들 취향은 안 변하는 건가 봐요. 우리 수현이도 하얀 피부에 긴 생머리를 가진 여자가 이상형이었나 보네."

우리, 수현이?

아무렇지도 않게 뱉어지는 혜연의 말들에 연지의 심장에는 뾰족한 가시가 돋아나기 시작했다.

'아! 거기 사장하고 예전에 잠깐 사귀었다는 소문은 있다더라. 그런데 지금은 그냥 친구? 동업자? 뭐 그렇다던데?'

'남녀 사이에 친구가 어디 있어? 그쪽 사람들은 얼마나 쿨하기에 사겼다 헤어지고서 다시 만나서 동업까지 하는 거냐? 그게 그냥 친구고 동업자야?'

떠오르지 말았어야 할 말들이 토씨 하나 빠지지 않고 떠올랐다. 그래서 연지는 머릿속에 박혀 버린 그 말들을 망치로 때려 부쉈다. 그쪽 사람들이 그 정도로 쿨하다면 이쪽도 쿨해지면 되는 일.

아무리 맹해 보인다고 해도 산전수전 다 겪은 31년 산 여자 사람이 서연지다. 쿨? 그까짓 거 못할 것도 없다.


"그래서 그때 완전히 삐쳐가지고 일주일 동안 말 한마디를 안 하더라니까요? 우리 수현이가 은근히 귀여운 구석이 있어요."

거의 한 시간째. 밥도 못 먹었다던 혜연은 바(BAR)에서 특별히 만들어준 치킨 샌드위치는 반도 안 먹고 수현과의 추억담을 늘어놓기 바빴다.

"그만해라."

칵테일 한 잔을 비우고 위스키를 주문한 수현이 위험하게 눈을 빛냈지만 혜연은 겁먹은 척도 하지 않았다.

"어머머, 부끄러워? 부끄러워하는 거야, 지금?"

"민혜연."

"연지 씨, 우리 수현이가 저렇게 눈에 힘 빡 주고 목소리 깔아도 절대 쫄지 말아요. 저래 봬도 마음이 엄청 여려요."

수현의 입매가 단단해졌고 연지는 머릿속으로 참을 인자 대신 쿨 자를 새겼다. 쿨해지자. 쿨, 쿨, 쿠울!

"사귄 지는 얼마나 됐어요? 우리 수현이가 잘해줘요?"

연지는 미소 띤 얼굴로 이를 갈았다. 그놈의 우리 수현이! 작작 좀 해라, 작작! 너네 수현이 아니고 내 수현이거든? 아, 씨. 쿨해지기 더럽게 어렵네!

"잘해주겠지, 뭐. 매너 하면 이수현인데. 그거 맛있어? 한 입만 먹어보자."

혼자 묻고 혼자 대답하고. 1인 2역을 거뜬하게 소화해 내던 혜연이 수현의 잔으로 손을 뻗었다. 그래서 연지는 무의식적으로 혜연보다 먼저 수현의 잔을 낚아챘다. 실로 오랜만의 본능 출현이었다.

뎅그래진 눈으로 바라보는 혜연과 표정 없는 얼굴의 수현을 번갈아 쳐다본 연지는 어색하게 웃음을 흘렸다.

"아하하! 이, 이거 독해 보여서."

구멍이 숭숭 뚫려 있는 변명을 둘러댄 연지의 뺨이 발그스름해졌다. 쿨은 무슨 쿨인가. 태생이 핫한 걸. 혜연이 수현의 잔에 손을 뻗는 순간 '간접키스' 밖에 떠오르지 않았다는 걸 부정하기가 어렵다.

아, 쪽팔려. 아, 유치해.

사이즈 맞는 쥐구멍이 있었으면 좋겠지만 현실 세계에서는 불가능한 일. 연지는 헛기침만 반복하며 칵테일을 생수처럼 들이켰다.

"나가자."

빤히 연지를 쳐다보던 수현이 그녀의 코트와 가방을 챙겼다.

"어디 가게? 다른 데 가서 한잔 더 하게?"

졸졸졸, 개띠가 틀림없을 혜연이 서둘러 짐을 챙겨 들고 수현의 뒤를 쫓았다.

"어디 가는데? 어디 좋은데 가?"

계산을 마치고 밖으로 나와 대리 기사를 부른 수현이 미소 띤 얼굴로 혜연을 쳐다보았다.

"집에."

"집? 벌써 들어가?"

"글쎄. 벌써일까?"

수현의 말뜻을 알아들은 혜연의 목덜미가 붉어지고 못 알아들은 연지는 고개를 갸웃했다.

"혼자 갈 수 있지? 가라."

따로 인사를 나눌 시간도 주지 않은 수현 때문에 연지는 급하게 고개만 까딱해 보이고 그의 차에 올랐다.

"택시 타는 것까지는 봐야 했던 것 같은데."

수현과 나란히 뒷좌석에 앉은 연지가 중얼거렸다. 우리 수현이, 우리 수현이 했던 건 깨물어 죽이고 싶게 밉살스러웠지만 그래도 요즘 세상이 얼마나 험한데.

수현이 다른 여자한테는 무심하다 못해 냉정하게 구는 게 내심 연지의 기분을 들뜨게 만들었지만 손톱만큼 남아 있는 양심이 걱정을 부추겼다. 가게가 위치한 골목에서 빠져나가 도로까지, 꽤 캄캄했던 기억이 났다. 택시도 잘 골라 타야 하고 혹시 모르니 번호판도 사진으로 찍어놔야 안심할 수 있는 세상인데. 아무래도 혼자 보낸 건 잘못한 일인 것 같았다.

"지금이라도 나가서……."

같은 여자로서 밤늦게 홀로 택시를 타야 하는 혜연을 향한 걱정은 금세 잊혀져 버렸다. 자신의 말을 막아버리는 수현의 뜨거운 입술 때문에.

수현이 불을 지르고 있었다. 서연지의 입술, 서연지의 심장, 서연지의 마음에. 활활 타오르는 불길에 집어 삼켜진 연지는 어쩔 줄 몰라 수현의 단단한 팔뚝만 쥐어뜯었다.

불같은 남자에게 휘말린 연지는 창을 두드리는 소리도 듣지 못할 만큼 정신을 놓고 있었다. 그리고 입술을 떼어낸 수현이 엄지로 제 입술을 쓸어주자 그제야 살그머니 눈을 떴다.

기가 막힌 타이밍에 도착한 대리 기사가 운전석에 오르고 그의 차가 수현의 집이 아닌 자신이 살고 있는 집 쪽으로 향하고 나서야 연지가 수현의 귓가에 작게 속삭였다.

"저기…… 봤을까요?"

얼굴을 붉히며 묻는 연지의 볼을 꼬집으며 수현은 고개를 저었다. 가로등 불빛이 흐린 어두운 밤이었고 약하게나마 선팅을 해놓았으니 제대로 들여다볼 수는 없었을 것이다.

연지의 집이 가까워질수록 수현은 난생처음 마음속으로 바랐다. 오늘만큼은 대한민국의 모든 차주들이 밖으로 나와주기를. 그래서 동이 틀 때까지 차 안에 갇혀 있게 되기를.

항상 사랑스러웠던 그녀였지만 오늘은 그를 유혹하려 작정을 한 것 같았다. 평상시와는 다르게 신경 쓴 옷차림새를 말하는 게 아니었다. 물론 다른 남자들의 시선이 불쾌했던 것을 제외하면 흡족하기 그지없는 옷차림이었지만 수현을 유혹한 건 서연지 그 자체였다.

숍의 직원들이 강력 추천한 영화는 수현이 보기에도 훌륭했다. 코믹한 부분이 많았지만 그보다 감동적인 부분이 훨씬 많았던 것 같았다.

솔직히 수현은 영화의 내용이 어땠는지 잘 기억하지 못했다. 영화보다는 연지를 지켜본 시간이 길어서.

영화를 보는 모든 사람을 울린 영화였다. 너무 운 탓에 기진맥진해서 나가는 관객들이 많았고 연지도 그중 한 명이었다.

끝없이 흘리던 눈물. 그 눈물이 안타까워 손등으로 얼굴을 닦아주는 자신을 바라보던 젖은 눈빛. 그리고 다시 스크린으로 시선을 돌리고 끊임없이 눈물을 흘리던 여자.

그녀는 영화를 보며 눈물을 흘리는 걸 부끄러워하지 않았다. 연신 손수건으로 눈물을 닦아내면서도 다른 관객들에게 피해가 가지 않도록 훌쩍임을 참으려 애쓰는 모습이 역력했었다.

영화가 끝나고 밖으로 나와서야 새빨개진 눈만큼이나 붉어진 귀여운 코를 훌쩍이던 연지는 배시시 웃으며 말했었다.

'이런 영화를 보면요. 우리나라에 화가 나면서도 그래도 아직은 살아볼 만한 세상이구나, 그런 생각이 들어요. 수현 씨도 그래요?'

마음이 막 아릿아릿하다던 그녀가 뱉어내는 숨에서 떨림이 느껴졌었다. 그래서 수현은 고개를 끄덕일 수밖에 없었다.

영화의 주인공들만큼은 아니겠지만 수현에게도 녹록치란은 않은 세상이었다. 공평하게 여겨지지 않았던 편견과 자신을 향했던 이해하기 힘든 악의들. 그때에는 할아버지와 부모님 덕분에 살아야 한다고 생각했었다. 어쩌면 오기가 났었는지도 모르겠다. 당신이 더러운 짐승으로 취급하는 내가 그렇지 않은 인간이라는 걸 보여주겠노라는.

살아볼 만한 세상이라는 생각은 해본 적이 없었다. 살아지니 살았고 살아야 하니까 살았다. 그에게 산다는 건 받은 사랑에 보답하는 것, 은혜를 갚는 것이었다. 그런데 오늘 연지와 같은 생각이 들었다. 서연지라는 여자를 만나게 되고 곁에 두게 된 걸 보면 그녀의 말처럼 자신의 세상도 살아볼 만한 곳으로 바뀐 걸지도 모르겠다는.

보내고 싶지, 않다.

수현의 눈빛이 무거워졌다. 이수현에게 보여주기 위해 예쁘게 꾸미고 나온 여자. 자신의 감정을 솔직하게 표현하는 여자. 이수현의 세상을 바꿔 버린 여자를 품에 안고서 잠들고 싶었다. 아침에 깨어났을 때 그녀가 곁에 있어준다면…… 얼마나 좋을까.

수현의 간절한 바람은 이뤄지지 않았다. 그에게는 짧게만 여겨지는 시간이 흐르고 그의 차는 도로로 나와주지 않은 차들이 빼곡하게 들어차 있는 아파트 주차장에 들어섰다.

대리 기사에게 비용을 지불한 수현이 연지와 마주 섰다. 지금이라도 그녀를 다시 차에 태우고 자신의 집으로 달려가고 싶지만 그는 연지를 바라만 보았다.

아이러니하게도 안고 싶은 마음보다 아껴주고 소중히 대하고 싶은 마음이 더 컸다. 그녀를 안는 것이 아끼지 않아서, 소중히 대하고 싶지 않아서인 건 아니지만 연지가 스스로 다가올 때까지 기다리고 싶었다.

그녀를 향한 자신의 마음을 믿어주길 바랐다. 한 톨의 의심도 없이 안겨주기를 바랐다. 그러자면 조금 더 기다려야 할 것 같았다.

"들어가."

연지의 얼굴을 감싸고 동그란 이마에 입술 자국을 남긴 수현이 서둘러 그녀에게서 손을 떼고 바지 주머니에 양손을 찔러 넣었다. 그렇게라도 하지 않으면 서연지를 안고자 미쳐 날뛰는 욕망에 굴복할 수밖에 없을 것 같아서.

연지는 흐릿한 미소로 자신을 배웅하는 수현을 바라보다가 몸을 돌렸다. 왜 꼭 이럴 때만 그가 자신과는 다르게 내일 출근해야 하는 사람이라는, 어쩌면 새벽까지 일해야 하는 그를 배려해야 한다는 마음이 샘솟는지 모를 일이었다. 그를 보고 있지 않을 때는 불 질러놨으니 책임을 져야 한다느니, 방화범이라느니, 그런 생각들을 거침없이 해대면서.

엘리베이터를 타고 올라간 연지는 내리자마자 복도의 창문을
열고 아래를 내려다보았다.

수현이 서 있었다. 그를 두고 왔던 바로 그 장소에서 한 발자국
도 움직이지 않고 고개만 쭈어 그녀를 올려다보고 있었다.

어쩐지 마음이 찌릿한 연지였지만 그녀는 수현을 향해 손을 흔
들었다. 그리고 서둘러 집 안으로 들어갔다. 그렇게 하지 않으면
그에게로 달려가 헤어지기 싫다고 고집 피우게 될 것 같아서.

"왔어?"

TV를 보고 있던 민아가 물었지만 연지는 웅얼거리며 방으로 들
어갔다. 그리고 방문에 기대어 서서 멍한 얼굴로 중얼거렸다.

"미쳤나 봐. 진짜, 미쳐 버렸나 봐."

볼을 타고 흘러내리는 눈물을 닦은 연지가 고개를 털었다. 그를
보내고 나서 이유 없이 눈물이 나는 건 영화의 후유증일 뿐이라
고, 움직이지 않고 자리를 지키고 있던 그가 바라보기 힘들 만큼
쓸쓸해 보여서가 아닐 거라고 되뇌면서.

방에서 나온 연지는 쏜살같이 욕실로 들어갔지만 민아는 친구
의 붉어진 눈두덩을 놓치지 않았다. 가늘어진 눈으로 욕실 문을
응시하던 민아는 휴대폰을 들어 대화창을 열어놓고 수진과 나리
를 초대했다.

「내일 저녁, 서연지 빼고 집합.」

그 한마디에 짧고 긴 문장들이 빠르게 나타났다가 사라지기를
반복했고 민아의 손가락은 그것보다 빠르게 움직였다.

"어서 오······."

카페에 들어선 손님께 친절하게 인사를 하려던 직원이 어버버거렸다. 그리고 직원이 왜 그럴 수밖에 없었는지, 들어오는 손님을 보고 알아챈 수진이 고개를 돌리며 인상을 구겼다.

"쟤 대체 왜 저러냐."

수진의 말에 나리가 몸을 돌렸고 그녀도 이내 고개를 꺾어 창밖으로 시선을 던졌다.

"아, 진짜 쪽팔려."

친구들이야 쪽팔리든 말든 민아는 몸을 사리고 카페에 들어왔던 모습 그대로 자리에 앉았다.

꽃무늬 스카프를 머리에 뒤집어쓰고 얼굴의 반 이상을 가리는 검은색 선글라스를 쓴 민아는 카페에 들어온 이후 내내 주변을 살

피고 있었다.

"너 우리 모르게 또 결혼했냐?"

짜증스럽게 뱉어내는 수진의 말을 나리가 거들었다.

"어디, 불륜 현장 잡으러 가?"

이혼한 후에 한드, 미드, 영드, 일드 할 것 없이 드라마만 파더니 드디어 애가 현실과 가상의 세계를 분간하지 못하게 된 것 같다고, 수진과 나리는 같은 생각을 공유했다.

"너 그거 쓰고 운전한 건 아니지?"

그때까지도 목을 빼고 카페 안을 탐색하던 민아가 수진을 쳐다보았다.

"앞이 보이기는 하디? 이거 어디서 사고 치고 온 거 아니야?"

"운전 경력 11년에 무사고를 자랑하는 나를 어떻게 보고."

탐색이 끝났는지 선글라스를 벗은 민아가 쯧! 혀를 찼다.

"그 스카프도 어떻게 좀 해!"

패션에 민감한 나리가 빽 소리를 질렀고 민아는 억지로 스카프를 벗어 가방 안에 넣었다.

들어올 때와는 달리 우아하게 커피를 주문하고서 따뜻한 잔을 들고 돌아온 민아를 보며 수진과 나리는 절레절레 고개를 저었다. 본인들도 정상이 아닌 만큼 친구가 정상이길 바라지는 않지만 쟤는 상태가 많이 심했다.

"얘기나 해봐. 연지가 울었다고?"

고개를 끄덕인 민아의 눈빛에서 비장함이 감돌았고 그건 다른 이들도 마찬가지였다.

서연지가 연애를 시작했을 때 함께 시작된 '서연지 지키기 프

로젝트'. 줄여서 서지프가 가동된 이후로 세 번째의 비밀 회동이
었다.

프로젝트의 구성은 탄탄했고 치밀했으며 섬세했다. 우선 백민
아가 L&M 헤어 가든으로 투입되었었다. 물론 수현에게는 서연지
의 '서' 자도 꺼내지 않았다. 혹시 나중에 연지의 소개로 만나게
되었을 때 그가 얼굴을 알아보면 친구의 연인이 궁금한데 보여주
질 않으니 몰래 찾아갔었던 거라고 둘러대면 될 일이었다.

민아는 최대한 진상 짓을 해대며 수현과 직원들의 인내심을 갉
아내어 본성을 드러내게 만드는 어려운 미션에 성공했지만 성과
는, 있다면 있는 거였고 없다면 없는 거였다.

수현은 친절했고 끝까지 미소를 잃지 않았다. 숍에 찾아온, 고
객이라 이름 붙은 여시들을 센스 있게 떼어낼 줄 알았고 은근하게
보내지는 유혹의 눈빛들에도 흔들리지 않는 것처럼 보였다. 가장
중요한 건 여자친구가 있냐는 질문에 있다고 대답했다는 것이다.
하지만 서지프 멤버들은 안심하지 않았다. 그가 뿌리는 눈웃음과
몸에 배어 있는 매너는 위험 수준이었으니까.

입이 걸고 직선적이어서 전혀 매칭이 되지 않는 직업, 청소년
상담사를 업으로 삼고 있는 수진은 얼마 후에 민아처럼 수현의 숍
으로 투입될 예정이었다. 그리고 나리는 L&M 헤어 가든의 단골,
막내 오라버니 나단의 친동생이라는 무기를 등에 업고 숍의 직원
들에게서 정보를 캐내고 있었다.

서지프는 비밀리에 활발하게 활동 중이었고 오늘은 마침 연지
가 일자리를 부탁해 놓았던 선배와 저녁 식사를 함께 하기로 했다
고 외출을 했기에 다른 때보다 편하게 자리를 만들 수 있었다.

"그러니까 네 말은, 영화 때문에 운 것 같지가 않다?"

어젯밤, 데이트를 하고 들어온 연지의 얼굴과 행동들을 남김없이 고한 민아가 단호하게 고개를 끄덕였다.

"그럼 울렸다는 거네?"

누가 울린 건지는 대놓고 말하지 않아도 알 수 있는 일. 세 여자의 눈매가 일시에 뾰족해졌다.

"지금 주요 관찰 대상이 세 명이었나?"

이번에는 나리가 고개를 끄덕였다.

꽤 정확한 소식통에 의하면 현재 이수현의 곁을 맴돌고 있는 여자는 세 명. 한 명은 이미 나단에게 들어 알고 있었듯이 동업자의 탈을 쓰고 있는 민혜연 사장이었고 다른 한 명은 이름은 모르겠지만 수현이 드러내 놓고 예뻐한다는, 친한 동생이라는 여자였다. 듣기로는 무지막지하게 어려 보인다고 했으니 20대 초반이지 않을까, 예상하고 있었다.

마지막 한 명. 민혜연 다음으로 위험인물로 여겨지고 있는 여자는 연예인이었다. 현재 활동하고 있는 여배우 중에서 단연 탑이라는 민사라. 이름이 뭔가 사라 사라가. 사라다도 아니고.

일주일에 세 번 이상은 수현을—정확하게는 수현이 원장으로 몸담고 있는 숍을—찾는다는 민사라. 찾아오는 시간대가 정해져 있는 것도 아닌데 항상 이수현만 찾는다고 했었다. 그래서 수현이 아침, 점심, 저녁, 새벽 할 것 없이 숍에 남아 있어야 하는 일이 많다고.

숍 직원들의 입이 너무 무거워서 정보를 캐내는 데 어려움을 겪고 있기는 했지만 어디에나 구멍은 있는 법. 그나마 입이 가벼운 직원을 통해 알아낼 수 있었던 정보에 민사라는 세 여자의 적이 되어 있었다.

"다른 여자하고 거시기한 장면을 연출하는 걸 본 거 아닐까?"

나리의 심각한 말투에 민아가 고개를 저었다.

"그랬다면 술을 찾았겠지."

일리 있는 반박에 나리가 입을 다물었다.

"아직까지 이렇다 할 건수는 없는 거지?"

수진의 물음에 테이블 아래로 무거운 침묵이 내려앉았다.

"서연지가 원래 눈물이 많은 건 우리가 가장 잘 알고 있는 사실이야. 그러니까 정말 영화 때문에 울었을 수도 있는 거라는 말이지. 게다가 이수현에 대해서 정확하게 알아낸 사실이 얼마 없어. 사장하고 다시 만나는 것 같은 낌새도 없고, 예뻐한다는 동생에 대한 정보도 부족해. 사라다 그 여시는 좀 더 지켜봐야 할 것 같고."

서연지는 맹하고 똑똑하지만 맹하지도 않은데 똑똑한 수진의 말에 모두가 동감한다는 듯 그녀를 쳐다보았다.

"섣불리 움직여서는 안 돼. 서연지가 서지프의 존재를 알아내면 우리 모두 무사하지 못할 거야."

소리를 낮춰 말하는 수진과 몸을 낮춘 상태로 고개를 끄덕이는 그녀들은 흡사 뛰어난 스파이 같았다.

"지금처럼 눈에 띄지 않게 행동하자. 민아는 연지 상태 꼼꼼하게 체크하고, 나리는 머리 만질 때 된 애들 수소문해서 숍에 데려가고. 오케이?"

민아와 나리가 수진의 계획에 따르겠다는 의사를 밝히는 것으로 그날의 회담은 끝이 났다.

카페에서 나온 민아는 재빠르게 제 차에 올라 사라졌고 뒤에 남은 수진과 나리는 허탈한 표정으로 백민아 차 뒤꽁무니를 쳐다보았다.

"쟤는 눈에 띄지 않게 행동하자는 말 중에 어느 부분이 이해가 안 되는 거야?"

카페에서 나서기 직전, 가방에서 스카프와 선글라스를 꺼내 도로 중무장을 했던 민아였다.

"그냥 모른 척해. 하루 이틀이냐."

고개를 절레절레 젓는 나리에게 수진이 인상을 썼다.

"넌 모른 척이 돼? 니 친군데? 쟤는 왜 변하질 않아?"

"사람이 갑자기 변하면 죽는대."

"죽으라는 소리가 아니잖아!"

"아, 왜! 뭐! 내가 백민아야? 왜 나한테 성질이야!"

절친이자 앙숙관계인 두 사람은 몰랐다. 현재 자신들도 다분히 눈에 띄고 있다는 사실을.


"감기 기운 있어?"

부르르 몸을 떨던 연지는 저녁밥에 커피까지 사주신 감사한 선배를 향해 고개를 저어 보였다. 이유 없이 뒷골이 서늘하고 불길한 기운이 발밑에서부터 스멀스멀 기어올랐지만 애써 웃음을 지었다. 그리고 연신 되풀이했었던 말을 또다시 꺼냈다.

"정말 감사해요, 선배."

"얘는. 우리가 그런 인사치레 주고받을 사이니? 너 자꾸 그러면 나 섭섭해."

연지의 시선이 환하게 미소를 짓는 선배의 얼굴에서 무서울 정도로 부풀어 있는 배로 이동했다.

첫 아이로 딸을 출산한 후 느지막이 쌍둥이를 임신한 선배였다. 첫 아이는 워낙에 순둥이라 입덧도 없었고 예정일도 딱 맞춰 태어나 줘서 고생이랄 게 없었는데 노산에 쌍둥이라 그래서인지 일하러 다니는 게 힘에 부친다고 했다.

상황이 그러면 그냥 선배가 돌아올 때까지 자리만 맡아두겠다고, 연지가 먼저 제의했지만 선배는 고개를 저었다.

"연지야. 나는 이제 한 남자의 아내, 아이들의 엄마 역할에 충실하고 싶어."

그렇게 말하는 선배의 얼굴은 행복에 젖어 있었다.

"선배, 아깝지 않아요? 약사가 되려고 공부한 시간들, 좋은 직장에 들어가려고 노력했던 시간들, 선배가 쌓아온 경력들, 안 아까워요?"

"왜 안 아까워? 아까워."

당연한 소릴 왜 묻느냐고 묻는 선배의 표정에 연지는 고개를 갸웃거렸다. 그런데 도대체 왜? 임시직이라도 상관없다는데, 자리를 맡아두고 기다려 주겠다는데.

이해할 수 없다는 얼굴의 연지를 빤히 쳐다보던 예비 쌍둥이 엄마가 웃음을 터뜨렸다.

"너도 결혼해서 아이 낳아봐."

마음에 와 닿지 않는 말이었지만 어쩔 수 없는 일이었다. 결혼과 출산은 연지에게 있어서 가깝게 느껴지지 않는 단어였으니까.

이런저런 얘기들, 주로 선배의 첫딸 이야기와 쌍둥이 때문에 입덧이 심해서 생기는 일들에 대해 대화를 나누고 한참이 지나서야 두 사람은 카페에서 일어섰다.

"내일 약국으로 나와. 와서 인사하고 출근은 언제부터 할지 정하면 돼."

"그렇게 쉽게요?"

"너 선배 못 믿니? 이래 봬도 내가 거기 창립멤버나 다름없어. 내가 예뻐하는 후배라는데, 내가 보증하는 사람이라는데 누가 뭐랄 거야?"

까르르 청량한 웃음소리를 흘린 선배는 자신만만하고 도도하게 턱을 추켜올렸다.

"참! 너 괜히 이상한 생각 같은 거 하지 마. 충분히 여유가 있으니까 그만두는 거고 내가 선택한 일이야. 안 그래도 적절한 후임자를 어디서 찾나 걱정하고 있었으니까 나한테는 네가 구세주라구. 알았지?"

연지의 어깨를 도닥여 주고 택시에 올라탄 선배는 끝까지 웃는 얼굴로 손을 흔들었다.

선배를 택시에 태워 보내고서도 한참이나 그 자리에 더물렀던 연지는 느릿하게 걸음을 떼었다.

어둠이 내려앉은 밤거리를 홀로 걷는 연지의 머릿속이 복잡했다. 하늘같은 선배를 의심하는 건 아니었다. 하지만 어떻게든 얻어내려 안간힘을 썼었던 일을 손에서 놔버린다는데, 정말 괜찮을까? 괜찮을 수 있을까?

괜찮을 것 같아, 선배는.

공부는 쉽지 않았고 경쟁은 치열했지만 결국은 약사라는 직함을 얻어낸 사람. 하지만 그 직함을 버리고 아내와 엄마로 살아가 겠다던 선배는 진심으로 행복해 보였었다.

방금 전에 헤어진 선배는 행복한 결혼 생활을 유지하고 있는 몇 안 되는 주변인 중 한 명이었다. 선배의 말처럼 남편 되시는 분이 적게 버는 것도 아니고 본인이 스스로 원해서 선택한 일이라니까 크게 마음 쓸 건 없었다. 그런데 왜인지 마음이 따끔거렸다.

결혼해서 아내와 엄마로 행복하게 사는 것. 서연지의 인생 목표 에는 들어갈 수 없었던 일이었다. 하지만 미친 듯이 바라던 일도 아니었고 그렇게 살지 못한다고 해서 불행할 거란 생각도 해본 적 이 없는데 괜스레 속이 시끄러웠다.

뭐 조금, 아주 조금 부러웠나 보다.

폐부 깊숙이 찬 공기를 들이마셨다가 내쉰 연지가 입매를 늘렸 다. 완벽하게 멋진 남자와 연애도 하고 있고 곧 실직자 신세도 면 할 수 있다. 친구가 아니라 가족이 되어버린 사랑스러운 웬수들이 든든한 바람막이를 해주고 있고 힘들 때 도와주려고 하는 선배님, 후배님들도 있다. 그리고 딸이라면 심장도 꺼내줄 애정 씨와 누나 일이라면 경기도에서 서울까지 맨발로 달려올 동생들도 있었다. 그러니 이보다 더 성공한 삶이 어디 있을까?

"행복한 사람으로 치면 내가 갑이지!"

스쳐 지나가는 사람들이 힐끗거리는 것도 개의치 않고 연지는 키득키득 웃어버렸다. 그리고 기분 좋게 집까지 걸어가면서 오랜 만에 민아와 심야 영화나 한 편 때릴까 했는데.

"서 약사."

아파트 단지로 들어서는 입구 앞에서 익숙한 호칭을 입에 담은 남자를 보고 연지는 한숨을 내쉬었다.

참 좋았는데. 난 진짜 기분 좋게 귀가하고 있는 중이었는데. 정말이지…… 넌 좀 그래.

L&M 헤어 가든에 칼바람이 불고 있었다. 추위를 타지 않는 디자이너는 반팔을 입고 있을 만큼 따스한 실내였지만 직원들은 너나 할 것 없이 몸을 부르르 떨어대며 양손으로 팔을 비볐다.

"사장님, 뭐 하신 거예요?"

수현을 주시하던 오 실장이 날카로운 눈매로 혜연을 노려보았다.

"내가 뭘."

혜연은 입술을 삐죽였지만 오 실장의 시선은 피한 채였다.

"뭘 어떻게 하셨기에 원장님이 내내 저 상태냐구요."

다른 때보다 한가한 오후. 잡지책을 뒤적이는 혜연의 손길이 빨라졌다.

"뭘 하셨든 책임지고 해결하세요. 웃지 못하게 만드시던가."

쌀쌀맞게 해결을 요구한 오 실장이 수현의 뒷모습을 바라보며 포옥 한숨을 쉬었다.

겉으로 보자면 수현은 아무 문제가 없었다. 여전히 고객들에게 친절하고 상냥하고 예의 바르다. 웃기도 얼마나 잘 웃는지 오늘만 해도 벌써 여럿 여자 마음을 홀렸다. 그런데 문제는 차라리 웃지 않았으면 하고 바라게 된다는 것이었다.

사람이 짜증이 나면 짜증을 내고 화가 나면 화를 내야 하는 건데 수현은 웃기만 했다. 어제는 수현에게 한소리 들은 스탭이 오 실장을 찾아가 하소연을 하기도 했었다.

'원장님이 웃으면서 혼내시니까 무서워서 죽을 것 같아요. 왜 저러시는 거예요? 네?'

스탭이 저지른 실수는 매우 사소한 거였다. 평소의 수현이었다면 무표정한 얼굴로 짧게 경고하고 끝났을 일. 하지만 어제는 달랐다.

'경희 씨. 우리 숍에서 일한 지 벌써 2년째인데 아직까지 이런 초보적인 실수를 하면 경희 씨한테도 좋을 게 없다는 거, 그 정도도 모를 만큼 우둔한 사람 아니잖아요? 아니요, 죄송하다는 말은 하지 않아도 됩니다. 죄송할 일을 만들지 않으면 되는 거죠. 나나민 사장한테 피해가 가는 건 상관없지만 동료나 고객들께 피해가 가서는 안 되는 일 아니겠습니까? 앞으로는 경희 씨가 이런 실수를 반복하지 않을 거라고 믿어보겠습니다.'

그 긴 말을 하는 내내 수현은 웃고 있었다. 엄청나게 상큼한 수현의 미소에 질린 다른 스탭들과 디자이너들은 그쪽을 쳐다보지도 않았다. 악마의 미소, 그것만큼 어울리는 표현이 없었다.

간혹 직원들이 장난을 걸면 받아주기도 하고 사적인 대화도 나누던 수현이 일적인 얘기 외에는 입을 딱 다물고 있었다. 그나마 일적인 대화라도 나눌 수 있다면 다행이었다. 사장인 혜연은 줄곧 무시당하고 있었으니까.

이수현 원장과 민혜연 사장 사이에 무슨 일이 있었던 게 확실했다. 그래서 오 실장이 혜연에게 책임을 물은 것이다. 무슨 일이 있었던 간에 원인 제공자는 혜연일테니까. 숍이 오픈했을 때부터 지켜봐 온 바, 항상 실수는 혜연이 했었다. 참고 넘어가 주거나 문제를 해결하는 건 수현의 몫이었고.

혜연뿐만이 아니라 요즘 이수현 원장의 심기를 건드리는 일들이 유달리 자주 일어나고 있었다. 진상 고객은 과장을 보태어 배는 늘어난 것 같았고 대놓고 추파를 던지는 고객들도 생겼다. 그 와중에 민사라는 자꾸만 새벽에 스케줄이 잡혔다며 새벽 시간에 예약을 해대니 이수현 원장이 예민하게 구는 것이 이해되지 않는 건 아니었다.

오 실장은 며칠 전, 2층에서 들려왔던 고성을 떠올리고 혜연을 곱지 않게 쳐다보았다.

갓 들어온 어린 스탭들에게도 꼬박꼬박 존대를 쓰며 누구누구 씨라고 부르는 수현이었다. 민 사장과는 동업자가 되기 이전부터 친구 사이이기는 했지만 직원들은 한 번도 그가 혜연의 이름만 부르는 걸 들은 적이 없었다. 그런데 그날, 아래층에서 정신없이 뛰어다니던 직원들까지도 수현의 음성에 놀라 걸음을 멈췄었다.

'민혜연!'

그냥 이름만 부른 거였다. 하지만 수현의 음성에 담겨 있던 분노를 알아채지 못한 사람이 있다면 그 사람은 바보일 것이다.

"원장님 방금 2층 올라가셨어요. 빨리 따라가서 말씀 좀 해보세요."

수현의 동태를 살피던 오 실장이 혜연의 옆구리를 무자비하게 찔러댔다.

"사장님! 사장님은 직원들이 마음 편히, 즐겁게 일할 수 있는 직장을 제공해야 하는 의무가 있으십니다. 아시겠죠, 당연히."

움직일 생각을 않는 혜연의 귀에 이를 갈며 속삭인 오 실장이 아예 그녀의 어깨를 잡아 계단 쪽으로 밀었다.

"내가 뭘 어쨌다고, 쳇."

오 실장의 압력을 받아 계단을 밟은 혜연은 투덜대면서 땀이 배인 손바닥을 허벅지에 문질렀다.

뭘 어쩐 게 있기는 했다. 눈치 없이 수현의 데이트를 방해한 건 가볍게 넘어갈 수 있는 일이었다. 하지만 서연지 씨 앞에서 그를 부르는 호칭이 적절하지 않았다는 건 혜연도 인정하는 부분이었다. 자신과 수현만이 알고 있는 얘기를 꺼낸 것도 치사하다면 치사한 일이었고.

수현은 그 부분들에 화가 난 게 아니었다. 물론 기분 나빠하기는 했다. 유치하고 무례했다는 소리도 들었다. 그리고 그 말에 화가 난 혜연이 던졌던 말들, 수현은 그 말들에 화가 나 있었다.

'너 서연지 씨 때문에 병원이나 제약회사에 아는 사람 없냐고 물어봤던 거지? 그럼 지금 논다는 거네? 유치하고 무례한 사람은 내가 아니라 서연지 씨 쪽이네. 널 통해서 그런 부탁을 했으면 날 만났을 때 일자리 알아봐 줘서 고맙다는 말 정도는 했어야 하는 거 아니야?'

그때 멈췄어야 했다. 하지만 초딩 마인드에 지배당하고 있던 혜연은 스스로 브레이크를 잡지 못했다.

'혹시 너 믿고 그만둔 건 아니야? 우리 숍 와본 적 있잖아. 이수현이 어떤 사람인지 대강 눈치는 챘겠지. 확실하게 알아보고 만나는 거 맞아? 너 돈 보고 만나는 거 아니냐고.'

그때였다, 수현이 소리를 지른 게. 직장에서든 밖에서든 어지간하면 목소리를 높이는 일이 없는 수현이었다. 그런데 숍에서 소리를 질렀다. 이마에 핏대까지 세우고서.

말이 헛 나왔다고, 미안하다고 사과했어야 했는데 혜연은 그대로 몸을 돌려 원장실에서 나와 버렸었고 냉전은 지금까지 계속되고 있었다. 사실 냉전이 아니라 수현이 그녀를 무시하고 혜연이 그를 피하고 있는 거였지만.

"내가 진짜 치사하고 더러워서."

닫혀 있는 원장실 문 앞에서 투덜댄 혜연이 또다시 손바닥을 허벅지에 문질렀다.

심술이고 질투였다. 서연지라는 이름의 여자에게 집중하는 모습, 그녀에게서 한시도 떨어지지 않던 시선, 그녀가 웃으면 따라 웃고 그녀가 웃지 않으면 이수현도 웃지 않는 모습에 심술도 나고 화도 났다. 그런 모습을 본 적이 없어서.

이수현은 부탁 같은 걸 하는 사람이 아니었다. 차라리 손해를 봤으면 봤지 남한테 아쉬운 소리는 안 한다. 그런 수현이 부탁을 하게 만든 여자가 혜연은 미치게 부러웠다. 그녀는 받아보지 못한 관심과 애정이었으니까.

아무리 심한 말을 해도 수현이 넘어가 줄 거라 생각했었다. 그에게 있어서 민혜연은 '친구'라는 걸 알고 있었고 이수현은 친구라는 존재에게 관대한 남자였다. 하지만 건드려서는 안 되는 부분을 건드려 버렸다는 걸, 혜연은 알 수 있었다.

"이수현 화내면 무서운데."

문 앞에서만 긴 시간이 흘러가고 있었다. 허벅지에 문댄 손바닥이 새빨개지도록 망설이고 있던 혜연은 심호흡을 하고서 원장실 문을 열었다.

노트북을 보며 마우스를 움직이던 수현이 고개만 들어 혜연을 쳐다보았다. 그의 입가에는 미소가 걸려 있었지만 혜연은 치를 떨었다.

눈이 안 웃잖아, 눈이! 너 지금 배트맨에 나오는 조커 같다고!

"저기……."

쭈뼛대면서 말을 꺼내는 혜연을 수현은 빙글거리며 쳐다보았다.

"내가 실수했어. 생각 없이 말했어."

수현은 말이 없다. 그저 웃기만 할 뿐.

"사과할게. 네 애인 꽃뱀으로 몬 거 사과한다고."

혜연이 식은땀을 흘렸다. 하지만 닦을 엄두도 내지 못했다. 수현의 미소가 점점 더 진해지고 있어서.

"무슨 말이라도 해. 화를 내던가, 알았다고 하던가. 그렇게 무시하면……."

"미련 있어?"

깍지 낀 손 위에 턱을 올린 수현은 여전히 웃고 있었지만 눈빛은 서늘한 기운을 흘리고 있었다.

"뭐, 뭐?"

"나한테 미련 있냐고."

"무, 무, 무, 무슨 미, 미련이 있다고! 새, 생사람 잡고 있어, 얘가!"

꽥 소리를 지른 혜연은 혀를 깨물었다. 아예 미련 남았다고 광고를 하는 게 나았을 뻔했다. 모르긴 몰라도 지금 자신의 온몸이 벌게져 있을 거라는 확신이 들었다.

빙글거리며 혜연을 쳐다보던 수현이 책상 의자에서 일어나 그녀에게로 다가갔다. 혜연이 주춤거리며 뒷걸음질을 쳤지만 그럴 때마다 수현도 한 걸음씩 더 다가가 그녀의 코앞에 섰다.

"미련 있으면 접어."

연인이었던 이수현도, 친구로서의 이수현도 아니었다. 혜연에게 경고하는 남자는 그녀가 모르는 사람이었다.

"한 번만 더 내 여자를 그딴 식으로 모욕하면 친구로도 안 봐. 그런 썩은 정신을 가지고 있는 사람하고는 동업도 안 해. 의심가면 한 번 더 해봐. 그날로 네 앞에 새로운 동업자, 데려다 놓을 테니까. 알아들었어?"

혜연은 저도 모르게 고개를 끄덕였고 수현은 원장실에서 나가 버렸다.

"에이씨. 진짜, 진짜 치사하고 더러워서."

다리에 힘이 풀린 혜연이 소파에 주저앉았다. 무서웠다, 이수현이. 아이와 소년의 경계선에 서 있을 때부터 함께했었던 이수현이 처음 본 사람처럼 낯설었다.

"한 대 치는 줄 알았네."

코를 훌쩍인 혜연이 큰 숨을 내쉬었다. 수현이 폭력성과는 거리가 멀고 무슨 일이 있어도 여자한테 손댈 남자가 아니라는 건 알지만 그가 뿜어대던 살기에 완전히 겁먹어 버렸다.

내 여자. 내 여자라고 했다. 그 말 덕분에 혜연의 머릿속에서 서연지와 민혜연의 차이가 명확하게 자리를 잡았다. 수현의 여자가 된 서연지. 그리고 친구 자리마저 잃을 수는 없는 자신.

"접는다, 내가. 치사하고 더러워서 접는다고! 훌쩍."

몰래 숨겨두었던 미련을 들키고 완벽하게 실연까지 당한 혜연은 오랫동안 훌쩍거렸다.

숍에서 나온 수현이 연지의 집으로 출발한 시간이 밤 12시였다. 그렇게 늦어버린 건 문 닫는 시간도 개의치 않고 떡하니 예약을 해버린 고객 때문이기도 했고 미뤄서는 안 될 중요한 직원회의가 있어서이기도 했다. 그리고 하루 종일 개업한 집 앞에 세워진 바람 인형마냥 흐느적거리면서 돌아다니던 혜연이 끝까지 정신을 차리지 못한 것도 한몫했다.

피곤했던 하루, 수현은 연지의 얼굴이라도 보고자 그녀의 집으로 향했다. 저녁에 좋은 소식이 있다고, 시간 날 때 연락 달라던 메시지를 보내 온 그녀였다. 조금 늦을 것 같다는 그에게 돌아온 답은 없었지만 수현은 무작정 찾아왔다. 집 앞에서 전화를 걸어보고 받지 않으면 그냥 돌아갈 생각이었다.

'확실하게 알아보고 만나는 거 맞아?'

며칠 전, 자신의 인내심을 시험했던 혜연의 말이 떠올라 수현이 웃음을 흘렸다.

처음부터 확실하게 알아봤다. 서연지가 그의 삶에 찾아온 엔돌핀이라는 걸. 그래서 지금도 그녀를 보겠다는 일념만으로 달려가고 있잖은가.

'사과할게. 네 애인 꽃뱀으로 본 거 사과한다고.'

진심으로 사과하던 혜연 때문에 수현의 웃음이 옅어졌다.

남은 미련 같은 건 없을 거라고 생각했었다. 어쩌면 그렇게 믿고 싶었는지도 모른다. 욕심 많고 제멋대로인 점을 제외하면 민혜연은 좋은 친구였으니까. 좋은 친구를 잃고 싶지 않은 마음에 그녀에게 차갑게 굴면 있던 미련도 버릴 거라고, 안이하게 여겼었다.

혜연에게 부탁 비슷한 걸 했던 건 연지를 향한 미안함 때문이었다. 그때는 눈이 뒤집혀서 주먹부터 나갔고 그 후로도 얼마간은 그런 놈과 같은 직장을 다닐 바엔 그만두는 게 낫다고 우겼지만 정신 차리고 나니 무척이나 미안해졌었다. 좋게 생각해 보면 연지가 그 상황을 컨트롤할 수도 있는 거였고 그랬다면 직장을 구하러 취업전선에 뛰어드는 일 같은 건 생기지 않았을 텐데.

그 능글맞은 놈의 몰상식했던 행동에는 지금도 화가 뻗치지만 따지고 보면 그도 잘한 게 없었다. 의도가 어떤 것이었든 그의 여자를 고작 꽃뱀 취급이나 받게 만들었으니까 말이다.

아파트 단지가 시야에 잡히자 수현의 입가에 흐뭇한 미소가 걸렸다. 연지가 좋은 소식이 있다고 했던 것처럼 수현에게도 좋은 소식이 있었다. 바로 이번 주 금요일과 토요일에 휴가를 잡아놓은 것. 지정 휴일인 일요일까지 더하면 3일이라는 시간을 빼낸 것이다.

수현은 평범한 회사원들처럼 퇴근 시간이 일정하지 않고 주말에 더 바빴다. 게다가 부모님을 자주 찾아뵈야 한다는 생각에 연지와 오랜 시간을 함께 하지 못했다. 밤에만 잠깐 얼굴 보고, 일주일에 한 번 정도만 낮에 만날 수 있었던 게 내심 미안하고 마음에 걸려서 짧게나마 여행이라도 가야지, 생각만 하다가 드디어 시간을 만드는 데 성공했다.

겨울 바다도 괜찮은데. 강원도 쪽은 많이 가봤을까? 짧지만 제주도라도 갔다 올까?

생각만으로도 즐거웠다. 자신에게도 고통을 가져다주었던 위험천만한 아이디어가 빛을 발하는 요즘, 함께 여행을 가게 된다면 단 1초도 그녀를 곁에서 떼어놓지 않을 것이다.

즐거움에 눈을 반짝이며 단지 안으로 들어선 수현의 미간이 좁아졌다. 눈을 가늘게 뜨고 어둠 속에 서 있는 한 명의 여자와 두 명의 남자를 확인한 그가 즉시 차를 세웠다.

"정말 왜 이러세요! 알았다니까요, 괜찮다니까요? 그러니까 이제 가세요. 네?"

연지는 울상을 짓고 있었고 정말 울고 싶은 심정이었다. 재취업이 결정 된 좋지 아니하지 않을 수 없는 오늘 같은 날, 왜 끝마무리가 이토록 험난해야 하는 것인가.

"서 약사! 왜 그렇게 내 마음을 몰라! 응?"

"계속하실 겁니까?"

자신의 팔을 붙잡고 매달리는 호태는 문젯거리도 아니었다. 호태의 손을 노려보고 있는 박정민이 문제였다.

연지는 직감했다. 박정민이 한계에 도달해 있다는 걸. 가느다란 이성의 끈을 붙들고 있는 그는 아직 호태에게 주먹을 날리진 않았지만 그건 시간 문제였다. 사지가 떨리게 매력적인 박정민이 화를 낼 때면 사지가 없어진 기분이 들 정도로 무서웠고 연지는 이미 사지 중 몇 개는 없어진 것 착각에 휘말려 있었다.

대체 이혼한 것들이 왜 이렇게 자주 만나는 건데! 그럴 거면 같이 살아! 하루가 멀게 통화하고 만나대면서 재결합은 왜 안 하는 거냐고오!

연지는 마음속으로 비명을 질러댔다. 집 안에서 반신욕을 즐기고 있을 게 빤한 백민아를 원망하면서.

어쩌자고 이렇게 큰일이 되어버린 거야.

한숨을 쉰 연지가 앵앵대는 호태와 눈에서 레이저빔을 쏴대고 있는 정민의 사이에서 하늘을 쳐다보았다.

사건의 발단은 이랬다.

호태는 그날 일어났던 일을 사과하고 싶다며 집 앞에서 기다린 거였다. 바로 다음날 찾아와서 빌었어도 용서할까 말까였는데 뒤늦게 찾아온 게 괘씸해서 무시하려고 했었다. 하지만 붉어진 눈시울로 제발 사과할 수 있게 해달라고 애원하기에 마음이 약해졌던 게 잘못이었다.

집 근처의 작은 펍(PUB)으로 자리를 옮긴 연지는 호태의 사과를 받았다. 구구절절한 문장들이 쏟아졌지만 한 귀로 듣고 한 귀로 흘리면서 집에 갈 시간만 재고 있었는데 그사이에 호태가 취해 버렸다. 그리고 혼자 갈 수 있다는데 굳이 데려다 준다고 징징거리면서 매달려 아파트 입구까지 쫓아왔다.

이제 그만 가시라는 말을 몇 번이나 되풀이했을까? 그 와중에 백민아를 만나러 왔다가 돌아가던 박정민이 실랑이를 벌이고 있는 연지와 호태를 발견해 버렸고 일이 이렇게 커져 버린 것이다.

"서 약사! 그래! 내 마음 안 받아줘도 좋아! 돌아만 와줘! 서 약사가 없으니까 약국이 지옥 같아!"

진상계와 찌질계의 갑으로 부상한 호태의 행태에 박정민의 이마에 핏대가 섰다. 이대로 두면 수현에 이어 박정민도 주먹을 휘두르겠다는 예감에 제 팔에 감겨 있는 호태의 팔을 떼어내려는데.

응? 왜 손이 세 개야? 나 안 취했는데?

두 개는 가능했다. 박정민이 가세했을 수도 있으니까. 그런데 나머지 하나는 도무지 납득이 되질 않았다. 호태가 제 팔을 제 손으로 잡았을 리는 없지 않은가.

"뭐지?"

살짝 취한 건지도 모르겠다고 생각한 연지가 눈을 질끈 감았다 뜨고서 다시 손의 개수를 세고 있는데 익숙한 음성이 고막을 후려 갈겼다.

"뭐냐고 물었는데."

깜박깜박. 눈을 깜박이며 슈퍼맨 이수현을 쳐다본 연지가 마른 침을 삼켰다.

……환장해요. 내가 아주 미치고 팔짝 뛰어요.

이 남자는 어째서 매번 이런 타이밍에 나타나는 걸까. 서연지가 위험에 처했을 때 울리는 센서가 있나?

"그러는 그쪽은 뭡니까."

이수현 못지않게 듣기 좋은 저음을 소유하고 있는 박정민이 날이 선 눈빛으로 수현을 쳐다보았다. 이미 그 두 사람에게 유호태는 사라진 존재 같았다.

"내가 뭐냐는데."

수현의 화살이 방향을 꺾어 연지에게로 날아들었다.

"그러니까 이쪽은 제 남자친구구요. 그리고 이쪽은……."

"서연지! 너 이런 여자였어? 이렇게 이 남자, 저 남자 만나고 다니는 그런 여자였냐고!"

수현에게 정민을 소개하려는데 호태가 초를 친다. 그리고 적수를 알아본 듯 서로를 향해 불타는 눈빛을 쏘아대던 두 남자의 시선이 호태에게로 꽂혔다.

아, 더는 못 참겠다.

한껏 짜증이 난 연지가 훅, 숨을 들이마시고 자신의 팔에 겹겹이 쌓아져 있는 세 개의 손을 강하게 털어냈다. 그리고 무표정한 얼굴로 호태와 마주 섰다.

"사과 받았고 마음은 안 받아요. 봐서 알겠지만 주변에 잘난 남자들만 넘쳐 나서 유 약사님, 아니, 유 사장님은 눈에 들어오지도 않아요. 그러니까 그냥 이런 여자로 기억하시고 꺼져 주세요. 나, 유 사장님이 생각하시는 것처럼 성질 깨끗한 여자도 아니고 이 바닥 인맥도 넓다면 넓은 사람이에요. 그러니 가세요. 지금 당장."

딸꾹! 딸꾹! 처음 보는 연지의 낯선 모습에 놀란 호태가 딸꾹질을 시작했다. 하지만 연지는 그러거나 말거나 몸을 돌려 정민과 마주했다.

"도와주시려고 하신 거 알아요. 감사합니다. 그런데 이제 남자친구가 왔으니 정민 씨도 가보세요. 감사 인사는 다음에 만나게되면 제대로 할게요."

정민에게 고개를 숙여 인사한 연지가 마지막으로 수현의 손을 잡았다.

"폭력은 나쁜 거예요."

쌍둥이를 혼낼 때처럼 엄한 표정으로 수현을 바라본 연지가 그의 손을 잡아끌었다. 멀지 않은 곳에 그의 차가 세워져 있어서 조수석에 올라탄 연지는 수현이 운전석에 오를 때까지 기다렸다. 호태가 넋을 빼고 서 있는 것도, 정민이 자신과 수현을 번갈아 쳐다보는 것도 보였지만 신경 쓰지 않았다. 현재 그녀에게 중요한 사람은 이수현뿐이었다.

연지는 생각했다. 한강은 여러모로 좋은 장소라고. 이제야 왜 드라마나 영화에 허구한 날 한강이 나오는지 이해할 수 있을 것 같았다.

수현이 운전석의 창문을 내려놓은 덕분에 차가운 밤바람이 여과 없이 기어들어 와 얼굴을 때렸지만 연지는 불평하지 않았다. 그렇게라도 그가 열을 식힐 수 있다면 다행인 일이었다.

"설명, 필요해요?"

해명이나 변명이 아닌 설명이었다. 그 뜻을 알아차렸는지 앞만 보고 있던 수현이 연지와 눈을 맞췄다.

"그 남자는 누구지?"

호태는 이미 보아 알고 있으니 분명 정민을 말하는 것이리라. 그런데 박정민을 뭐라고 설명하지?

누군가 민아에게 박정민이 누구냐 물으면 그녀는 언제나 쿨하게 대답했었다. 전남편이라고. 본인이 밝히는 것은 상관없지만 다른 사람이 박정민은 백민아의 전남편이라고 대신 밝히는 것은 옳지 못한 일이었다. 박정민은 백민아의 지극히 사적인 부분에 개입되어 있는 사람이었고 이수현이 서연지의 연인이라도 친구의 사적인 부분을 마음대로 드러낼 수는 없었다. 백민아가 밝혀도 된다고 허락하지 않은 이상은.

"박정민이요."

그리하여 어쩔 수 없이 튀어나간 대답이었다. 틀린 말은 아니지 않은가. 박정민을 김정민이라고 한 것도 아닌데.

"이름을 물은 게 아니잖아."

수현의 미간에 주름이 잡히고 안 그래도 허스키한 음성이 더욱 허스키해져서 미치도록 섹시…… 이게 아니지.

"그러니까 박정민은 내가 같이 살고 있는 굉장히 친한 친구의……."

"친구의?"

수현의 눈썹이 크게 휘었다.

"친구의 뭐."

아아. 춘향이에게 수청을 들라 졸라댔던 변사또도 이렇게 집요했을까?

"친구의 박정민이에요."

"뭐?"

에라, 모르겠다. 될 대로 되라지.

"그러니까 박정민은 내 친구 백민아의 박정민이라구요. 더 이상 묻지 말아요. 내 친구의 프라이버시니까."

연지는 절대 그 이상은 말하지 않겠다는 듯 단호하게 고개를 저어 보였다. 그녀로서는 최선을 다한 거였다. 전남편이라 말할 수는 없고, 남자친구나 애인이라고 말할 수도 없었지만 박정민이 백민아의 박정민인 건 얼추 맞는 말이었으니 말이다.

"그럼 서연지는?"

집에 들어가면 자꾸만 전남편을 집으로 끌어들이는 백민아의 등짝에 정열적으로 스매싱을 날려놓은 후, 내가 너의 프라이버시를 지켰다며 뿌듯하게 웃어 보이리라 결심하던 연지는 수현의 질문을 듣지 못했다.

"서연지는."

연지의 턱을 잡아 시선을 맞추게 만든 수현이 연거푸 물었다.

"서연지는 뭐냐고."

백민아라는 이름을 어디서 본 것 같다는 생각이 들었지만 수현의 머릿속에서 그 생각은 오래 머물지 못했다. 그리고 이상하게도 '백민아의 박정민'이라는 말에만 초점이 맞춰졌다. 이유는 모르겠지만 부럽기도 하고 질투도 나는, 그러다 탐이 나버린 공식이었다. 누군가의 누구라는 게.

"그게 무슨 말이에요? 나는 뭐냐……."

뚫어지게 수현을 바라보며 머리를 굴리던 연지의 얼굴이 확 붉어졌다.

어머, 어머머! 이 남자가 정말, 남우세스럽게. 아휴!

부끄러워진 연지가 그에게서 고개를 돌리려 했지만 수현은 놔주지 않았다. 그리고 변사또가 항복을 외칠 만큼의 집요함으로 다시 물었다.

"서연지는 뭐냐니까."

"그, 그럼 이수현은 뭔데요."

백민아의 박정민이라는 말은 쉽게 나왔어도 이수현의 서연지라는 말이 나와주질 않았다. 그래서 연지는 총대를 수현에게 넘겼다. 그 말이 신호가 될 줄은 꿈에도 모르고.

"나?"

수현의 눈빛이 번뜩이는 것 같았던 느낌은 착각이 아니었다. 그의 미소가 위험하게 느껴진 것도. 수현의 눈빛과 미소만을 기억에 담은 채, 연지의 세상이 깜깜해졌다.

닫힌 현관문에 길어붙여진 연지의 손에서 가방이 떨어졌다. 하지만 고요한 공간에 침입한 두 사람은 그런 걸 신경 쓸 정신이 없었다.

연지의 양팔을 허공으로 들어 올린 수현이 교차시킨 가느다란 손목을 한 손에 쥐고 그녀의 입술을 집어삼켰다.

연지는 정신을 차릴 수가 없었다. 실상은 수현이 자신이 던졌던 질문에 대한 답을 주는 대신 키스를 퍼부었을 때부터 그녀는 제정신이 아니었다. 그러니 입술을 떼던 그의 옷깃을 잡아당기며 '한 번 더.' 라고 말할 수 있지 않았을까.

몸을 밀착시켜 오는 수현에게서 뜨거움이 느껴졌다. 입술을 물어 잡아당기다가 언제 그랬냐는 듯 입안을 샅샅이 훑는 뾰족한 혀 때문에 연지의 아랫배가 뭉근해졌다.

혀가 뽑혀 나갈지도 모르겠다는 생각이 들 정도로 거칠고 강하게 키스를 퍼붓던 그가 연지의 목덜미에 이를 박았다.

"흣!"

세게 깨물려 버린 연지가 신음을 흘리자 수현이 물었던 부분을 혀끝으로 살살 핥으며 달래주었다.

잡힌 손목이 뜨겁고 수현의 입술과 혀가 닿는 곳도 뜨거웠다. 어느새 손가락 하나 비집고 들어갈 틈도 없이 붙어버린 두 사람에게서 열기가 피어오르고 있었다.

목덜미에서 쇄골까지, 살짝살짝 깨물고는 혀로 핥으며 달래주는 행위를 지속하는 수현 때문에 연지가 몸을 비틀었다. 그녀의 움직임에 쇄골에서 멈칫했던 그의 입술이 귓불을 삼키더니 뜨거운 한숨을 흘렸다.

"움직이지 마."

연지는 그의 명령에 굴복하고 싶었지만 그녀의 몸은 뜻이 달랐다. 난폭해서 더 짜릿한 키스 후에 이어진 그의 허스키한 음성에 연지의 감각들은 꽁지에 불붙은 것마냥 뜀박질을 해댔다. 그러니 어쩔 수 없는 일이었다. 수현의 말에 다시 몸을 비틀게 된 건.

연지가 몸을 움직이자 허리를 붙들고 있던 수현의 손이 등을 타고 올라가 어깨를 붙잡고서 그녀를 자신의 품으로 강하게 끌어당겼다. 그들은 숨 쉬기가 어려울 만큼 서로에게 안겨 있었다.

"한계야. 그러니까 움직이지 마."

귓가에 울리는 갈라진 음성과 거친 숨소리. 그리고 확연하게 느낄 수 있는 거대해진 그의 남성에 연지가 마른침을 삼켰다.

연지를 품에 안은 수현은 침착해지려 안간힘을 쓰고 있었다. 한

계라는 그의 말은 한 치의 거짓도 없는 진실이었다.

서연지는 오늘도, 역시, 늘 그랬던 것처럼 치명적이었다. 당장에라도 그녀 안으로 들어가고 싶은 욕망에 신경이 가닥가닥 끊어질 지경이었지만 수현은 이를 악물었다.

연지를 위해 준비한 휴가였고 부족할 것 없이 모든 게 완벽한 장소에서 그녀를 안고자 했었다. 급하게 서두르지 않고 천천히, 서연지의 몸이 아니라 서연지 자체가 이수현을 미치게 한다는 사실을 자각시킬 만큼의 시간을 들여서 안는다면 자신의 진심을 조금이나마 믿어주리라 기대했었다. 그래서 의상과 솔직함으로 유혹해 오는 그녀를 보면서도 참을 수 있었던 것이다. 하지만 오늘은 힘에 부쳤다. 차 안에서 정신없이 키스를 퍼부으며 서연지는 뭐냐고 반복해서 물었던 그에게 들려온 대답 때문이었다.

'나는, 서연지는……. 이수현의 서연지…… 예요.'

무섭게 북받쳐 오르는 감정을 설명할 길이 없었다. 혜연에게는 당당하게 아무 거리낌 없이 연지를 내 여자라 칭한 수현이었지만 그녀도 같은 마음일지, 자신은 그녀에게 어떤 존재일지에 대한 확신은 내릴 수가 없었다. 그런데 그녀의 입으로 들었다. 이수현의 서연지라고. 그 말 한마디가 수현을 충만하게 만든 동시에 미치게 했다.

이 여자는 어쩌자고 이렇게나 사랑스러운 걸까. 어쩌자고…… 나 같은 사람한테 잡혀 버린 걸까.

"서연지."

그가 이름을 불러주자 연지는 바르르 몸을 떨었다. 움직이지 못하게 하려면 그가 말을 안 하는 게 최선의 방법인데 수현에게 그 사실을 알릴 수가 없었다. 발끝부터 타고 올라온 열기에 목이 막혀 침을 삼키는 것도 힘겨웠다.

"후우. 당신 때문에 미치겠다."

연지는 정말이지 이 말만은 해주고 싶었다. 나는 이미 미쳐 있다고.

연지의 손목을 놔준 수현이 그녀의 얼굴을 감싸고 눈을 마주쳤다. 난폭한 키스의 짜릿함을 알려주고 자국이 남을 정도로 목덜미를 물어대던 남자는 잠시 자리를 비웠는지 연지의 얼굴을 쓰다듬는 손길은 다정하기만 했다.

한참이나 붉게 상기된 얼굴과 부풀어 오른 입술을 쓸어주던 수현이 짧게 입맞춤을 하곤 그녀를 밀어냈다.

"이번 주말에……."

여행을 가자고 말하려던 수현을 연지가 잡아당겼다. 마치 싸움을 걸려고 작정한 사람처럼 셔츠의 카라 부분을 단단히 틀어쥐고 잡아당긴 연지가 이글이글 불타오르는 눈빛을 던지며 물었다.

"이수현은 누구예요?"

자신의 얼굴이 비치는 새까맣고 맑은 눈동자, 자신으로 인해 도톰하게 부풀어 오른 입술을 보면서 수현은 숨을 멈췄다.

"말해봐요."

"서연지."

"말해요. 이수현은 누구예요?"

옷감을 통하지 않더라도 알아챌 수 있는 그녀의 떨림이 수현의 인내심을 박살 냈다.

"몰라서 묻는 건가?"

"말해줘요."

"후회하지 마."

"그딴 거……."

연지의 말이 끝나기도 전에 불에 달궈진 것처럼 뜨거운 수현의 손이 그녀의 목을 휘감아 끌어당겼다. 수현은 자신의 시선에 그녀를 가뒀다. 다른 건 눈에 담지 못하게, 담을 생각조차 하지 못하게. 오직 이수현만을 담을 수 있도록.

"서연지의 이수현이야."

연지가 마른 입술을 혀로 핥자마자 수현이 그녀를 안아 들었다.

"후회하고 싶어져도 하지 마. 난 당신 거니까."

스스로의 감정조차 무시하라는 그의 협박에도 연지는 부정의 말을 꺼내거나 반항하지 않았다. 수현의 목소리에 묻어난 떨림을 느껴 버렸으니까. 다른 말을 듣지는 못했어도, 이수현이라는 남자에 대해서 속속들이 알기엔 턱없이 부족한 시간이었음에도 그에게 아물지 못한 상처가 있음을, 연지는 알아버렸다.


눈을 뜨고 있었지만 아무것도 보이지 않았다. 연지를 지배하고 있는 건 그녀의 후각과 청각이었다. 어디로 고개를 돌려도 진하게 밀려오는 수현의 체취와 그의 숨소리. 그리고 급하고 애타게 제 이름을 부르는 그의 음성에 정신이 아득해졌다.

"서연지. 연지야."

귓가에 속삭여지는 음성과 귓불을 살짝살짝 깨무는 움직임은 다정했다. 하지만 블라우스의 단추를 제대로 끌러내지 못하고 머리 위로 벗길 생각도 못한 수현이 옷을 찢다시피 벗겨냈을 때 연지는 알 수 있었다. 그도 자신만큼이나 미쳐 있다는 걸.

방바닥으로 튄 단추들이 떨어지는 소리가 빗방울이 떨어지는 소리처럼 들렸다. 어느새 브래지어마저 멀리 던져 버린 수현이 양 손으로 가슴을 모아 성급하게 입안에 넣고 빨다가 꼿꼿해진 유두를 혀로 굴릴 때는 스스로가 달디단 아이스크림이 된 것 같은 착각마저 들었다. 미친 게 확실했지만 상관없었다. 오히려 계속 미쳐 있고 싶었다. 그녀를 미치게 만드는 사람이 이수현이라면 평생 미쳐 있지 못할 것도 없었다.

수현의 손이 빠르게 움직였다. 단물이 넘쳐흐르는 복숭아 같은 가슴을 힘껏 짓이기다가 그녀의 하체를 조이고 있는 스키니진으로 손을 내렸다.

짙은 색의 데님도 그녀의 열기를 숨겨주기엔 역부족이었다. 허벅지 안쪽을 쓸어 올리던 수현의 손바닥이 기대감에 젖어 있던 그곳을 힘 있게 누르자 연지의 등이 휘고 목이 꺾였다.

"하아! 수현 씨!"

수현은 자신의 눈앞에 바쳐진 하얀 목덜미를 무시하지 못했다. 그녀가 살아 있음을, 자신으로 인해 흥분했음을 여실하게 알려주는 세찬 박동을 입술과 혀끝으로 삼켜 버렸다.

헐떡이는 연지의 숨소리와 목을 감아오는 가느다란 팔이 수현을 자꾸만 급하게 만들었다.

서연지가 내 여자라는, 감히 누구도 넘보아서는 안 될 내 여자라는 문신을 새기듯 그녀의 목덜미에 이를 박고 한껏 빨아들였다.

"아파……. 아파요."

칭얼거리는 그녀의 음성이 수현의 가학성을 부추겼다. 그만하라는 울먹임이 타오르는 소유욕에 기름을 부었다.

목과 쇄골에 이어 가슴과 날씬한 복부에까지 문신을 새겨가던 수현이 연지를 답답한 스키니진에서 해방시켜 주었다.

달랑 속옷 하나만 남겨진 채 발가벗겨진 탓에 부끄러워진 연지가 가슴을 가리려 팔로 감쌌지만 해서는 안 될 일이었다.

이수현이 새겨놓은 문신으로 불긋해진 몸. 팔에 눌려 금방이라도 터질 것처럼 부풀어 오른 가슴. 그의 손바닥보다 작을 것 같은 짙푸른 레이스 팬티 아래로 뻗어 있는 길고 하얀 다리. 그를 바라보는 열에 들뜬 눈과 붉은 입술. 연지의 모든 것이 수현을 유혹하고 있었다. 그녀의 몸 구석구석에 자신의 흔적을 새겨놓고 싶었다. 그래서 그녀를 바라볼 모든 사람이 서연지가 이수현의 여자임을 알 수 있도록.

양손으로 그녀의 무릎을 잡고 슬쩍 틈을 만든 수현이 그녀의 허벅지 안쪽 여린 살에 입술을 묻었다. 입술이 닿을 때마다 파르르 진동하는 연약한 피부가 수현의 심장을 울렸다.

"아훗!"

수현이 얇은 레이스 팬티와 함께 손대는 것조차 부끄러운 곳을 물어버리자 연지에게서 신음이 터져 나왔다.

통통한 엉덩이를 강하게 잡은 수현이 팬티 라인을 따라 혀를 굴렸다. 그러다 그가 몸을 묻어야 마땅할 곳을 혀끝으로 강하게 찌르자 연지의 발가락이 한껏 오므라들었다.

연지는 감당하기 버거운 감각에 시트를 틀어쥐고 도리질을 쳤다. 수현이 빨고 핥기 훨씬 이전부터 그녀의 속옷은 이미 젖어 있었다. 그런데 그것을 부끄러워해야 하는지 그만하라고 말리고 싶지 않은 욕심을 부끄러워해야 하는지, 알 수가 없었다.

"수현 씨, 제발⋯⋯!"

그녀의 애원에 몸을 움직인 수현이 가쁜 숨을 내쉬고 있는 입술을 삼켰다. 그리고 연지의 몸에 남아 있던 유일한 천 쪼가리를 찢어버렸다. 그의 인내심은 스키니진을 벗길 때 동이 나버렸으니까.

쫘악! 속옷이 찢어지는 소리가 사라지기도 전에 입술이 탐했던 곳을 그의 손이 이어받았다. 뜨겁게 달아오른 꽃잎들을 엄지로 꾸욱 누르다가 원을 그리자 연지가 비명을 질렀다.

"말해."

수현이 끊임없이 자신의 이성을 마비시키는 신음 소리를 흘리는 연지를 채근했다.

"서연지가 누구인지, 말해."

오돌토돌한 혀의 돌기가 연지의 가슴을 쓸었고 그의 손가락은 여성의 입구를 간질였다.

"말해."

연지는 숨이 끊어질 지경이었다. 침도 삼키지 못할 만큼의 쾌락에 바들바들 떨고 있는데 말이라는 걸 할 수 있을 리가 없었다.

"아앗! 흐읏!"

원하는 대답을 듣지 못한 수현이 마치 벌을 주듯 따뜻한 액체가 흘러나오는 공간에 손가락 하나를 밀어 넣었다.

수현의 어깨에 연지의 손톱이 박혔다. 자연스럽게 그의 허리에 감겨진 연지의 다리에 힘이 들어갔다.

행여 거친 옷감에 연지의 살이 쓸릴까, 수현은 순식간에 자신의 옷들을 벗어 던졌다. 그리고 얼른 연지를 제 품에 넣고서 자신도 힘들게 만드는 고집을 부렸다.

"말해. 말해줘, 연지야."

무섭게 팽창한 남성이 연지의 여성을 짓눌렀다. 그가 느릿하게 허리를 움직이다가 멈출 때마다 연지는 천국과 지옥을 오갔다.

애만 태우고 등 뒤로 감춘 선물은 보여줄 생각도 않는 수현 때문에 꿍꿍 앓던 연지가 그의 얼굴을 양손으로 단단히 붙잡았다.

서연지를 담고 있는 수현의 눈동자를 연지는 조용히 응시했다. 오롯이 자신 때문에 세차게 뛰고 있는 그의 심장과 자신만을 원하는 그의 눈빛에 입안이 말랐다.

자신만큼이나 미쳐 있지만 서연지가 누구인지를 확인하기 위해 필사적인 남자. 서연지의 마음을 확인하고 싶어서 안달하는 남자 때문에 연지의 눈가가 붉어졌다. 이 남자를 사랑하지 않는다면 어떤 누구를 사랑해야 하는 걸까.

연지는 여전히 진정되지 않아 들썩이는 가슴으로, 이수현 때문에 그 어느 때보다 빠르게 뛰고 있는 심장으로 진심을 토했다.

"사랑해요."

수현의 눈이 커지고 그가 숨을 멈춘 게 느껴졌다. 아마 처음이 아닐까 싶었다. 그가 이토록 놀란 모습을 보이는 게.

"질릴 때까지 말해줄게요. 이수현의 서연지라고. 서연지는 이수현을 사랑한다고. 그러니까 이제 그만 괴롭히……."

연지는 말을 끝맺지 못했다. 예고도 없이 빠르게 몸속으로 밀려들어온 그의 분신 때문에.

수현은 뜨겁고 거칠었다. 그는 고요하지만 위험한 폭풍이었다. 그 폭풍에 휘말려 까무룩 정신을 놓아버린 연지는 눈이 감기기 직전, 생각했다. 사랑한다는 말을 들은 것도 같다고.

❖

"으음."

몸에 닿는 차가움에 솜털이 서고 미간이 좁아졌다. 목덜미와 허리에 느껴지는 감촉이 미묘하게 달랐지만 차갑다는 점은 같았다.

해가 뜰 때까지 수현에게 시달렸던 연지가 무거운 눈꺼풀을 힘겹게 들어 올렸다. 그와 동시에 엉덩이와 허리를 쓸어 올리던 수현의 손이 복부를 타고 올라와 가슴을 그러쥐었다.

"……차가워."

그녀의 목덜미를 배회하던 입술이 귓바퀴를 애무하고 있었다.

"따듯해질 거야."

웃음기가 실린 허스키한 음성에 연지는 소름이 돋았다. 잠에서 깨자마자 듣게 되는 이 남자의 목소리가 이토록 짜릿한 것이었다니.

"몇 시예요?"

등줄기를 타고 내려가는 그의 입술에 진저리를 치면서도 연지는 묻지 않을 수 없었다. 설마 아침이 지나가 버린 건 아니겠지?

"12시밖에 안 됐어."

귓가에 속삭여지는 나른한 음성에 연지는 어느새 뜨겁게 덥혀진 숨을 내뱉었다. 아아, 12시. 12시밖에 안 됐어…… 12시?

"미쳤어!"

경악한 연지가 벌떡 몸을 일으켰지만 금세 수현의 품으로 빨려

들어갔다.

"자, 잠깐만요. 나 오늘 약속 있어요."

햇살이 환히 비치는 방 안에서 실오라기 하나 걸치지 않은 몸을 수현에게 맡긴 게 되어버린 연지는 말을 더듬었다.

"약속?"

수현의 눈썹이 휘었지만 연지는 보지 못했다. 그의 가슴에 등을 기대고 있어서. 자신의 가슴이 그의 양손에 쏘옥 들어가 있는 건 과연 이 자세의 풀패키지인 건가.

"좋은 소…… 식, 훗! 있다고, 했…….."

수현이 손가락으로 유두를 꼬집으며 목덜미를 세게 무는 바람에 연지는 제대로 말을 잇지 못했다. 머리는 빨리 그를 떼어내고 선배와의 약속을 지키라고 재촉하는데 몸이 강력하게 거부 의사를 밝히고 있었다.

"나도 좋은 소식 있는데."

그의 손이 다리 사이로 파고들었다. 어떻게든 막아보려 무릎을 붙이고 반항하는 연지의 턱을 잡아 돌린 수현이 그녀의 입술을 깨물었다.

"힘 빼."

아프지 않게 깨물었던 입술을 혀로 살살 달래주는 그가 얄미워 눈을 흘겼지만 잘못했다는 걸 깨닫는 데는 오랜 시간이 걸리지 않았다.

"만지고 싶어."

한 손으로 가슴을 희롱하고 혀로 입술을 희롱하고 눈빛으로 마음을 희롱하는 수현에게 어찌 항복하지 않을 수가 있을까.

"수현…… 앗!"

애절한 그의 말 한마디에 힘이 빠진 다리 사이로 잽싸게 움직인 그의 손이 고지를 점령했다.

중지로 붉은 꽃잎을 문지르다가 촉촉하게 젖어버린 동굴까지 스윽 밀어내리는 움직임에 연지는 몸을 비틀며 신음을 흘렸다.

"취소해, 약속."

달콤한 명령에 굴복하고 싶었다. 그에게 모든 것을 맡기고 쾌락의 늪에 빠져 허우적대고 싶었다. 하지만 연지는 가까스로 이성의 발목을 잡았다.

"안, 돼요. 정말 중요한 약속이에요."

"나보다?"

손의 움직임을 멈추지 않는 수현에게 연지는 고개를 저었다. 일자리도 중요하기는 하지만 사람 나고 일 났지, 일 나고 사람 난 거 아니니까.

"그럼 취소해."

자신의 볼에 쪽! 소리 나게 입맞춤을 해오는 수현이 싫지 않았다. 어린아이처럼 굴고 있는 그였지만 그래서 더 섹시하게 느껴졌다. 머리에 꽃 달고 뛰어다닐 날이 오면 절망스러울 줄 알았는데 막상 그럴 수 있는 날을 맞이하고 보니 절망은커녕 가슴 벅차게 행복하기만 했다.

"궁금하지도 않아요?"

어쩔 수 없이 미소를 지으면서도 연지는 내심 서운한 척했다. 친구들이 봤다면 얌전한 고양이 뒷간 설이 백번은 나오고도 남을 만한 행동이었다.

"말해봐."

들어주기는 하겠다는 듯 수현의 손이 움직이는 속도가 느려졌다. 아예 멈춰줬으면 말하기가 더 수월했겠지만 연지는 이 정도 선에서 만족하기로 했다.

"직장, 구했어요."

"축하해."

빠르게 축하 인사를 날리고 다시 움직이려는 수현의 손을 막은 연지가 말을 이었다.

"주선해 준 선배가 오늘 약국으로 나오라고 했어요. 언제부터 출근할지 결정하자고."

그녀의 말이 끝나자 머뭇거리던 수현의 손이 완벽하게 움직임을 멈췄다. 그리고 길게 이어지는 한숨 소리에 연지는 겨우 웃음을 참아냈다.

"중요한 약속, 맞네."

"그래서 나 씻고 가봐야 해요."

자신의 허리를 껴안고 어깨에 턱을 올린 수현이 연거푸 한숨을 쉬어대서 연지는 미안해졌다. 어쩐지 오늘 선배와 약속을 잡은 게 대단히 잘못한 일처럼 느껴졌다.

"수현 씨도 숍에 가봐야 하잖아요. 오늘 쉬는 날 아니잖아."

"쉬어도 돼."

"무슨 원장이 그래요?"

"원장이니까."

"그러다 망하겠네."

"그럼 서연지 탓이지."

어이없는 발언에 연지가 고개를 돌려 그를 쳐다보았다.

"그게 왜 내 탓이에요?"

"당신이 날 미치게 만들었잖아."

화르륵! 연지의 얼굴이 불타올랐다.

"씻자."

역시 이수현은 방화범이었다. 또다시 자신의 온몸에 불을 질러 놓은 그가 무표정한 얼굴로 침대에서 내려가자 연지는 입술을 삐죽이다 고개를 갸웃거렸다.

잠깐만. 씻자? 씻어가 아니고 씻자고?

"꺄악!"

이불을 끌어 올려 몸을 가린 연지가 새된 비명을 내질렀다. 수현이 그녀를 번쩍 안아 올렸기 때문이었다.

"뭐, 뭐예요?"

"씻고 나가봐야 한다며."

그런데 왜 이러냐는 눈으로 쳐다보자 수현이 씨익 입꼬리를 말아 올렸다.

"그러니까 씻자고."

그의 품에 안겨 욕실로 들어간 연지는 직감했다. 그녀의 평균 샤워 시간은 10분이었지만 이번에는 족히 1시간은 걸릴 것 같다고.

선배와의 약속을 지키고 집으로 향하는 연지는 그야말로 피골이 상접해 있었다.

"사랑도 좋고 일도 좋지만 이러다 골로 가겠네."

힘없이 중얼거리던 그녀가 손바닥으로 배를 슥슥 문질렀다.

어제저녁에 선배한테 거하게 얻어먹은 후로는 뱃속으로 집어넣은 게 없었다. 그런데다가 수현에게 밤새 시달리고 그녀의 직감이 맞아 떨어져 샤워하면서도 사랑을 나눠야 했으니 체력 좋기로 둘째라면 서러운 서연지라도 힘든 게 당연했다. 뭐, 나이도 무시할 수는 없고.

그나마 불행 중 다행이라면 새로 일하게 될 직장에 출근하기까지 보름의 여유 시간이 생겼다는 것이었다.

'이렇게 빨리 새 사람이 올 줄 몰랐어요. 괜히 임산부한테 신경 쓸 일 만들어주는 걸까 봐 약국 이전(移轉) 얘기를 안 했었는데 이럴 줄 알았으면 할 걸 그랬네. 급하지 않으면 기다려 줄 수 있겠어요?'

연지는 당연히 그러겠다고 했다. 다시 직장을 구하기까지 최소한 달, 최대 석 달까지도 생각했던 그녀였다. 급할수록 돌아가라는 말을 믿고 꼼꼼하게 조건과 대우를 따져 가며 일할 곳을 찾았다. 그러니 인품 좋아 보이는 약국 주인과 서연지를 적극 추천한 선배의 입장, 약국임에도 불구하고 주 5일제로 일할 수 있고 페이도 나쁘지 않은 점들을 모두 따져 봤을 때 그 자리를 거절할 이유가 없었다. 한 가지 단점이라면 민아의 집에서 출퇴근하기가 힘들어졌다는 것이었는데 그 정도는 감수할 만했다.

'어제 바르르 떨더니 기어이 감기 걸린 거지?'

쯧쯧 혀를 차면서 감기약을 가방에 넣어주던 선배가 떠올라 연지의 얼굴이 달아올랐다.

어제에 비해 심하게 핼쑥해진 얼굴과 턱 끝까지 올라오는 터틀넥 니트는 선배의 오해를 사기에 충분했다.

그녀가 잠들어 있는 사이에 백화점에 다녀왔다는 수현은 길고 긴 샤워가 끝난 후에 쇼핑백을 내밀었고 그 안에는 찢어진 속옷을 대신할 란제리 몇 벌과 폭신폭신한 니트가 들어 있었다.

'이런 옷은 답답한데.'

'그런 옷을 입어야 할 텐데.'

니트를 펼쳐보고 뚱해진 자신을 향해 쏟아지던 음흉한 눈빛. 수현 때문에 샤워를 하면서도 거울을 보지 못했던 연지는 옷을 갈아입을 때가 되어서야 그의 말에 동감할 수밖에 없었다. 그리고 몸 상태를 확인하고서 경악한 연지가 다시는 물어뜯지 말라고 소리쳤을 때 수현은 삐딱한 시선으로 쳐다보며 협박했었다.

'그거 입기 싫지? 나야 드러내 놓고 다녀주면 고맙고.'

니트를 빼앗아가려는 수현의 손목을 양손으로 붙잡고 연지는 비굴하게 웃어 보일 수밖에 없었다. 니트가 너무너무 예쁘다고, 이렇게 예쁜 옷은 태어나 처음 입어본다고 아부하면서.

나란 여자 약한 여자 아니었는데. 왜 그 남자한테만 약해지는지 모르겠네.

연지의 미간에 굵은 주름이 잡혔다. 파이터 본능에 충실한 친구들처럼 그녀 또한 지고 사는 스타일은 아니었다. 때와 상황에 따라 비굴해지기도 하고 악착같이 참아낸 적도 많았지만 생계에 관련된 일이 아닌 이상 어지간하면 누군가한테 지는 일은 없었다. 수현이 유일했다. 언제나 그녀를 이기는 상대는.

'져주고 싶은 건 아니고?'

마음이 물어오는 질문에 연지는 걸음을 멈췄다.

져주고 싶은 거 아니냐고? 내가 일부러 지는 거라고?

지는 게 곧 이기는 거라는 현명함 같은 건 안 키웠다. 싸우게 되
면 이겨야 속이 시원했다. 그런 서연지가 이수현한테는 지고 싶어
한다. 왜? 어째서?

"……사랑하니까."

입 밖으로 답을 꺼내놓은 연지가 손으로 얼굴을 감싸며 푸힛,
웃음을 터뜨렸다. 그리고 생각했다. 언제인지 기억은 나지 않아도
분명 그가 져준 적도 있을 거라고. 서연지의 이수현이니까 당연히
그랬을 거라고.

3월의 끝을 달려가고 있는데도 바람은 여전히 매서웠고 며칠
전에는 가느다란 눈발이 날리기도 했었다. 하지만 연지의 마음은
온통 봄이었다. 살랑살랑 봄바람이 불고 샛노란 개나리가 만개한
그녀의 마음은 사랑으로 인한 행복에 푸욱 젖어 있었다.


굶주림을 잠시 잊은 연지는 콧노래를 흥얼거리며 엘리베이터의
버튼을 눌렀다. 전철역에서 빠져나왔을 때쯤 수현이 보낸 메시지
에 배고픔이 날아가 버렸기 때문이었다.

「xxxx. 기다려.」

선배가 기다리고 있던 약국 근처까지 데려다 준 그가 '잘하고
와.' 라고 말했던 것과 문자 메시지를 조합시켜 봤을 때 숫자 4개
와 기다리라는 말이 무엇을 의미하는지 모를 수가 없었다.

어차피 온몸에 도장이 찍혀 있으니 경기도 집에 가서 자고 올

수도 없는 노릇이고 내일 당장 출근을 해야 하는 것도 아니니 밤에 다시 보자는 그의 뜻을 거부할 마음? 그딴 건 절대, 네버, 죽어도 안 키운다.

저번에 아침을 얻어먹었으니까 맛있는 저녁을 해줄까? 옷은 뭐 입고 가지?

"좋냐?"

이런저런 고민을 하면서 구두를 벗어 신발장 안에 넣어두고 돌아선 연지에게 날 선 음성이 날아들었다.

다크서클이 턱 끝까지 내려온 민아가 기름진 머리를 하나로 올려 묶고서 연지를 노려보고 있었다. 그래서 연지는 친구에게 다가가 어깨를 잡아 돌려세운 다음.

쫘악!

"아악! 왜 때려!"

강력한 등짝 스매싱에 민아의 눈가에 눈물이 맺혔다.

"왜 때려? 왜 때려어? 왜, 아주 이 집에서 나가라고 고사를 지내지?"

"고사가 뭔데! 어우우, 따가! 따갑다고! 따가워!"

민아는 몸을 뒤틀면서 악을 썼다. 맞은 등짝이 따가워 죽겠다. 손바닥으로 비비면 좀 나아질 것 같은데 손이 닿질 않는다. 그러라고 손이 닿지 않는 부분을 때린 것이다. 저 악랄한 년.

분하고 억울하고 답답하고 아프기까지 해서 눈에 핏발을 세우고 노려보는 민아였지만 연지는 허리에 손을 얹고 친구에게 얼굴을 들이밀었다.

"죽어도 재결합 안 한다며? 그런데 왜 자꾸 불러들여? 여기가 아방궁이냐?"

"에이씨! 아방궁은 또 뭐야! 알아듣게 말을 해!"

얘 혹시……. 수능 시험 다른 사람이 대신 쳐준 거 아닐까?

민아가 모르는 게 있으면 있는 성질 없는 성질 다 내가면서 알려주는 수진과 달리 연지는 친절하게 자분자분 설명해 주는 스타일이었지만 오늘은 안타깝게도 그럴 기력이 없었다. 수현 덕분에 몹시 곤하여 얼른 자고 싶은 마음뿐이었다.

"됐고. 계속 그럴 거면 재결합을 해."

"그딴 거, 안 한다니까!"

"웃기고 앉았네."

"나 서 있거등!"

그게 말이냐 방구냐.

"내가 오라 그런 거 아니라고! 왜 나한테 그래!"

"니가 있으니까 오는 거지! 박정민이 나 보고 싶어서 오는 거겠냐!"

정민으로부터 연지 씨가 무시무시한 남자친구한테 끌려갔다는 소식을 듣고 뜬눈으로 밤을 지새우다가 말짱하게 들어온—오히려 콧노래까지 부르며 들어온—연지를 보고 화를 내려던 민아가 움찔했다. 이게 아닌데. 바락바락 소리 지르면서 화를 낼 사람은 난데. 서연지는 이러면 안 되는 건데.

"생각이라는 걸 좀 해봐. 너 같으면 변기에 앉아서 기절한 여자를 좋아할 수 있겠냐?"

"난 박정민 등짝에다가 빈대떡 붙였는데도 좋아하던데."

나는 어찌하여 이 아이와 대화가 될 거라 생각했던가.

"아, 됐고! 또 한 번 나한테 말 한마디 없이 네 전남편 끌어들이면!"

꿀꺽. 민아가 마른침을 삼켰다.

"그날부로 집 알아보러 다니겠어! 나 잘 거니까 깨우지 마!"

주춤거리며 뒷걸음질치던 민아가 멍한 표정으로 고개를 끄덕였다. 뭔가 억울했지만 살기 위해 나오는 본능적인 움직임이었다.

민아를 뒤로하고 방으로 들어간 연지는 피곤이란 갑옷을 겹겹이 두른 몸을 침대 위로 던지고 피식 웃었다.

퍽퍽, 익숙한 소음이 방문을 넘어 들어왔다. 분을 삭이지 못한 민아가 소파의 쿠션을 샌드백 삼아서 주먹을 날리고 있는 소리가 무척이나 정겨웠다.

"그러니까 나란 여자 약한 여자 아니라니까."

키득거리면서 중얼거린 연지는 고운 미소를 지은 채로 까무룩 잠들어 버렸다.

웃는 낯으로 미림을 배웅한 수현은 그녀가 탄 차가 멀어지는 것을 지켜보다 숍으로 들어갔다. 그리고 날카로운 시선으로 숍 내부를 천천히 훑었다. 하지만 이상한 점은 없었다. 평상시와 똑같은 광경이 눈에 들어올 뿐이었다.

이상해. 이상한데 뭐가 이상한지 알 수가 없어. 뭐지, 이 찝찝한 느낌은?

누군가 자신을 지켜보고 있는 것 같았다. 얼마 전부터 그런 기분이 들었고 점점 더 심해지고 있었다. 골치 아픈 건 이상한 감을 눈치채고 주변을 살피면 그를 따라다니던 시선이 사라져 버린다는 거였다. 그리고 또 하나, 그런 시선은 숍에만 한정되어 있을 뿐 다른 곳에서는 느낄 수가 없었다.

"원장님, 왜 그러세요?"

팔짱을 끼고 서서 의심하면 안 될 만한 사람들을 추려내던 수현이 오 실장의 걱정스런 표정에 빙긋이 미소를 지으며 고개를 젓다가 휙 몸을 돌렸다. 집요한 시선이 느껴져 빠르게 사람들을 훑어봤지만 용의자를 색출해 내기가 여간 어려운 게 아니었다.

젠장! 누구냐고, 대체!

고상하기로 정평이 나 있는 평창동 강 여사님, 강 여사님과 비슷한 성정의 주 여사님. 숍의 단골인 여자친구 손에 끌려온 남자 고객과 오늘 처음 방문한 고객 두 분. 그중에 한 분은 지금 네 번째의 컴플레인을 걸며 디자이너와 스탭들을 난감하게 만들고 있었다. 아, 저 고객도 뭔가 이상하기는 했다. 숍을 운영하다보면 특이한 고객들을 만나게 되기 마련이지만 저 고객처럼 사사건건 컴플레인을 걸어오는 경우는 흔치 않았다. 어지간한 카페 못지않은 커피 맛을 자랑하는 L&M 헤어 가든에서 커피에서 하수구 냄새가 난다고 컴플레인을 걸었던 고객은 저 고객이 유일했다.

어쨌든, 이제껏 아무런 문제 없이 지내온 직원들 중의 누군가가 갑자기 정신이 나가서 이수현을 해바라기할 리는 없었다. 하지만 고객들 중에서도 수상한 기미가 보이는 사람은 없다. 그런데 도대체 왜! 어째서! 불쾌하고 찝찝한 기분이 가시질 않느냔 말이다!

"안색이 안 좋으신데 올라가서 좀 쉬세요. 예약 고객님 도착하시면 알려 드릴게요."

입술로는 미소를 그리고 있지만 서늘한 눈빛을 뿌리고 있는 수현에게 오 실장이 휴식을 제의했고 그는 제의를 받아들였다.

원장실로 들어가 텀블러에 커피를 따라 소파에 앉은 수현이 뒷목을 주무르다가 헛웃음을 흘렸다. 원래부터 신경이 예민해서 남들보다 배로 스트레스를 받기는 했지만 스토킹 당하고 있는 건 아닐까, 그런 생각까지 했던 적은 없었다.

최근 몇 달간 진상 고객이 배로 증가한데다가 얼마 전에는 아버지 건강에 적신호가 울리기도 했었다. 수면 시간이 부족한 건 말할 것도 없고 시간을 쪼개어 연지를 만나느라 운동을 게을리하기도 했다. 그러니 괜히 뭔가 찝찝하다고 느끼는 건 과부하가 걸려 피로해진 심신과…….

'사랑해요.'

이상한 기분을 떨칠 수 없는 원인을 찾고 있던 수현의 입매가 늘어졌다. 24시간 리플레이해도 질리지 않을 것이 분명한 연지의 사랑 고백.

사람이 갑자기 분에 넘치게 행복해지면 불안하고 두려워진다던데 그래서 그런 건가?

연지에게 사랑 고백을 들은 후부터 수현은 행복을 만끽하고 있었다. 살 맛 난다는 게 어떤 건지 뼈저리게 실감하게 있었고 누가 무슨 짓을 해도 웃어넘길 수 있었다. 하지만 반대로 무섭고 불안하기도 했다.

열일곱 살 때까지의 이수현은 지금처럼 감정 표현에 인색하기는 했지만 가면을 쓰고 살지는 않았었다. 고모라는 사람의 경멸과 무시를 이해할 수는 없었지만 그런 것쯤은 가볍게 넘길 수 있을 만큼 부모님이 주신 사랑이 컸었다.

열일곱의 겨울. 유난히 추웠던 그날. 감춰져 있던 진실이 드러나 버렸던 그날부터 수현의 얼굴에 가면이 씌어졌다.

행복의 반대말이 불행이라는 건 알고 있었지만 불행이 무엇인지는 알지 못했었던 소년. 예상치 못했던 순간에 끝나 버리는 행복이 얼마나 큰 절망을 안겨줄 수 있는지 알아버린 소년은 더는 행복하지 못했다.

'그래요. 후회해요.'

오래전, 완벽하게 닫히지 못한 문 틈 사이로 흘러나온 단호한 음성이 수현의 뇌리에 깊숙이 박혀 있었다.

후회라는 감정을 이해할 수 있었다. 받아들일 수도 있었다. 하지만 이해하고 받아들일 수 있다고 해서 상처받지 않는 것은 아니었다.

후회…… 하게 되면.

서연지가 이수현이라는 남자를 사랑하게 된 것을 후회하게 될 날이 올 지도 모른다는 생각만으로 텀블러를 쥐고 있는 손에 힘이 들어갔다. 마디가 하얗게 변색된 손 위로 커피가 흘러넘쳤지만 수현은 알지 못했다.

그가 정신을 차린 건, 일할 때는 원장실 책상 위에 놔두는 휴대폰이 지이잉 소리를 내며 진동했을 때였다.

「바쁘죠? 난 엄마하고 대청소하다가 밥 먹고 잠깐 쉬고 있어요. 보고 싶어요. ㅠㅠ」

메시지의 끝을 장식하고 있는 이모티콘만으로도 그녀가 어떤 표정을 짓고 있을지 확연히 그려졌다. 저도 모르게 미소를 되찾은 수현이 지체 없이 연지에게 전화를 걸었다.

[안 바빠요?]

그녀를 닮아 통통 튀는 경쾌한 음악 소리를 감상할 새도 없이 그리운 음성이 들려왔다. 고작 이틀 떨어져 있었을 뿐인데도 수현은 그녀가 그립고, 그립고, 또 그리웠다.

"안 바빠. 대청소는 끝났어?"

[아직 한참 멀었어요. 해도 해도 끝이 없어. 엄마 혼자 하셨으면 날 샐 뻔했어요.]

둘째 준수 방은 건드릴 게 없는데 첫째 준호 방은 전쟁터가 따로 없다며 연지가 한숨을 내쉬었다.

[내가 방 내줄 때 그랬거든요. 더럽게 쓰면 죽…… 아니, 혼날 줄 알라고. 그런데 고작 반년 사이에 내가 쓰던 흔적이 하나도 안 남은 거 있죠?]

혼자 서울에서 생활하기로 결정이 나면서 자신이 쓰던 방을 동생에게 양보했다던 연지였다. 그런데 말썽꾸러기 첫째가 그 방을 완벽하게 제 방으로 꾸며놓은 모양이었다.

"남자애들이 다 그렇지."

동생들을 향한 그녀의 조건 없는 애정이 조금 부럽기도 하고 이유 없이 마음이 찌릿하기도 한 수현에게 연지가 밝게 물었다.

[수현 씨도 그랬어요? 수현 씨는 어릴 때 어땠어요?]

자신의 어린 시절을 궁금해하는 연지에게 수현은 어떤 말도 해줄 수 없었다.

수현은 가족과 함께할 수 있었던 시간이 적었다. 처음 유학 생활을 시작했을 때에는 어머니가 곁에 계셔주셨지만 열여섯 살이 돼서는 미국에서 장사를 하시는 큰이모 댁에서 지냈고 대학에 입학했을 때부터 혼자 살았다.

치고받으며 싸울 수 있는 또래의 형제가 없었다. 수현은 친구들과도 작은 싸움 한 번 일으키지 않았다. 만약 형제가 있었다 해도 싸움을 걸 생각조차 못했을 것이다. 무조건 올바르게 훌륭한 아이로 자라야 했으니까. 그래야 두 번 다시는 후회한다는 말 같은 거, 듣지 않을 수 있을 거라고 믿었다.

"내일 아침에 출발한다고 했지? 데리러 갈까?"

수현은 묵직해지는 마음을 모른 척하며 화제를 돌렸다.

[아니에요. 내일 아침 일찍 서울 집에 들렀다가 곧장 공항으로 갈게요. 엄마가 대청소한다는 말씀만 안 하셨어도 오늘 갔을 텐데.]

투덜거리는 연지였지만 가족과 보내는 시간을 즐거워하는 마음이 숨김없이 드러났다.

수현이 알고 있는 사람들 중에서 연지만큼 가족을 위하는 사람은 없었다. 가족들 몰래 혼자만 여행을 가는 게 마음에 걸려 부랴부랴 경기도로 향한 것만 봐도 그녀에게 엄마와 동생들이 얼마나 크고 소중한 존재인지 알 수 있었다.

[제주도, 날씨 좋겠죠?]

"좋을 거야."

너무 먼 곳은 부담스럽고 제주도가 적당할 것 같다는 연지의 말 한마디에 여행지를 제주도로 정해 버린 수현이었다. 연지가 보고 싶어하는 유채꽃이 피어 있을지는 모르겠지만 그녀의 바람처럼 날씨라도 좋았으면 싶었다.

[그런데 나 안 보고 싶어요? 난 수현 씨 보고 싶어서 안구에 습기 찼는데.]

장난스러운 연지의 말에 수현이 유쾌하게 웃음을 터뜨렸다. 서연지만이 할 수 있는 일이었다. 서연지만이 이수현을 진심으로 웃을 수 있게 만들었고 행복으로 진저리치게 만들 수 있었다.

수현과 연지가 사랑을 속소이고 있을 때, 지겹게 컴플레인을 걸던 고객이 직원들의 정중한 배웅과 할인권까지 챙겨 밖으로 나섰다. 차에 시동을 건 컴플레인 고객은 짜증난다는 표정으로 누군가에게 전화를 걸었다.

[나왔어? 난 카페야.]

곧바로 본론으로 들어가는 상대방 때문에 컴플레인 고객의 얼굴이 한없이 구겨졌다.

"이 남자 누구야? 누군데 이런 짓까지 시켜?"

[몰라도 된다니까. 얼른 와. 빨리! 알았지?]

대답도 안 했는데 전화가 끊겨버린 휴대폰을 들고 있던 여자는 고개를 절레절레 저었다. 나단의 팬클럽 회장직을 맡았을 때부터 친해진 이 요상한 인간은 처음부터 그랬듯 지금도 요상했다.

"어떻게 나단 오빠한테 박나리 같은 여동생이 있을 수 있는 건지. 쯧!"

투덜투덜대면서도 여자는 약속 장소인 카페로 향했다. 이러니저러니 해도 박나리가 박나단이 끔찍하게 사랑해 마지않는 여동생이라는 건 변하지 않는 사실이기에.

제주도 여행 첫날. 공항 주차장에서 렌트카를 찾은 수현과 연지는 트렁크에 짐을 싣고 호텔로 향했다.

제주도답게 바람이 많이 불었지만 연지는 춥지 않았다. 비행기에 탑승했을 때부터 지금까지, 기분 좋은 설렘만 가득했기 때문이었다.

"우와."

호텔 객실에 들어선 연지는 나지막하게 탄성을 흘렸다. 민아와 나리가 수현이 예약한 숙소가 S호텔 아니면 L호텔일 거라고 장담했었는데 그들의 예상은 빗나가지 않았고 객실은 무엇을 생각했던 그 이상이었다.

왜 로열 스위트룸이라고 부르는지 알 것 같았다. 관광하러 온 사람들에게는 꼭 관광을 해야 하는가, 고뇌하게 만들만큼 심플하면서도 고풍스러운 실내 장식과 눈앞에 펼쳐지는 절경이 환상적이었다.

"수현 씨, 무리한 거 아니에요?"

발코니에 서서 묻는 연지에게 수현이 어깨를 으쓱해 보였다.

"전혀."

연지는 눈치 없이 뭐 하러 이렇게 비싼 곳을 예약했냐고 따지지 않았다. 좋은 게 좋은 것. 이런 객실 또한 자신을 향한 수현의 마음이라고 생각하면 즐기지 못할 이유가 없었다.

객실에 짐을 놓고 밖으로 나간 연인은 늦은 점심으로 갈치조림을 먹었다. 서로의 숟가락 위에 가시를 바른 생선살을 놓아주며 키득거리는 모습이 누가 봐도 신혼부부였다.

해안 도로를 따라 드라이브를 하고 나서 섭지코지에 도착한 연지와 수현은 잡은 손을 놓지 않고 절벽과 바다가 웅장한 조화를 이루는 풍경을 감상했다.

이제는 옛날이라고 불리는 오래전, 유명했던 드라마의 촬영 장소였던만큼 섭지코지에 몰린 관광객들의 수가 적지 않았다. 그리

고 저 같은 관광객들을 쳐다보던 연지가 한 커플을 보고 심각한
표정을 지었다.

너희, 부모님께 허락은 받고…….

나이를 얹고 또 얹어줘도 10대로밖에 안 보이는 어린 연인을 보
며 허락 운운하던 연지는 그냥 시선을 돌려 버렸다. 서른한 살인
그녀도 애정 씨께 애인하고 단둘이 여행 간다는 말을 안 꺼냈는데
쟤들이 허락을 받았을 리가.

"추워?"

수현의 말에 연지는 고개를 저었다. 바다가 지척이라서인지 강
풍이 불어와 얇은 카디건이 주체할 수 없을 만큼 휘날렸지만 수현
의 옷을 빼앗아 입고 싶지는 않았다.

하아, 이 웬수들.

여행 가서 입을 옷들을 챙겨주겠다며 커다란 캐리어에 13박 14
일치의 옷을 넣어준 웬수들은 그렇게 말했었다. 여자는 좀 추워
보여야 보호 본능을 자극할 수 있다고. 그런데 보호 본능 자극하
기 전에 얼어 죽을 것 같았다.

춥지 않다고 했는데도 수현은 겉옷을 벗어 연지를 감쌌다. 그리
고 가느다란 바람 한 줄기도 용납지 않겠다는 듯 그녀를 뒤에서
꼭 껴안았다.

"나 괜찮은데."

그의 품에 안긴 채로 연지가 중얼거리자 수현이 딱 잘라 말했
다.

"내가 안 괜찮아."

얼굴을 발갛게 물들인 연지가 히죽, 웃음을 베어 물었다. 강하

면서도 다정한 애인 덕분에 드라마 속 주인공들도, 알록달록한 커플룩을 맞춰 입은 신혼부부도 전혀 부럽지가 않았다.

연지가 보고 싶었던 유채꽃을 원없이 구경한 다음, 두 사람은 김녕미로공원에 도착했다.

"이런 게 하고 싶었어?"

연지 때문에 입장료를 지불하고 들어오기는 했지만 미로공원을 즐기는 방법을 친절하게 알려주고 있는 안내판을 확인한 수현의 눈썹이 뾰족해졌다.

미로 찾기를 재미있게 즐기시려면 지도를 처음부터 보지 말고, 누가 종을 먼저 울리는지 팀을 나누어 10초 간격으로 미로 안으로 들어가 보세요!

지도가 있는데 보지 말라는 것도 마뜩찮고 팀을 나누어 따로 들어가라는 말은 짜증스러웠다.

"너무 재밌겠죠! 난 이런 거 진짜 좋더라. 수현 씨 먼저 들어갈래요? 아니면 내가 먼저 들어갈까요?"

흥분한 음성과 번쩍이는 눈빛이 이거 하기 싫다고 하면 눈물이라도 보일 기세였다.

"같이 들어가."

싫다고는 못하겠어서 차선을 선택한 수현을 연지가 빤히 쳐다보았다. 그러다 장난스럽게 입술을 씰룩였다.

"수현 씨 길 잃고 헤맬까 봐 무서워서 그래요?"

아마 그의 자존심을 건드려 도전 의식을 고취시켜 보자는 의도였던 것 같은데, 방법이 틀렸다. 자존심을 건드리려 한다는 의도도 빤히 보이거니와 도전 의식은 이런 데 쓰라고 생기는 게 아니다. 다른 종류의 일이었다면 한 수 접고 물러나 주겠지만 연지와 떨어질 생각이 추호도 없는 수현은 무작정 그녀를 안아 올렸다.

"꺄! 수현 씨! 내려놔요, 얼른!"

놀라고 부끄러워서 새빨개진 얼굴로 발버둥치는 연지였지만 수현은 가차 없었다.

"싫어. 당신 말처럼 무서우니까 같이 들어가."

"알았어요! 알았으니까 내려달라구요!"

가족 단위의 관광객들이 수현과 연지를 쳐다보고 있었다. 누군가는 나도 저랬을 때가 있었다는 부러움의 눈빛으로, 누군가는 저때가 좋은 거라는 흐뭇한 눈빛으로. 저 사람들 왜 저러냐는 눈빛을 보내는 건 저랬을 때와 저때를 모르는 꼬맹이들뿐이었다.

결국 연지는 수현에게 안긴 채로 오랫동안 미로 속에서 헤맸다. 일부러 막다른 길로만 다니는 수현 때문에.

길이 막힐 때마다 달콤한 키스를 퍼붓는 수현 때문에 미로에서 빠져나온 후 연지의 입술은 촉촉하게 젖어 있었다.

미로 탐험을 끝낸 뒤에는 박물관이나 전시관이 보이면 계획에 없어도 들어가서 관람을 하고, 차를 타고 가다가도 예쁜 풍경을 마주하게 되면 차를 세우고 사진을 찍었다. 그렇게 즐거운 시간을 보낸 두 사람은 제주도에서 당연히 먹어야 할 흑돼지로 저녁 식사를 하고서 호텔로 돌아왔다.

"수현 씨, 우리 옷 갈아입고 밑에 산책……."

부른 배를 두드리며 욕실에서 양치를 하고 나온 연지는 끝까지 말을 잇지 못했다.

말 한마디 꺼내지 못하게 입술을 부딪쳐 온 수현이 입술 위에서 속삭였다.

"산책은 내일."

밤하늘을 가져다 넣어놓은 것 같은 수현의 눈동자를 바라보던 연지가 조용히 눈을 감았다. 산책은, 내일 해도 될 것 같았다.


다음날, 중딩은 못 이겨도 고딩은 이겨보겠다며 무리하게 성산일출봉 정상에 올라섰던 연지는 내일도 관광 할 수 있으니 쉬자는 수현의 유혹에 못 이기는 척 넘어갔다. 하지만 그 유혹을 뿌리치지 못한 게 더없이 후회가 되었다.

"혹시 이럴 줄 알았어요?"

제주도 여행의 마지막 날. 호텔 내 스파로 향하던 연지가 뜬금없이 물었지만 수현은 용케 알아들었다.

"설마."

내가 어떻게 알았겠냐고 반문하는 표정이었지만 어쩐지 굉장히 즐거워 보인다.

"정말 몰랐어요?"

당연히 몰랐을 테지만 연지는 포기할 수가 없었다. 말도 안 된다는 건 알지만 그는 알고 있었을 것 같다는 생각이 떨쳐지질 않았다.

"난 사람이야."

수현은 자신이 신이 아닌 사람임을 주장하며 연지의 허리를 감싼 팔에 힘을 가했다.

신뢰감 없는 눈빛으로 수현을 쳐다보던 연지는 푸욱 한숨을 쉬었다.

수현이 어렵게 시간을 냈음을 모르지 않았다. 친구들과 제주도에 와본 적이 있기는 했지만 오래전이었고 그 후로는 비행기를 타고 여행을 다녀본 적이 없었다. 게다가 애인과의 여행은 태어나 처음이었다. 그래서 할 수만 있다면 최대한 많은 곳을 가보고 싶었다.

서른한 살이 돼가지고 고딩을 이기겠다며 기를 썼으니, 쯧!

어제, 악을 쓰고 성산 일출봉 정상에 올랐을 때까지만 해도 기분이 너무 좋았었다. 정상에 서니 가슴이 탁 트이는 것 같았고 내려다본 광경이야 더할 나위 없이 멋있었다. 숨이 가쁘고 다리 아픈 것도 잊었을 만큼. 하지만 다시 출발점으로 돌아갔을 때에는 제 나이를 실감할 수밖에 없었다. 천천히 올라가도 되는 걸 고딩들과 경쟁하면서 올라간 탓에 쥐가 났을 정도니까.

마지막 날이 남아 있었기에 하루쯤은 쉬어도 되겠거니 싶었건만……

왜 비가 오는 거냐고!

은은한 향의 오일이 발라진 몸을 조물거리는 스파 직원의 손놀림은 부드러웠지만 연지는 눈물을 삼켰다.

오전까지만 해도 수현과 나란히 어깨를 붙이고 산책을 했을 만큼 운치있게 내리던 비였다. 하지만 시간이 지날수록 빗줄기가 굵어졌고 지금은 억수같이 퍼부어지고 있었다. 감히 밖으로 나가야겠다는 마음조차 먹지 못하게.

"아팠어?"

스파가 제공하는 샤워시설에서 샤워를 마치고 나온 연지는 걱정스런 표정으로 얼굴을 감싸주는 수현에게 고개를 저어 보였다. 하지만 객실로 향하면서 계속 한숨을 내쉬자 결국 수현이 그녀의 이마에 손등을 댔다.

"컨디션, 별로야?"

연지를 걱정하는 마음이 수현의 콧등에 주름이 잡히게 만들었다.

오늘 끊임없이 비가 내려준 덕분에 수현은 부족한 것 없이 안락하고 밀폐된 공간에서 연지를 독점할 수 있었다. 그녀는 어떤 영화보다 드라마틱했으며 최고급 샴페인보다 달콤했고 담배와는 비할 수 없을 만큼 중독성이 강했다. 그래서 연지와 함께하는 이번 여행은 수현의 수많은 여행 중에서 단연 베스트 오브 더 베스트였다. 특히 오늘이.

"그냥, 아쉬워서요. 오늘이 마지막 날인데 비가 오니까."

제 이마에서 수현의 손을 잡아 내린 연지가 그의 손에 깍지를 꼈다.

"다시 일하게 되면 앞으로 여행 갈 시간 만들기 어려운데 계속 비가 내리니까. 올레길도 걸어보고 싶었고, 한라산 등반은 못해도 승마도 하고 카트도 타보고 싶었거든요. 우리 오늘 카트 타기로 했었잖아요."

힘 빠진 음성으로 하고 싶었던 것들을 늘어놓은 연지였지만 핵심은 따로 있었다. 그것들을 수현과 함께 하고 싶었던 것, 그게 핵심이었다.

연지는 수현과 잊지 못할 추억을 만들고 싶었다. 처음으로 애인과 떠나온 여행이고 수현과의 첫 여행이니까.

"시간은 많아."

연지의 정수리에 입을 닿춘 수현이 그녀를 어르며 객실로 들어 갔다.

연지를 침대에 앉혀놓고 미니바에서 오렌지주스를 꺼내 가져다 준 수현이 무릎을 구부리고 앉아 그녀와 시선을 맞췄다.

"개그 캠프 볼래?"

"수현 씨 TV 보는 거 안 좋아하잖아."

고개를 숙이고 입술을 삐죽이는 연지에게 쪽 입맞춤을 한 수현 이 씨익 입 꼬리를 말아 올렸다.

"당신이 좋아하니까."

리모컨으로 TV를 켜고 침대 위로 올라간 수현은 연지의 겨드랑 에 사이에 팔을 넣고 끌어당겨 자신의 가슴에 등을 기대게 만들었 다. 그가 가장 좋아하는 자세였다.

연지가 개그 캠프를 보면서 깔깔대는 동안 수현의 손과 입술은 쉼 없이 움직였다. 그녀의 머리카락을 손으로 빗어 내리다가 통통 한 귓불을 만지작거리고 목덜미에 입을 맞췄다. 그녀의 하얀 손등 에 입술을 비비다가 손가락 하나, 하나에 입을 맞추고 장난스럽게 손끝을 깨물어보기도 했다.

"수현 씨, 재미없죠?"

한 코너가 끝나고 다른 코너가 시작되기 전에 밴드가 음악을 연 주하는 사이, 연지가 고개간 돌려 수현을 쳐다보았다.

"재미있는데."

수현은 능청스럽게 왜 그런 걸 물어보냐는 듯한 눈빛을 던졌고 연지는 그의 의중을 읽어내려 노력하다가 결국엔 포기해 버렸다.

다시 개그 캠프로 관심을 돌리고 웃음을 터뜨리던 연지가 순간 흠칫하며 몸을 굳혔다.

"……수현 씨. 재미없으면 딴 거."

"재미있어."

말과 행동이 일치하지 않았다. 목덜미를 잘근잘근 깨물던 그가 티셔츠 안으로 손을 집어넣었으니까.

따스한 온기가 감돌던 그의 손이 순식간에 뜨거워졌다. 후크가 앞쪽에 달려 있는 브래지어는 너무 쉽게 그의 손에 가슴을 내줘 버렸다.

양손으로 제 가슴을 감싸고 귓불을 입안으로 빨아들이는 수현 때문에 연지는 개그 캠프에 집중할 수가 없었다. 유일하게 챙겨보는 프로그램이라고 할 만큼 좋아하지만 지금 이 순간만큼은 눈에 들어오질 않는다.

"수현 씨, 잠깐……!"

연지는 말을 하다말고 급하게 숨을 들이켰다. 그의 손가락이 단단해진 유두를 꼬집자 알싸한 아픔과 함께 쾌감이 밀려든 탓이었다.

"충분히 재미있어. 신경 쓰지 마."

귓바퀴를 혀끝으로 쓸면서 던지는 말에 연지는 달달달 몸을 떨었다. 그에게 안기는 게 처음이 아닌데, 벌써 수없이 안겼는데도 불구하고 항상 처음인 것만 같았다. 주체할 수 없이 떨리고 감당할 수 없을 만큼 설렌다. 언제나, 항상.

"연지야."

목선을 따라 내려가던 그의 입술이 동그란 어깨를 깨물더니 나지막하게 그녀의 이름을 불렀다. 눈물이 날 만큼 다정하고 따스한 부름에 연지의 속눈썹이 파르르 진동했다.

"연지야."

당장 심장이 멈춰 버린다고 해도 이상하지 않을 것 같았다. 그저 단순하게 이름을 불러주는 것이었으면 이렇게까지 심장이 뛰고 가슴이 저미지는 않았을 것이다. 하지만 연지는 느꼈다. 그의 음성에 담긴 애절함. 서연지라는 여자만을 위해서, 서연지로 인해서 뛰고 있는 그의 심장을. 그래서, 눈물이 난다.

연지는 고개를 돌려 수현의 입술을 찾았다. 기다리고 있었다는 듯 반갑게 맞이해주는 그의 입술 때문에 진심으로 기뻤다.

"당신이 유혹한 거야."

숨이 막힐 만큼 길고 깊었던 입맞춤 끝에 수현이 중얼거린 말은 얼토당토않았지만 연지는 가만히 고개를 끄덕였다.

그렇게 또 한 번, 그들은 매 순간이 처음인 것처럼 서로를 안고 또 안았다.

연지가 제주도에 여행을 갔었던 3박 4일간 외로움과 심심함에 몸부림치던 민아였지만 지금은 싱글벙글 웃는 얼굴이었다. 여행에서 돌아온 연지가 반찬 가지러 갈 겸, 애정 씨와 쌍둥이하고 며칠 지낼 겸 경기도로 간다는 말에 냉큼 따라나섰기 때문이었다. 음식은 손맛이라는 애정 씨의 철칙에 따라 하얀 손을 양념으로 시뻘겋게 물들이고 깍두기를 담그면서도 민아는 즐겁기만 했다.

빡!

야구 방망이를 두 동강 낼 때나 날 만한 효과음에 주방에서 깍두기 담그기에 여념이 없던 애정 씨와 민아가 쯧쯧 혀를 찼다.

"아씨! 머리 나빠지게!"

연지가 화장실에 간 사이 휴대폰을 만지작거리다가 딱 걸린 준호가 후려갈겨진 뒤통수를 문지르며 눈을 부라렸다.

"머리 나빠지게? 이 누님, 무지하게 충격이다. 더 나빠질 머리가 있었어?"

쌍둥이 맞은편에 양반다리를 하고 앉은 연지의 눈매가 가늘어졌다.

"무시하지 마. 운동하면서 중간 등수 유지하기가 얼마나 어려운지 알아? 누나가 해봤어?"

기세등등하게 어깨에 힘을 주는 준호를 힐끗 쳐다본 준수가 고개를 절레절레 저었다. 저러다 또 맞지.

뻐억!

또다시 들려온 효과음에 준수는 고개를 끄덕였다. 그럴 줄 알았다는 표정으로.

"아, 누나야!"

이번엔 옆통수를 제대로 얻어맞은 준호가 씩씩거렸지만 연지는 개의치 않았다.

"새벽에 우유 배달하고 학교 가서 공부하다가 하교 하자마자 햄버거 패티 굽고 그거 끝나면 집에 와서 종이에 풀 바르고, 그리고 다시 새벽에 일어나 우유 배달하면서 전교 1등 하기. 해봤냐?"

"우이……."

"안 해봤으면 입 다물고 풀어."

팔짱을 단단하게 끼고 경고하자 얌전하게 휴대폰을 내려놓은 준호가 다시 문제들을 풀기 시작했고 그사이 준수가 연습장을 내밀었다.

"다 했어."

준수가 내민 연습장을 받아 들고 꼼꼼하게 풀이 과정과 답을 살핀 연지가 혀를 내둘렀다.

나보다 더 대단한 놈.

그녀가 준수에게 만들어 내준 문제들은 고등학교 2학년 수준의 수학 문제들이었다. 그런데 단 한 개도 틀리지 않았다. 풀이 과정이 쉽지 않도록 일부러 꼬고 또 꼬아서 냈는데도 완벽하게 답을 유추해 냈다. 아마 외국에서였다면 고등학교를 졸업하고도 남았을 수준일 것이다.

수현과 제주도로 여행을 가기 전에 경기도 집에서 며칠을 지냈던 연지는 대청소를 했던 날 준호의 방에서 성적표를 찾아냈었다. 그리고 기함했다. 양가집 도련님이 되어 있는 준호 때문에.

반 평균을 깎아먹는 일등 공신이 되어버린 준호와 달리 준수는 훌륭한 성적을 자랑하고 있었지만 안심할 수는 없었다. 그녀가 신경 쓰고 가르쳤을 대는 준호도 양가집 도련님은 아니었으니까.

준호는 제 나이에 맞게 중학교 2학년 수준의 문제를 풀면서도 끙끙대고 준수는 고등학교 2학년 수준의 문제를 내줘도 막힘없이 풀어냈다. 쌍둥이니까 똑같이 똑똑해야 한다는 생각을 하진 않지만 달라도 이렇게까지 다를 수 있을까 싶은 마음이 드는 건 어쩔 수가 없었다.

축구를 하자고 하면 야구를 해버리는 준수와 달리 운동 신경 면에서는 타의 추종을 불허하는 준호였다. 뭐든 하나만 열심히, 잘 해내면 된다는 주의의 연지라 준호의 성적을 크게 걱정하지는 않 았지만 그래도 어느 정도는 해주었으면 싶었다. 운동을 잘한다고 해서 공부를 못하는 게 자랑이 될 수는 없으니까.

"그런데 말이야."

차분히 문제를 푸는가 싶었더니만 기어코 또 입을 열고 마는 준 호였다.

"누님, 예뻐지셨네? 연애해? 여자는 연애하면 예뻐진다던데."

준호는 능글맞게 눈웃음까지 살살 치고 있었다. 제 누나의 기분 이 좋아지게 만들어 지루한 공부 시간을 끝내 버리겠다는 야심찬 계획이었겠지만 준호의 능글맞음에 유씨가 떠올라 버린 연지는 분노를 잠재우지 못했다.

빠악!

이어지는 매타작에 머리를 감싼 준호는 신음조차 흘리지 못했 다.

"서준수 성적은 그대로인데 서준호 성적만 떨어진 걸 이 누님 은 용납할 수가 없다. 연대책임, 무슨 말인지 알지? 서로 합심해서 격하게 공부하기를 바라 마지않는다. 서준호 성적이 제자리를 찾 지 못하면……."

너희 두 놈 모두, 용돈 같은 건 꿈도 꾸지 말아야 할 테니 알아 서 기라는 말이었다. 그래서 머리 좋은 준수는 준호의 어깨를 붙 잡아 똑바로 앉히고는 손에 연필을 쥐어주었다.

"해. 같이 죽기 싫으면."

험악한 경고를 내뱉은 준수가 준호를 도와 문제를 풀어가는 모습을 지켜보던 연지는 자리에서 일어섰다. 이 정도면 준호도 말귀를 알아들었을 테고 믿음직한 준수가 저보다 더 잘 챙길 테니 더는 감시하고 있을 이유가 없었다.

"너는 왜 애를 때리고 그러냐?"

주방으로 들어선 연지를 민아가 가자미눈을 하고서 밉게 흘겨보았다. 저와 비슷한 처지—공부를 못하는—의 준호에게 동질감이라도 느끼는 건지 유독 서준호를 예뻐하는 민아였다.

"때릴 만하니까 때리는 거겠지. 그렇지, 딸?"

연지가 뭐라 하기도 전에 애정 씨가 선수를 쳤다.

쌍둥이의 훈육과 교육에 관한 권한은 연지에게 있었다. 애정 씨가 자식들 밥 세끼 챙겨 먹이겠다고 밤낮 할 것 없이 일하러 다니는 동안 동생들을 돌보는 건 오롯이 연지의 몫이었기 때문이었다.

"그나저나 우리 딸, 항상 예뻤지만 더 예뻐졌어. 정말 연애해?"

딸의 눈치를 보다가 슬슬 말을 꺼내는 애정 씨에게 대답한 건 민아였다.

"연애하니까 예뻐졌지. 엄마도 참."

애정 씨를 엄마라 부르는 민아도, 민아에게 엄마라 불린 애정 씨도 그 호칭을 이상하게 여기지 않았다.

아주 어렸을 때부터 그렇게 불러와서 이제는 더없이 자연스러워진 호칭이었다.

"그래? 연애해? 맞선 봤던 사람보다 나아?"

눈이 왕방울만 해진 애정 씨가 묻자 민아가 손사래를 쳤다.

"엄마! 내가 진짜 얘기 안 하려고 했는데 그 맞선남은 완전 폭탄이었다니까? 엄마는 어디 연지한테 그런 놈을!"

연애를 하고 있는 방애정 씨의 딸 서연지는 조용한데 백민아가 더 난리다.

"그 정도로 아니었어?"

"아우, 말도 마. 나 뒤로 넘어가는 줄 알았다니까?"

"사진으로는 그렇게 안 보이더만."

"사진 믿지 마. 사기꾼도 그런 사기꾼이 없어."

"에잇! 내가 이놈의 여편네를 그냥! 어디 사람이 없어서 내 귀한 딸한테 그런 놈을 가져다 붙여?"

"엄마, 우리 지금 그 여편네 찾아갈까? 나 머리끄덩이 되게 잘 잡아."

당장 그 여편네를 찾아가 아작을 낼 듯한 모션을 취하고 있는, 친모녀보다 더 쿵짝이 잘 맞는 두 여인을 기가 막힌 얼굴로 쳐다보던 연지가 휴대폰을 들고서 집 밖으로 나왔다.

어린이들의 머리카락 한 올 찾아볼 수 없는 놀이터에서 새 것 같은 그네에 앉은 연지는 어둑해지는 밤하늘을 올려다보곤 피식 웃음을 흘렸다.

서태석 씨. 내 친구들, 아…… 버지가 보내준 거 맞지? 나 주저앉고 싶을 때마다 힘내라고, 그래서 내 친구들 보내준 거지? 그럼 수현 씨도.

Rrrr. Rrrr. Rrrr.

이수현도 내 딸 행복하라고 아버지가 보내준 사람이냐 물으려는데 휴대폰에서 벨소리가 흘러나왔다.

"양반은 못 되겠다."

키득, 웃음을 뱉어낸 연지가 전화를 받았다.

[언제 와?]

여보세요, 하기도 전에 들려온 말에 연지의 입매가 실룩거렸다. 너무 좋아서.

"내일 간다고 했잖아요."

[오늘 오면 안 돼?]

"내가 그렇게 보고 싶어요? 보고 싶어서 미칠 것 같아?"

[아니.]

충격적인 대답에 연지의 입이 떡 벌어졌지만.

[죽을 것 같다.]

깊은 한숨과 함께 내뱉어진 수현의 말에 연지가 몸을 비틀었다. 그 바람에 그녀가 앉아 있는 그네에서 끼익, 끼익 듣기 싫은 소리가 만들어졌지만 연지의 귀에는 들리지 않았다.

[오늘 와.]

"안 돼요오. 엄마가 내일 가지고 올라갈 반찬 만들고 계세요. 아직 애들 공부도 더 봐줘야 하고. 내일도 수현 씨 보고 싶어서 빨리 올라가는 건데?"

[내일, 데리러 갈까?]

"민아하고 같이 내려왔다니까요. 뭐 하러 차 두 대를 움직여요?"

마냥 기분 좋은 연지와는 달리 수현은 말이 없었다. 길게 이어지는 침묵에 어떤 말이 수현의 기분을 상하게 했을까, 걱정하던 찰나.

[서연지는 괜찮은가 보네.]

화가 난 듯한 음성에 연지가 눈을 깜박였다.

"응?"

[나 안 봐도 즐거운가 봐, 서연지는.]

"설마요."

[일하러 가야 해. 끊는다.]

뚝. 수현이 화가 난 채로 전화를 끊었고 연신 눈만 깜박이던 연지는 얼굴이 붉게 달아오른 채로 몸으로 꽈배기를 만들었다.

"어머, 어머머. 웬일이니, 웬일이니? 이 남자, 왜 이렇게 귀여운 거야? 꽉 깨물어줄까 보다."

한참이나 몸을 꼬던 연지는 수현을 달래기 위해 구토를 유발하는 문장들을 만들어 메시지를 작성하기 시작했고, 네 누나 없는 틈에 쉬라는 민아의 유혹을 뿌리치지 못하고 베란다에서 우유를 마시던 쌍둥이는 심각한 표정으로 놀이터를 바라보고 있었다.

"우리 마녀, 미쳤나 봐."

눈물이 그렁그렁한 준호의 말에 준수가 쯧 혀를 찼다.

"다 너 때문이잖아."

"앞으로 내가 더 잘해야겠어."

"말이라고 하냐? 사고나 치지 마라."

저보다 1분이나 늦게 태어난 동생이면서 항상 어른 행세를 하는 준수를 눈이 찢어져라 노려본 준호가 이를 갈았다.

"넌 왜 하는 말마다 그따위냐?"

"넌 왜 하는 짓마다 그따윈데."

"아우, 이걸 그냥!"

"쳐봐."

얄밉게 얼굴을 들이미는 준수였지만 준호는 허공으로 들어 올렸던 팔을 내릴 수밖에 없었다. 서준수를 한 대 치면 자신은 마녀한테 백 대는 맞고도 남으리란 걸 모를 만큼 바보는 아니니까.

다음날, 늦은 밤. 민아의 차에는 애정 씨가 바리바리 싸준 반찬들뿐만 아니라 연지네 가족 모두가 타고 있었다. 덕분에 늘 뒷좌석에 고이 모셔졌던 반찬들은 트렁크 신세를 면치 못했다.

"뛰어다니면 안 돼. 층간 소음 때문에 살인도 불사하는 세상이야."

경기도에서 서울로 향하는 내내 귀가 따갑도록 듣고 있는 잔소리에 준호가 새끼손가락으로 귀를 후벼 팠다.

"누님, 그만 좀 혜. 우리가 애야?"

"오호. 애가 아니라서 방을 전쟁터로 만들어놓고 성적은 바닥을 기게 해놨나 봐?"

애정 씨와 준수가 큼큼, 헛기침을 해대는 준호를 못마땅하다는 눈빛으로 흘겨보았다.

연지가 준호를 타박하고, 준수가 준호를 못마땅해하고, 애정 씨는 행여 민아가 불편해할까 봐 걱정하고 있었지만 차에 타고 있는 사람들의 마음은 90%가 즐거움으로 차있었다. 라디오에서 흘러나오는 노래를 따라 부르고 있는 백민아는 200% 즐겁기만 할 게 분명하고. 하지만 연지는 마냥 즐거워만 할 수가 없었다.

'이제 연지 다시 일하면 시간도 별로 없을 텐데 이번 기회에 다 같이 서울 가자.'

저녁 식사를 하기 전, 민아가 투하한 폭탄에 쌍둥이는 두 팔 벌려 올레를 외쳤고 애정 씨도 내심 기껍게 받아들이는 모습이었다. 그리고 연지는 그때 깨달았다. 자신이 효녀와는 거리가 멀다는 것을.

오랜만에 서울 마실 나온 가족들을 두고 데이트를 하러 나간다는 건 아무리 생각해 봐도 옳지 못한 일이었다. 그래서 어젯밤 단단히 마음 상해 버린 수현에게 뼈와 살이 불타는 밤을 선물하겠다고 약속해 버린 연지는 눈앞이 깜깜해졌다. 애정 씨와 쌍둥이 몰래 나가서 불타는 밤을 보낸다는 것 자체가 있을 수 없는 일이니까.

가족들은 주말을 민아네 집에서 보내고 난 후 일요일 밤에 내려가기로 되어 있었다. 유일하게 일요일에만 편하게 쉴 수 있는 수현을 만나지 못하게 될지도 모른다는, 아니, 못 만난다는 뜻이었다.

이해해 줄 것이다. 이해해 줄 거라는 건 아는데 그래도 마음이 쓰였다. 이해해 주겠지만 서운해할 것이고 자신은 그보다 훨씬 더 서운하고 안타까울 것이다. 이제 그 마음을 어떻게 전하고, 후에 서운했을 수현을 어떻게 달래느냐가 관건이었다.

"민아 누나야, 나 동대문 가고 시프다."

아파트 단지에 다다르자 제 누님 속은 쥐똥만큼도 모르는 서준호 군이 덩치에 안 맞게 아양을 떨었다.

"그래? 우리 준호 동대문 가고 싶어?"

"응. 동대문 새벽시장."

"우리 준호가 뭘 아는구나. 동대문은 새벽에 가야 제 맛이지."

제 맛은 개 풀 뜯어 먹는 맛이냐?

연지가 입술을 삐죽였지만 서준호와 동급인 민아는 눈치 없이 재잘거렸다.

"엄마, 피곤하지 않으면 우리 쌍둥이 데리고 동대문 갈까?"

"아유, 내가 피곤할 게 뭐 있어. 운전한 네가 피곤하지."

"피곤하기는? 뭐 얼마나 했다고. 가자, 가자."

준호와 민아는 좋아서 난리가 났고 아무 말 없는 거 보니 준수도 동대문행이 마음에 드는 모양이었다. 이번에도 역시 마냥 좋아하기만 할 수 없는 사람은 서연지뿐이었다.

소리 없이 푹푹 한숨을 내쉬던 연지는 민아가 차를 세우자마자 문을 열고 내렸다. 애정 씨는 차 안이 덥다며 웃옷을 벗어 던졌던 쌍둥이 옷 입히느라 정신없었고 민아는 연지를 대신해서 그녀의 가방과 먹다 남은 간식거리들을 챙겼다.

"서연지!"

차에서 내려 트렁크 쪽으로 걸어가던 연지가 홱 몸을 돌렸다. 맞은편에 서 있던 수현이 씨익 웃으며 그녀를 향해 걸어오고 있었다.

"어…… 수현 씨."

놀라서 눈을 깜박이던 연지는 차 문이 열리는 소리에 정신을 차렸다.

"누나, 누구야?"

"딸, 누구?"

연지의 곁으로 우르르 몰리는 사람들을 발견한 수현이 걸음을 멈췄다. 그리고 연지는 옆에서 네 이름을 부른 남자가 누구냐 물어대는 가족들 때문에 멍청하게 지켜보고 서 있을 수밖에 없었다. 눈에 띄게 굳어가는 수현의 표정을.

"우리 연지가 유자차를 좋아해서 내가 직접 담근 건데 입에 맞
을지 모르겠네요."

민아와 쌍둥이를 동대문에 보내 버리는 것으로 차 한잔하고 가
라는 청을 거절하지 못하게 만든 애정 씨가 빙긋이 미소를 지었
다.

"맛있습니다."

호로록, 뜨거운 유자차를 한 모금 마신 수현이 어색하게 미소를
되돌렸다.

약간 당황한 것처럼 보이는 수현이었지만 사실 그는 극도로 긴
장한 상태였다. 연지의 어머니를 뵙게 될 거라고는 꿈에도 생각지
못했었고 동생들이라고 소개받은 소년들의 잡아먹을 듯한 눈빛도
예상치 못했었기 때문이었다.

그녀의 가족들에 대해서 듣지 못했던 건 아니었지만 들어서 알고 있는 것과 마주 보는 것에는 크나큰 차이가 있었다. 더군다나 가족이 아닌 타인을 사랑하는 게 처음인 수현으로서는 사랑하는 사람의 어머니를 만나는 것도 처음이었기에 긴장하지 않을 수가 없었다.

정신 차려, 이수현!

수현은 제 손으로 제 얼굴을 때려서라도 자꾸만 힘이 들어가는 표정과 목소리를 제어하고 싶었다. 낯선 고객들 앞에서는 잘도 지어지던 미소와 어떤 말을 들어도 기분 좋게 받아칠 수 있는 능력은 어디로 사라졌는지 얼치기처럼 굴고 있는 자신의 모습이 한심했다.

잘 보이고 싶었다. 딸의 옆자리를 지킬 남자로 그만하면 됐다는 평가를 내려주시길 바랐다. 그래야 먼 훗날 '진짜 이수현'을 알게 되셨을 때 변명 할 수 있는 시간이라도 주실 것 같았다. 하지만 수현은 몰랐다. 그런 부담감과 두려움이 얼치기 짓을 돕고 있다는 걸.

쓰고 텁텁하기만 한 수현의 마음과는 달리 거실에는 향긋한 유자 향이, 애정 씨의 마음에는 흐뭇함이 퍼져 갔다.

어쩜 연지 아빠하고 똑 닮았네! 다리도 길고 얼굴도 하얀 게 귀티가 좔좔 흐르네, 흘러. 가만, 인물이 너무 훤한데 나중에 얼굴값 하지 않으려나? 에이, 이왕이면 다홍치마라고 못난 놈보다야 잘난 놈이 낫지.

애정 씨는 딸과 만나고 있다는 남자를 눈앞에 두고 연지의 친부를 처음 만났을 때를 떠올렸다. 하지만 신랑감과 사윗감을 바라보는 마음은 엄연히 다른 법. 연지 아빠를 만났을 때보다 수십 배는 더 설레었다.

"그래, 서른넷이라고요?"

"네. 말씀, 편하게 하셔도 됩니다."

어머니. 라고 말끝에 그 단어를 붙여야 할 것 같았지만 목구멍에 걸려 나와주질 않았다. 그래서 수현은 눈가에 경련을 일으키며 겨우겨우 어색한 미소만 유지했다.

"아유, 초면에 어떻게 그래요. 다음에 보면 편하게 할게요."

손사래를 치는 애정 씨의 행동이 심히 격했다. 과장된 웃음소리와 번뜩이는 눈빛에 연지는 속이 타들어갔다.

엄마아! 마음에 쏙 든 건 알겠는데! 그래도 그렇게 노골적으로 눈을 빛내지는 말라고!

딸의 속 타는 심정을 알 리 없거니와 알아도 개의치 않을 애정 씨는 수현만을 뚫어지게 응시했다.

"서른넷이면 우리 연지하고는 궁합도 안 보는 세 살 차이네? 오호호호호!"

와……. 우리 엄마지만 정말 너무하네. 언제는 여섯 살 차이라며?

궁합도 안 보는 나이의 원조인 네 살 차이를 여섯 살 차이라고 우기더니 이제는 세 살 차이란다.

눈에 띄게 긴장하고 있는 수현과 그저 좋아 죽겠는 애정 씨를 번갈아 쳐다보는 연지의 마음은 벼랑 끝에 서 있었다. 애정 씨가 언제 선을 넘는 말과 질문을 던질지 아슬아슬했고 애정 씨가 선을 넘었을 때 수현이 어떤 반응을 보일지, 그게 겁이 나기도 했다.

결혼의 '결' 자도 꺼낸 적 없는, 아직까지는 서로 바라보는 것만으로도 행복한 연인이었다. 알고 지낸지 넉 달이 되어가고 정식으로 사귀게 된 건 그보다 짧았다. 그러니 결혼이라는 주제는 시기상조였을뿐더러 연지는 자신이 수현에게 했던 말을 기억하고 있었다.

'마흔은 되어야 결혼 생각을 할 수 있으려나?'

사람이 술을 마신 게 아니라 술이 사람을 마셨던 날이었다. 수현과 원나잇을 하게 될 줄 몰랐고 원나잇맨이 애인이 될 거란 생각도 하지 못했기에 지껄였던 말들 중에 분명 그런 말도 있었다.

지금도 그때의 마음과 별반 다르지 않았다. 중2였던 쌍둥이가 석 달 만에 대학교 2학년생으로 둔갑하는 기적 같은 일은 일어나지 않았고 배고픔을 호소했던 통장잔고가 갑자기 배불러지는 일도 없었다. 그때와 지금을 비교해 봤을 때 특별히 달라진 점이 있다면 내겐 너무 완벽한 그이가 생겼다는 것, 그것뿐이었다. 문제는 그때나 지금이나 딸을 시집보내려고 작정한 애정 씨 마음도 별반 다를 게 없을 거라는 것이었다.

"생년월일이 어떻게 돼요?"

어떡해야 수현을 애정 씨로부터 보호할 수 있을지 고민하던 연지의 눈이 휘둥그레졌다.

"……네?"

수현도 당황스럽기는 마찬가지였는지 간신히 유지되고 있던 미소가 옅어졌다.

"아니, 다른 건 아니고 우리 연지 짝은 명줄이 길어야 하거든. 내가 가장 중시하는 게 그거예요. 기이인 명줄."

생글생글 웃고 있는 애정 씨와 달리 연지와 수현은 어떤 표정을 지어야 할지 몰라 눈만 깜박이고 있었다.

"왜 딸은 엄마 팔자 닮는다고 하잖아요. 초면에 이런 말, 해도 되는 건지는 모르겠지만……."

하지마! 초면에 하기 껄끄러운 말은 하지 마, 엄마! 제발!

연지의 간절한 애원을 읽어내지 못한 애정 씨가 포옥 한숨을 쉬었다.

"연지한테 들었는지는 모르겠는데 우리 연지 아빠가 젊은 나이에 세상을 떴어요. 끼니 챙기는 것도 어려웠던 시절이라 사진 한 장 못 찍어놨는데 그게 그렇게 한이 될 수가 없어. 우리 연지, 제 친아빠 얼굴도 모르거든요."

"아."

섣불리 위로의 말을 건넬 수 없었던 수현은 무거워진 마음으로 고개를 끄덕였다.

"그리고 한참 후에 우리 쌍둥이 아빠를 만났는데 그 사람도 뭐가 그렇게 급했는지 서둘러 가버리더라구요."

수현의 시선이 입술을 깨물고 있는 연지에게 닿았다.

듣는 사람 가슴이 미어질 정도로 서글프게 말했었다. 서태석 씨한테 업어 달라고 못했다고. 그녀에게는 유일한 아버지였을 텐데 그분한테조차 마음껏 어리광 피우지 못했을 모습이 눈에 선했다. 수현이 아는 서연지는 그런 여자였다. 나보다 다른 이를 먼저 생각하고 무슨 일이든 참고, 또 참는 여자. 그래서 더 안쓰럽고 그래서 사랑할 수밖에 없는 여자였다, 서연지는.

애틋한 눈빛으로 딸을 쳐다보며 말없이 손을 잡아주는 수현의 행동이 애정 씨를 더없이 흡족하게 했다. 이렇게 눈에 차고 마음에 쏙 드는 사윗감을 데려오려고 그동안 그렇게나 속을 썩였나 싶었다. 이제 눈에 넣어도 안 아플 것 같은 사윗감이 명줄만 길면 만사 오케이다.

"아무래도 신경이 쓰여서 내가 사주를 한 번 보고 싶은데. 생년월일이 어떻게 돼요?"

눈빛으로 사랑을 속삭이던 연인 덕분에 찾아온 핑크빛 기류가 애정 씨의 음성에 멀찌감치 달아났다.

"엄마, 그만 좀…….""

"명줄 깁니다."

애정 씨를 말리려던 연지의 말을 자른 수현의 음성이 단호했다.

"사주 본 적 있어요?"

"사주를 본 적은 없지만 명줄이 길다는 건 압니다. 그리고 아픈 곳 없이 건강하니까 그 부분은 걱정하지 않으셔도 됩니다."

"그래도 사람 일은 모르는 건데."

"연지 두고 먼저 갈 일, 절대 없습니다. 믿으셔도 됩니다."

수현은 연지에게도 믿으라는 듯 잡고 있는 손에 힘을 주었다.

애정 씨는 감동한 표정이었지만 수현은 조금 죄송스러웠다. 그녀를 먼저 두고 갈 일이 없다는 말의 뜻을 애정 씨가 다르게 받아들였음을 알기 때문이었다.

연지가 슬퍼하고 아파할까 봐 먼저 가지 않겠다는 게 아니었다. 물론 그런 뜻도 있기는 했지만 다른 마음이 훨씬 더 컸다.

같이 갔으면 갔지, 그녀를 홀로 놔둔 채로 혼자서 갈 수는 없었다. 지독하게 이기적인 욕심이지만 살아서건 죽어서건 다른 놈이 그녀의 옆자리를 차지하고 있는 꼴을 봐줄 수는 없었다. 그 모습을 흐릿하게 그려보는 것만으로도 혈압이 오른다.

"그래요, 믿어야지. 믿음이 가네. 오호호호호호호!"

애정 씨의 웃음소리가 메아리처럼 거실을 울리고 연지는 걱정 반, 두근거림 반으로 수현을 쳐다보았다.

이 남자가 어쩌려고 이러나. 이렇게 되면 당장 상견례 날을 잡자고 해도 무리가 아닌데.

독신주의는 아니지만 결혼에 대해 깊게 고민해 본 적이 없었던 연지로서는 지금의 상황이 무척이나 난감했다. 그가 꺼내놓은 말들 때문에 당장 결혼을 해야 한다고 해도 그럴 수 있을 것 같은 생각이 들어서.

연지는 자신을 두고 먼저 가는 일은 없을 거라 장담하는 수현 때문에 웃음과 눈물이 동시에 나올 것 같았다. 그리고 조금의 의심도 없이 그 말을 믿고 싶었다.

애정 씨는 단 한 번도 외롭다는 말을 한 적이 없었다. 하지만 외로움이라는 건 말하지 않는다고 해서 모를 수 있는 감정이 아니었다.

일을 마치고 집으로 돌아온 밤, 잘 거라고 방으로 들어갔던 애정 씨가 새벽녘에 소주잔을 기울이는 걸 수없이 목격했던 연지였다. 조용히 낡은 밥상과 함께 눈물을 훔치던 엄마의 아픈 모습이 아직도 생생했다. 처음부터 없었다면 모를까, 있었다가 떠나간 사람의 빈자리는 넓고도 크다. 어쩌면 그걸 알기에 무의식적으로 결혼을 생각하지 않으려 애쓴 건지도 모르겠다.

제 앞가림 잘하는 딸, 못하는 게 없어 보이는 강한 누나, 가족에게 서연지는 그런 모습으로 비춰지고 있겠지만 실상 그녀는 겁이 많았다.

혼자 남겨지는 것에 두려움을 가지고 있는 연지는 무작정 수현을 믿고 싶었다. 그리고 무심하기만 했던 신에게 빌었다. 이 사람만큼은 절대로 나보다 먼저 데려가지 말아달라고.


"참!"

괜찮다는 수현에게 기어코 유자차가 담긴 커다란 병 하나를 안긴 애정 씨가 구두를 신는 그를 보면서 양손을 마주쳤다.

"부모님 시간 나실 때 부담 없이 식사 한 끼 했으면 좋겠다고 전해줘요."

생글생글, 방글방글 웃고 있는 애정 씨 때문에 연지의 턱이 발끝으로 떨어졌고 현관에는 수현의 어색한 웃음소리가 흩날렸다.

"운전 조심해서 가요."

"네. 편히 쉬십시오."

귀에 걸린 입을 어쩌지 못하고 크게 고개를 끄덕인 애정 씨가 수현의 뒤를 따라 나가려는 연지의 옷깃을 잡아끌고 빠르게 속삭였다.

"딸, 엄마는 잘 거야. 누가 잡아가도 모르게 잘 거야. 알았지?"

연지의 턱은 제자리를 찾지 못했다. 의미심장한 눈빛을 보내며 종국엔 윙크까지 날려주시는 애정 씨 덕분에.

지금 엄마가, 딸의 외박을 종용하고 있는 거야? 그런 거야?

애정 씨는 어이없어하는 딸의 등을 대차게 밀어냈다. 얼른 수현을 따라가지 않고 뭐 하고 있냐는 듯 인상까지 써 보인다.

"잘 가요! 부모님께 꼭 말씀 전하고!"

수현과 연지가 엘리베이터에 타자 현관문 틈으로 빠끔히 고개를 내민 애정 씨가 손을 흔들었다.

"연지야! 엄마 잔다! 알았지? 엄마 잘 거야!"

"풋!"

애정 씨의 당부는 수현에게서 웃음을 뽑아냈고 연지의 얼굴은 새빨갛게 달아올랐다.

에잇! 창피해 돌아버리겠네!

연지는 수현의 얼굴을 쳐다볼 수가 없었다. 아무리 서른 넘은 딸이고 그 딸을 결혼시키고 싶어서 안달이 났다지만 이건 좀 아니지 않은가? 앞으로 진짜 사위가 될지도 모르는 남자 앞에서 외박해도 된다는 뉘앙스를 대놓고 풍겨주시는 센스라니.

"귀여우시네."

연지의 손가락에 제 손가락들을 얽은 수현이 혼잣말인 것처럼 중얼거렸고 연지는 단전에서부터 한숨을 끌어왔다.

한 번 만 더 귀여웠다가는 시집을 열 번도 가겠습니다.

1층에 도착할 때까지 죽어라 한숨만 내쉬던 연지는 수현의 차 앞에 서서도 고개를 들지 못했다.

"부담…… 스러웠죠? 우리 애정 씨가 내 남자친구를 처음 봐서 너무 들떴어요."

단화 앞코로 땅을 콕콕 찍어가며 말하던 연지는 어느새 수현의 품에 쏙 들어가 안겨 있었다.

"처음?"

수현의 양팔에 허리가 묶인 상태로 연지는 고개를 주억거렸다. 어떻게 생각해 보면 다행이지 싶었다. 처음 소개하게 된 남자친구가 수현이라서.

"수현 씨, 어쩌려고 그랬어요? 명줄 길다는 얘기는 뭐 하러 해. 봐요, 당장에 상견례 날짜 잡자고 나오시잖아."

수현의 가슴에 얼굴을 묻은 연지가 웅얼거렸다. 그의 심장 근처에 눌린 볼이 이유 없이 간지러웠다.

"싫어?"

한 손으로는 여전히 허리를 묶고 다른 한 손으로 연지의 얼굴을 감싼 수현이 물었다. 연지는 괜히 부끄러워져 그를 쳐다보지 못하고 눈을 내리깔았다.

"그런 게 아니라······. 우리 그런 얘기 안 했잖아요. 내 상황도 그렇고, 수현 씨도 그쪽으로는 생각 없는 것."

"생각해 본 적 없어."

말이 잘린 연지가 입술을 삐죽였다. 애정 씨나 수현이나 오늘 작정을 한 것 같았다. 솔직하고 정직하기로.

결혼 얘기를 꺼내기엔 이르다는 걸 알았고 수현을 사랑하지만 결혼 생각까지는 안 해봤던 연지였다. 그런데도 생각해 본 적 없다는 수현의 말에 서운해졌다. 막상 하자고 덤비면 뒷걸음질칠 거면서 말 한마디에 울고 웃는 마음이 우스웠지만 마음을 다잡을 수는 없었다. 그녀도 어쩔 수 없는 여자였기에. 그것도 꿀에 절여진 유자처럼 사랑에 절여진 여자.

"알아요. 그러니까 왜 그랬······."

"생각해 봐야겠다."

이런 씨. 또 잘렸어.

연지는 눈을 가늘게 뜨고서 수현을 흘겨보았다. 생각해 본 적 없다는 말도 은근 기분 나쁘고 뭘 생각해 봐야겠다는 건지 알 수 없어서 짜증까지 날 판국에 말도 자꾸 잘려지니 곱게 쳐다볼 수가 없었다.

심술이 붙기 시작한 연지의 얼굴을 사랑스럽다는 듯 쓰다듬은 수현이 그녀의 이마에 입술을 얹고 속삭였다.

"생각해 본 적 없는데 생각해 봐야겠어, 결혼."

쿵! 쿵! 쿵! 쿵!

두근두근도 아니요, 콩닥콩닥도 아니요, 쿵덕쿵덕도 아니었다. 연지의 심장이 입대한 지 이틀밖에 안 된 장병의 걸음처럼 절도 있게 뛰기 시작했다.

"결혼은."

무어라 이름 붙일 수 없는 감정이 울컥울컥 쏟아져서 눈도 깜박이지 못하는 연지를 똑바로 쳐다본 수현이 느릿하게 말을 이었다.

"없으면 죽을 것 같은 여자를 만나게 되면, 그때 생각이라도 해 볼까 했어."

쿵쿵! 쿵쿵! 쿵쿵!

어떡하지. 나, 곧 심장이 멈출 것 같은데.

"서연지 없으면."

쿵쿵쿵! 쿵쿵쿵! 쿵쿵쿵!

"못 살 것 같다, 이제."

멈출 것 같던 심장은 연지에게 조소를 날리며 더 세차게 뛰어댔다.

휴대폰에 전송된 메시지와 사진들을 확인한 수현이 인상을 구겼다.

"뭐야, 이거."

본가에서 부모님과 함께 점심 식사를 하기로 되어 있어 옷을 챙겨 입던 수현의 눈빛이 날카롭게 번뜩였다.

눈을 뜨고 일어나 하루를 시작했을 때부터 재수 없는 일들이 연이어 터진 날이었다. 오랜만에 조깅을 하러 나갔다가 개똥을 밟았고, 신호를 무시하고 2차선 도로를 고속도로인 것마냥 달리던 몰상식한 운전자 때문에 하마터면 큰 사고가 날 뻔했다. 보일러에 문제가 생긴 건지 온수가 나오질 않아서 얼음장 같은 찬물로 샤워를 해야 했고 간단히 아침을 챙겨 먹으려고 우유를 따라 다셨는데 상해 있었다. 그것만으로도 충분히, 넘치게 불쾌했다.

연지의 어머니를 만난 날부터 결혼에 대해 진지하게 고민했던 그는 결국 사랑에 굴복했다. 마음에 걸리고 신경 쓰이고 걱정되는 부분이 많았지만 그렇다고 해서 연지를 놓칠 수는 없는 노릇이었다.

결혼을 결심하면서 수현이라고 왜 겁나고 두렵지 않았을까. 하지만 죽어서도 연지 곁에 다른 놈이 얼쩡거리는 꼴은 못 보겠다는 마음이 그의 결심을 도왔다.

막상 결심을 하고 나니 하루라도 빨리 서연지를 법적으로도 소유하고 싶어진 수현이었지만 억지로 소유욕을 잠재웠다. 마흔은 되어야 결혼할 수 있을 것 같다고 했던 연지였으니 그녀의 입장도 고려를 해야 했다. 그래서 떠올린 절충안이 약혼이었다.

객관적으로 봐도 서연지는 매력적인 여자였다. 떠올리는 것만으로도 이가 갈리게 만드는 예전 직장의 찌질한 놈도 그녀의 매력에 빠져 헤어 나오질 못하지 않았던가.

결혼을 언제 하던 자신은 서연지의 남자로 굳건히 자리를 지키고 있을 거지만 늘 어느 정도의 불안함은 가지고 있어야 할 것이었다. 누가 봐도 예쁘고, 귀엽고, 섹시한데다가 똑똑하기까지 한 그녀를 남자들이 가만 내버려 둘 리 없으니까.

결혼을 미뤄야 한다면 약혼이라도 해둬야 한다. 그리고 그러기 위해서는 자신의 부모님께도 연지에 대해서 말씀을 드려야 했다. 그래서 오늘 오전 스케줄을 빼놓은 것이었다. 부모님께 사랑하는 여자가 생겼음을 말씀드리기 위해.

수현은 이루 말할 수 없이 중요한 날, 차분하게 가라앉아야 할 마음을 들쑤시는 메시지와 사진을 연신 들여다보았다.

「지켜보고 있다.」

메시지의 내용은 딱 그 한 줄이었다. 이수현, 그를 지켜보고 있다는. 그리고 그 말이 사실이라는 걸 확인시켜 주고 싶었는지 콜라주 작업이 되어 있는 사진까지 첨부해서 보냈다.

오 실장과 대화를 나누며 웃고 있는 모습, 입고 있는 하얀 셔츠에 묻은 머리카락을 혜연이 떼어주는 모습, 저녁 시간 때 숍을 찾았던 민사라를 배웅하는 모습과 미림이 그의 팔에 다정하게 팔짱을 끼고 있는 모습 등등. 사진 속에서 웃고 있는 이수현의 옆에는 수많은 여자들이 자리 잡고 있었다.

아니 땐 굴뚝에 연기 난다더니, 내가 그 짝이 될 줄이야.

오해하고 의심하라고 만들어진 것 같은 사진을 응시하던 수현이 휴대폰을 내팽개쳐 버렸다. 인화된 사진이었으면 손으로 구기거나 찢기라도 할 텐데 그걸 못해서 더 성질이 난다.

"하! 지켜봤네. 잘도 지켜봤네."

침대 끄트머리에 앉아 있다가 벌떡 일어선 그가 한 손으로 마른 세수를 하고서 깊게 한숨을 쉬었다.

이런 일은 연예인들이나 당하는 건 줄 알았다. 그것도 이름깨나 알려진 연예인들만. 헤어숍을 운영하고 있을 뿐, 유명인 축에도 끼지 못하는 저에게 일어난 일에 당황스럽기도 하고 황당하기도 했지만 그보다 분노가 먼저였다.

혜연, 오 실장, 스탭들, 미림, 많은 고객들과 그저 고객들 중의 한 명일 뿐인 민사라. 그들은 웃으면서 상대해야 하는 사람들이었고 웃어줘야 하는 사람들이었다. 하지만 수현이 웃지 않을 때도 있었다. 그가 무조건 미소를 보내는 대상은 고객들뿐이었다. 혜연은 고객들 앞에서도 무시로 그의 무표정한 얼굴을 봐야 했고 얼굴 굳히고서 스탭들을 혼낸 적도 있었다. 미림이야 지설 때문에 마음고생 하는 게 안쓰러워서 혼내거나 무섭게 대한 적은 없지만.

사진 속의 여자들을 향해 표정 없이 무섭게 굴거나 짜증을 내는 모습은 한 장도 찍히지 않았다. 이수현을 모르는 사람이 본다면 그를 바람둥이 내지는 어마어마하게 가벼운 놈으로 낙인찍기에 모자람이 없는 사진들이었다.

"누가 겁 없이 이런 짓을 했을까?"

삐딱한 미소를 지으며 자신의 휴대폰을 불태울 듯 노려보던 수현이 천천히 호흡을 골랐다. 스케줄까지 빼고 잡아놓은 부모님과의 약속이니 마음을 추슬러야 한다.

오늘 하루는 어디 나가지 말고 집에만 있어야 할 것 같은 기분이 들었지만 수현은 겉옷을 챙겼다. 사랑에 중독되어 버린 수현에게는 생명에 지장이 없는 나쁜 일들보다 생명에 지장을 주는 서연지가 우선이었으니까.

"연애한다는 소문이 들리더구나. 결혼이라도 할 생각이니?"

비웃음 가득한 음성에 수현의 얼굴이 굳었다.

나쁜 일은 때와 장소를 가리지 않고 일어나는 모양이었다. 뻥뻥 뚫려 있어야 할 도로가 꽉 막혀 있더니 조금 전에는 갑자기 차 앞으로 뛰어든 고양이 때문에 가슴을 쓸어내려야 했었다. 아침부터 안 좋은 일들이 일어난 게 이런 식으로 종지부를 찍으려고 그랬던 건가.

부모님을 만나서 듣기 싫은 소리를 들었는지 여자의 눈가가 붉었다. 오늘은 더 독하고 아프게 할퀴어댈 것 같은 예감에 수현은 이를 악물고 허리를 숙여 인사했다.

"그 여자는 알고 있니? 네가 어떤 물건인지."

엄연히 심장이 뛰고 있는 사람을 생명 없는 물건으로 만들어 버린 여자였지만 수현은 꾹 다문 입을 열지 않았다.

내가 이렇게 대단한 사람인지 미처 몰랐군.

수현의 눈가에 미세한 경련이 일었다. 지켜보고 있다는 메시지와 사진을 보낸 이의 정체는 알 수 없었지만 이수현의 연애 소식을 물어다 나른 사람이 누구인지는 알 것 같았다.

여자의 아들은 제 어머니처럼 이수현을 경멸했지만 그 딸은 달랐다. 경멸은 하지만 이수현의 유명세를 무시하지 못했다. 제 발로 수현의 숍에 찾아오진 않았지만 친구들에게 이수현 원장이 자신의 친척 오빠임을 자랑하고 다녔다.

"착각하고 있는 것 같으니 알려주마. 너는 인간이 아니야. 망령 난 노인네가 비싼 값 치르고 거둔 짐승이지."

본인의 아버지를 망령 난 노인네라 거침없이 폄하하고 친조카를 돈으로 사들인 짐승 취급하는 여자를 쳐다보며 수현은 숨을 참고 주먹을 말아 쥐었다. 오늘따라 유난히 독하고 유난히 참기 힘들었다.

"너 하나만으로도 이미 위신이라는 게 없어진 집안이야. 어디서 본 데 없는 계집애 끌고 들어와 오빠 속 썩일 생각 말고 죽은 듯이 지내. 그게 너 같은 짐승이 은혜를 갚는 척이라도 할 수 있는 유일한 방법이니까."

아물지 않은 상처를 헤집어 벌려놓은 여자는 석상처럼 서 있는 수현을 지나쳐 차에 올랐다.

수현이 움직임 없이 서 있다는 걸 눈으로 확인하지 않아도 알 수 있었지만 여자는 일말의 죄책감도 느끼지 못했다.

이수현이라는 존재 자체가 치가 떨리게 싫었다. 개망나니 짓을 일삼았던, 교육부 장관이셨던 조부와 대대로 교육자를 배출해 낸 집안에 먹칠을 해대던 큰오빠의 핏줄이라는 것도 싫었고 술집 여자의 배를 빌려 태어났다는 것도 싫었다.

저게 집안에 들어오고 나서 되는 게 없어!

여자가 이를 갈았다. 그녀에게 이수현은 아버지와 작은오빠의 사랑을 훔쳐 간 짐승, 눈에 넣어도 아프지 않은 제 자식들을 모자란 아이들로 만들어 버린 더러운 짐승일 뿐이었다.

수현을 대놓고 싫어하는 그녀에게 돌아가신 아버지는 말씀하셨었다. 네 큰오빠가 그렇게 된 건 아비 탓이라고. 친부모 얼굴도 모르고 자라야 하는 아이가 얼마나 안쓰러우냐고.

큰오빠에게 주지 못한 애정을 오롯이 이수현에게 쏟아부으셨던 아버지를 그녀는 결코 이해할 수가 없었다. 이수현은 이수현이지, 큰오빠가 될 수 없으니까.

옷 한 벌도 울고불고해야 사주시던 아버지는 이수현이라면 무조건 지갑을 열었다. 그녀가 장사를 하다가 망했을 때, 빚 갚을 돈이 모자라 빌려주십사 했을 때는 돈 없다고 딱 자르시더니 그해에 이수현을 유학 보낸 아버지셨다. 그뿐인가. 무슨 짓을 해도 예쁘다, 곱다 해주시던 작은오빠마저도 이수현 때문에 그녀에게서 등을 돌렸고 그녀의 자식들은 항상 이수현과 비교당하면서 자라야 했다.

교육자 집안의 딸이라는 자부심에 똥물을 튀긴 짐승. 큰오라비나 자신의 남편이 죽고 못 사는 몸 파는 계집이 낳아놓은 더러운 것. 게다가 돌아가신 아버지께 저보다 더 많은 재산을 상속받기까지 했다. 그녀의 자식들은 한 푼도 받지 못했는데.

오빠 부부 몰래 괴롭히고 쑤셔대도 표정 하나 변하지 않는 독한 놈. 그놈 때문에, 그놈이 집안의 좋은 기운을 다 빨아가서 제 자식들의 앞길이 막힌 것만 같았다.

"네가 사람 행세하면서 사는 꼴을, 내가 두고 볼 것 같아?"

아드득 이를 가는 여자의 온몸에서 악의가 만들어낸 악취가 폴폴 풍겼다.

여자를 태운 차가 사라지고도 한참 후에야 제대로 숨을 쉴 수 있게 된 수현이었지만 주먹은 펴지지 않았다. 언제까지 참을 수 있을지 알 수 없었지만 참아야 한다는 생각만이 머릿속을 맴돌았다.

태어난 지 얼마 되지도 않아서 어머니를 잃은 여동생을 안쓰럽게 여기는 아버지를 알고 있었다. 해달라는 건 다 해주며 보살폈던 여동생이 밝혀서는 안 될 진실을 꺼내 들고 아들을 상처 입혔을 때, 안쓰럽게만 여기던 동생의 따귀를 때려가며 분노하시던 아버지를 지켜봤던 수현이었다. 더군다나 부모님은 아직까지도 여

동생이고 시누이인 존재가 아들을 할퀴어대고 있다는 걸 모르고
계셨다. 열일곱의 겨울, 그날 이후로 고모라는 여자는 부모님이
보고 듣지 못할 때만 악담을 퍼부어댔었으니까.

나는 괜찮아. 상관없어. 하지만 그 사람은 안 돼.

이수현 때문에 서연지가 본 데 없는 계집이 되어버렸다. 그래서
삼키고 삼켜서 켜켜이 쌓여져 있던 분노가 치밀어 올랐다. 만약
결혼을 하게 된다면 연지가 보기 싫다 해도 보게 될 사람. 이수현
때문에, 이수현을 사랑하니까 모든 걸 감내해 달라고 부탁하기엔
그녀가 겪어야 할 일들이 너무나 가혹했다.

파사삭, 수현의 감정을 가리고 있던 가면이 가루가 되어 날렸
다. 그리고 그의 기억이 열일곱의 겨울날을 헤맸다.


할아버지가 돌아가신 지 4년이 되던 날. 미국에서 공부를 하던
수현에게 겨울 방학은 무척이나 짧았지만 할아버지의 제사에 불
참할 수는 없었다. 수현에게 부모님보다 더 큰 사랑을 주셨던 할
아버지셨다. 한국에서 학교를 다닐 때는 늘 등하교를 함께 해주시
고 식탁에 맛있는 게 올라오면 수현에게 먼저 주시던 분이셨다. 3
년간은 이해할 수 없는 부모님의 만류로 제사에 참석하지 못했지
만 더는 그러면 안 될 것 같았다. 그래서 수현이 고집을 부려 처음
참석하는 제사였기에 더욱 의미 있는 날이었다.

'왜! 내가 못할 말 했어?'

만취한 상태로 해서는 안 될 말을 해버린 여자는 수현의 아버지
로부터 따귀를 맞은 후에 걷잡을 수 없이 난폭해졌고 수현의 어머
니는 진즉 넋을 놓았다. 말리는 이는 수현의 고모부라는 사람 한

명. 여자의 아들과 딸은 저들끼리 소곤거렸고 수현은 믿을 수 없는 진실에 얼어붙어 있었다.

'맞잖아! 저거 돈 주고 샀잖아! 내가 모를 줄 알았어? 아버지가 나한테 주시겠다던 건물, 저거 어미가 그 건물 주면 제 새끼 판다고 해서 그거 주고 사들인 거잖아! 저게 큰오빠 아들이라고? 그걸 어떻게 믿어! 유전자 검사가 조작됐는지 어떻게 아냐고!'

철썩! 소리를 질러대던 여자의 얼굴이 돌아갔고 아버지의 온몸은 덜덜 떨리고 있었다.

'너! 입 다물어! 당신, 수현이 데리고 나가! 당장!'

고등학교 국어 선생님이신 아버지는 집 안에서 목소리를 높이신 적이 없으셨다. 화가 나셔도 늘 침착하게 대화로 문제를 해결하려 애쓰던 분이셨다. 어린 나이에 유학을 떠난 수현이었지만 단 한 번도 부모님께 맞아 본 적이 없었다. 그런데 그런 아버지가 고모의 따귀를 때리고 어머니께 소리를 질렀다. 수현은 그런 아버지의 모습이 더 충격이었다. 거짓이라 믿고 싶은 얘기를 진실이라 말씀하시는 것 같아서.

'아무한테나 다리 벌려주던 계집이 저 물건 친모야! 그런데 어떻게 믿느냐고! 어떻게 저 더러운 게 나보다 재산을 더 많이 받을 수가 있어! 나는 저 물건 때문에 이상한 소문 돌까 봐 선생도 그만둬야 했어! 저 더러운 것 때문에 내 인생이 망가졌다고!'

힘없이 주저앉아 있던 수현의 모친 정 여사가 기적처럼 일어나 아들의 팔을 잡아당겼다. 뿌리치자면 충분히 뿌리치고도 남았겠지만 수현은 어머니가 이끄는 대로 걸음을 옮겼었다. 하지만 여자는 마지막까지 잔인했다.

'네 친모는 창녀야! 창녀라고!'

기억 속에서 맴돌던 수현이 쓰게 웃었다.

당연히 친부모일 수밖에 없었던 분들이 사실은 작은아버지, 작은어머니라고 했다. 친아버지는 천하의 난봉꾼이었고 친어머니는 돈에 웃음 팔고 몸 팔던 여자였다고도 했다. 그러다 자기 자식까지 팔아버린 여자라고.

친부가 언제 어떻게 사망했는지, 친모가 언제 자신을 팔아넘겼는지에 대해서는 듣지 못했다. 부모님이 말씀해 주시지 않았으니까.

수현이 부모님으로부터 귀가 따갑게 들었던 말은 딱 하나였다.

'너는 내 아들이다. 너는 우리 아들이야.'

미안하다고 말씀하시지 않는 게 얼마나 감사했는지 모른다. 몸을 가누지 못할 만큼 눈물을 쏟아내셨던 어머니께 감사하고 또 감사하기만 했었다. 하지만 그날 새벽, 잠 못 이루고 아래층으로 내려갔던 수현은 듣고야 말았다.

'당신, 후회해?'

'그래요. 후회해요.'

후회하냐 묻는 아버지께 일 초의 망설임도 없이 후회한다고 대답하셨던 어머니. 무엇을 후회하시는지 알 것 같았다. 그래서 수현은 정신없이 제 방으로 돌아가 꼼짝도 하지 않았었다. 그리고 그 말은 못 들은 거라고 스스로에게 주문을 걸었다.

할아버지가 물려주신 재산은 금액을 떠나서 그에게 큰 부담이었다. 수현의 집안은 돈에는 관심 없는 남자들 대신 아내들, 그의 조모님과 증조모님이 재산을 불렸다. 부유한 집안의 외동이었던 증조모님께서 땅을 사고 건물을 올리고 그렇게 번 돈으로 다시 땅을 사는 재테크에 성공하셨고 그 비법은 고스란히 아랫대로 이어져 땅 부잣집으로 명성이 자자했었다고 했다. 수현의 친부와 고모라는 여자가 쉴 새 없이 말아먹은 탓에 명성을 유지하지는 못했지만 돈이 아쉬울 정도는 아니었다.

수현은 할아버지가 제 몫으로 물려주신 유산을 부모님께 드렸다. 어린 나이에 큰돈이 생기니 겁이 난다고 둘러댔지만 그 돈 때문에 고모가 부모님을 괴롭힐 것 같아서였다. 그리고 그 돈을 가지고 있으면 정말 사람이 아닌 짐승이 될 것 같기도 했다.

고모라는 사람을 이해하고 싶지 않지만 이해하자고 치면 못할 것도 없었다. 고모부라는 분이 꽤 여러 번 술집 여자와 바람이 났었으니 술집 여자 배를 빌려 태어난 조카를 인정하고 싶지 않았을 것이다. 그런 조카가 제 것이었던 건물까지 해먹었고 제 자식들은 받지 못한 유산까지 상속받았다. 이수현의 존재가 부끄러워 아이들을 가르치던 선생님이란 직업을 그만둬야 했고 이수현은 성공 가도를 달리는데 제 자식들은 실패 가도를 달리니 미울 만도 할 것이다.

"수현아?"

17년 전의 겨울에 한 발을 담그고 있었던 수현이 다정한 음성에 정신을 차렸다.

"왔으면 들어오지 않고 왜 여기서 이러고 있어. 안 춥니? 옷 좀 따듯하게 입고 다니지."

살뜰하게 옷깃을 여며주는 어머니를 바라보며 수현이 입가에 희미한 미소가 걸렸다.

"어머니는 왜 나오셨어요?"

"우리 아들이 온 댔는데 감감무소식이라 어디까지 왔나 궁금해서 나와봤지. 지금 온 거지?"

어머니의 눈동자가 불안하게 흔들렸다. 시누이가 아들을 괴롭히고 있다는 건 모르고 계시지만 두 사람이 마주쳐서 좋을 일이 없을 거란 건 자명한 일이니까.

따스하기만 한 어머니의 손길을 느끼던 수현은 애정밖에 보이지 않는 정 여사의 눈을 바라보았다. 그리고 담담하게 물었다.

"어머니, 지금도…… 후회하세요?"

"그게 무슨."

고개를 갸웃거리며 살포시 미소 짓던 정 여사가 순간 얼어붙었다.

"들었, 어? 그날, 들었니? 그 말…… 만 들었어?"

수현의 팔을 억세게 붙잡은 정 여사의 얼굴이 하얗게 질려 있었다.

"수현아, 아니야. 그거……그거 아니야. 엄마가 후회한다고 했던 거, 네가 생각하는 그런 거 아니야. 아니야, 아니야!"

정 여사가 눈물을 흘리며 목이 쉬게 소리쳤고 수현은 어머니를 꽉 끌어안았다.

이수현을 진심으로 사랑하시는 게 아니라면 어머니의 눈물이 이렇게 뜨거울 수는 없었다. 몸이 부들부들 떨리도록 온 힘을 다해 안아주실 수는 없었을 것이다. 이제야 깨달았다. 진심으로 사랑받고 있었다는 걸.

수현의 봄은 그렇게 서서히, 아프지만 따스하게 다가오고 있었다.

## #13 친구 or 원수

　　L&M 헤어 가든으로 들어온 한 남자에게로 사람들의 이목이 집
중되었다.

　　"헤이, 맨!"

　　한 손은 바지 주머니에, 한 손은 허공으로 들어 올려 휘저은 남
자가 수현을 향해 다가가며 씨익 미소를 지었다.

　　봄기운이 완연하다지만 때 이른 얇은 반팔에 빈티지 스타일의
청바지를 입고 보잉스타일의 선글라스를 쓴 화려한 이미지의 남
자는 신지설. 수현의 둘도 없는 벗이자 미운 서른네 살이라 불리
는 사내였다.

　　서늘한 매력의 이수현 원장과 화려한 공작새 같은 느낌의 신지
설. 두 남자의 조합에 숍에서 관리를 받고 있던 여자들의 얼굴이
발그스름해졌다.

"바빠. 가."

지설을 눈앞에 둔 수현이 미소를 짓고 있는 상태로 복화술을 펼쳤다.

"맨. 우리 롱 타임 안 봤잖아. 나 미씽하고 있는 중, 아니었어?"

수현의 어깨에 척하니 팔을 두른 지설이 한국말도 아니요, 영어도 아닌 엉터리 문장을 뱉어내자 여기저기서 웃음이 터져 나왔다.

"좋게, 가라."

얻어맞기 전에, 말로 할 때 가라는 뜻이었지만 한동안 수현이 놀아주지 않아서 단단히 삐쳐 있던 지설은 꿋꿋했다.

"맨. 나는 유 어랏 미씽했어. 놀아줘, 놀아줘!"

수현과 비슷한 신장에 덩치는 산만 한 사내가 애교를 부리는 건 썩 보기 좋은 장면은 아니었다. 하지만 어딘가에서 '꺄! 너무 귀엽다!' 라는, 말도 안 되는 소리가 흘러나왔고 지설은 소리의 방향으로 몸을 틀어 오버스럽게 손 키스를 날렸다.

"오 실장님!"

멀찍이서 숨죽여 웃음을 토해내던 오 실장이 수현의 부름에 웃음의 흔적을 지우고 재깍 달려갔다.

"119 불러서 이 미친 사람 치워요."

지설의 옆에 있으니 수현이 진지한 표정으로 이를 갈면서 내뱉는 말도 웃기게 들렸다. 연한 볼 살을 씹어가며 웃음을 참아내던 오 실장은 수현에게 대응하는 지설의 말에 빵 터져 버리고 말았다.

"오, 맨? 119 맨들 베리 비지! 귀찮게 하면 안 돼! 유남성?"

키득키득, 큭큭, 크크크. 지설이 터뜨린 웃음 폭탄이 지대로 효과를 보고 있었다.

"런치 먹자, 런치. 나 겁나게 헝그리. 유노?"

수현은 고객들 때문에 억지로 짓고 있던 미소마저 지웠다. 미국에서 활동하는 마피아가 찾아가 변호를 맡아달라고 했을 만큼 미국의 법조계에서 악랄하기로 유명했던 '루이 신', 한국 이름은 신지설인 이 미운 서른넷이 이러는 이유를 너무 잘 알고 있었기 때문이었다.

몇 번의 전화 통화에서도 지설은 서운한 마음을 숨기지 않았었다. 연애한다면서 왜 애인을 소개시켜 주지 않느냐, 연애한다고 이제 친구는 눈에도 안 보이냐, 미림이하고 싸웠는데 다 너 때문이다. 결코 받아들일 수 없는 억지 주장까지 해가며 수현을 달달 볶더니 그래도 만나주지 않으니까 숍으로 쳐들어온 것이다. 그러니 겁나게 헝그리한 신지설과 런치를 먹어주지 않으면 같이 먹어줄 때까지 이 짓거리를 할 게 분명하고 확실했다.

"원장실에 가 있어. 30분이면 끝나."

짜증을 감추지 못한 수현이 항복을 하고서야 만족한 지설은 낄낄대며 몸을 돌렸다.

지설이 2층으로 올라가고 난 뒤에야 수현은 참고 있던 한숨을 내쉬었다. 아무래도 숍에 스파이가 심어져 있는 것 같았다. 그렇지 않아도 지금 맡고 있는 고객의 스타일링이 끝나면 점심을 먹으러 가려고 했었으니까.

약속했던 30분 후, 수현은 원장실로 향했다. 그리고 제집인 것마냥 소파에 드러누워 곯아떨어져 있는 지설을 발로 차서 깨워 숍에서 끌어냈다.

로테이션이 빠른 한정식 집에서 식사를 마친 수현은 지설에게서 벗어나지 못하고 숍에서 가까운 카페로 들어갔다.

커피를 마시면서도 구겨진 인상을 펴지 못하는 수현이었지만 지설은 내내 빙글거리고 있었다.

"어머니께 말씀드렸다며?"

커피 잔을 내려놓은 수현의 눈썹이 휘었다.

"오랜만에 안부 전화 드렸었거든. 아버님 건강도 걱정되고 해서."

연락도 없이 숍으로 찾아온 지설이 난동을 부릴 만했다. 지설이 어머니와 통화를 했다면 이수현의 연애사가 어디까지 진전되었는지 궁금해서 미칠 지경이었을 것이다. 하지만 자신에게 전화를 걸어봤자 원하는 답을 들을 수는 없을 거였고 그러니 숍으로 쳐들어왔을 수밖에.

"약혼부터 하고 싶다고 했다면서?"

"어."

"어머니 굉장히 좋아하시더라. 언제 보여 드리려고?"

"알아서 뭐 하게."

"어머니가 보셔야 내가 소개를 받을 거 아니냐."

피식, 수현이 비웃는 것처럼 입술을 말아 올리자 지설이 인상을 그었다.

"나 안 보여주려고 했냐? 내가 보면 닳기라도 해?"

"어. 닳아."

자신의 커피 잔을 장식하고 있는 휘핑크림처럼 달콤하기 그지

없는 미소를 짓는 수현 때문에 지설의 입이 떡 벌어졌다.

지설은 수현의 이런 모습을 본 적이 없었다. 사랑에 빠져 행복에 허우적거리는 친구 녀석의 모습이 보기 싫은 건 아니었지만 무지하게 낯설었다.

지설에게조차 벽을 세웠던 수현이었다. 속내를 감추고 혼자 앓는 것에 도가 튼 녀석이 이수현이었다. 좋아도 좋다고 표현할 줄 모르고 아파도 아프다고 말하지 않는 녀석이었다. 그래서 지설은 수현의 앞에서만큼은 모자란 사람이 되었다. 그렇게라도 녀석을 웃을 수 있게 만들고 싶었다.

미국에서 변호사로 활발하게 활동하다가 한국으로 들어왔을 때, 도대체 왜 온 거냐고 묻는 수현에게 너 없으니 심심해서 그랬다고 둘러댄 지설이었지만 사실은 불안해서였다. 기댈 곳 없다는 생각을 가지고 사는 녀석이 힘들 때 술 한 잔 기울일 사람 한 명 없을까 봐, 그래서 혹여 나쁜 마음을 먹지나 않을까 그게 걱정되고 불안해서 한국으로 들어올 수밖에 없었다.

그랬던 녀석이 변했다. 연애를 시작했다는 소리를 들었을 때도 놀랐었는데 이렇게까지 변할 줄이야.

살랑살랑 불어대는 봄바람을 닮은 수현의 눈웃음에 지설의 가슴이 뻐근해졌다.

"소개시켜 주면 딱 한 번만 쳐다볼게. 아니다. 사진 없냐?"

도대체 어떤 여자가 이수현이 세워놓은 견고한 벽을 무너트렸는지 알고 싶었다. 그래서 사진이라도 보여달라는데.

"사진도 닳아."

이러고 있다.

"너 이수현 맞냐?"

"그럴 걸."

"내가 아는 이수현이 아닌데."

"그래서?"

행복을 감추지 않는 수현을 빈정대던 지설이 어깨를 으쓱해 보였다.

"좋다고, 인마. 달라진 이수현이 훨씬 낫네."

달라진 이수현의 모습에 적응하려는 듯 자신에게서 눈을 떼지 않는 지설이 던진 말에 수현의 미소가 짙어졌다.

확실히 수현은 달라졌다. 연지 덕분에 가면 없이도 편하게 숨을 쉬며 웃을 수 있었고 대면하기 두려웠던 진실을 마주할 용기를 가질 수 있었다.

'엄마가 후회한다고 말했던 건 네가 생각하는 그런 뜻이 아니었어.'

봄기운을 실은 미풍이 어머니 정 여사의 음성을 실어왔다.

'엄마는 그날, 네 아버지께 화가 났었어.'

늘 수현의 맞은편에 자리 잡았던 정 여사가 그날은 그의 옆에 앉아 잡은 손을 놓아주지 않았다.

'그래서 후회한다고 했어. 동생을 끊어내지 못할 사람이라는 걸 빤히 알고 있었는데, 내 아들 상처 입기 전에 데리고 도망쳤어야 했는데, 그러지 못했던 걸 후회한다고.'

정 여사는 수현과 단둘이 미국에서 살 작정이었다고 하셨었다. 수현을 친자로 호적에 올리는 걸 극렬하게 반대했던 시누이가 문제를 일으킬 것 같았다고, 친조카를 바라보는 시선에 악의만 담겨 있어서 언젠가는 사달이 날 것 같아 하루도 마음 편할 날이 없었다고.

단 하루라도 사랑하는 아들과 마음 편히 살고 싶던 정 여사였지만 남편의 애원에 자신의 욕심을 버릴 수밖에 없었다는 말씀도 해주셨다.

'할아버지가 돌아가시고 네 아버지께 남은 친혈육은 너하고 고모밖에 없었어. 네 아버지는 어머니 사랑을 받아보지 못한 고모를 안쓰럽게 여겼고. 그리고 너한테 제대로 된 가족을 만들어주고 싶은 욕심이 너무 컸어. 우리의 과욕이 널 아프게 만들 줄, 그때는 몰랐어.'

지켜주지 못해서 미안하다고, 오해할 만한 말을 해서 미안하다고, 배 아파 낳았어야 하는 아들인데 가슴으로 낳을 수밖에 없었던 게 너무나 미안하다고, 정 여사는 미안하다는 말을 수 없이 되풀이했다.

혹시 그날 이후에도 고모가 널 괴롭혔냐고 묻는 정 여사에게 수현은 아무 말도 할 수가 없었다. 그렇지 않았다는 거짓말이 나와주지 않았고 힘들었다고 고백할 수도 없었다. 만약 고모라는 사람에게 난도질당했던 시간들을 아시게 된다면 부모님이 견디지 못하실 것 같았다.

수현은 어떤 말도 꺼내놓지 않았지만 아들의 침묵이 부정을 의미하지는 않는다는 걸 읽어내신 부모님의 낯빛이 파리해졌었다. 그리고 정 여사는 두 눈 가득 눈물을 담고서 수현의 얼굴을 쓰다듬었다.

'엄마가 지켜줄게. 엄마가, 엄마가 지켜줄게. 그러니까 혼자 힘들어하지 마, 수현아. 힘들고 아프면 엄마한테 말해. 응?

그날, 수현은 처음으로 부모님 앞에서 눈물을 보였다. 울려고 했던 건 아니었는데, 울 생각 같은 건 추호도 없었는데, 흘러내리는 눈물을 막지 못했다.

"애인 생각 하냐?"

한바탕 울고 나니 저도 모르는 사이 사라져 있던 마음의 짐. 연지 덕분에, 부모님 덕분에 곪아 터진 상처에 약을 바를 수 있게 되었던 그날을 떠올리던 수현이 지설을 쳐다보았다.

"넌 안 하냐?"

당당하기만 했던 지설이 딴청을 부렸다. 세상에 미림 같은 여자가……. 연지 말고 또 어디 있다고 마음 놓고 늦장을 부리는 건지 수현은 이해할 수가 없었다. 저 같았으면 있을 수도 없는 일이었다. 아무런 조치 없이 사랑하는 여자를 방치한다는 건.

미림과 관련된 대화를 피하는 지설이 마뜩찮았던 수현이지만 깊게 파고들지는 않았다. 이제껏 충고는 할 만큼 했고 미림을 위로하고 달래는 것도 더는 수현의 몫이 아니었다.

온종일 놀고 있을 수 없는 수현이 자리에서 일어섰지만 지설은 자리를 뜰 생각이 없어 보였다.

"놀다 가라. 간다."

"이수현."

진지한 부름에 수현이 걸음을 멈추고 지설을 쳐다보았다.

"진짜 궁금해서 그래. 예쁘냐? 아니면 섹시해? 대체 어떤 여자야?"

조만간 연지를 소개해 줄 생각이었는데 지설은 그 잠시의 시간도 기다리지 못했다. 그래서 수현은 서연지가 자신에게 어떤 여자인지 알려주었다.

"내가 사랑하는 여자."

❖

수현을 눈코 뜰 새 없이 바쁘게 만들고 있는 토요일 오후. 연지와 서지프 멤버들은 꽃놀이를 나와 있었다.

"저거 또 멍 때리네."

꽃나무 아래 컬러풀한 담요를 깔아놓고 센스 터지게 종이컵에 따른 와인을 홀짝이던 수진의 말처럼 연지는 어젯밤부터 멍만 때리고 있었다. 그런데 평소와는 분위기가 약간 달랐다. '평범한 멍'이나 '사랑에 빠진 멍'이 아니라 '분노의 멍' 같은 느낌이랄까. 누구 하나 죽일 듯한 기세로 조용히 혼잣말을 중얼거리는 걸 보면 분노의 대상이 이수현인 것 같지는 않았다.

"뭔 일 있나? 싸웠대?"

"새벽에 통화하는 거 들었는데 그쪽 문제는 아니야."

"그럼 왜 저래? 설마 우리 들켰……."

수진이 입방정을 떠는 나리의 입에 닭다리를 물렸다.

이수현이 애정 씨까지 홀리고 난 후, 서지프 멤버들은 심기가 불편했다. 애정 씨야 원체 사람을 잘 믿고 그래서 잘 속는 분이었지만 사윗감을 고르는 일에서만큼은 심혈을 기울였다. 그런데 이수현에게 홀랑 반해 버리고 말았다.

수현을 만난 다음 날, 경기도로 내려가기 전에 민아의 손을 꼭 붙잡고 당부의 말도 남긴 애정 씨였다.

'너희도 이제 좋은 사람 만나야지. 우리 연지처럼. 응?'

'이수현=좋은 사람'이라는 공식이 세워져 버렸다. 그래서 서지프 멤버들은 애정 씨께 알리지 못했다. 그 좋은 사람이 사실은 주변에 여우들이 득실득실거리는 아주 나쁜 사람일 수도 있다는 것을.

상황을 주시하던 수진이 말했었다. 인정해야 하는 걸지도 모른다고 말이다. 이수현이 서연지의 짝이라는 걸 인정하고 의심을 버려야 할지도 모르겠다고. 하지만 경고는 해두는 게 좋겠다고. 그래서 이제껏 수집해 왔던 증거들을 한데 모아 수현에게 날렸었다. 지켜보고 있다는 경고의 메시지와 함께.

서지프의 활동이 옳고 그름을 떠나서 그녀들이 과하게 행동하는 것에는 하나의 이유밖에 없었다. 그들의 친구 서연지가 행복해지길 바라는 마음. 그거 하나였다.

서연지가 겪었던 두 번의 연애와 이별을 지켜봐 왔던 서지프 멤버들은 다시는 자신들의 친구가 비슷한 상처를 받지 않길 바랐다. 어머니가 가사 도우미라는 이유로, 데이트하는 것보다 부족한 수면 시간을 채우는 게 먼저일 정도로 빠듯하게 살고 있다는 이유로, 책임져야 할 어린 동생들이 있다는 이유로 이별을 선고받는 일은 두 번 다시 일어나지 않아야 했다. 그중에서도 여자 문제로 속 썩는 게 가장 최악이고.

"서연지!"

기껏 꽃놀이를 와서 먼 산만 바라보는 연지에게 꽥 소리를 지른 민아가 물었다.

"꽃에 취했냐?"

그녀들이 들고 온 와인 한 병은 이미 동이 나 있었지만 연지는 첫잔도 비우지 못한 상태였다. 그러니 술에 취한 게 아니라 꽃에 취한 것일 수밖에 없었다.

연지는 내버려 두라는 듯 팔을 휘휘 저었다. 오랜만에 뭉친 친구들과 꽃놀이를 왔으니 즐거운 마음으로 꽃구경을 해야 한다는 걸 알지만 당체 흥이 나질 않았다.

'법적으로 나는 이수현의 고모예요.'

어젯밤에 약국으로 찾아와 당당하게 시간을 내줄 것을 요구하던 여자는 자신을 그렇게 소개했었다. 수현이 고모도 아니고 법적으로는 이수현의 고모라고.

수현의 어머니도 아니고 고모라는 사람이 어떻게, 왜 찾아왔는지는 알 수 없었지만 그렇다고 거부할 수 있는 만남은 아니었다. 그리고 그 만남이 화려하게 만발한 꽃을 보고도 감흥이 일지 않는 이유였다.

아아, 돌겠네.

연지가 간지럽지도 않은 머리를 벅벅 긁었다. 그 법적 고모 뭐시깽이가 떠들어댔던 말들이 어젯밤부터 계속 머릿속에서 되감기되고 있었다.

'그 애 친부모가 어떤 사람인지 알아요? 친부는 세상에 둘도 없는 개망나니였고 친모는 창녀였어요. 그 애가 자기는 돈에 팔린 짐승이라는 거, 말 안 했나 봐요? 그 애 친모가 건물 주면 애 팔겠다고 해서 돌아가신 우리 아버지께서 돈 주고 거둔 거예요, 그 애. 그렇게 기어들어 와 놓고는 제 몫이 아닌 유산까지 탐내더니 기어코 받아내더군요. 모르는 것 같은데 우리 집안에서 그 애는 사람이 아니라 짐승이에요. 끼리끼리 만나는 거라는데 그쪽도 짐승이 아닌 사람으로 살고 싶으면 이쯤에서 그만두는 게 좋지 않겠어요?'

마치 서연지를 위해서 호의를 베풀고 있다는 식으로 퍼부어지 던 악담들. 아니, 그건 사람의 말이 아니었다. 이미 연지는 그 여 자를 사람으로 보고 있지 않았으니까.

법적으로 고모라니까 함부로 대해서는 안 될 것 같아서 이를 악 물고 참아냈었다. 수현에게 피해가 갈 만한 일은 만들고 싶지 않 았다. 하지만 지치지도 않고 속을 긁어대는 여자 때문에 연지는 폭발하고 말았다.

'동물원 가본 적 없으세요? 유치원 안 다니셨어요? 사람하고 짐승 정도는 구별할 줄 아셔야죠. 이수현은 사람이에요. 그것도 너무 완벽해서 탈인 사람. 모르시는 것 같아서 말씀드리는 거니까 앞으로 기억해 주셨으면 하는 게, 너무 큰 욕심이겠죠?'

사람과 짐승도 구별할 줄 모르는 사람에게 바라서는 안 될 것 바라서 미안하다는 표정으로 말하자 여자는 코웃음으로 대응해 왔었다.

'짚신도 짝이 있다더니. 뭐, 돈 많은 짐승이니 그쪽한테 나쁠 건 없겠지. 어디, 끝까지 가봐.'

머리에서 김이 피어오를 만큼 열이 뻗쳤던 연지였지만 끝까지 참고 물었다. 이러는 이유가 뭐냐고, 날 찾아와 이렇게까지 하는 이유가 대체 뭐냐고.

'그 짐승은 행복해질 자격이 없어. 남의 인생을 망쳐 놓고, 내 자식들 앞길까지 막아놓은 그 짐승이 행복해지는 꼴을 내가 가만 히 두고 볼 것 같니? 그 물건한테 돈은 빼앗겼지만 행복하게 사는 꼴은 못 봐. 너도 그 짐승하고 힘을 합쳐서 내 몫, 내 자식들 몫까지 훔쳐 갈 생각이라면 꿈도 꾸지 말아야 할 거야.'

제대로 미친 여자였다. 연지는 거리낌 없이 친조카를 짐승으로 만들어 버리는 여자의 머리끄덩이를 잡고 싶었다. 당신이 뭔데 내 남자를 무시하느냐고, 법적 고모면 다냐고, 돈 따위 발톱의 때만큼도 관심 없다고 한바탕 난리굿을 펼치고 싶었지만 앉은 자리에서 바들바들 떨고 있을 수밖에 없었다.

"아나, 진짜 확!"

나무 둥치에 등을 기대고 있던 연지가 갑자기 소리를 지르자 화들짝 놀란 서지프 멤버들의 눈이 댕그래졌다.

"그 아줌마, 참. 아나, 참. 겁나 캐릭터 있으시네."

분에 못 이겨 아드득 이를 가는 연지에게 나리가 조심스레 물었다.

"누가 너 건드렸어? 그 아줌마가 누군데?"

"있어. 유치원 문턱도 못 가보고 동물원 구경 한 번 못해본 거시기한 아줌마."

참을 수 없이 짜증난다는 듯 연지가 종이컵에 든 와인을 원샷하자 수진이 아이스박스에서 맥주 한 캔을 꺼내 건넸다.

맥주를 벌컥벌컥 들이켠 연지가 발을 동동 굴렀다. 화가 나서 미치겠는데 화풀이를 할 수가 없어서 환장할 지경이었다.

법적으로 고모라고 했다. 그럼 어쨌든 고모라는 소리고 수현과 가까운 자리에 위치해 있다는 거였다. 그렇다면 이제껏 그 캐릭터 있는 아줌마한테 수현이 내내 시달렸다는 거다.

"에이씨!"

연지의 손 안에서 구겨진 맥주 캔이 쿨럭쿨럭 노란 액체를 토해

냈다.

"서연지, 무슨 일인지 말을 해."

"그래, 말을 해. 미친년처럼 굴지 말고."

"연지야. 사람들이 우리만 쳐다봐."

마음 같아서는 미친년은 내가 아니라 다른 곳에 있다고, 같이 그 미친 존재를 무찌르러 가자고 말하고 싶었지만 연지는 입을 다물었다.

수현의 아픔이고 수현의 상처였다. 그래서 연지는 수현에게 미안했다. 그의 아픔과 상처는 수현에게서 직접 들었어야 하는 건데 낯선 타인에게 들어버려서. 그러니 자매 같은 친구들이라도 말할 수가 없는 것이다.

이제야 그의 마음을 읽어낼 수 없던 시간들이 이해가 되었다. 판에 박힌 미소를 마주할 때면 그가 무섭기도 했었다. 좋은 건지 싫은 건지 알 수 없는 표정에 그저 어려운 사람이라고 정의 내렸었다. 그게 미안한데 미안하다는 말로는 자신의 감정을 제대로 전달할 수가 없었다.

그런 아줌마를 옆에 두고 얼마나 힘들었을까. 그런 아줌마를 옆에 두고도 아무렇지 않다는 듯 웃어야 했을 테니 얼마나 고역스러웠을까.

'후회하고 싶어져도 하지 마. 난 당신 거니까.'

그 말을 들었을 때 말하지 않은 상처가 있겠구나, 짐작은 했었지만 가족 때문에 아팠던 거라고는 상상도 못했었다.

가족으로 인해 아픈 사람이 수현만 있는 건 아니었다. 민아도 무관심하고 독한 부모님 덕분에 꽤 많은 상처를 받았으니까. 하지만 연지를 화나게 만드는 민아의 부모님도 사람을 짐승 취급하지는 않았다. 당신들에게 만족을 안겨주지 못하는 미련하고 어리석은 자식이라 여기긴 하지만 그들에게 민아가 짐승이 될 수는 없었다.

짐승이라니, 짐승이라니!

연지의 얼굴에 그려진 분노가 선명했다. 머리끄덩이를 잡았어야 했다는 후회가 멈춰지질 않았다. 얼굴에 손톱자국을 내놓고 대머리가 되도록 머리털을 뽑아놨어도 수현이 받은 상처에는 비할 수조차 없었을 텐데.

"짜증나."

눈물을 글썽이는 연지에게로 서지프 멤버들이 몰려들었다.

"왜 그래? 무슨 일이냐니까!"

"답답해 돌아가셔! 말을 하라니까?"

"연지야, 울지 마. 왜 울어. 응?"

마음 여린 나리가 연지보다 먼저 눈물을 뚝뚝 흘리고 민아는 걱정스런 표정으로 쉬이 말을 붙이지 못했다. 그리고 수진은 답답함에 술을 들이켰다. 말을 해주지 않으니 도와줄 수 있는 게 없어서 수진도 짜증이 났다.

수현에게 전화가 걸려오자 연지는 친구들과 함께 있던 작은 방에서 빠져나왔다.

[어디야?]

전화를 받자마자 들려온 수현의 음성에는 걱정이 묻어 있었다.

꽃놀이 간다고 했던 사람이 새벽 1시까지 술을 마시고 있다니 걱정이 되기도 할 것이다.

"친구들하고 참치 집에."

[많이 마셨어?]

연지는 잠시 고민하다가 아니라고 대답했다. 친구들은 진즉 술에 영혼을 팔았고 연지도 몇 잔만 더 마시면 팔아넘길 수준이었지만 수현의 걱정을 불리고 싶지 않았다.

[집에는 어떻게 가게.]

"택시 타고 가면 돼요."

수현이 내쉬는 한숨소리가 연지의 마음을 울렸다.

[위치 문자로 보내. 데리러 갈게.]

"아니야, 괜찮."

[서연지. 새벽 1시야.]

짧은 문장에 길고 긴 잔소리를 압축해 넣을 수 있는 수현의 능력이 발휘됐다. 이럴 때의 수현은 64GB USB메모리 같았다. 그것도 손톱만큼 작은 메모리 장치.

결국 알았다고 대답하고서 수현에게 참치집의 위치를 문자로 전송한 연지가 다시 친구들에게로 돌아갔다.

"배바지는 입어줘야! 패션의 완성!"

백민아가 바지 속에 블라우스를 집어넣고 양껏 끌어올린 모습이 제일 먼저 눈에 들어오고.

"꺄하하하하! 민봉이, 민봉이! 꺄하하하!"

입술에 떡하니 김의 잔해를 붙인 채 백민아의 학창 시절 별명을 부르며 뒹굴고 있는 나리도 보이고.

"내가 더 잘해! 내가 더 웃길 수 있어!"

눈까지 시뻘게져서는 저가 더 잘할 수 있다며 양말 속에 바지 밑단을 넣고서 두루마리 휴지로 얼굴을 감아대는 수진도 보인다.

"하아아아아."

친구라 부르는 이들의 모습을 지켜보던 방바닥이 무너져라 한숨을 쉬었다. 미리 참치 집에 전화를 걸어 룸을 예약해놓을 수 있었던 건 신의 가호가 빛을 발한 것이었던가.

수현에게 오지 말라고 해야 할까, 연지가 극심하게 고민하는 사이 패션을 완성시킨 것에 흥분한 민아와 수진이 빈 소주병에 숟가락을 꽂고 노래를 불러댔다.

"외로워도 슬퍼도!"

"슬퍼도!"

"나는 안 울어어."

"안 울어!"

……잘들 논다.

민아와 수진이 노래를 부르면 기다리고 있던 나리가 추임새를 넣는다. 그러다 참고, 참고 또 참지 울긴 왜 우냐는 부분에서 수진이 얼굴을 구겼다.

"왜 참어? 울고 싶을 때는 울어야지!"

맞는 말이었지만 시기적절한 말은 아니었다. 나리가 울기 시작했으니까.

"그래! 울어! 사람이 말이야! 울고 싶을 때는 울어야 되는 거야!"

그러자 민아도 운다. 그리고 수진도 따라 운다.

본디 참치 집의 아늑한 룸들 중에서 하나일 뿐인 공간이 노래방이었다가 초상집으로 변해 버린 상황 속에서 연지는 심각해져 버렸다.

나도 쟤들하고 마시다가 취하면 저랬던 거지? 맞아. 저랬던 것 같아.

절로 얼굴이 달아올랐다. 같이 취했을 때는 몰랐는데 저들보다 덜 취한 상태에서 눈 뜨고 보기 힘든 장면을 목격하니 급격하게 부끄러워진다. 그래서 연지는 남아 있는 소주를 연거푸 들이켰다. 그렇게라도 하지 않으면 다시는 쟤들하고 술 마시기 싫어질 것 같았다.

울다가 웃고 그러다 또 우는 친구들을 창피해하지 않기 위해서 몇 잔이나 마셨을까. 난데없이 드르륵 문 열리는 소리가 들려 고개를 돌린 연지의 눈동자에 수현의 얼굴이 박혔다. 하지만 수현을 반긴 건 연지가 아닌 그녀의 친구들이었다.

"어? 이수현이다!"

"이수현 원장이다!"

"여자 많은 놈이다!"

친구들이 검지를 세워 수현을 가리키며 던지는 말들에 조금씩 알딸딸해지던 연지는 술이 확 깨버렸다.

"여자, 많은…… 놈?"

눈꼬리가 업된 수현이 연지를 쳐다보았다. 자신이 그렇게 불린 이유를 설명해 보라는 눈빛을 받으면서 연지는 마른침을 삼켰다.

"얘, 얘네가 취해서. 아하하!"

연지는 무조건 웃었다. 웃는 얼굴에 침 못 뱉는댔으니 화도 못 낼 거라고 스스로를 위로하면서.

"앉아요, 앉아! 하늘 안 무너지는데? 크큭!"

"저렇게 생겼으니 여자가 많지!"

"우리 연지 눈이 하늘 꼭대기에 달렸어! 이히히히!"

화, 못 내겠지?

"들어와서 앉으라니까? 안 앉으면 나 한 달 동안 발 안 닦을 꼬야!"

"그럼 난 이빨!"

"그럼 난……. 음, 난…… 난 머리 안 감을 거야!"

연지는 벌떡 일어났다. 수현이 화를 내기 전에 자신이 먼저 친구들의 웃는 얼굴에 침도 뱉고 화도 내고 때릴 수도 있을 것 같아서.

"나, 나가서 기다……."

"왜. 재밌는데."

씨익 입꼬리를 말아 올린 수현이 스니커즈를 벗고 룸으로 들어갔다. 그래서 연지는 서둘러 방바닥에서 굴러다니던 휴대폰을 주워 박정민과 박나단에게 전화를 걸었다. 빨리 와서 맥네 애물단지 끌고 가라고.


박정민에게 끌려가는 백민아와, 박나단에게 끌려가는 박나리와 윤수진은 끝까지 수현에게 삿대질을 해댔다. 그리고 눈을 부릅뜨고서 소리쳤다.

"지켜보고 있다아!"

피식 웃어버리는 수현의 옆에 서 있던 연지는 이를 악물었다.

내가 이번에는 무슨 일이 있어도 묻어버릴 거야. 기필코 내 손으로 저것들을 묻어버리고 말 거야.

"친구들이, 대단히, 재미나네."

몸을 틀어 자신을 바라보는 수현의 시선이 느껴졌지만 연지는 그를 마주 보지 못했다. 파리해진 안색으로 자신의 기구한 팔자를 이해해 주십사 바랄 수밖에 없었다.

"전생에…… 나라를…… 팔아먹어서……."

"흐음."

"계속…… 팔아먹어서……."

"타."

수현은 자신이 아니라 땅바닥에 대고서 미안함을 전하는 연지의 어깨를 잡아 돌려세우고 차에 태웠다.

"많이, 미안해요."

차에 탄 연지가 조그만 목소리로 사과했지만 수현은 말이 없었다.

나 전생에 매국노였나 봐. 환생할 때마다 나라를 팔아먹지 않은 이상 이럴 수는 없음이야.

연지의 이마에 식은땀이 맺혀 있었다. 박정민과 나단이 참치 집에 와서 상황을 정리하기 전까지 일어났던 일들을 어떻게 수습해야 할지 알 수가 없었다.

'우리가 누구?'

'우리는 서지프! 서연지 지키기 프로젝트의 멤버들이지. 움하하하하!'

수현에게 자신들을 서지프라 밝힌 웬수들은 그들의 활약을 자랑하기에 여념이 없었다. 이수현이 어떤 사람인지 알아내기 위해서 그의 숍에 찾아가 진상 짓을 부린 것 하며, 다른 친구들까지 엮어다가 수현을 유혹하게 한 것 하며, 증거물이라며 내놓은 사진들까지.

'우리는 아무도 모르게 비밀리에 활동해 왔지!'

가슴을 쭉 펴고 당당하게 외치던 민아가 떠올라 연지가 주먹을
말아 쥐었다.

비밀은 얼어죽을! 지들 입으로 까발리는 게 무슨 놈의 비밀이야!

차라리 얼굴에 휴지를 휘감고 배바지 입은 채로 춤을 추는 모습
이 나았다. 이제 하다하다 친구의 애인을 스토킹하다니. 그리고
그걸 자랑스럽게 떠벌리다니!

왜, 어떻게, 무슨 이유로 서지프가 만들어졌는지는 알 것도 같
았다. 그래서 연지는 진심으로 어떻게든 친구들을 이해하고 싶었
다. 수현에게 들키지 않고 저한테만 들켰으면 이해하기가 한결 수
월했을 것이다. 하지만 수현이 알아버렸다. 그에게 불쾌하기 짝이
없는 협박 문자를 보낸 존재가 다름 아닌 서연지의 친구들이었다
는 사실을 알아버렸단 말이다.

고개를 푹 숙이고 있는 연지의 머리 위에 둥실둥실 물음표가 떠
다녔다.

어. 떡. 하. 지. 나?


주차장에 차를 세운 수현이 연지의 손목을 잡아 차에서 끌어 내
렸다. 그리고 집 안으로 밀어 넣고서 소파에 앉혔다.

"마셔."

수현이 유자차가 담긴 유리컵을 내밀었지만 연지는 미동도 없
었다. 연지의 손에 유리컵을 쥐어준 수현이 거실 바닥에 앉아 그
녀를 올려다보았다. 양손으로 유리컵을 쥐고 있는 연지는 입술을
물어뜯고 있었다.

"화 안 났어. 마셔."

엄지로 연지의 입술을 쓸어준 수현이 다정하게 달래자 그녀가 살짝 고개를 들었다. 그리고 조심스럽게 유자차를 마시기 시작했다.

평범하게 차를 마시는 모습마저도 수현의 눈에는 어여쁘기만 했다. 보고만 있어도 배부르다는 말은 부모 자식 간에만 통용되는 건 아니었던지 그녀가 차를 달게 마시니 자신의 입안에도 단맛이 고이는 것 같았다.

수현은 입술에서 컵을 떼어내고 제 시선을 피하는 연지를 뚫어져라 쳐다보았다.

기분 나쁜 협박 메시지의 주인공이 그녀의 친구들이라는 사실을 알게 되었을 때 전혀 불쾌하지 않았다면 거짓말일 것이다. 연지의 눈앞에 자신이 여자들에게 웃어주는 사진을 들이대며 감당할 수 있겠냐고 물었을 때는 화가 나기도 했었다. 하지만 어쩌겠는가. 사랑하는 여자의 친구들인걸. 서연지를 마음 깊이 위해서 저지른 일인걸.

"서연지, 전생에 나라를 구했을 거야."

입술을 앙다물고 있던 연지가 수현의 말에 그제야 눈을 맞췄다.

"좋은 친구들이야."

자신의 손에서 가져간 유리컵을 테이블 위에 올려두면서 담담하게 말하는 수현 때문에 연지는 눈물이 핑 돌았다.

"진짜, 화, 안 나요?"

"안 나."

"정말?"

"정말."

"막 협박했는데?"

"당신 친구들이니까."

연지는 스스로 수현의 품에 안겨 그의 목에 단단하게 팔을 감고서 훌쩍였다. 그의 말이 맞았다. 서연지가 전생에 나라를 구하지 않았다면 현생에 이런 남자를 애인으로 둘 수는 없었을 테니까.

연지의 등을 토닥이던 수현이 그윽한 음성으로 경고했다.

"화는 안 나. 그런데 오해는 하지 마."

"오해?"

"사진."

수현을 꼬옥 껴안은 연지가 세차게 고개를 젓자 그가 달콤하게 속삭였다.

"진심으로 웃을 수 있게 해주는 사람, 행복하게 해주는 사람, 평생 함께 하고 싶은 사람, 나한테는 서연지가 유일해."

주르륵, 연지의 눈에서 눈물이 흘러내렸다.

이렇게 착한 사람이 이수현이다. 진심으로 누군가를 사랑할 줄 아는 사람, 받은 사랑에 감사하고 지킬 줄 아는 사람이 이수현이다. 누구에게도 짐승 취급을 받으면 안 될 사람이었다.

"수현 씨, 내가 지켜줄게."

울먹이며 웅얼거리는 연지의 말에 수현이 흠칫 놀랐다.

"다치지 않게, 아프지 않게, 내가 지켜줄게요."

"서연지."

연지의 어깨를 잡아 제 품에서 떼어낸 수현의 눈빛이 어둡게 가라앉아 있었다. 그래서 연지는 수현의 얼굴을 두 손으로 감싸고 환하게 미소를 지어 보였다.

"이수현은 내가 사랑하는 사람이야. 전생에 나라를 구한 서연지가 사랑하는 남자가 이수현이에요."

불안하게 흔들리는 그의 눈에 입술을 내렸던 연지가 이내 미약하게 떨리고 있는 그의 입술을 머금었다.

어스름한 달빛도 수현과 연지의 마음에 서로가 아로새겨지는 걸 훼방 놓지 못했다.

사랑하는 연인은 얼굴을 맞대고 눈을 떼지 않았다. 따스하게 보듬고 짧은 입맞춤에 행복해하고, 눈빛과 손짓으로 사랑을 속삭였다.

연지가 진실을 알고 있다는 사실에 수현은 절망하지 않았다. 지켜주겠다는 그녀의 말에서, 같은 속도로 뛰고 있는 심장에서, 손끝에 묻어난 그녀의 뜨거운 눈물에서 크기를 잴 수 없는 사랑을 받았다.

처음에는 그녀에게 진실을, 누구에게도 쉬이 말할 수 없는 비밀을 털어놔야 한다고 생각했을 때 그저 막막했었다. 어떤 식으로 어떻게 말해야 이수현을 사람으로 봐줄지, 경멸하지 않을지, 뇌가 타들어가도록 고민하고 또 했었다.

이수현을 선택한 걸 후회하게 만들고 싶지 않았다. 이수현의 여자가 된 걸 기쁘게 여겨주길 바랐다. 그녀가 후회할 수도 있을 거란 상상만으로도 심장이 피를 토했었다.

하지만, 이제는 안다. 이수현이 사랑하는 서연지는 더한 아픔까지도 끌어안아 줄 수 있는 사람이라는 것을. 모든 것을 내려놓고 편안히 쉴 수 있게 감싸줄 사람이라는 것을.

그래서 전부 털어놓을 수 있었다. 그녀에게 이수현을 주고 싶었다.

수현은 저와 똑같은 자세로 침대에 누워 제 얼굴을 바라보는 연지의 볼을 손바닥으로 감쌌다.

"무서웠어."

담백해서 더 안쓰러운 음성에 연지는 수현의 손등에 자신의 손을 얹었다.

"태어나지 않았어야 했는데, 잘못 태어난 것 같았지."

연지가 화난 표정으로 고개를 젓자 수현의 입가에 설핏 미소가 걸렸다.

진심으로 그렇게 믿었던 적이 있었다. 생전에 친부는 수현의 존재 자체를 부정했었다고 했고 친모는 돈 때문에 열 달 동안 뱃속에 품고 있던 제 자식을 팔았다.

이수현은 돈 때문에 태어난 사람이었다. 돈이 아니었다면 세상의 빛을 볼 수 없었던 사람. 친모의 손에 돈을 쥐어줄 수 있었기 때문에 할아버지와 부모님의 사랑을 느끼며 자랄 수 있었고 또한 그 돈 때문에 고모라는 사람에게 경멸을 당해야 했다. 그가 잘못한 거라고는 태어난 것밖에 없는데.

사람이 무섭고 돈이 무서웠다. 마음 같은 건 돈에 비하면 가벼운 바람에도 스러질 수 있는, 하찮것없는 허세라고 여겼었다. 그래서 어머니의 후회한다는 말 한마디만 듣고 이수현을 자식으로 받아들인 걸 후회한다는 뜻일 거라고 믿어버렸다.

잘못 태어났지만 버려지고 싶지 않았다. 그래서 아파도 웃고 힘들어도 웃었다. 그래야만 했다. 왜냐하면……

"사랑받고 싶었어."

결국 그것뿐. 사랑받고 싶었던 것뿐이다. 돈 때문이 아니라, 어쩔 수 없이 받아들였어야 해서가 아니라, 누군가 잘못 태어난 이 수현을 거부하지 않고 사랑해 주었으면 했다.

연지가 눈에 힘을 주자 흰자위에 핏발이 섰다. 진즉 눈물이 그 렁그렁해진 그녀의 눈에 뜨거운 입김이 닿았다가 떨어졌다.

"충분히 사랑받고 있다는 걸 몰랐지. 내가 스스로 마음의 눈을 감아버려서 소중한 사람들이 대가를 바라지 않고 내미는 사랑을 보지 못했던 거야."

연지가 수현의 품으로 파고들었다. 그에게 눈물을 보이고 싶지 않았다. 지금보다 훨씬 더 단단해지고 강해져서 수현이 눈에 보이 지 않는 작은 가시에도 찔리지 않게 해주고 싶었다.

수현은 자신의 어리석음을 뒤늦게 후회했다. 돌아가실 때까지 제 손을 잡고 놓지 않으시던 할아버지의 사랑을 잊고 있었다. 자 신이 아프면 더 아파하시고 즐거워하면 더없이 행복하시던 부모 님의 마음을 제대로 보려 하지 않았다.

이수현 앞에서만 주책없어지는 지설의 마음도 외면했었다. 눈 빛만 보고도 아프다는 걸 알아주고 말없이 술잔을 건네던 녀석의 마음을 너무 가벼이 여겼다. 다른 이들도 마찬가지였다. 보상을 바라지 않고 아낌없이 전해주는 그들의 마음이 견고한 벽에 부딪 혀 상처 입는다는 걸 미처 알지 못했었다.

"당신이 열었어. 내가 닫아놓은 문을."

너무나 자연스럽게, 일부러 꾸미려 노력하지 않았는데도 수현 의 얼굴 전체가 환한 미소로 물들었다.

"서연지를 만나기 전까지는 척만 하고 살았어. 기쁜 척, 즐거운 척, 행복한 척. 그래서 내가 사람을 무서워하는 것만큼 다른 사람들도 나를 무서워했지. 아무리 잘 감춰도 진심과 꾸며낸 감정은 태가 나는 거니까."

슬픔도 아픔도 느껴지지 않는 수현의 담담한 음성이 연지의 마음을 뜨겁게 울렸다.

"당신을 만나고 나서야…… 나도 누군가를 사랑할 수 있는 사람이라는 걸 알았어."

울고 싶지 않은데 수현에게 자극받은 눈물샘이 삐죽삐죽 눈물을 내보냈다. 혹여 그의 셔츠를 눈물로 적실까 봐 수현의 가슴에서 얼굴을 떼어내려는데 크고 따스한 손이 연지의 머리를 눌러 끌어당겼다.

"그러니까 당신은 나를 지켜."

연지가 힘겹게 고개를 끄덕이자 수현이 온 마음을 다해 그녀를 안았다.

"나는, 당신을 지킬게."

조심스럽게 새어 나오던 흐느낌이 큰 울음으로 변해 넓은 공간을 떠돌았다.

가늘게 떨리는 그녀의 어깨에 입을 맞추고 파르르 진동하는 여린 등을 토닥이고 쓸어내리면서 수현은 굳은 결심을 다졌다.

지킬 것이다. 사람으로 사람답게 살고 싶은 욕심을 가지게 해준 그녀를. 자신이 추방해 버렸던 진심을 찾아와 데리고 와준 그녀를. 웃고 울어가며 행복하게 사는 것이 진정으로 사는 것이라는 걸 알려준 그만의 오아시스가 결코 마르는 일 없도록 지키고 말 것이다.

　울다 지쳐 아침이 되어서야 잠든 연지를 바라보던 수현은 따뜻한 물에 적신 수건으로 눈물의 흔적을 조심스레 닦아주며 약속했다.

　다시는 나 때문에 울게 하지 않아.

　뒤척임조차 없이 곤하게 잠든 연지의 정수리에 입을 맞춘 수현이 외출 준비를 서둘렀다. 그녀가 깨기 전에 돌아와야 했다. 눈을 떴을 때 혼자라는 기분이 들게 만들 수는 없었다.

　서재로 쓰는 방에서 통장 하나를 꺼내 든 수현이 통장과 연결되어 있는 현금 카드에 비밀번호를 적은 포스트잇을 붙였다. 그리고 지체 없이 집에서 나와 차에 올랐다.

　가족이라는 이름을 먼저 버린 건 그 여자였다. 부모님 때문에 어쩔 수 없이 고모라 부르며 최대한 예의를 갖췄지만 이제는 그럴 이유가 없었다. 제 입으로 말해줬어도 아파했을 연지를 한없이 아프게 만든 여자를 용서할 수 없었다.

각자 얼굴 맞대는 걸 극도로 꺼리고 절대 먼저 찾는 일이 없는 두 사람이었지만 어떤 식으로든 34년간 한 울타리 안에 갇혀 있던 두 사람이었다. 그래서 수현은 일요일 아침, 그 여자가 어디에서 무엇을 하고 있을지 알고 있었다.

여자의 가족은 매주 일요일 아침이면 으리으리한 한정식 집에서 늦은 아침 식사를 했다. 한껏 꾸미고 나가 단란하고 화목한 가정을 연기하는 걸 좋아하는 사람들이라 그들은 수현의 예상처럼 그곳에 있었다.

넓은 주차장에서 고모부와 친척 동생의 차 두 대를 확인한 수현은 조소를 머금었다. 한 차에 타기 싫어서 차 두 대를 움직이면서까지 밖에 나와 연기를 펼치는 사람들이라니. 이런 사람들 때문에 그 오랜 시간 자신과 부모님이, 그리고 연지가 상처받았다는 사실에 절로 주먹이 쥐어졌다.

식당 안으로 들어선 수현은 곧장 백화라고 쓰인 나무패가 걸려 있는 방 앞으로 걸어가 미닫이문을 열었다.

"엄마, 나도 차 사줘. 경희는 이번에 벤츠로…… 어?"

차를 사달라고 칭얼거리던 어린 여자와 딸 때문에 인상을 쓰던 여자가 느닷없이 나타난 불청객을 향해 고개를 돌렸다.

"수현이, 웬일이냐?"

말없이 식사만 하고 있던 여자의 남편, 수현의 고모부가 아는 체를 해왔고 여자는 입맛 떨어졌다는 얼굴로 쨍 소리 나게 젓가락을 내려놨다.

신발을 벗고 방 안으로 발을 들이는 수현에게 여자의 날카로운 음성이 꽂혔다.

"들어오라고 안 했다."

"당신, 거 참!"

민망했는지 여자의 남편이 흠흠, 헛기침을 했고 친척 동생이라는 것들의 표정은 곱지 않았다. 하지만 수현은 개의치 않고 방으로 들어갔다.

"오래 걸리지 않습니다."

입꼬리를 말아 올린 수현이 바지 뒷주머니에서 통장고 카드를 꺼내 상다리가 부러지게 차려진 음식들 위로 던졌다.

"이게 뭐하는 짓이야!"

던져진 통장 때문에 음식의 양념이 옷에 튄 여자가 눈을 째며 소리쳤다. 그에 여자의 아들이 벌떡 일어섰지만 섣불리 수현에게 다가서지는 못했다. 그래서 수현은 사람의 기억이라는 게 어쩌면 돈보다 무서운 건지도 모르겠다는 생각이 들었다. 친척 동생이 그에게 덤벼들지 못하는 건 넋이 나가게 맞았던 기억이 남아 있어서일 테니까.

"할아버지가 제게 물려주신 유산입니다."

여자의 시선이 수현에게서 통장으로 옮겨졌다. 액수를 확인하고 싶어서 좀이 쑤시는 표정이었다.

"고모부님께서 사업이 어렵다고 빌려가셨던 돈. 성건이가 꽃뱀한테 걸려서 변호사 구할 때 알아봐 드렸던 수고비용. 성주가 명품 사들이느라 사채 끌어 썼을 때 빌려 드렸던 돈 같은 건 계산할 때 빼지 않았습니다."

친척 동생들의 얼굴이 납빛으로 변하고 고모부의 목덜미가 벌겋게 달아올랐다. 하지만 여자만큼은 당당했다.

"그 정도는 해야지. 우리 집안에 기어들어 온 네가 한 거라고는."

"제가 뭘 했습니까?"

말을 끊긴 여자의 표정이 딱딱해졌다.

"뭐?"

"제가 뭘 했냐고 물었습니다."

"너, 너!"

치를 떠는 여자에게 수현은 비스듬하게 웃어 보였다.

"이귀강의 손주. 이명준의 친자. 제 부모님의 아들로서 저는 부끄러운 손주, 아들이 되지 않으려고 최선을 다해 살았습니다. 그래서 저는 전혀 부끄럽지 않습니다. 그런데……. 혹시나 싶어 묻는 거지만, 안 부끄러우십니까?"

"내가 왜! 뭘 부끄러워해야 해!"

표독스럽다, 악독하다, 그런 표현은 여자를 위한 것이었다. 그래서 수현은 안쓰럽다는 듯 고개를 털었다.

"능력이 없어서, 돈이 없어서, 권력을 이용할 줄 몰라서 가만있었던 거 아닙니다. 말씀 들으셨는지 모르겠지만 고모부님이 운영하시는 회사의 최대 주주가 저, 이수현입니다. 지금 누리시는 모든 걸 제가 앗아갈 수도 있다는 말입니다."

여자의 날 선 눈빛이 남편에게 향했다. 설마, 설마 하는 마음으로 남편을 바라봤지만 그는 말없이 고개만 푹 숙이고 있었다.

"그래서, 뭘 어쩌겠다는 거야? 난 네 고모야!"

위기라는 생각이 들었던지 쳐다보지도 말라고 했던 사람의 입에서 자신이 이수현의 고모라는 말이 튀어나왔다. 수현은 피식 웃고서 여자를 노려보았다.

"짐승에게도 고모가 있습니까?"

흠칫한 여자의 입술이 뒤틀렸다.

"죽은 듯이 지내라 하셨던 것, 잊지 않으셨겠죠. 죽었다고 생각하시던, 처음부터 없었다고 생각하시던, 이제 머릿속에서 이수현이라는 존재 자체를 지우고 사셔야 할 겁니다. 또다시!"

수현의 낮은 포효에 앉아 있는 네 사람의 얼굴에 서리가 맺혔다.

"제가 사랑하는 사람들을 건드리면, 아무것도 남지 않게 될 거라고 장담합니다."

"수, 수현아. 진정하고……."

돈에 의해 당당해지고 돈에 의해 비굴해지는 것도 서슴지 않는 여자의 남편이 엉덩이를 들썩였지만 수현을 막을 수는 없었다.

"잃을 것이 없는 사람이 무서운 게 아닙니다. 잃을 것이 없다가 생겨 버린 사람이 무서운 겁니다. 그걸 지키려고 필사적으로 살아가게 되니까."

얼어붙은 공기를 가르는 수현의 억눌린 음성에 네 사람은 입술을 떼지 못했다.

"할아버지가 저한테 주신 돈 때문에 그 오랜 시간 절 고문하셨으니 이제 조용히 사시길 바랍니다. 그거 드시고 떨어지시라는 겁니다. 아셨습니까?"

해야 할 말들을 마친 수현은 허리를 숙여 인사했다. 마지막 인사였다. 두 번 다시는 볼 일 없음을 알리는 신호였다.

시베리아 벌판을 무색하게 하는 공간에서 빠져나온 수현이 식당 밖의 청량한 공기를 들이마셨다.

돈이 아깝지는 않았다. 저 사람들한테 주느니 정말 필요한 곳에 쓰는 게 나을 수도 있었겠지만 수현은 고모라는 사람과의 관계를 깨끗하게 정리하고 싶었다. 그는 할아버지가 주신 마음만으로 충분하니까.

제가 손가락 한 번 까딱하면 그렇게 중요하게 여기는 부를 잃을 수도 있다는 사실을 알려주었고, 어차피 저 돈도 얼마 못 가 탕진할 거라는 것도 알고 있으니 이 정도면 됐지 싶었다. 그에게는 더없이 잔인한 사람이었지만 그래도 할아버지의 딸이며 아버지의 여동생이니 애초에 복수 같은 건 생각하지 않았던 수현이었다.

무섭다, 아프다 하면서도 사람이 그리웠다. 사람의 정, 사람만이 줄 수 있는 따스한 마음을 갈구했다. 그래서 노력하면 될 줄 알았다. 참고 웃어가며 도와달라고 뻗어오는 손길을 내치지 않으면 짐승이 아닌 사람으로, 사람을 떠나 혈육으로 인정해 줄 줄 알았다. 처음부터 희망 같은 건 없는 헛된 바람이었다. 하지만 그 바람이 산산이 부서진 지금, 수현은 더 이상 아프지 않았다.

수현의 차가 빠른 속도로 본가를 향해 달렸다. 혼자 끙끙 앓던 이수현은 없었다. 자신이 지키고 싶은 사람이라면 그들도 저를 지키려 한다는 걸 알았다. 오롯이 혼자였던 이수현은 어느덧 사람들과 함께 살아가고 있었다.

❖

"으음."

연지는 잠결에도 자꾸만 몸을 뒤로 물렸다. 놓치고 싶지 않은 포근함이 그녀가 다가가면 슬쩍 멀어지는 것으로 장난을 치고 있었다.

슬쩍, 슬쩍 도망가는 포근함을 잡으려다 잠에서 깨버린 연지가 등 뒤로 팔을 휘저었다. 그리고 원하는 것을 찾아 제 허리에 단단히 두르고서야 만족스럽게 눈을 접었다.

"쿡!"

귓가에 울리는 작은 웃음소리가 연지의 입가에도 미소를 매달았다.

"속은?"

장난을 포기하고 연지의 등 뒤에 딱 달라붙은 수현이 그녀의 목덜미에 입술을 비비며 물었다.

"조금 쓰리긴 한데, 괜찮아요."

"또 그렇게 마시면."

"안 마셔요, 안 마셔. 어제 우리 애들 봤잖아요. 수현 씨 아니었으면 나도 그렇게 됐을 거야."

미간을 찡그린 연지가 부르르 몸을 떨었다. 이미 수현의 앞에서 만취 메들리를 불러 젖힌 전력이 있는데 또 그럴 수야 있나. 그가 보는 앞에서 배바지를 입고 춤을 추거나 얼굴에 휴지를 휘감는 짓을 해대는 그림을 그려보는 것만으로도 비명이 나올 것만 같았다.

"아침인데, 할 말 없어?"

귓불을 입술 사이에 끼워 넣고 잡아당기던 그의 말에 연지가 또

로록 눈을 굴렸다.

아침이면 해야 할 말이 있었나? 뭐지?

"없어?"

귀에다 대고 숨을 불어넣는 수현 때문에 연지의 발가락이 힘껏 오므라들었다.

아냐, 이 섹시한 남자 같으니. 아침부터 부끄럽게. 으흐흐흐.

"없나 보네."

수현의 숨결이 귓가에서 멀어지고 허리를 옭아매고 있던 그의 팔이 떨어져 나갔다. 내심 실망스럽다는 듯 한숨을 쉬는 수현 때문에 연지는 입술을 짓이겼다.

뭐지? 뭐야? 뭐…… 아!

"사랑해요?"

"물음표 빼고."

"풋! 사랑해요."

그제야 수현의 팔이 다시 연지의 허리를 감고 바싹 끌어당겼다.

"누구를?"

제 귀가 달콤한 사탕이라도 되는 양 맛보는 수현 때문에 연지는 쉼 없이 키득거렸다.

"이수현을."

"누가?"

"서연지가."

"사랑해."

눈을 떠서부터 시작된 사랑 고백이 끝날 줄을 모르고 이어졌다.

사랑해, 나도 사랑해요, 내가 더 사랑해, 그보다 더 많이 사랑해요, 평생 사랑할게, 난 죽어서도 사랑할 건데.

사랑이라는 메인 요리에 행복에 겨운 웃음소리가 양념으로 뿌려졌다.

"오늘은 집에 있자."

꼼지락거리는 연지를 움직이지 못하게 포박한 수현이 속삭였다. 그녀를 아무에게도 보여주고 싶지 않았다. 저 혼자서만 독차지하고 싶은 못된 이기심이었다. 하지만 그녀가 이해해 줄 것을, 그녀 또한 같은 마음일 것을 알기에 걱정은 생기지 않았다.

"내일 아침에 일찍 데려다 줄 거죠?"

출근이 걱정되어 묻는 말에 수현이 냉큼 대답했다.

"매일 데려다 줄게."

"에이. 매일 아침마다 나 데려다 주고 수현 씨 출근하려면 힘들잖아요."

수현을 보는 것으로 하루를 시작하는 건 욕심나는 일이었다. 하지만 출근길 러시아워를 감당해야 할 수현을 위하는 마음이 훨씬 컸다.

눈치 없이 구는 연지가 귀여워 가볍게 웃음을 토해낸 수현이 그녀를 안고 있던 팔을 풀었다.

"또 왜요. 뭐가 마음에 안 들어서……."

수현의 팔을 잡으려 휘휘 손을 젓던 연지는 말을 잇지 못했다. 허공에 들려진 자신의 왼손 약지에 서늘한 이물감이 느껴졌기 때문이었다.

"됐다."

연지의 손가락에 반지를 끼운 수현이 다시 그녀를 안았다.

"이제 도망가고 싶어도 못 가. 너, 내 여자야."

눈만 끔벅거리다가 천천히 왼손을 눈앞에 가져간 연지가 약지에서 반짝거리는 반지를 응시했다.

"수현…… 씨."

커다란 다이아몬드가 박힌, 누가 봐도 서연지에게는 임자가 있음을 알리는 반지에 연지의 입안이 바싹바싹 말랐다. 뭐라 말을 해야 할 것 같은데 무슨 말을 해야 할지는 모르겠고 눈가가 뜨끈해졌다.

"약혼반지를 사려고 했어."

"……응."

"결혼하자고 하면 부담스러워할 것 같아서."

사람을 무서워했던 남자가 결혼을 결심하는 게 결코 쉽지 않았을 것이다. 그런데 이 남자는 서연지를 위해서, 서연지만을 생각하면서 반지를 골랐단다. 그래서 연지는 그의 마음이 담긴 반지에서 눈을 뗄 수가 없었다.

"서연지의 남편이 되고 싶다."

"수현, 씨."

울먹이는 연지의 귓가에 수현이 쉬이, 달래는 소리가 들려왔다.

"애인이나 약혼자가 아니라, 남편이 되고 싶어. 서연지가 내 아내였으면 좋겠어."

"수현 씨이."

"서연지라서, 서연지니까, 서연지가 아니면 안 되니까. 그러니까 나 좀 데려가라. 데려가서 평생 사랑해 줘."

연지는 격하게 고개를 끄덕였다. 처음부터 지금까지 그녀는 수현을 거부할 수 없었다. 이수현이라서, 이수현이니까, 이수현이 아니면 안 되니까. 그러니까 멀게만 느껴졌던 결혼이라는 단어가 성큼 다가와 있음에도 연지는 겁내지 않았다. 자신이 수현을 지키고 수현이 저를 지켜줄 걸 믿기 때문에.

"좋은 남편이 될게. 언제나 당신 옆에 있을게. 외롭게 만들지 않을게."

"응, 응."

"같이 가자, 어디든."

수현이 연지의 몸을 돌려 저와 마주 보게 했다. 그리고 소리 없이 흘러내린 그녀의 눈물을 입술로 닦아주었다.

"사랑해."

"사랑해요."

입을 맞추지 않아도, 손을 잡지 않아도, 서로에게서 떨어지지 않으려 매달리지 않아도, 그저 함께라는 것만으로도 가슴 벅차게 행복한 연인의 하루가 그렇게 더해지고 있었다.


장난스러웠던 입맞춤의 농도가 짙어지고 수현의 몸이 뜨거워지자 연지는 재빠르게 욕실로 도망쳤다. 어떤 모습을 하고 있던 예쁘다 해주는 수현이었지만 울다가 잠들어서 퉁퉁 부은 얼굴에, 잠에서 깬 뒤 또 눈물바람을 일으켰던 탓에 호빵맨을 능가하는 모습을 보여주기가 부끄러워서였다.

조금은 차가운 물로 샤워를 하고 도둑고양이처럼 발소리를 죽여가며 수현의 상의를 찾아 걸친 연지가 가방 속에서 삑삑, 울어대는 휴대폰을 꺼내 들었다.

「애들 제대로 혼나고 있다. 연지야, 오빠가 대신 사과할게. 이 원장한 테 내가 미안하다 하더라고, 거하게 술 산다고 꼭 전해줘.」

메시지와 함께 나단이 전송한 사진에는 무릎을 꿇고 있는 서지프 멤버들, 그리고 무서운 표정으로 앉아 있는 나리의 첫째 오빠 나강과 둘째 오빠 나성이 담겨 있었다. 아마도 연지가 몰고 갈 후폭풍의 무게를 덜어내 보고자 나단이 수를 쓴 것 같았다.

나리의 세 오빠들에게는 연지, 민아, 수진도 똑같은 여동생이었다. 그래서 학창 시절부터 오늘날까지 어지간하면 화를 내거나 혼내는 일이 없었다. 하지만 서지프라는 게 보통 일이던가. 장난삼아 벌인 일이 아니라 과하게 서연지를 걱정해서 저지른 행동이라는 건 알지만 옳지 못했던 건 분명했다.

"수현 씨, 나단 오빠 알죠? 오빠가 미안하다고 전해달래요. 술 사겠대."

연지를 안으려다 실패한 수현은 그녀가 도망쳤을 때 누워 있던 자세 그대로였다. 그래서 그녀의 말을 들었을 때 무표정한 얼굴로 휙 등을 돌렸다.

"유혹하지 마. 안기지도 않을 거면서."

"어머? 내가 언제 유혹했어요?"

황당해진 연지가 수현의 눈앞에 얼굴을 들이밀고 묻자 그의 눈이 가늘어졌다.

"막 샤워하고 나와서 내 셔츠만 입고 있는 모습이 유혹이 아니다?"

그런…… 가?

그것이 유혹이 될 줄은 꿈에도 몰랐던 연지가 변명을 늘어놓았다.

"나 어제 꽃놀이 갔었잖아요. 흙은 안 묻었어도 눈에 안 보이는 먼지가 얼마나 많겠어요? 오늘 집에만 있자면서. 어제 하루 종일 입고 다녔던 옷을 계속 입고 있을 수는 없잖아요."

"그래서, 아니다?"

요렇게 굴 때의 수현은 장난꾸러기 아이 같아서 굉장히 귀여웠다. 자신이 원하는 말을 듣고야 말겠다는 의지로 점철된 강렬한 눈빛에 연지는 콧소리를 냈다.

"아니죠, 당연히. 그런데 수현 씨, 세탁기 어디 있어요?"

"없어."

다시 홱 몸을 돌려 등을 보이는 수현 때문에 연지는 웃음을 참기 위해 이를 악물었다.

"없을 리가요. 이게 유혹이면 내 옷 입어야 하는데 그러려면 세탁해야 하잖아요. 어디 있어요, 세탁기?"

"그러니까 없어."

연지의 어깨가 아래위로 흔들렸다. 이 꽁하신 남자 분께서 세탁기 위치를 가르쳐 주지 않는 건, 유혹하면서 유혹이 아니라고 우기는 게 싫지만 서연지가 그의 셔츠가 아닌 다른 옷을 입는 게 더더욱 싫다는 뜻인 것이다.

안간힘을 써서 웃음을 삼킨 연지가 그의 어깨에 손을 올리고 다정하게 말했다.

"수현 씨, 기다려요. 내가 세탁기 찾아서 돌리고 맛있는 거 해줄게."

수현은 대답이 없었지만 연지는 콧노래를 흥얼거리며 벗어놓았던 옷들을 들고 방에서 나갔다. 그리고 주방과 거실 베란다를 번 갈아 쳐다보다가 베란다로 향했다.

"빙고."

민아네 집처럼 수현의 집도 베란다에 세탁기가 있었다. 그것도 최신형으로.

세탁기를 돌리고 주방으로 걸어가 냉장고 문을 열어본 연지의 눈이 반짝반짝 빛났다.

유통기한이 얼마 남지 않은 두부와 말라비틀어지기 직전인 애 호박을 꺼낸 연지는 된장과 마른 멸치도 찾아냈다. 김치가 있는 걸 확인했으니 밥 먹기 전에 꺼내서 썰면 되고, 일단은 된장찌개 부터 끓일 생각이었다.

냉장고와는 달리 깨끗하게 비어 있는 전기밥솥에 밥을 안치고 여기저기서 채소를 찾아낸 연지가 파를 송송 썰고 있을 때, 어느 새 방에서 나온 수현이 주방 입구의 벽에 기대어 그녀의 뒷모습을 바라보고 있었다.

이런 장면은 상상해 본 적이 없었다. 그려본 적도 없고 꿈꿔본 적도 없었다. 그래서 꿈을 꾸고 있는 것 같았다. 사랑하는 여자가 자신을 위해 식사를 준비하는 모습이 눈부셔 수현은 저도 모르게 눈을 깜박거렸다.

"다른 반찬은 뭐 하지? 아, 계란 있으니까 야채 다져서 계란말 이…… 엄마야!"

칼을 내려놓은 연지가 몸을 돌리려다 그대로 엄마를 찾았다.

"수현 씨, 놀랐잖아요. 칼 들고 있었으면……."

"사랑해."

자신의 허리를 감고 있는 수현의 팔에서 떨림이 느껴져 바보처럼 또 눈물이 나려고 했지만 연지는 씨익 웃었다.

"수현 씨도 나라를 구한 거야. 그렇죠?"

"그래."

"그런데 나라를 구하는 것도 굶고는 힘들어요. 밥부터 먹어요, 우리."

씩씩하게 말한 연지가 수현의 팔을 떼어내려고 하자 그가 흡혈귀처럼 목을 물어왔다.

"아얏!"

"아파?"

"아프죠."

"미안."

그러면서 혀끝으로 살살 달래준다. 그가 무엇을 하려는 건지 알겠어서 연지가 몸을 비틀었다.

"수현 씨, 지금 된장찌개 끓고 있잖아요."

"배고파."

수현의 뜨겁게 달궈진 입김이 물린 곳에 닿자 연지가 진저리를 쳤다.

"그러니까 놔줘요. 빨리 해줄게."

"응."

알겠다는 뜻인 줄 알고 안심하려던 찰나, 수현이 연지의 허리에서 한 손만 풀어 가스레인지의 불을 꺼버렸다.

연지의 허벅지를 타고 올라간 수현의 손이 속옷의 밴드를 쓸었다.

"세탁할 거, 하나 빼먹었네."

그리곤 거침없이 밴드를 잡아 끌어내렸다.

"수현 씨!"

순식간에 속옷이 벗겨져 버린 연지가 바동거렸지만 수현은 그녀를 놔줄 생각이 없었다.

"빨리 해준다며."

통통한 엉덩이를 쓰다듬으면서 귓불을 잘근잘근 깨물어대던 수현의 말에 연지가 숨을 몰아쉬었다.

"그, 그건 밥……."

"난 서연지가 고파."

갈라지면 갈라질수록 섹시하게 변하는 그의 음성에 연지가 잠시 정신을 놓았다. 그리고 수현은 그 틈을 놓치지 않고 손을 움직였다.

보호 장비가 없어져 무방비해진 여성을 손끝으로 살살 문지르자 연지가 거칠게 숨을 내뱉었다.

수현은 연지의 얼굴을 돌려 그녀의 마른 입술을 촉촉하게 적셨다. 급하지 않게 아랫입술과 윗입술을 공들여 적시고 살그머니 벌어진 그녀의 입안으로 혀를 밀어 넣었다.

수현의 키스는 끔찍하게 다정했다. 연지의 혀끝을 톡톡 건드리기도 하고 부드럽게 휘감았다가 놔주기도 했다. 그리고 그의 손도 입술에 지지 않겠다는 듯 다정스레 그녀의 여성을 탐하고 있었다. 느릿하게 꽃잎들을 헤치다가 그 속에 숨은 진주를 손톱으로 긁었다.

"홋!"

싱크대를 지지대 삼은 연지의 손가락들이 하얗게 질렸다. 수현의 느릿함이, 그의 다정함이 가져다준 쾌감에 몸을 떨었다.

환하게 밝은 대낮에 주방에서 벌어지고 있는 일이 그녀를 부끄럽게 만들었고 그만큼 흥분하게 했다.

수현이 입술을 떼고 그의 손도 움직임을 멈췄다. 그래서 연지는 힘겹게 눈꺼풀을 들어 올려 수현을 바라보았다. 그 순간.

"앗!"

수현이 젖어 있는 여성의 안으로 손가락을 밀어 넣자 연지의 등이 활처럼 휘었다.

"하아, 하아."

"눈감지 마."

연지의 턱을 잡아 돌린 수현이 그에게서 눈을 떼지 못하게 만들었다. 고통스러울 만큼 느리게 후퇴했다가 다시금 힘차게 전진하는 그의 손가락에 연지의 무릎이 꺾였다.

연지를 안아 올린 수현이 눈 깜짝할 사이에 그녀를 침대에 앉혔다. 그리고 앙증맞은 발가락부터 귀엽게 톡 튀어나와 있는 복숭아뼈, 한 손에 잡히는 가느다란 발목에 입을 맞췄다.

"……수현 씨."

종아리를 타고 올라가는 수현의 입술이 그녀의 피부를 간질였다. '사랑해, 사랑해.' 피부 위에 그려지는 애틋한 고백에 연지의 몸이 달아올랐다.

마치 선명한 초록을 자랑하는 나뭇잎들이 피부 위에서 살랑살랑 춤을 추고 있는 것 같은 기분이었다. 그래서 연지는 옴짝달싹 못하고 시트만 거머쥐었다. 차마 그 나뭇잎들을 짓이길 수 없어서.

"흐읏!"

수현이 떨어트린 나뭇잎이 그녀의 여성에 닿았을 때 연지의 목이 뒤로 젖혀졌다. 주체할 수 없는 쾌감에 떨면서도 어쩐지 위로받고 있는 듯한 느낌에 연지의 눈시울이 붉어졌다.

그동안 혼자 바둥거리며 힘들어했던 시간을 보상해 주듯, 견딜 수 있다고 웃어넘겼지만 실은 아파했던 마음을 위로하듯, 수현은 있는 줄도 몰랐던 상처를 그렇게 핥아주고 있었다.

다정하기만 했던 그의 움직임이 조금씩 거칠어지자 연지가 몸을 뒤틀었다. 아랫배가 조여들고 무릎과 무릎의 거리가 멀어지고 있었다.

혀끝으로 꽃잎의 수를 세다가 그 안에 숨어든 진주를 콕콕 찌르고 굴리던 수현이 그를 받아들일 준비를 마친 곳으로 혀를 밀어 넣었다.

"수현 씨, 그만……!"

자신의 몸을 조이듯 혀를 조여오는 연지의 여성에 그녀의 허벅지를 잡고 있는 수현의 손에도 힘이 들어갔다.

"아훗! 그, 그만!"

진즉 몸집을 키운 수현의 남성이 연지의 신음에 성을 냈다. 연지의 손톱이 긁어내린 수현의 팔뚝에 핏줄이 돋았다.

"수현 씨, 안아줘. 안아줘요."

숨을 할딱거리는 연지의 애원에 수현이 몸을 일으켰다. 연지를 제대로 눕힌 뒤 옷을 벗은 수현이 그녀의 위로 올라갔다.

"아!"

느릿했던 애무는 잊은 사람마냥 성급하게 몸을 묻은 수현에게서 거친 숨이 토해졌다. 도망가지 못하게 자신의 등을 꼭 끌어안고 그의 남성을 죄고 있는 연지 때문에 수현이 이를 악물었다.

"수현 씨, 빨리······."

깊게 몸을 묻고서 움직이지 않는 수현에게 연지가 칭얼거렸다. 그래서 수현은 얼굴을 들어 그녀의 입술 위에서 속삭였다.

"널 닮은 딸이 있었으면 좋겠어."

수현의 허리에 다리를 감은 연지가 눈물 맺힌 눈으로 웃어 보였다.

"수현 씨 닮은 아들도, 훗!"

연지가 말을 끝맺기 전, 수현이 허리를 움직였다. 깊게, 더 깊게 파고드는 수현으로 인해서 연지의 몸이 크게 들썩였다.

자신을 닮은 아들과 연지를 닮은 딸에게 빼앗기기 전에 마음껏 탐하겠다는 듯 연지의 가슴을 크게 베어 물고서 수현은 끝없이 움직였다.

수현의 땀과 연지의 눈물로 젖어버린 얇은 시트는 그날 내내 마르지 못했다.

연지가 프러포즈를 받은 날로부터 정확하게 한 달 후. 공식적으로는 가족들끼리의 식사고 비공식적으로는 상견례 날인 볕 좋은 오후, 쌍둥이는 똑같은 얼굴로 똑같이 인상을 구기고 있었다.

"서준호, 서준수. 눈에 힘 안 풀어?"

원래대로라면 제 누나 말에 재깍 구겨진 얼굴을 펴고 눈의 힘을 풀어야 할 녀석들이 아예 입술까지 씰룩이고 있었다.

약속 장소까지 늦지 않게 가려면 몇 분 뒤에는 출발해야 했다. 그녀의 가족을 모시러 온 수현은 이미 주차장에서 기다리고 있는데 뭐가 불만인지 얼굴에 붙은 심통을 떼지 않는 두 녀석 때문에 연지는 애가 탔다.

"서준수, 말해. 뭐가 불만이야?"

"……."

"서준호, 말 안 해?"

두 녀석 모두 입을 꾹 다물고 반항기 어린 눈빛만 보내고 있었다. 쌍둥이는 누나한테 결혼할 사람이 생겼다고 말한 순간부터 안 하던 짓을 해대고 있었다.

"매형 부모님 처음 뵙는 자리야. 인상 구기고 눈에 힘주고서 인사할 거야?"

어젯밤부터 어르고 달래고 별짓을 다 했던 연지였다. 뭐가 불만인지 알아야 풀어줄 텐데 말 한마디 꺼내지 않으니 답답해서 돌아가실 지경이었다.

이대로 데려가는 것도 문제가 될 것 같고 집에 두고 가자니 그건 또 말이 안 된다. 비공식이라 할지라도 명색이 상견례 자리인데.

"딸, 내버려 둬. 둘이 무슨 작당이라도 했나 보지. 너희는 집에 있어. 엄마하고 누나만 갔다 올 테니까."

애정 씨 말이 떨어지기 구섭게 쌍둥이가 쫙 째진 눈으로 엄마를 노려보았다.

"이것들이 어디서 누구한테 눈을 흘겨?"

어렸을 때부터 예의와 개념만큼은 끝내주게 가르쳤다고 자부해 왔었던 연지가 화를 참지 못하고 준호와 준수의 귀를 잡아당겼다. 그런데 이게 웬일인가. 옳고 바름의 대명사, 모범생계의 지존이요 누나 말이라면 죽는 시늉도 서슴지 않는 서준수 군이 연지의 팔을 확 쳐내 버리는 믿지 못할 일이 벌어진 것이다.

"너, 너, 너……!"

혈압이 오른 연지가 뒷목을 잡자 다다다 달려온 애정 씨가 딸의 어깨를 잡아 흔들리는 몸을 지탱해 주었다.

"서준수, 당장 누나한테 잘못했다고 해! 좋은 날 이게 무슨 짓이야!"

기어이 애정 씨까지 폭발하고 말았다. 연지가 누구인가. 엄마보다 더 엄마 같은 누나고 행여나 어디 다칠까, 아플까 금이야 옥이야 동생들을 건사한 훌륭한 누나였다. 그래서 애정 씨한테는 하루라도 고맙지 않은 날이 없고 한시라도 미안하지 않은 날이 없는, 눈에 넣어도 아프지 않을 딸이었다.

"싫어."

씨근덕대던 준수가 드디어 입을 열었다.

"뭐?"

어이없고 기막힌 상황에 질려 있던 연지가 정신을 차리고 묻자 준수가 고개를 똑바로 들고 제 누나를 쳐다보았다.

"누나가 그 남자하고 결혼하는 거 싫다고!"

"매형이 싫은 거야, 누나가 결혼하는 게 싫은 거야?"

애정 씨가 마뜩찮은 표정으로 묻자 준수가 다시 입을 다물었다. 아무래도 둘 다 싫은 모양이었다.

철썩! 철썩!

공평하게 쌍둥이의 등짝을 한 대씩 때린 애정 씨가 쯧쯧 혀를 찼다.

"언제까지 누나가 너희 수발들고 살아야 해? 누나가 너희 시녀야? 누나도 행복하게 살아봐야 할 거 아니야!"

"……."

"쯧쯧쯧! 이 철없는 것들을 낳고 내가 미역국을 먹었지. 아, 눈에 힘 안 풀 거야!"

애정 씨 말은 귓등으로 들었는지 준수가 휙 밖으로 나가 버리고 그 뒤를 준호가 쫓았다. 클수록 싸움만 잦아지는 것들이 꼭 이럴 때만 쌍둥이 티를 낸다. 누가 한날한시에 태어난 것들 아니랄까 봐.

15년 동안 한 번도 반항의 기미를 보이지 않던 준수의 기함할 만한 행동에 놀란 연지가 소파에 풀썩 주저앉았다.

"왜 저래? 왜들 저러는 거야? 엄마는 알아?"

연지가 힘 빠진 목소리로 묻자 애정 씨는 푸욱 한숨을 쉬었다.

"어미보다 더 어미 같은 누나가 시집간다니까 겁이 나서 저러지."

"왜 겁이 나는데?"

"빼앗기는 것 같은 거야."

"어?"

"이 서방한테 너 뺏기는 것 같아서 저러는 거라고. 아마 조카 생겨도 또 저럴 거다."

연지는 이해할 수가 없었다. 빼앗기다니. 그 무슨 얼토당토않은 말인가. 이수현의 아내가 된다고 해서 서연지가 쌍둥이의 누나가 아닌 게 되는 것도 아니고, 내일 당장 결혼을 하는 것도 아닌데.

어이가 없어 고개를 저으면서도 연지는 피식, 피식 새어 나오는 웃음을 막지 못했다. 똥 기저귀 갈아주고 때 되면 분유 타 먹이고, 한 놈씩 업어서 재우고 그랬던 시간들이 영 의미 없지는 않은 모양이었다.

장인보다 무서운 처남들 때문에 우리 이 서방이 마음 고생하겠다고 중얼거리던 애정 씨가 순식간에 연지의 가방을 챙기고 옷에 묻은 먼지를 꼼꼼하게 털어주었다. 그리고 찬바람 날리며 집에서 나갔던 준수는 차에 기대어 연지를 기다리던 수현과 마주 보고 있었다.

"처남, 오늘 멋있네."

블루 블랙 색상의 세련된 세미 정장을 갖춰 입은 수현의 양손이 바지 주머니에 꽂혀 있는 걸 보고 준수는 저도 주머니에 손을 찔러 넣었다. 그 모습을 지켜본 수현은 가까스로 웃음을 삼켰다.

처음 봤을 때부터 싫은 티 팍팍 내던 처남들이었다. 나이가 엇비슷한 처남들이었다면 대놓고 싫어하는 표정을 짓는 게 불쾌하기도 했겠지만 수현은 쌍둥이가 귀엽기만 했다. 연지에게 이런 쌍둥이를 낳아달라고 부탁하고 싶을 만큼.

열다섯인 쌍둥이는 아직은 앳된 소년이었다. 야구 선수를 꿈꾼다는 큰 처남은 어깨가 떡 벌어지고 허벅지도 수현만큼이나 굵었지만 순수한 눈빛만은 감춰지지 않았고 천재 소리 듣는다는 작은 처남은 큰 처남과 똑같이 생겼는데도 서늘하면서도 지적인 분위기가 물씬 풍겼다. 이미지로만 따지자면 큰 처남은 강백호, 작은 처남은 서태웅이었다.

저 싫다는 처남들이 왜 그리 귀엽기만 한 건지 볼 때마다 꼬집어주고 싶은 수현이었지만 그는 빙긋이 미소만 지었다. 꼬집는 시늉이라도 했다간 싸우자고 덤빌 것 같아서.

"처남이라고 부르지 마세요."

작은 처남이 눈에 불을 켜고 공격을 개시했다.

"그럼 준수라고 부를까?"

어깨를 으쓱한 스현이 별것 아니라는 듯 굴자 준수의 귓불이 시뻘겋게 달아올랐다.

"난 그쪽 싫어요."

"나도 싫어요."

준수가 먼저 말하고 준호가 앵무새처럼 동생의 말을 따라 했다. 그게 수현의 눈에는 환장하게 귀엽게 보인다는 것도 모르고.

"그래? 난 처남들 좋은데."

아무리 싫다 해도 꿈쩍 않는 수현 때문에 쌍둥이의 전투 욕구가 상승했지만.

"이 서바앙!"

누나와 함께 다가오는 엄마 애정 씨의 목소리에 전투 욕구는 스리슬쩍 자취를 감췄다.

"아이구, 많이 기다렸지?"

"아닙니다. 올라오는데 그생스럽지는 않으셨어요?"

"고생스러울 게 뭐 있어? 부산서 서울 오는 것도 아니고, 민아가 편하게 차로 옮겨다 줬구만. 그나저나 우리 이 서방 못 본새 볼이 홀쭉해졌네. 일이 많이 힘들어?"

"연지가 잘 챙겨줘서 살 쪘는데요."

"그래? 우리 연지가 잘 챙겨줘?"

"네."

이 서방, 이 서방 해가며 사위를 끔찍하게 챙기는 애정 씨와 사람 홀리는 미소로 능글맞게 구는 수현을 쳐다보는 쌍둥이의 눈빛이 사나웠다.

"타세요, 어머니."

수현이 뒷좌석의 문을 열자 입이 귀에 걸린 애정 씨가 한복을 손으로 정리하며 차에 올랐다.

"처남들도 타."

절대 움직이지 않겠다는 듯 땅에 발을 붙이고 서 있는 쌍둥이들의 귓가에 연지의 목소리가 음산하게 흘렀다.

"누나, 한 번 제대로 화내볼까?"

그제야 흠칫 어깨를 떨던 쌍둥이가 순순히 차에 올랐다. 차에 오르자마자 쾅! 뒷좌석의 문을 닫는 쌍둥이 때문에 연지가 한숨을 내쉬며 고개를 저었다.

"웃어. 예쁜 얼굴에 주름 생긴다."

연지에게 다가간 수현이 그녀의 미간에 잡힌 주름을 검지로 살살 문질렀다.

"본가로 가지 말고 우리 집으로 갈까?"

손가락으로 귓불을 잡고 장난치는 수현의 은근한 음성에 연지는 피식 웃어버렸다.

"또 그런다. 얼른 가요. 이러다 늦겠어요."

아프지 않게 팔뚝을 때리는 연지에게 쿡쿡 기분 좋게 웃어준 수현이 공주를 모시는 기사처럼 조수석의 문을 열어주었다.

우여곡절 끝에 모두 차에 오르고 수현이 액셀을 밟았다. 하지만 차가 움직이는 방향이 예전과 달랐다. 그의 부모님이 일주일 전에 이사를 감행하셨기 때문이었다.

그 여자가 찾아갔었던 건지, 누가 무슨 소리를 전한 건지는 알 수 없지만 수현의 부모님은 그가 통장을 던져 줬다는 사실을 알고 계셨다. 그리고 아버지는 결단을 내리셨다.

'제 핏줄조차 보듬지 못하는 고약하고 잔인한 것을 여동생이라는 이유로 언제까지 감싸주기만 할 수는 없었다. 그래서 끊은 인연이니 너는 하나도 마음 쓸 것 없다.'

절연. 완전히 남매의 연을 끊어버리신 아버지의 안색이 해쓱하여 수현은 죄송스러웠다.

'너한테 상처만 준 이 집에서 한시도 머물고 싶지가 않아. 그래서 네 아버지하고 오붓하게 살 만한 집을 구했단다. 그리고 이건 네 신혼집 구하고 나서 남은 돈이야. 애초에 할아버지가 네게 남겨주신 거니까 밀어내지 마.'

어머니가 손에 쥐어주신 통장에 찍혀 있는 금액은 아무리 머리를 굴려도 계산이 맞지 않았다. 더구나 부모님이 이사하신 아파트는 수현의 신혼집보다 평수가 작았다.

'네 아버지하고 신혼 기분 좀 내보려고 그래. 너희는 이제 아이도 낳아야 하고, 그러려면 방이 많이 필요하잖니. 그리고 통장 금액은 이제까지 네가 스스로 학비 마련하고 용돈 안 받아가고, 그런 거 모은 거야.'

한사코 통장을 받지 않으려던 수현이었지만 연지가 말렸다. 그것 또한 부모님의 마음이라고. 하나라도 더 해주고 싶은 부모님의 사랑이라고. 부모님께 받은 만큼, 그 배로 효도하면 된다는 연지의 설득에 결국 그 통장은 수현의 책상 서랍 깊숙한 곳으로 들어갔다.

어떻게 알았는지 부모님이 이사하시는 날, 휴가까지 내고 찾아가 이사를 도운 연지였다. 부모님을 뵙고 나서는 거의 매일 안부 전화를 드리고 두어 번 부모님을 찾아가 함께 식사도 했다고 했다. 그래서인지 수현의 부모님은 이제 아들보다 연지를 더 찾았다.

여동생을 끊어내고 마음이 좋지 않으셨던 아버지께 웃음을 찾아드린 여자. 쳇바퀴 굴러가듯 심심한 어머니의 일상에 활력이 되어준 여자. 이수현이 상처 받는 일이 없도록 그의 앞에 서서 양팔을 벌리고 서 있는 여자. 도저히 사랑하지 않을 수 없는 여자의 손을 수현이 강하게 움켜잡았다.

손이 잡힌 연지가 수현에게 고개를 돌려 활짝 미소 지었고 그 미소는 수현의 얼굴에 그대로 옮겨졌다.

"어쩜, 우리 연지만 예쁜 줄 알았더니 세상에!"

꾸벅 허리를 숙여 인사하는 쌍둥이를 본 정 여사의 눈이 반짝반짝 빛났다. 애정 씨는 자신의 딸을 며느리가 아니라 '우리 연지'라고 불러주는 정 여사 덕분에 한껏 기분이 좋아졌지만 쌍둥이는 잘생겼다는 칭찬을 듣고도 표정 없는 얼굴로 짤막하게 감사하다고만 말했다.

"귀한 분들께 남이 차린 음식을 드시게 하는 건 예의가 아닌 것 같아서 제가 욕심을 부렸어요. 괜찮으세요, 사부인?"

"그럼요. 괜찮고말고요. 초대해 주셔서 감사합니다."

"와주셔서 제가 감사하지요. 어서 들어오세요."

정 여사의 안내를 받아 거실로 걸음을 옮긴 애정 씨의 눈이 휘둥그레졌다.

"어머, 사부인! 뭘 이렇게 많이 차리셨어요?"

"많기는요. 더 차리고 싶었는데 생각보다 상이 작더라구요."

과묵한 수현의 아버지는 웃는 낯으로 애정 씨와 인사를 하고서 쌍둥이의 어깨를 툭툭 두드려 주었고 연지는 정 여사와 함께 주방으로 들어갔다.

시종일관 화기애애한 분위기 속에서 식사가 이루어졌다. 하지만 서로 대화를 나누고 웃음을 터뜨리며 맛 좋은 음식들을 하나씩 비워내던 식사가 끝나고, 시원한 식혜와 과일을 두고서 본격적으로 결혼 얘기가 시작되었을 때. 수현이 폭탄에 불을 붙였다.

"그럼 결혼식은 내년 봄으로."

정 여사의 말이 끝나기도 전에 수현이 툭 끼어들었다.

"혼인신고부터 던저 하고 싶습니다."

수현을 제외한 모든 사람들이 마네킹마냥 굳어버렸다.

"아하, 하하, 하. 우, 우리 아들이 마음이 급한가 보네."

민망해진 정 여사가 어색하게 웃음을 흘리고.

"그, 그럴 수도 있죠. 요즘은 손주가 호, 혼수라던데요. 오호호!"

역시 당황한 애정 씨도 얼굴을 붉혔다.

"큼! 크흠! 거참, 애비 부끄럽게. 큼큼!"

그중에서도 가장 민망해하는 건 수현의 아버지였다.

"수현 씨!"

잘 익은 사과처럼 새빨갛게 달아오른 연지가 수현의 옆구리를 꼬집었지만 그는 싱글벙글 웃을 뿐이었다.

"내년 봄까지 못 기다리겠습니다."

뜻을 굽히지 않는 수현 때문에 양가 가족들이 벙 쪘다.

"겨울 신부도 나쁘지는 않을 것 같구나."

정 여사가 연지에게 도와달라는 눈빛을 보내고.

"딸, 뭐 정 급하면 가을 신부도 괜찮지 않니?"

애정 씨가 손부채질을 하며 정 여사를 거들었다.

중간에 끼어버린 연지는 부끄러워서 말을 꺼내지 못했다. 미리 말이라도 해주었으면 진즉 말렸을 텐데 오늘만큼은 수현이 원망스러웠다.

"누구 마음대로 혼인신고를 해요?"

빵! 드디어 폭탄이 터졌다. 핏기 없이 새하얀 얼굴의 준수가 벌떡 일어나며 소리를 지르자 애정 씨는 넋을 놓을 지경이었다.

"우리 누나 그쪽한테 못 보내요! 안 보내요!"

"이하동문입니다!"

연지는 손으로 눈을 가렸다. 어쩌자고 상견례까지 이렇게 스펙터클한 것인가.

쌍둥이가 짠 듯이 하니처럼 집 밖으로 달려나가자 화기애애했던 분위기는 순식간에 썰렁해졌다. 그래서 애정 씨와 연지는 아들과 동생들을 잘못 가르쳐 죄송하다는 말만 반복해야 했다.

"사부인, 아니에요. 연지야, 아니야. 동생들이 저러는 건 네가 좋은 누나라는 증거야. 우리는 괜찮으니 죄송해하지 않아도 돼."

"수현이 너, 처남들한테 점수 좀 따야겠구나."

연지를 위로하는 정 여사와 불쾌한 기색이라고는 찾아볼 수 없게 환하게 웃으며 아들을 놀리는 수현의 부친 덕분에 애정 씨는 몰래 눈물을 찍어냈다.

이제야 고생만 해온 안쓰러운 딸이 가슴 벅차게 사랑 받으며 행복하게 살 수 있을 것 같았다. 부족하고 모자란 어미 만난 딸에게 미안해하기만 했었던 애정 씨의 마음에 따스한 훈풍이 불었다.

전사처럼 '혼인신고 먼저!'만 지겹게 외치고 있는 수현 때문에 양가 부모님들이 조정(調整)에 진땀을 흘리고 있는 사이. 연지는 수현의 친구들을 소개받기 위해 숍으로 향했다.

「오늘 일찍 끝날 거야. 숍으로 와. 보고 싶다.」

보고 싶다는데 어찌 안 가리오. 그 문자를 받자마자 준비를 시작해 서둘러 집을 나선 연지였다. 물론 서지프의 활동을 들킨(?) 이후로 서연지의 운전사 노릇을 기쁘게 수행하고 있는 민아가 숍까지 데려다 주었다.

"어? 사라다다!"

차를 세운 민아가 검지를 빳빳하게 세워 숍에서 인사를 받고 있는 여자를 가리켰다.

"저 여자 때문에 서지프가 활동한 거나 다름⋯⋯."

콧김을 씩씩 뿜어대며 열을 내던 민아가 말을 하다 말고 슬쩍 고개를 돌렸다. 역시나 연지가 서릿발 날리는 눈빛으로 저를 쳐다보고 있었다.

"조용히 가라. 아무 짓도 하지 말고."

말없이 고개를 끄덕이는 민아를 보면서 포옥 한숨을 내쉰 연지가 차에서 내렸다.

서지프는 나름대로 벌을 받고 있는 중이었다. 일주일에 한 번씩 나리의 오빠들에게 불려가 사람이 해도 되는 일과 안 되는 일에 관해서 교육을 받고 있었고 수현에게는 어째서 그런 행동을 했는지 충분히 설명하고 진심으로 사과했다. 평범과는 거리가 먼 전부인과 동생들을 둔 죄로 박정민은 수현에게 거하게 밥을 샀고, 나리의 오빠들은 돌아가면서 식사와 술을 대접했다.

숍으로 걸어가던 연지는 밖으로 나온 민사라와 점점 가까워졌고 신경 쓰지 않으려고, 안 보려고 해도 마음먹은 것처럼 되질 않았다.

여신이네, 여신.

막 스타일링을 끝내고 나온 민사라에게서 후광이 비치는 것 같았다. TV나 스크린으로 봤을 때도 당대 여배우들 중에서 청순한데 묘하게 섹시한 완벽 여신으로는 민사라가 단연 톱이지 않을까 했었지만 직접 보니 뭐라 말이 나오지 않을 정도였다.

당연히 관리를 받겠지만 그렇다고 해도 부럽기 그지없는 하얗고 뽀얀 피부와 금방이라도 눈물을 뚝뚝 흘릴 것 같은 크고 맑은 눈, 오똑한 코에 앵두 같은 입술이 그냥 걷고 있는데도 촬영을 하고 있는 것만 같았다.

수현 씨한테 나도 앞머리 잘라달라고 할까?

요즘 유행이라는 시스루뱅이 민사라한테 너무나 잘 어울렸다. 한번쯤 꼭 따라 해보고 싶을 만큼. 하지만 수현이 앞머리를 잘라 줄 리가 없었다. 머리카락 끝만 살짝 잘라내겠다고 해도 얼굴을 굳히는 사람이니까.

"저, 잠깐만요."

날이 갈수록 집착이 심해지는 수현이지만 유독 머리카락에는 더 심하게 구는 것 같다는 생각을 하던 연지는 우뚝 걸음을 멈췄다.

내가 너무 대놓고 쳐다봤지? 에이씨.

어설픈 미소를 지으며 뒤돌아선 연지의 눈앞에 민사라가 서 있
었다. 생긋 웃어 보이는 민사라를 보면서 연지는 남자들이 그녀라
면 환장하는 이유를 알고도 남을 것 같았다.

"연지 씨, 맞죠?"

이렇게 황송할 데가! 내 이름을 어떻게 알았지?

"이 원장님이 은근히 자랑을 많이 하세요. 결혼하신다면서요?
축하드려요."

장난스럽게 키득거리는 민사라한테 정신을 빼앗긴 연지는 한
템포 늦게 고개를 숙였다.

"네? 아, 네. 감사합니다."

"결혼식에 꼭 초대해 주세요. 그동안 이 원장님 새벽잠, 아침잠
빼앗은 것만큼 축의금 두둑하게 낼게요."

다시 한 번 축하한다고 말한 민사라는 스케줄이 있다면서 종종
걸음으로 사라졌다. 연지의 영혼을 가지고서.

숍으로 들어가서도 연지의 영혼은 돌아올 타이밍을 잡지 못했
다. 수현의 휴대폰이 연지의 사진으로 도배되어 있다면서 모든 직
원들이 그녀를 반겼다. 혜연은 저번에 못되게 굴어서 미안하다며
사과까지 건넸다.

연지는 허공을 걷는 것처럼 기분이 좋았지만 말할 수 없이 부끄
럽기도 했다. 도대체 얼마나 자랑을 하고 다녔기에 직원들이 오래
전부터 알고 지냈던 사람처럼 저를 대하는지 알 수가 없었다.

"연지야."

스탭 한 명이 그녀의 도착을 알렸는지 수현이 2층에서 내려오
며 미소를 지었다.

"와. 원장님 표정 봐."

"대박. 너 저런 표정 본 적 있어?"

"있지. 원장님이 애인님 사진 보실 때 저런 표정이잖아."

등 뒤에서 들으라는 듯 소곤대는 스탭들의 대화에 연지의 미소
도 수현만큼이나 밝아졌다.

"팔불출."

거리가 가까워지자마자 손을 잡아 깍지를 껴오는 수현을 연지
가 웃으며 타박하자 그의 미소가 갓 내린 에스프레소처럼 진해졌
다.

"구불출도 될 수 있는데 보여줘?"

행복한 웃음을 터뜨리는 연지의 허리를 감싼 수현이 그녀의 정
수리에 입을 맞췄고 그 모습을 지켜보던 직원들은 단체로 턱이 빠
졌다.


지설과 미림, 혜연과 함께 즐거운 만남을 가지고 난 후, 연지는
수현과 한적한 공원을 걷고 있었다.

'연지 씨가 어떤 여자냐고, 예쁘고 섹시하냐고 물어보니까 이
자식이 뭐랬게요? 지가 사랑하는 여자랍니다.'

지설이 닭살 돋는다는 듯 팔을 문대가며 해주었던 말이 연지의
발바닥을 땅에서 붕 띄워놓았다. 아무리 걸어도 지치지 않을 것
같았고 같은 말만 반복해서 되뇌어도 처음 느낌 그대로일 것 같았
다.

"혼인신고 먼저 하는 거, 싫어?"

연지의 손을 잡고 느릿하게 걸음을 옮기던 수현이 물었다. 이

남자, 집요한 건 예전부터 알았지만 거기에 집착이 더해지니 참으로 막강했다.

"좋고 싫고가 어디 있어요. 결혼부터 하는 게 순서니까 그렇지."

연지가 입술을 삐죽이자 수현이 눈을 가늘게 떴다.

"순서는 처음부터 무시했던 것 같은데."

수현의 말뜻을 읽어낸 연지가 그처럼 눈을 가늘게 만들었다.

"왜요, 아예 아이부터 낳자 그러지?"

"음. 아직은 독점하고 싶은데. 그래도 먼저 낳아주겠다면 나야 좋고."

당체 이겨먹을 수가 없었다. 하긴, 이길 생각도 없지만.

"뭐가 그렇게 급해요?"

가만히 길을 걷던 연지가 묻자 걸으면서도 그녀에게서 눈을 떼지 않던 수현이 가만가만 대답했다.

"아침에 눈을 떴을 때 당신이 내 옆에 있었으면 좋겠어."

지금도 일주일에 삼 일 정도는 수현이 눈을 떴을 때 연지가 옆에 있었다. 수현이 일요일에 쉬니까 토요일 밤에 만나 그의 집에서 자는 게 어떤 규칙처럼 정해져 있었지만 최근에는 평일에 약국으로 데리러 온 그가 연지를 납치해 가는 날들이 많아지고 있었다.

"1분 1초도 떨어져 있기 싫다."

수현의 입술이 이마에 닿았다가 떨어지자 연지는 입술을 깨물었다.

그녀도 수현과 별반 다르지 않았다. 아침에 눈을 떴을 따 그가 미소 짓고 있는 걸 보면 하루의 시작과 끝이 행복이었다. 1분 1초도 떨어져 있기 싫은 마음은 수현보다 더했으면 더했지 덜하지 않았다.

시부모님이 신혼집도 마련해 주셨겠다, 애정 씨는 한 푼 두 푼 모아온 돈으로 신혼집에 혼수를 채울 생각으로 들떠 있었으니 수현의 말처럼 혼인신고만 하면 그들은 완벽한 부부였다. 결혼식만 올리지 않았을 뿐이지.

하루라도 빨리 수현의 아내가 되고 싶은 마음이야 굴뚝같지만 연지의 걱정은 아이였다.

그러다 정말 임신이라도 하면 어떡해?

서연지를 독점하고 싶은 마음에 철저하게 피임을 하고 있는 수현이었지만 아주 가끔 그게 모자랄 때가 있었다. 그러니까 콘돔이.

꾸준하게 운동을 하고 있는 수현은 요즘 보양식도 찾아 먹었다. 같이 TV를 보다가 뭐가 정력에 좋다는 말이라도 나오면 눈을 번뜩이는 수현 때문에 깜짝깜짝 놀란 게 한두 번이 아니었다.

요즘의 수현은 기운 센 천하장사였다. 그러니 같이 살게 되면…….

때와 장소를 가리지 않고 덤빌 수현이 머릿속에 그려져 연지의 얼굴이 발갛게 익어버렸다.

"진짜 싫어?"

눈꼬리를 축 늘어뜨리고 앙탈 부리듯 깍지 낀 손을 흔들어대는 수현을 보고 연지가 풋! 웃음을 터뜨렸다.

뭐, 나쁘지 않을 것 같다. 시도 때도 없이 덤벼드는 남편이.

"해요, 해. 부부로 같이 살아요. 대신 아이는 결혼식 올리고 가지는 거예요? 그것만 약속해요."

걸음을 멈춘 수현이 연지의 얼굴을 감쌌다.

"무르기 없다."

"안 물러요."

"부부로. 같이."

"그래요. 부부로, 같이."

살포시 미소 짓는 연지의 입술을 수현이 훔쳤다. 납치에, 도둑질까지 서슴지 않는 수현이었지만 연지는 그런 이수현이 좋았다. 서연지없으면 못 살 것 같은 마음이 환하게 들여다보이는 수현을 사랑했다.

길고 긴 입맞춤을 끝낸 수현과 연지의 얼굴에 같은 빛깔, 같은 모습의 미소가 그려졌다.

길지 않은 연애 생활을 끝내고 오랫동안 결혼 생활을 이어갈 연인이 걸어가는 자리마다 낮은 속삭임이 머물렀다.


참, 수현 씨 별명 있었는데. 뭔지 알아요?

뭔데?

원나잇맨. 재밌죠?

원나잇맨? 하룻밤 남자라는 거잖아. 싫어.

왜요? 수현 씨가 내 유일한 원나잇맨이자 마지막 원나잇맨인데.

싫어. 차라리 포에버맨으로 해.

에? 촌스럽게 그게 뭐예요? 풋!

그래도 원나잇맨보다 나아.

아니라니까? 이수현은 서연지의 영원한 원나잇맨이에요. 됐죠?

당신이 원한다면.


남자의 어깨에 기댄 여자와 여자의 어깨를 감싼 남자가 지나간 자리에 행복의 기운이 아른거렸다.

　일요일 밤. TV화면이 내보내는 옅은 빛이 어둠에 잠긴 거실을 흐릿하게 비추고 있었다.

　"수현 씨, 이러려고……."

　수현의 허벅지 위에 올라탄 자세가 되어버린 연지가 항의를 시도했지만 이내 그의 입술에 막혀 버렸다.

　일요일은 여전히 수현의 지정 휴일이었다. 그래서 해가 중천에 떴을 때가 돼서야 침대에서 빠져나온 부부는 아담한 카페에서 여유를 즐기며 브런치를 먹었다. 그 후에는 카페 주변을 한가로이 거닐며 아이 쇼핑도 하고 군것질도 하다가 집으로 돌아오는 길에는 마트에 들러 다정하게 손을 잡고 장을 봤다. 원래 매달 둘째 주 일요일은 친정에서, 마지막 주 일요일은 시댁에서 시간을 보내는 부부라 오늘 시댁으로 향해야 했지만 얼마 전에 친정과 시댁 양쪽 모두 부부에게 출입 금지령을 내려 버렸다.

'번거롭게 들르지 말고 손주나 안겨다오.'

너희 부부가 행복하다는 건 잘 알겠으니 행복한 모습 보여주는 건 그만하면 됐고, 이제 손주를 보여달라는 양가 부모님의 부탁이었다.

손주 보시려면, 아직 먼 것 같은데.

농밀한 키스를 퍼붓는 수현의 품에 안긴 연지는 어쩔 수 없이 한숨을 삼켰다.

부모님들이 출입 금지령을 내린 후에 신난 사람은 수현이었다. 결혼식을 올리고 난 뒤부터가 신혼이라 주장하는 수현에 의해서 이제 신혼 6개월 차가 된 부부는 아직까지는 아이를 가질 계획이 없었다. 아니, 수현은 계획이 없었다.

수현의 나이 서른다섯, 연지는 서른둘이 되었지만 두 사람 모두 아이를 가지기에 늦었다고 생각하지 않았다. 그리고 연지는 자신을 독점하고자 하는 남편의 욕심을 막을 힘이 없었다.

Rrrr. Rrrr. Rrrr.

테이블 위에서 휴대폰이 반짝이며 벨소리가 울리자 연지가 수현의 어깨를 잡아 밀어냈다.

"왜."

밀어내는 이유를 모르겠다는 듯 짜증을 내며 묻는 남편 때문에 연지는 순간 당황했다.

"벨소리, 나만 들리는 거예요? 보청기 사줘요?"

"난 당신 숨소리밖에 안 들려."

이 순간을 방해받기 싫어서 서연지의 숨소리 외에 다른 소리는 차단해 버렸다는 남편. 이러니 남편의 손길을 피할 수가 없는 것이다.

"그래도 잠깐…… 앗!"

끊기지 않고 울리는 벨소리에 연지가 몸을 돌려보려 했지만 실패했다. 등을 안아 끌어당긴 수현이 옷과 함께 가슴을 물어버렸기 때문이었다.

"이러, 려고, 속옷, 훗!"

얇은 면 티셔츠의 가슬가슬한 촉감에 수현의 뜨거운 숨결이 더해져 오소소 소름이 돋았다.

하와이로 신혼여행을 갔을 때부터 비키니는 허락해도 브래지어는 허락 못한다고 못을 박아둔 수현이었다. 물론 집에서, 수현과 단둘이 있을 때만 이라는 조건이 붙기는 했다.

왜냐고 묻는 연지에게 수현은 참으로 태연하게 대꾸했었다.

'다큐멘터리를 봤는데 속옷을 입고 있는 게 건강에 안 좋대.'

그 속에 숨은 뜻을 밝히자면 '어차피 벗게 될 거, 속전속결'이 되겠지만 서연지하고 오래오래 살고 싶다는 남편의 청을 어떻게 무시할 수 있을까.

벨소리는 집요하게 울리고 수현의 손도 집요하게 연지의 허벅지 안쪽으로 파고들고 있었다.

"나만 봐."

수현의 몸만큼이나 뜨거운 눈빛과 음성이 연지를 사로잡았다. 슬그머니 허벅지를 타고 올라오며 닿을 듯, 말 듯 팬티 라인 근처를 더듬는 손길과 티셔츠 속으로 들어가 가슴 주변을 덧그리는 움직임에 정신이 몽롱해진다.

"키스해 줘."

잠시 벨소리가 끊겨 고요해진 사이, 수현이 키스를 요구했다.

"해줘."

숨결을 고르느라 잠깐 지체했던 연지가 수현의 얼굴을 양손으로 감싸고 다가가려는데.

Rrrr. Rrrr. Rrrr.

다시 울리기 시작한 벨소리에 연지가 멈칫했다.

"서연지."

"아흣!"

자신에게만 집중하지 않는 것에 성이 난 수현이 얇디얇은 팬티를 손가락으로 가르고 들어가 중지를 그녀의 몸속으로 밀어 넣었다. 그리고 더는 봐줄 수 없다는 듯 그녀의 티셔츠를 들어 올리고 가슴을 크게 베어 물었다.

단단해진 유두를 혀끝으로 굴리는 남편 때문에 신음을 터뜨린 연지의 귀에 자신의 것과 비슷한 신음 소리가 들려왔다.

늦은 저녁 식사를 끝내고 영화나 한 편 보자던 남편이었다. 로맨스 장르는 좋아하지 않는 그가 웬일로 남녀 간의 사랑 이야기를 다룬 영화를 보자고 하나 했더니만 내용의 반 이상이 애정씬이었다. 청소년 관람불가 등급인 걸 확인했을 때 그의 의도를 눈치챘어야 했는데.

수현이 직접 골라온 영화는 지금도 주인공 커플이 격하게 정사를 벌이고 있었다. 마치 수현과 저처럼.

Rrrr. Rrrr. Rrrr.

또다시 울리는 벨소리가 영화 속 주인공과 현실 속 서연지의 신음 소리를 덮었다. 그리고 정신을 차린 연지는 수현의 가슴을 강하게 밀어냈다.

"빌어먹을."

연지가 단호한 표정으로 전화를 받아야겠다는 의사를 표명하자 수현이 긴 팔을 뻗어 휴대폰을 가져와 그녀에게 건네주었다. 당연히 성질나서 미치겠다는 얼굴로.

착하게 굴어줘서 고맙다는 뜻으로 수현의 입술에 쪽! 입맞춤을 해준 연지가 전화를 받았다.

"여보……."

[연지야아! 으허허엉! 연지야아아아.]

귀를 고문하는 통곡에 연지는 휴대폰을 잠시 떨어트려 놓았다.

[연지야아! 박정민이, 박정민이이이! 허으윽, 허으엉!]

"후우우우."

수현과 연지에게서 동시에 한숨이 새어 나왔다. 그래, 이 밤에 질기게 전화를 걸 사람이 백민아 말고 또 있을 리가 없다.

"뚝."

[으흑! 박정민, 으흐윽! 여자, 흐윽! 셋, 흐어어어어엉!]

해석해 보자면 박정민이 여자를 만났는데 그 수가 셋이란 소리다. 이혼한 남자하고 6년, 아니, 이제 7년째 연락하고 만나는 것도 이해하기 어려운데 그 이혼한 남자가 다른 여자를 만난다는 이유로 통곡을 하는 건 더더욱 이해할 수 없는 일이었다. 하지만, 대상이 백민아니까 이해하기로 하자.

"뚝, 해. 얼른."

엄청난 인내심을 발휘하며 달래보지만 백민아는 울음을 그칠 기색이 보이지 않고 그새를 못 참은 수현은 연지의 양쪽 엉덩이를 조몰락거리며 가슴 사이에 얼굴을 비비고 있었다.

정말, 진심으로, 당분간 손주는 바라지 않으시는 게 좋지 않을까요.

멀지 않은 곳에 동갑인 딸을, 한집에서 세 살 많은 아들을 키우고 있는 연지는 지금으로도 충분하다고 생각했다. 하다못해 딸이라도 치워낼 수 있으면 아이 생각을 해보기는 하겠지만.

차분하게 민아를 진정시키려고 노력하던 연지는 지금 상황에서는 어떤 것이든 불가능하다는 걸 깨달았다. 집착에 가까운 수현의 애무로 인해서 말이 중간중간 끊겼기 때문이다.

"술 그만 마시고, 정신 차리고 있어. 지금 갈 테니까."

"가? 어딜?"

수현이 꿈도 꾸지 말라는 표정으로 쳐다보는데 그 순간, 또 다른 벨소리가 울리기 시작했다. 연지는 통화 중이었으니 수현에게 걸려온 전화일 수밖에 없었다.

연지가 빨리 받아보라는 듯 눈짓하자 수현이 험악하게 인상을 구기며 소파 끝으로 굴러가 있던 제 휴대폰을 주워 들었다.

"여……."

[이수현! 이수혀어어언!]

그나마 연지는 여보라도 부를 수 있었지. 수현은 '여' 자밖에 내놓지 못한 상태였다. 그래서 연지는 웃을 일이 아닌데도 웃음이 나왔다.

[결혼하니까 좋냐아! 우리 브라더들은 슬픔이라는 지옥에서 허우적대고 있는데! 너 혼자만 좋냐!]

"신. 지. 설."

아득아득 이를 가는 수현이었지만 지설은 굴하지 않았다.

[형님! 이수현은 좋답니다! 행복하답니다!]

수현이 이를 악 물었다. 와이프 친구가 통곡할 때 예상했어야했다. 박정민이 신지설하고 함께 있을지도 모른다는 걸.

어찌 된 일인지는 몰라도 전혀 어울리지 않는 두 남자가 의형제가 되어 있었다. 신지설을 감당하기 어렵다던 박정민과 박정민이 재수 없어 보인다던 신지설이 언제 브라더가 되었는지는 아무도 알지 못했다.

지설의 술주정이 듣기 싫어 전화를 끊어버리려던 수현의 가슴을 연지가 손가락으로 콕콕 찔렀다.

"난 민아한테 가볼 테니까 수현 씨는 그쪽에 가봐요. 얘는 제정신 아니니까 정민 씨한테 무슨 일인지 제대로 듣고 와요. 응?"

곱게 눈웃음을 지어 보이는 아내를 그대로 안아 들고 방으로 들어가고 싶은 수현이었다. 휴대폰은 꺼버리고서. 하지만 결국 아내의 말에 따르게 될 것을 알고 있었다. 지금 수습하지 않으면 집으로 쳐들어오는 것도 불사할 인간들이니까.

지설에게 현재 자리하고 있는 장소를 알아내고 전화를 끊은 수현은 어느새 드레스 룸에서 옷을 갈아입고 있는 아내의 허리를 끌어안았다.

"5분만. 아니, 10분만."

그의 남성은 아직도 거대하게 부풀어 올라 있었다. 이대로 와이프가 나가 버리면 혼자 해결을 해야 하는데 그런 일은 상상도 하기 싫었다.

"수현 씨, 10분 가지고 안 되잖아."

"그럼 20분만."

"우리 남편, 자꾸 거짓말이 느네."

제대로 삐쳐 버린 수현이 팔을 풀었다. 그리고 드레스 룸에서 나가기 전, 아내에게 강력한 경고를 남겼다.

"차 대놓고 있을 테니까 나와. 그리고 돌아오면, 내가 선물한 란제리를 입어야 할 거야."

연지는 현관문이 닫히는 소리가 들릴 때까지 입을 벌린 채로 얼어붙어 있었다.

한 달에 한 번, 수현은 란제리를 선물했다. 그에게는 꽤나 의미 있는 의식 같았다. 란제리로 도망치려던 그녀를 붙잡았으니 계속 붙잡아둘 거라는 깊은 뜻이 내포되어 있다고나 할까. 하지만 연지는 고맙고 행복한 마음만으로 선물을 건네받을 수가 없었다. 한 번은 대체 어디서 이런 란제리를 파는 거냐고 물어보기까지 했었으니.

안 입은 것보다 입고 있는 게 훨씬 더 야하고, 입고 나면 요부가 되어야 할 것 같은 의무감에 빠지게 만드는 란제리. 그리고 자주는 아니지만 수현이 선물한 란제리를 입는 날이면 연지는 항상 밤을 새고 출근을 감행해야 했었다.

"아……. 난 죽었다."

행복한데, 분명히 행복한 건 맞는데, 남편의 정력 감퇴에 도움이 되는 한약을 알아보고 싶은 마음이 드는 건 왜인지, 연지는 고뇌에 휩싸였다.

"우리 누납니다."

"내 와이프야."

"17년이나 우리 누나였습니다."

"내 와이프로 최소 50년은 살아야 해."

눈으로 번개를 쏴대는 수현과 준수, 그리고 말없이 준수에게 힘을 실어주고 있는 준호.

세 남자는 진지했다. 하지만 애정 씨와 연지는 어이가 없을 뿐이었다. 차라리 준호가 떼를 쓰면 그럴 만하다고 이해를 해보겠는데 준수가 저러니 할 말이 없었다. 게다가 같은 수준으로 대응하고 있는 남편이자 사위라니.

"죽을 때까지 우리 누나일 텐데요."

"죽어서도 내 여자일 텐데."

멍하니 아들과 사위를 지켜보던 애정 씨가 고개를 저으며 자리를 털고 일어섰다.

"더는 못 보겠다."

듬직한 사위와 자랑거리였던 아들이 망가지는 모습을 차마 눈에 담을 수 없는 애정 씨가 옆집으로 마실을 가버리고 쯧쯧 혀를 차던 연지는 지갑을 들고서 밖으로 나섰다. 집에 먹을 건 많았지만 더 많아진다고 해서 문제 될 건 없으니까.

여자들이 떠난 자리에 남은 세 남자는 여전히 같은 모습을 유지하고 있었다.

"유치하다고 생각 안 합니까?"

준수의 공격에 수현이 고개를 갸웃했다.

"뭐가."

"여기 와서까지 누나를 득점하려고 하는 거 말입니다."

"내 와이프니까 당연한 거지."

"우리 누나라니까요!"

"억울하면 누나한테 놀아달라고 하던가."

피식, 조소를 날리는 수현 때문에 준수는 치를 떨었다.

서울 집에서는 누구의 방해도 없이 지겹게 붙어 있을 텐데 경기도 집에 와서까지 누나를 독점하려는 이수현을 준수는 도저히 이해할 수가 없었다.

놀아달라고 하지 그러냐는 말은 놀리는 것밖에 되지 않았다. 누나가 공부를 가르쳐 주겠다고 자리를 잡고 앉으면 떡하니 그 옆에 앉아버리고, 누나하고 대화라도 할라 치면…….

연지야, 그거 어디 있지? 연지야, 마트 가자. 연지야, 이거 어떻게 하더라? 연지야, 연지야, 연지야!

단 한순간도 누나 옆에서 떨어지려고 하지 않는 이수현이 준수한테는 눈엣가시, 그 이하였다. 엄마는 매형한테 잘해야 매형이 누나한테 잘하는 거라고 했지만 도저히 잘하고 싶은 마음이 들게 만들어주질 않았다.

"우리가 비뚤어지면, 매형 탓이 된다는 거 압니까?"

가소롭게도 협박을 해오는 작은 처남을 쳐다보면서 수현은 웃음을 억눌렀다.

누가 남매 아니랄까 봐 서연지와 비슷한 점이 많은 처남들이었다. 지금처럼 건드리면 건드리는 대로, 찌르면 찌르는 대로 반응을 보이는 점 같은 거.

수현이 처음부터 처남들을 놀려먹은 건 아니었다. 어떻게든 처남들의 환심을 사보려 먼저 말을 붙여보고 함께 여행을 가기도 하고 선물 공세를 펼치기도 했었다. 뭐, 선물 공세는 연지에게 들킨 순간 끝나 버린 공약이긴 했지만.

수현이 잘하려고 노력하면 할수록 처남들은 기세등등해졌다. 그를 예쁘게 봐주려 하지는 않고 연지를 약점으로 잡고서 어떻게든 눌러 내리려 안간힘을 썼다. 장모님의 매타작과 연지의 경고가 아니었다면 매형이라고 불러주지도 않았을 것이다. 그래서 수현은 방법을 바꿨다. 무조건 잘해주는 대신, 그들의 눈높이에 맞춰 놀아주기로.

"준호 처남, 씨스터 팬이지?"

준수의 질문을 가볍게 씹은 수현이 소파에 앉아 다리를 꼬면서 준호를 쳐다보았다. 역시나 준호의 눈동자가 크게 흔들렸다.

"얼마 전에 씨스터 희린씨가 우리 숍에 왔었거든. 준호 처남 사진 보여주니까 너~무 귀엽다고 좋아하던데."

"저, 정말요?"

준수가 죽일 듯한 눈빛으로 준호를 노려봤지만 소용없는 짓이었다. 씨스터 희린은 서준호에게 사람이 아니라 신이었으니까.

"친필 사인 CD까지 받아놨는데. 그런데 내가 준호 처남이 비뚤어져서 슬프다고 하면, 희린 씨가 뭐라고 할까?"

"안 비뚤어집니다! 절대 안 비뚤어져요! 저 비뚤어지면 우리 마녀, 아니아니, 우리 누나한테 죽어요!"

"그렇지? 안 비뚤어지겠지? 그럼 내가 사인 CD를 줘도 되겠지?"

어찌나 강하게 고개를 끄덕여 대는지 금세라도 준호의 목이 떨어져 나갈 것 같았다.

자, 이렇게 큰 처남은 패스. 작은 처남은 어쩐다.

수현은 빙긋이 웃으며 준수에게로 시선을 돌렸다. 그 또래 남자아이답게 아이돌 그룹에 열광하는 준호와 달리 준수는 그런 쪽에는 영 관심을 보이지 않았다. 존경스러울 만큼 시스터 콤플렉스가 심한 준수가 열광하는 대상은 제 누나, 수현의 와이프인 연지밖에 없었다.

흠. 작은 처남까지 변해 버리면 내가 좀 심심하겠지?

수현의 악마 본능이 발동되고 있었다. 이제는 어지간한 일로는 재미난 반응을 보여주지 않는 아내와 완벽하게 제 편으로 돌아선 큰 처남. 그러니 한 명쯤은 놀리는 재미가 있어야 하지 않을까?

"준수 처남은……."

수현이 느긋하게 말을 늘이자 준수가 눈꼬리를 추켜올렸다.

"뭐, 비뚤어지던가."

수현이 어깨를 으쓱해 보이자 곧바로 준수의 목덜미가 붉어졌다. 그리고 제 방으로 들어가서 쾅! 문을 닫아버린다.

씩씩거리고 있을 게 분명한 작은 처남의 모습이 눈에 훤해서 쿡쿡, 웃음을 터뜨리던 수현은 큰 처남 품에 사인 CD를 안겼다.

"매형, 존경합니다."

수현이 초롱초롱한 눈망울로 자신을 바라보는 큰 처남의 머리를 쓰다듬어 주고 있을 때, 연지가 아이스크림이 담긴 종이 가방을 들고 나타났다.

"어머, 서준호?"

수현에게 굽실거리는 준호를 발견한 연지의 눈이 커다래졌다.

"누님, 진짜 결혼 잘했어. 매형만 한 남자 없다. 그러니까 앞으로 매형한테 잘해."

연지의 어깨에 턱하니 손을 올리고 고개를 끄덕거리던 준호가 친구들을 만나야 한다며 나가 버렸다. 사인 CD를 자랑하기 위해서 없는 약속도 만들 판이었다.

"어떻게 한 거예요?"

얼떨떨한 표정으로 서 있던 연지가 묻자 수현이 그녀를 품에 안았다.

"어떻게 하기는. 그건 그렇고, 우리 밥 먹고서 집에 가자."

"밥만 먹고? 나 오늘 늦게 가려고 했는데?"

"안 돼. 지금 올라가도 시간이 부족해."

"가서 뭐 할 거 있……."

연지는 말을 하다 말았다. 그리고 엄마를 원망했다.

왜 장어를 먹여가지고! 몸에 좋은 건 그만 좀 먹이라고!

그날, 해가 뜨는 걸 확인하고서야 잠들 수 있었던 건 당연한 일이었다.


다음 주, 일요일 저녁. 연지를 침대에 눕히고 발가락부터 키스를 해가던 수현은 초인종 소리에 반응하는 아내의 팔을 잡아 눌렀다.

"잘못 들은 거야."

"설마요."

"택배 온 걸 거야."

"인터넷으로 주문한 거 없어요."

"그럼 경비 아저씨겠지."

"무슨 일인지 들어는 봐야죠."

한껏 미간을 좁힌 수현이 짜증을 내며 몸을 일으켰다.

"그대로, 가만히 있어."

침대 헤드에 몸을 기댄 연지가 입꼬리를 말아 올리고 수현을 놀리듯 원피스의 치맛단을 살금살금 끌어 올렸다. 마른침을 삼키며 서서히 드러나는 아내의 허벅지를 응시하던 수현은 계속해서 울리는 초인종 소리에 빛의 속도로 움직였다. 누군지는 몰라도 얼른 해결하고 아내에게 돌아가야 했다.

"누구……!"

성질을 내며 현관문을 열어젖힌 수현이 그대로 얼어붙었다.

"안녕하세요. 매.형."

예고 없이 들이닥친 불청객은 준수였다. 서연지가 이수현만큼 이나 소중하게 여기는 동생이자 이수현의 작은 처남이 커다란 캐리어를 들고서 나타났다.

"수현 씨, 누구…… 어머, 준수야!"

일요일 저녁에 집으로 찾아온 사람이 누군지 궁금해서 나와봤던 연지가 석상처럼 굳어 있는 수현과 빙긋이 웃고 있는 준수를 발견하고 그들에게로 다가갔다.

"어떻게 된 거야? 엄마한테는 말하고 온 거야?"

"엄마는 미자 아줌마하고 여행 가셨고 준호는 합숙. 그리고 나는."

말을 끊고 자신을 쳐다보는 준수 때문에 수현의 등줄기를 타고 식은땀이 흘러내렸다. 어쩐지 예감이 좋지 않았다. 백민아 양의 표현을 빌려 쓰자면 느낌이 싸─했다.

"너는?"

재차 묻는 연지에게 준수가 더없이 환하게 웃으며 대답했다.

"나는 여름방학 끝날 때까지 여기서 지내려고. 그래도 되지, 누나?"

당연히 그래도 된다며 준수를 거실로 데려가는 연지의 뒤에서 수현은 절망했다. 서준수의 여름방학이 끝날 때까지 남은 시간은 3주가량. 그러니 이수현이 제 맘대로 아내를 품을 수 없는 시간도 3주가량.

연지 옆에 찰싹 붙어 애교를 부리고 있는 서준수 군의 얼굴에서는 빛이 났고 수현은 그 모습을 지켜보며 피눈물을 흘렸다.

그래도 뭐, 나쁘지는 않네. 아니, 나쁠 수가 없지.

현관 벽에 기대어 얼굴에서 웃음이 떠나지 않는 아내와 어린 처남을 바라보던 수현의 눈가에 미소가 어렸다.

영원히 즐겁고 행복하기만 하면 좋겠지만 가끔은 서로 마음 상해 얼굴을 굳히고 화를 내며 싸울 때도 있을 거라는 걸 알고 있었다. 하지만 그것 또한 나쁘지 않을 게 확실했다. 서연지와 함께니까. 사랑하는 사람들과 웃고 울면서 살아갈 수 있을 테니까.

"처남, 이 매형하고 게임 한판?"

아내와 처남 사이로 파고들어 가 두 사람의 어깨를 끌어안은 수현은 확신했다. 지금의 행복이 하룻밤의 꿈으로 끝나지 않을 것임을.

늦은 밤, 환하게 불이 밝혀진 수현과 연지의 집에서는 웃음소리가 끊이지 않았다.

# ONE NIGHT MAN

작 가 후 기

　#원나잇맨. 기분 좋은 단어는 아닐 수도 있겠지만 저는 꿈꿨습니다, 수현이 같은 원나잇맨을.

　원나잇맨을 시작할 때 저에게 내려진 첫 번째 숙제는 '코믹하게' 였습니다. 그러다 마음먹은 흘러가 주지 않아서 수정에 수정을 거듭해야 했었죠.

　두 번째 숙제는 '남주는 무조건 상남자로!' 였었는데, 사실 아직도 상남자가 어떤 남자인지는 잘 모르겠습니다. -_-;; 그래서 제가 생각하는 상남자 하정우 님을 떠올리며 수현이를 만들었답니다.

　원나잇맨을 쓰면서는 힘들다는 생각을 못했던 것 같습니다. 우리 서지프 멤버들이 시종일관 저를 즐겁게 해주고 수현이는 제 마음에 쏙 드는 남주였으니까요. 물론 수현이의 고모 때문에 약간 괴롭기는 했지만 훗날 서지프에게 된통 당하지 않았을까, 남몰래 짐작만 해볼 뿐입니다.

　읽으면서 웃어주셨으면, 하면서 썼는데 많이 웃으셨는지 모르겠네요. 기억에 남는 책은 아닐 수도 있으나 읽는 동안 많이 웃으셨다면 제 목표는 달성한 거겠…… 죠? (기억에 남으면 차암 좋을 텐데.

정말 좋을 텐데, 그 다음을 표현할 길이 없네. 허으윽!)

#수현이와 연지처럼 저도 전생에 나라를 구했는지 항상 감사 인사를 드려야 할 분들이 너무나 많습니다.

예원 출판사 관계자분들과 유경화 실장님. 여러모로 굉장히 감사한데 그 마음을 충분히 전할 만한 말이 떠오르질 않네요. 항상 감사합니다!

늘 힘이 되어주시고 격려와 응원을 쏟아부어 주시는 우리 멋있는 언니님들. 처음부터 지금까지 예뻐해 주셔서 감사합니다. 더 예쁜 동생이 되도록 노력할 테니 앞으로도 엉덩이 토닥토닥, 많이 해주세요. ^^

효솔 언니, 언니가 아니었다면 나는 지금도 수정의 늪에서 허우적대고 있었을 거야. 피곤했을 텐데 매일 아침 내 기운을 북돋아줘서 어마어마하게 고마워. 사‥ 사… 사…… 애정해!

서지프가 탄생하는 데 한없는 기여를 해준 친구들아. 너희가 내 개그코드의 원천이란다. 부디 영원히 유쾌하고 엉뚱한, 시트콤 같은 삶을 이어가 줘. 고맙고 사랑한다.

유진! 너의 구디티를 떠올리게 만든 수현이었으면 좋겠구나. 그리고 앞으로는 표지가 나오기 전에 제목을 구상해 주련? 내가 계속 글을 쓸 수 있는 건 어쩌면 너의 응원 덕분인 것 같다. 검은 머리 파뿌리 될 때까지 나의 리를마미가 되어주기를. 사랑한다.

제가 마음 편히 글을 쓸 수 있도록 든든한 버팀목이 되어주시는 아버지, 여전히 그리고 앞으로도 제가 세상 최고의 딸이라 말씀하실 엄마, 감사하고 사랑합니다.

깨으른 여자들의 작가님들과 가족님들께도 허리 숙여 감사 인사 전합니다. 그리고 로망띠끄의 수많은 독자님들께는 제게 주셨던 그 마음, 앞으로도 잊지 않겠다고 약속드리겠습니다.

#저는 늘 말합니다. 부족하고 모자란 것투성이인 내가 어떻게 이 어렵고 힘든 일을 업으로 삼았는지 모르겠다고. 하지만 어렵고 힘든 만큼 글 쓰는 일보다 저를 행복하게 만드는 건 없기에 꾸준히 글을 쓸 계획입니다.

벚꽃이 피고 지는 걸 못 보면 어떻습니까? 제 글을 읽어주시는 독자님들이 즐거우실 수 있다면 벚꽃이야 내년에 봐도 되고, 여의치 않으면 내후년에 봐도 되는 것을요.

다음에는 더 재미나고 행복한 글로 찾아뵐 수 있기를 소망합니다. 원나잇맨을 읽어주신 모든 분들께 감사드립니다.

이혜선 드림.